YARIM MACHADO GALVÁN

EL AMO DE LOS TIEMPOS

ÍNDICE

Para los maltratados,
los desaparecidos,
los marginados
y los indignos.

AGRADECIMIENTOS

El camino para la creación de esta novela ha sido extenso. No puedo decir con exactitud cuál fue el momento donde empecé a contemplar la historia de lo que sería El Amo de los Tiempos. Sé que comenzó en la escuela superior mientras estudiaba en el Colegio San Antonio de Isabela, Puerto Rico. Estas historias que ideaba me acompañaron luego en mis años universitarios y a lo largo de mi vida adulta y profesional. Creció y maduró conmigo. Me inspiré de todo lo que presenciaba a mi alrededor: libros, películas, canciones y viajes, pero sobre todo la gente que de alguna forma han tocado mi vida, algunos de ellos sin percatarse de que así lo hacían. Quiero aprovechar este espacio para agradecerles.

Empezando con mis padres: Hilda Galván y Hector Machado, por su apoyo incondicional en todo emprendimiento artístico que se me ocurría. No todo hijo tiene la dicha de decir que ha contado con tal respaldo y soy muy afortunado. Mi hermana Lizbeth, por exponerme al arte desde la primera vez que me vio con un lápiz en la mano, no estaría aquí sin ella. Mi hermano Nelson (Junito), por llenarme de curiosidad de cómo funcionan todo, en especial los dibujos animados. A Humberto por enseñarme a prestar atención a la calidad de mi trabajo. Mi primo Jaime Galván, que me encaminó a convertirme en un *story-teller*. Mi maestra Carmen Figueroa por asignarme a escribir mi primer libreto y por exponerme a rodar una cámara para dirigir mi un cortometraje. José Medina, que no solo me inspiró a crear arte, sino que me ayudó a reconocer mi potencial. David Álvarez y Edward Santiago, por creer en mí cuando era un niño, me enseñaron a crear y contar historias. El artista plástico y gran maestro Andy Bueso, por hacerme entender que no se pueden saltar los pasos, que un artista tiene que empezar con los fundamentos. Carlos Ruiz-Valarino por exigirme que nunca fuera mediocre. Rafael Mediavilla, por creer en mí en un momento que yo mismo no lo hacía. Lorena Amkie por ser mi *sensei* en todo lo que tiene que ver con crear una obra literaria. En especial por ser la primera lectora de mi novela. Me concedió una fe inquebrantable en El Amo de los Tiempos, ya que los autores sufrimos de complejos grandísimos a la hora de terminar.

En fin, esta obra se la dedico a Paula, por el amor y la paciencia, además de compartir su vida conmigo, que ha sido un tesoro. Y sobre todo, por darme el mejor regalo de todos: mi niña Ana Paula.

A todos y a cada uno de ellos, más los que se quedaron sin mencionar, gracias por acompañarme en este camino.

Fdor
Khai
La bormir
Kraki
Al'Mdor
Cárico
Druk
Khahki
Fer
Molagaj
Na'dir
Maradona
Bromir
Bagdah
Feros
Urak
Eufos
Maradin
Antigua
Hero
Bolonia
Roble
Atila
Caliz
Romero
Venicia
Marbelos
Salamanja
Amah
Cálices
Agamón
La Medina
Nimeras
Realejo
Sandina
Alóbam
Liria
Arenón
Ufratos
Sotanecio
Cadicia
Referiti
Antica
Clara
Barados
Soa
Oliva
Tamara
Croya
Benelen
Ikara

MAPA DE ILUSONIA
ISLAS CRESTAS
Jórico
Ocea
Angela
Grimä
Erén
Berut
Antilas
Boa
Tola
Napal
Oros
Tártavos
Libia
Dönicia
Praos
Isiris
Lea
Domos
Asis
Tora
MARALATI
Hidalgar
LABEL
Salamanja
Xumus
Khar
Celicia
Barlo
Drida
Skai
Afra
Mérida
Cerci
Jórico
Abdulia
OROTAVA
Corann
Labis
Ona
Abdhul
Aros
Stalenah
Edel
Deh
Daritos
Viceba
Enam
Minas de Kever
Jesem
Asuma
Elén
Sol
Cres
Rameh
TAR
Laos
Gongolia
Arglitios
Arol
Ela
Eon
Bao
NHUR Sal
Epoc
Mitera
Dai
Haima
YERA
Ula
Doma
Savana
Doa
Cordillera del Nirta
Lorem
Canal del Nirta

YARIM MACHADO GALVÁN

PRÓLOGO

—La esperanza es muerte —le dice el joven Valdimir al centinela.

—Has dicho la contraseña correcta —contesta a viva voz el soldado, entre el estruendo de la lluvia y el oleaje. Ante él se levanta una ola que se arroja con ímpetu ante la boca de la caverna donde ambos hombres están parados.

—Vengo a buscar refugio en las tierras de Savana, si el gran Salomeno me lo permite —declara Valdimir, el extraño viajero. Su rostro está entripado, azorado. Sobre su yelmo de cobre llueven gotas de mar. Tras él, debajo de donde vino, yacen unos arrecifes que se asoman por el mar como colmillos, vestidos con una espuma que se desvela con el ir y venir del oleaje. Entre el mar turbulento se tambalea un pequeño bote de madera.

—Escogiste la peor de las noches para embarcar en una travesía tan larga y peligrosa —observa el centinela—. ¿De dónde vienes?

—La ciudad de Antica. Vengo del continente del norte, Gálica —responde el viajero falto de aliento e impaciente—. ¿Me puede mostrar el camino, buen señor? Me urge conocer al ilustre Salomeno.

—Espera, espera —interrumpe el centinela al retener al extraño, que intentaba seguir hacia delante—. Esa no es la forma en que se hacen las cosas aquí. Tú esperarás en este lugar mientras uno de nuestros hombres te busca una escolta. Tenemos que interrogarte antes de que formes parte de nuestra comunidad.

El centinela hace llamar a otro soldado que está bien armado. Valdimir no dice nada, pero su cara se endurece como una roca.

—Nos ha venido a visitar…

—Valdimir… Valdimir de Antica —completa el viajero.

—Él quiere unirse a la tierra de Savana. Hágale llegar una escolta para que lo lleve al campamento.

—Lo haré de inmediato. Bienvenido —responde el soldado, tras lo cual hace un gesto reverente y se marcha.

—¡Ey, tú! Espérate aquí —le ordena el centinela a Valdimir, al ver que este pretendía seguir al joven soldado—. ¿Me estás escuchando?

—Sí —replica el viajero, desatento. El centinela lo nota ansioso.

—Por lo general, Salomeno hace llegar a las personas en grupos. ¿Cómo es que vienes solo, y con conocimiento de dónde queda la tierra de Savana?

Valdimir vuelve a ignorar la pregunta, manteniendo la mirada en el otro soldado que se aleja y pierde en la oscuridad.

—Me parece que no estás interesado en lo que te estoy diciendo, galicio —insiste el guardián, ahora con ojos suspicaces. De pronto, aferra la empuñadura de su espada.

—Vengo a servir a los dos grandes dioses —dice Valdimir.

—¿A cuáles? —pregunta el guardia, mientras aprieta el mango con más fuerza.

—Celes y Sulus.

—Para eso no tenías que venir hasta acá. Están allá arriba, visibles desde todos los rincones de este mundo.

—Dicen que han descendido de los cielos y que están aquí en Savana.

El centinela no dice nada, solo prensa los labios con ansias y observa al hombre que tiene delante con mucha atención.

—También he escuchado que son prisioneros —agrega Valdimir,

empuñando a siniestras una daga curva que centellea con el reflejo de la Luna Menor, que asoma por la ventana de la caverna.

El centinela trata de apartar la espada de su vaina. Valdimir impulsa su brazo armado, pero antes de que le clave la daga en el pecho, una flecha se incrusta en la cabeza de su agresor. El centinela cae al suelo, revelando a sus espaldas a un hombre que está apoyado en un peñasco a la entrada de la caverna. En la mano lleva una ballesta; en su rostro, una maliciosa sonrisa.

—Os debo una —le agradece Valdimir—. Me había percatado de que me habíais seguido hasta aquí. No os preocupéis. Podemos compartir nuestro premio una vez…

Valdimir se percata de que el hombre que lo ha salvado no tiene intenciones de ser amistoso. Él sabe que ese premio que buscan no puede ser compartido, así que se precipita hacia el asesino con la ballesta al anticipar que lo va a atacar. Los dos extraños se enfrentan con sus dagas mientras numerosos hombres se adentran como cucarachas por la misma ventana que tanto Valdimir como el hombre de la ballesta habían utilizado, dejando en el mar una docena de pequeños botes y, a lo lejos, un barco más grande de donde estos provenían. Valdimir y su atacante están ocupados combatiendo y no prestan mucha atención a los invasores, que les pasan por los lados como celajes.

El hombre blande su cuchilla en dirección al cuello de Valdimir, pero él se escapa por debajo de su brazo para luego empujarlo a un oscuro túnel. Ambos se pierden en la negrura de la caverna; apenas se alcanzan a ver, solo escuchan sus jadeos y los truenos de los metales al golpearse con cada uno de sus ataques.

Los invasores se siguen adentrando en la caverna y se esparcen en todas direcciones. Entre ellos está Hamur, un robusto cazafortunas de Isris que proviene de las Islas Crestas. En sus colosales manos lleva un mazo de garnito rojo, un tipo de coral liviano de gran dureza; le ha servido para romper cráneos y esternones a lo largo de sus sangrientas expediciones. Hamur busca una salida y aligera su paso en una de las gargantas de la caverna. Dos invasores corren por sus alrededores. La mayoría huye de los demás, pero algunos se matan entre sí, pues son mercenarios que compiten por el mismo tesoro, y solo uno de ellos será premiado.

Hamur sale de la caverna pero patina con unas piedras lubricadas de fango y cae de espaldas, deslizándose sin control y con rapidez por un declive. Cuando logra detenerse y restablecer el balance, un asesino armado con una cuchilla se le tira encima, punzándole un riñón. Hamur rueda en lo que queda de la inclinación hasta que su cuerpo se desliza sobre un charco de agua. El hombre de la cuchilla se le acerca para terminar el trabajo, pero Hamur lo recibe con el pomo de su mazo, que quiebra sus dientes de un solo golpe y le hunde el cráneo.

Al escuchar que más personas se acercan, Hamur reanuda su marcha, dejando tras él un rastro de sangre que se disipa con el agua, al igual que sus pisadas. Está malherido, corre hasta que el mazo le pesa demasiado, y deja que se le escape de entre los dedos: un terrible error, pues a su siniestra está Sarsol, otro mercenario del gremio de los albaluces de Judá, en el continente de Gálica, que es infame; le tiene sin cuidado privar de la vida a un hombre que le da la espalda. Hamur no sabe de dónde ha provenido su muerte, cuando ya la alabarda lo ha atravesado. Luego de ponerle fin a aquella vida, Sarsol se precipita a tomar refugio entre unas rocas.

Sarsol no se resigna a morir. Viajó una gran distancia como para que todo termine ahora. Asesinos como él invitan al peligro y a la muerte a cada paso; entre más imposible y descabellada la hazaña, mayor su gratificación. Por lo general, un mercenario no goza de una larga vida, pero Sarsol ha sobrevivido muchas revoluciones solares. Cualquier hombre del oficio se habría ganado el respeto de sus semejantes por vencer por tanto tiempo a la muerte, pero él nunca ganó su suerte de forma limpia, y hoy no es un buen día para cambiar: la competencia es mortífera y muchos están tras la misma fortuna, la más maravillosa de todos los tiempos. Dos dioses vivos.

Sobre su cabeza, en la cumbre de una piedra, se revela la silueta de otro mercenario. De la negruzca figura se levanta un arco que se dobla y estira con fuerza mientras se distingue el astil de una flecha que se suelta y con lentitud persigue a su blanco. De pronto, parece suspendida y se eleva en un ángulo. La flecha toma vuelo hasta que se clava en la espalda de otro asesino que andaba a lo lejos, avanzando por un acantilado. La víctima se retuerce, cae al vacío y se pierde entre la niebla.

Sarsol cerca con sigilo la colina donde está el arquero, quien prepara una segunda flecha. El segundo disparo le da muerte a otro individuo que cruza un riachuelo. Al caer muerto, la corriente se traga su cuerpo. El arquero esboza una sonrisa que, de improviso, se tuerce cuando Sarsol lo apuñala por la espalda y no una vez: le hace sentir dos y tres estocadas del frío metal de su puñal hasta que lo deja descolorido en el suelo. Toma posesión del arco y la aljaba, y vuelve a refugiarse en la oscuridad.

A lo largo de su recorrido no se topa con más asesinos. La lluvia cesa y la noche se torna silenciosa, calmada. Sarsol se adentra en un pastizal que lo cubre de pies a cabeza. Presiente que está a salvo. Procede por la maleza hasta que un susurro detiene su paso. «Alguien viene», se dice, en su propio lenguaje.

Al asomar la cara entre las briznas de hierba, divisa a cuatro soldados a trote en sus cabaos, aquellas monturas cuadrúpedas de cuellos alongados, gran musculatura, testas finas y alargadas y grandes melenas que se extienden desde la cabeza hasta el lomo. Estos pasan a lo largo de una vereda. No son los mismos mercenarios que desembarcaron con Sarsol; son soldados de Savana, la escolta que le había prometido el centinela a Valdimir. Sarsol sabe que no los puede dejar escapar: si encuentran los cuerpos en el camino, le avisarán a la milicia de Savana y todo estará perdido.

Sin perder más tiempo, prepara su arco y dispara al cuello de uno de los soldados, que se queda colgado del lomo de su cabao. Este echa a galopar, azorado. El homicida desaparece de inmediato entre la maleza. Los otros soldados savanos se alborotan, preparan y extienden sus mosquetes. Comienzan a circular el perímetro para tratar de encontrar el origen del ataque.

Sarsol no quiere darles la oportunidad de que detonen sus armas: un disparo y en Savana podrían pensar que alguien había cazado a un coyote; dos traerían sospechas y, en consecuencia, más hombres. Se apresura entre la grama, prepara una segunda flecha, y atina al corazón de otro de los savanos. Uno de los guardias alcanza a ver a Sarsol y se apea de su montura. El corazón del viejo mercenario se agita con desespero al ver que el soldado le apunta con su mosquete y que a él no le queda tiempo para recargar su arco, pero entonces, una espada penetra el abdomen del soldado antes de que pueda disparar. La muerte se la ha regalado Ijab, otro de los mercenarios.

El savano restante no lleva consigo un arma de fuego, pero sí una jabalina, aunque se ha quedado sin el apoyo de sus compañeros. Ahora está ante dos asesinos que ansían ponerle fin a su vida. Agita su arma, tratando de ahuyentar a Ijab; esto le da a Sarsol el tiempo que necesitaba para armar su arco y acertar un tercer tiro, dirigido no al soldado, sino al colega mercenario que recién le salvó la vida y que, al ser un asesino habilidoso, representaría una amenaza mayor. Al haber gastado su ultima flecha, avanza con su daga hacia el savano, que trata de espetarle su jabalina, pero Sarsol hace una pirueta y se le escapa por el flanco derecho. El soldado dirige la punta de su arma al cuello de Sarsol, pero este la evade una vez más al desplazarse por la tierra y aprovechar el impulso para enterrar la punta de su puñal en el estómago de su enemigo, desmontándolo de su cabao. El soldado gime, luego grita cuando su homicida le hace un torniquete que le desgarra los intestinos.

Victorioso, Sarsol se apropia de un mosquete y una espada. Armado, retoma su misión, cuyos riesgos conocía desde el momento de aceptarla. Iba a ser un acto de vida o muerte, siendo las posibilidades de perecer las más altas: o moría en manos de otros cazafortunas que compartían el mismo objetivo, o bajo el acero del temible Salomeno, conocido por sus víctimas como «La Serpiente Traga Hombres», desertor de las tierras norteñas, exgeneral de ingentes ejércitos y ahora amo y señor de la nueva tierra de Savana. Tanto Sarsol como los otros fueron contratados por el temible rey de Jobos, La'Mourg, para eliminar a Salomeno, no por temor, sino porque este tiene la custodia de dos dioses, instrumentos divinos de creación y destrucción: Celes y Sulus, los dos soles que el planeta orbita. La'Mourg sabe que Salomeno derribó reinos milenarios siendo un mortal y se pregunta, angustiado, de qué será capaz ahora que cuenta con ayuda celestial.

El rey de Jobos quiere a los dos dioses vivos, pero si no quedara alternativa y hubiera una amenaza debido a los poderes de las deidades, permitirá que sean aniquilados, siempre y cuando le lleven evidencia de los cuerpos, como las cabezas, por ejemplo. Aunque podían llevarle las de cualquier persona y tratar de engañarlo, el rey de

Jobos está convencido que estas deberían denotar algún rasgo divino que las distinga de las de la gente común.

Las malas lenguas le contaron a Sarsol que, de atentar contra unos dioses, podría ser condenado a una vida de perjurios y maldiciones. La idea de una maldición no inquieta su corazón: una aventura como esta no la pueden contar muchos mercenarios, al menos no ninguno que él conozca. De tener suerte, podría tomar posesión de los soles y nombrarse él mismo el gran señor del continente sur. En el peor de los casos, si no toma en cuenta la muerte, obtendría la recompensa prometida por La'Mourg: convertirse en un noble, consiguiendo así el perdón de sus crímenes, y no tener que volver a levantar un dedo para trabajar, pasando el resto de su vida rodeado de riquezas.

Se le hace fácil fantasear; sin embargo, el trabajo está lejos de ser completado debido a que compite con una gran cantidad de interesados, de modo que hace marcha para llegar a Savana cuanto antes, pero una desagradable sorpresa lo obliga a detenerse.

—Os sugiero que no deis un paso más —le dice un hombre encapuchado que está parado ante un precipicio. A sus espaldas, al fondo de una llanura, ve un campamento repleto de tiendas y chozas. Savana.

Sarsol detiene su paso apresurado y apunta al extraño con su mosquete.

—Eso no sería una buena idea —sugiere el encapuchado con desdén—. A menos que queráis atraer a todo ese campamento acá arriba.

Sarsol no entiende lo que le dice, ya que el individuo habla una lengua que él desconoce. Reafirma su postura y enciende la mecha de su mosquete.

—Mierda... Me tenía que topar hoy con el más grande de los brutos —se queja el extraño con el pie en el borde del acantilado.

Sarsol tira del gatillo, pero el mosquete se queda atorado. El encapuchado se precipita hacia él, armado con una espada que ansía cortar carne. Sarsol bloquea el impacto con el metal del cañón de su mosquete y, al retroceder, logra empuñar su espada. Los aceros chocan, rechinan y se vuelven a pegar. Al hombre con capucha le urge acabar con Sarsol si no quiere atraer la atención de los soldados savanos, pero el viejo mercenario es demasiado hábil como para caer tan deprisa. Los dos blanden y truenan sus espadas por la subida de una colina. Sobre ellos, en el cielo, flotan cuatro menudas lunas, y más allá, cruzando a lo largo del firmamento, está el Arco de Páteras, un anillo brillante que rodea al planeta, el semidiós de la protección. Pero, ¿a cuál de los hombres protegerá?

Sarsol hace lo que puede por jugarle sucio a su enemigo. Para su infortunio, este hombre ha tratado con tramposos como él a lo largo de su profesión, y evita todos los engaños. El estruendo de los metales al chocar atrae a otros mercenarios que andaban por las vecindades y que, armados con garrotes, espadas y dagas, rodean poco a poco a los combatientes.

Sarsol siente un ardor en el abdomen. El encapuchado lo ha cortado, aunque no demasiado profundo. El viejo responde con una cadena de ataques que su enemigo cancela con facilidad. Con el uso de su cruceta, el hombre de capucha atasca la hoja de la espada, desarmando a Sarsol y obligándolo a retroceder por un elevado de piedra. Sarsol trata de resistir; el cansancio lo vence. Es demasiado tarde para el viejo, que jugó con la muerte demasiadas veces. El hombre encapuchado lo empuja al vacío. Unas piedras rompen su caída, quebrando sus huesos. Los dioses no le pertenecen.

—Gracias por el entretenimiento —le dice uno de los espectadores al encapuchado—. ¿Nos honrarías con tu nombre y el de tu gremio antes de que terminemos con tu vida?

El hombre, acorralado, da dos pasos hacia ellos, con un pesar al respirar. Al remover su capucha, revela un yelmo de cobre. El asesino de Sarsol mira al que había preguntado su nombre y contesta:

—Valdimir, del gremio de los cavilanes.

—¡Miren, es el cavilán! ¡Qué impresionante! —ríe otro de los asesinos.

—Ya no lo necesitamos. Me parece que va a requerir de todos nosotros para acabar con él, ¿qué creen? —dice un cazafortunas llamado Gemaro—. ¿Qué tal si dejamos de matarnos entre nosotros para hacer caer a un hombre de este calibre?

—Siempre y cuando regresemos a nuestros asuntos una vez terminemos con él —sugiere Gael, que está armado con un garrote.

—¡Dejémoslo todo a nuestras habilidades! —suelta un tal Esaúl con voz chillona—. ¡Aquel que quede en pie y termine con el cometido, se ganará a los dioses!

Valdimir agita la cabeza con desaprobación, frustrado y corto de paciencia.

—Eso haríais de ser un grupo de estúpidos. Mirad allá abajo —refuta cortante, señalando al campamento de Savana—. ¿Sabéis cuantas personas armadas hay allí? Las suficientes como para mataros a todos; ninguno sobreviviría. La única manera de que alguno de nosotros salga con algo en las manos, es si trabajamos juntos. Cuando estemos fuera de Savana, todo se vale, que gane el mejor.

—Yo no confío en ninguno de estos cerdos —opina Esaúl.

Valdimir envaina su espada y se pasea entre sus agresores desarmado, como si no le temiera a ninguno de ellos.

—Solo tened bien claro que no saldréis con vida de aquí trabajando solos. Estamos hablando de Salomeno y de dos dioses.

—*Digamo'* que *tlabajamos* juntos —intercede Serbio, con un fuerte acento de la región norteña de Canán—, ¿cómo *vamo' a coordinalnos*? ¿Cómo *sablemos* dónde y cómo *encontlalos*?

Valdimir camina al borde del acantilado. Ahí escudriña la estructura del campamento de Savana: cómo se mueve la gente, qué tareas hacen, cuáles áreas son más transitadas y, sobre todo, sus puntos débiles.

—Trabajaremos juntos, sin excepción. Cada decisión la tomaremos mediante votos. Cualquiera que decida aventurarse por su cuenta debe reconocer el riesgo de su decisión, y lo eliminaremos sin traba alguna. En cuanto a los dioses, creedme que estarán bien protegidos. Donde quiera que esté Salomeno, siempre habrá guardianes bien armados. Tened por seguro que protegerán con gran diligencia a nuestra fortuna.

—Dime, cavilán: una vez tengamos a los dos soles, ¿estaremos libres de todo acuerdo? ¿Cada cual estará por su cuenta?

—Eso fue lo que dije: cuando tengamos custodia de los dioses, vosotros podéis seguir con vuestro deporte —responde Valdimir con una sonrisa que enseña todos sus dientes—. Sea lo que sea que decidamos hacer, debemos ponernos en marcha de inmediato, porque déjenme deciros que ninguno de vosotros fue prudente a la hora de llegar. Hay cadáveres por todas partes.

Valdimir rebusca dentro de un bolso que lleva consigo y saca un lienzo de cuero de gazibo enrollado. Cuando ve la curiosidad en los ojos de todos los presentes, lo desenrolla.

—Este es el hombre que buscamos: Salomeno, La Serpiente Traga Hombres —indica Valdimir al mostrar una pintura de un hombre de piel color caramelo, barbas y bigotes negros y largos, con greñas blancas. Sus ojos son de un azul tan frío que podría confundírsele con blanco. El entrecejo aparece fruncido, arqueado con largas cejas. La nariz es puntiaguda y la boca torcida carga todavía el coraje que traía del campo de batalla. El retrato lo muestra con una brillante armadura escarlata de garnito que solo llevan los soldados de casta alta. Sus manos muerden la empuñadura de una espada tan larga como él, pero tan estrecha como una lengua. Al fondo se vislumbra un campo

sepultado en cenizas con cadáveres descoloridos regados por todas partes.

—¡Ja! ¿Ya se me acobardaron? —se burla Valdimir.

—¿De dónde sacaste eso? —pregunta Gael.

—Lo robé de una librería en Croya, la reconoceríais si visitarais una alguna vez —bufa Valdimir con sarcasmo—. Estamos tratando con uno de los hombres más peligrosos que podéis encontraros. Él descubrió estas tierras, desconocidas para el resto de los hombres vivos. Está formando su propio estado para levantar una rebelión en contra de La'Mourg. El rey asegura que Salomeno lo logrará con la ayuda de estos dioses, que «Traga Hombres» jura haber hurtado del mismísimo cosmos. Y recordad: La'Mourg prefiere a los dioses vivos.

Esaúl se acerca a Valdimir, curioso.

—¿Se pueden matar?

—Si creéis en esos dioses, os diría que no. Si sois como yo, que no creo en ellos, diría que sí.

***

Los mercenarios se ponen de acuerdo en que se dividirán en parejas con el fin de encontrar a La Serpiente Traga Hombres. Al decidir los grupos, Valdimir y el resto de los mercenarios hacen descenso de la elevación rocosa y se dirigen a las cercanías del campamento.

Savana no es solo un campamento, es también refugio de gente humilde y común: ancianos, hombres, mujeres y niños. Es evidente que los habitantes llevan pocos meses en el lugar, que está en las primeras fases de su organización.

—Esto va a ser mucho más fácil de lo que esperaba —le dice Valdimir a Teo, el acompañante que le fue asignado—. Parece que Salomeno se ha rodeado de la gente más pobre de estas tierras. Es como si me hicieran un mal chiste. Este hombre tenía el mejor ejército de todo Gálica.

—¿Cómo es que pudo terminar así, rodeado de esta gente? —inquiere Teo.

—Escuché que La'Mourg eliminó a la mayoría de su ejército, y es así como Salomeno escapó con lo que le quedaba a estas tierras.

—Vaya perdedor.

—Un perdedor no carga consigo dos dioses —asegura Valdimir con una carcajada—. El viejo Salomeno todavía es lo suficiente cojonudo como para asustar a La'Mourg. Solo él podría hacer tal cosa.

—Nada asusta a esa criatura —asegura Teo—. Nunca lo he visto, pero dicen las malas lenguas que cualquiera que lo contempla, vive el resto de su vida sufriendo pesadillas.

—Parece que La'Mourg, «El Pálido», también se desvela sufriendo sus propias pesadillas. Está pagando una fortuna por este trabajo. Tiene a sus hombres indagando en todos los rincones de Jobos, rebuscando bajo cada roca para dar con Salomeno y sus dos soles.

Valdimir desaparece detrás de unos arbustos que están cerca de unas yurtas.

—Solo yo pude seguir el rastro del Traga Hombres. Nadie tenía conocimiento de estas tierras que él ha bautizado como Savana. Me fue costoso descubrir su secreto para que vosotros, par de rufianes, me sacaran mis hallazgos mezquinamente.

—Todo se vale en este juego, cavilán. Debiste haber prestado atención a tus propias pisadas.

—O tal vez os tengo donde quería —ríe Valdimir—. Prestad atención.

Frente a los mercenarios se pasean dos soldados armados a galope en sus cabaos. Uno es un hombre blanco, pecoso y de cabello rojo, una rareza para las razas provenientes de Jobos y Gálica, donde la piel oscura predomina. Junto a él está Yázbet, una soldado que podría intimidar a cualquier hombre en una batalla.

—Ese hombre tiene una armadura real croyana. Debe ser cercano del Traga Hombres —indica Valdimir—. Si lo seguimos, puede llevarnos hasta él.

Valdimir y Teo saltan de emplazamiento en emplazamiento, ocultándose lo mejor que pueden hasta acercarse lo suficiente para poder escuchar.

—No os acerquéis más —ordena Valdimir—. Si queremos hacerlo, tendremos que mezclarnos con la gente de este lugar. Así que estudiad todo lo que veis.

—Le he dicho a Marcelo que hable con su hermano —escuchan comentar al hombre de cabello color rojo—. Necesitamos de más hombres que sepan usar el acero. No me gusta la idea de que estemos tan vulnerables.

—Estoy de acuerdo —contesta la mujer—. Llevamos huyendo de tierra en tierra mucho tiempo, desangrándonos de fuerzas con cada escapada. Este es el momento para reforzarnos. No había visto un lugar tan aislado y tranquilo desde que Salomeno me reclutó.

—Pronto partiremos a Nhur —comenta el hombre—, hablaré con Marcelo y le diré que aprovechemos ese viaje para reclutar más hombres. Que él se lo sugiera a su hermano; yo ya aprendí mi lección de nunca tratar de darle instrucciones directas a Salomeno.

Valdimir sonríe con malicia al escuchar:

—¡Ah! ¿Qué te dije? —le susurra a Teo.

Los soldados se ponen en formación como si esperaran a alguien importante. Un silencio profundo espanta a toda palabra; solo se escucha el crepitar de la madera al ser devorada por el fuego de las numerosas hogueras del campamento. A lo lejos, Valdimir y Teo oyen unos cuchicheos infantiles.

—Parecen ser unos niños jugando —musita Teo.

—Shh, calla —ordena Valdimir.

—Bueno sea, Arbitán —saluda una voz masculina y cordial, proveniente de algún lugar que los mercenarios no alcanzan a ver—. Os tengo una encomienda.

De pronto, un hombre de gran presencia se detiene ante los soldados.

—Salomeno —asegura Valdimir.

Su aspecto es indiscutiblemente el mismo de la pintura: alto, esbelto, con una postura y ademán refinados pero, sobre todo, con su famoso sable de virilio, una reliquia más rara que cualquier tesoro que alguno de los otros mercenarios hubiera llegado a ver con anterioridad.

—Bueno sea, Salomeno —responde el pelirrojo—. ¿Están las altezas listas?

—Bueno sea, Arbitán. Sí, están por llegar.

Al escuchar esto, Valdimir se entusiasma y hace un esfuerzo por ver a los dioses en la oscuridad. De pronto, se aparece la luz del alba y dos soles, Celes y Sulus, se asoman por las lomas de las cordilleras del Nirta, al norte del campamento. El sol más potente, Sulus, tiñe la mitad del firmamento de un tono coral y Celes, la del fuego más delicado y tenue, viste todo con su luz cobalto.

Las risillas infantiles se intensifican. Hablan un idioma que los mercenarios desconocen. Tras Salomeno se alargan dos sombras pisadas por dos niños pequeños: el de pelo afro se llama Arias, este empuña con gracia una pequeña espada de madera que agita en el aire con soltura, y Nira, su hermana gemela, una menuda niña de cabello negro, largo y grifo que lleva un saco lleno de libros de texto. Ambos ensayan nukti, el dialecto común de Jobos.

La idea le llega de golpe a Valdimir, como si presenciara una revelación. Ahora todo le hace completo sentido y la verdad se le revela de forma fulminante, una verdad que decide y le conviene callar.

—¿Qué está pasando? —inquiere Teo decepcionado—. Vinimos a encontrarnos con un gran ejército y nos topamos con un pueblo cayéndose en pedazos. Buscábamos capturar a dos dioses y no hay tal cosa. ¡Nos han engañado!

—Os equivocáis —replica Valdimir.

—Bendecidos sean, niños de Celes y Sulus —expresa Arbitán, el hombre de pelo rojo, mientras hinca una rodilla ante Arias y Nira. Valdimir mira a Teo con intensidad y le asegura:

—Estos dos niños son los dioses que estamos buscando.

1
DE UNO A OTRO

Poco se imaginan Salomeno, Yázbet y Arbitán que los están espiando, sobre todo a los soles gemelos, Arias y Nira, que junto a risillas inmaduras, intercambian oraciones en nukti para ver cuál de los dos domina más el lenguaje. Arias trata de hacerle trampa a su hermana, haciéndole cosquillas con su espada de madera.

—¿Podéis hacer silencio? —ordena Salomeno con firmeza—. Estoy tratando de darle a Arbitán sus encargos de hoy.

Arias guarda su espada y los hermanos se yerguen frente a Salomeno.

—Yo no hice nada. Fue Nira —asegura Arias—. Está *presumendo* otra vez con las palabras nuevas que aprendió.

—Se dice: pre-su-mien-do, bobo —se mofa Nira—. Tú siempre hablas más rápido de lo que piensas. ¡Ay!, apenas puedes hablar tu propia lengua, ¿y pretendes hablar nukti?

—¡*Chafhur*! —le espeta Arias amenazante, en ese mismo lenguaje.

—Pero, ¡qué atrevido! —se queja Nira, después de dar un grito ahogado—. ¿Cómo te atreves a llamarme así? ¿Esas palabrotas sí te las sabes? —y vuelve la mirada a Salomeno—. ¿Vas a dejar que Arias me llame…? ¡Tú sabes, ¿de esa forma, *abba*?!

«¿*Abba*?», se preguntan Valdimir y Teo con asombro. Saben que este es un término que suelen usar los hijos cuando se dirigen con afecto a sus padres.

—Ya, basta —silencia Salomeno—. No quiero escuchar otra palabra de vosotros dos hasta que regreséis a la casa esta noche. ¿Creéis que podéis cumplir con eso?

—Sí, *abba* —responden los dos al unísono.

Salomeno se vuelve hacia Arbitán, quien todavía ríe junto a Yázbet por la palabrota que le dijo Arias a su hermana.

—Arbitán, Yázbet, quiero que dediquéis el día de hoy a entrenar a los niños con los mosquetes.

Arbitán y Yázbet asienten y se acercan a los gemelos con dos cabaos.

—Y bien, ¿listos? —pregunta Yázbet.

—L-listos —tartamudea Arias, nervioso.

—Hoy me gustaría cabalgar con el pequeñín, ¿qué dice, señorito Arias? —juguetea Yázbet con cizaña, sabiendo que el pequeño sol vive enamorado de ella.

Yázbet encuentra al niño adorable, en especial cuando se le marcan los hoyuelos de sus mejillas al sonreír.

—Alteza, ¿le parecería bien cabalgar hoy con Arbitán? Así puedo cabalgar con su hermanito —le pide permiso la soldado a Nira.

—¡Me parece bien! —contesta Nira con una sonrisa pícara,

siguiendo el juego.

Arbitán ayuda a Nira a montar su cabao. Yázbet, ya en la montura, se percata de que Arias está nervioso, con timidez de cabalgar con ella.

—¿Y bien? No me haga ir por usted —insiste ella.

El niño accede a acompañarla, algo retraído y avergonzado, pero con un soplo en el corazón que lo hace latir, feroz. Se arma de valor, sube a la montura y procura no presionarle los pechos a Yázbet con su espalda, cosa que se hace inevitable al momento que el cabao sale a trote.

***

Arias, Nira, Yázbet y Arbitán pasean entre las tiendas del campamento de Savana. A su paso se cruzan con los habitantes del pueblo, que comienzan sus quehaceres del día. La población es variada; Salomeno se dio a la tarea de ocupar las tierras con artesanos, costureros, carpinteros, ingenieros, filósofos, guerreros y hasta músicos provenientes de diferentes regiones. Nadie se queda sin cabida en su pueblo; desde el más noble hasta el más bárbaro es bienvenido siempre y cuando respete las reglas y le rinda pleitesía a los dos dioses que cuidan de todos.

Aunque Arias y Nira cruzan estas tierras todos los días, nunca dejan de quedarse estupefactos por su belleza, sobre todo por las formaciones de piedra, que les parecen como si vinieran de otros mundos. Hay tanto zonas desérticas como boscosas en estas bastas tierras conquistadas por Salomeno: a las montañas del norte, con sus alargados picos y profundos desfiladeros, les puso de nombre Nirta, y tanto estas como los misteriosos bosques del este, están rodeados y protegidos por una cordillera que se extiende desde la costa norte hasta la sur, privándole la entrada a todo intruso.

Arbitán y Yázbet detienen el paso en la boca de una poza que está entre una cascada y una quebrada, rodeadas estas por extensas paredes de piedra cubiertas de vegetación. El agua es de un cristalino color turquesa; hoy brilla bajo los rayos mañaneros de Celes, como si estuviese hechizada.

—¿Y esto? —pregunta Arias extrañado—. Salomeno no pidió que viniéramos aquí. ¿No se suponía que Nira y yo entrenaríamos con los mosquetes?

Arbitán sonríe, malicioso, tras apearse de su cabao con la niña.

—Su hermana me sugirió que hiciéramos un desvío al río, y como a Yázbet y a mí nos pareció que sus majestades no estaban interesadas en hacer la tarea que les asignó Salomeno, nos pareció que era una buena idea detenernos aquí para refrescarnos un rato. Como ustedes ya saben, sus deseos siempre van a ser complacidos.

—No sé si sea buena idea —insiste el niño.

—Ay, Arias. ¿Qué es lo peor que puede pasar? Salomeno no se tiene que enterar —responde Nira.

—Siempre que dices eso, terminamos en problemas —reclama Arias, que se pone pálido al sentir las manos de Yázbet desmontándolo del cabao. El niño siempre la encuentra hermosa, pero hoy está más arreglada que de costumbre. Para su desdicha, ella no se ha arreglado para galantearlo a él, sino al pelirrojo Arbitán, a quien toma de la mano para llevarlo a la subida de la quebrada, más allá de la cascada, donde nadie podrá verlos practicar sus actos de lujuria.

—Arias, ¿quieres ir a ver lo que hacen? —le pregunta Nira esbozando una sonrisa traviesa.

—Qué asco, vete tú si quieres.

—Um, parece que estás celoso.

—Parece que eres una entrometida.

—Ay, bien. Cálmate. ¿Qué tal si nos vamos al agua? Debe estar rica hoy.

Nira ve que su hermano tiene la mirada perdida por donde Yázbet y Arbitán marcharon, así que aprovecha su despiste para empujarlo a la poza.

El niño cae de pecho al agua; el estruendo fue tan fuerte como lo que le dolió a Arias. Nira explota con una carcajada. Su hermano no lo toma a mal y ríe con ella.

—¡Anda, tírate de prisa! ¡Está calientita! —asegura Arias.

Nira se desviste y sin pensarlo dos veces salta a la poza, encogiéndose como una piedra.

—¡Eres un maldito! ¡Está helada! —gimotea ella mientras le salpica agua en la cara.

Arias y Nira son tan parecidos como son diferentes. Ambos tienen nueve revoluciones solares de edad, comparten la misma estatura, el mismo tono chocolate de piel, y un corte de cara almendrado, aunque Nira la tiene forrada de pecas y Arias sin ningún lunar visible. El cabello de la niña es frondoso, negro y grifo. Su hermano, por el contrario, luce un afro de cabellos ondulados que se torna rojizo cuando los rayos de Sulus lo impactan. La niña es flaca como un palillo; su hermano está algo más pasado de peso, todavía retiene algo de la grasa de cuando era un bebé, cosa que Nira suele recalcar para fastidiarlo. Entre estos detalles, hay un aspecto de los gemelos que los distingue de cualquier otra persona: el color de sus ojos. Son grises y pálidos, casi blanquecinos, delineados por un anillo oscuro que rodea las pupilas.

—¿Cómo te ha ido con Salomeno esta semana? —le pregunta Nira a la vez que nada alrededor de su hermano—. A mí me ha tenido loca con tanto trabajo. Tengo una torre interminable de libros en mi escritorio. —Nira se deja hundir en el agua, simulando que se ahoga —: ¡Es aburridísimooo!

—A mí me va peor —le contesta Arias—. Ayer se enteró de que yo cabalgaba la icotea. No me fue nada bien. Justo cuando estaba empezando a coger velocidad con ella…

—No es para menos. Esos pájaros no están hechos para montar. En verdad te estás buscando un buen golpe.

—Pues a mí me va perfecto maniobrando mi icotea. Un día te enseño y te llevo de paseo en ella.

—Emm, no, gracias. Suficiente tengo con los cabaos.

—¿Qué me dices de ti? ¿Salomeno te ha dicho algo nuevo sobre nuestro peregrinaje? Hace varios días que no lo menciona. —Arias mira a su hermana con tristeza—. En realidad, apenas me habla. Solo me da instrucciones y tareas.

Nira se queda callada.

—¿Y? —insiste Arias.

—Y ¿qué?

—¡Que si te ha dicho algo del peregrinaje!

Nira dirige la mirada detrás de su hermano.

—¡Dejamos los mosquetes! —exclama, cambiando a propósito la conversación—. No debemos olvidar que hay que hacer el aguaje de que estamos entrenando. Si Salomeno se entera de que nos escapamos, nos vamos a meter en un lío.

Nira sale de inmediato del agua en dirección a las armas.

—¡Ten cuidado! ¡No sabes usarlos! —le advierte Arias, saliendo también de la poza.

Mientras los pequeños dioses discuten, los dos mercenarios, Valdimir y Teo los miran desde una colina entre la maleza.

—¡Echa para allá! Yo puedo sola —le vocifera Nira a su hermano.

—Muy bien. Pues dale, solo procura alejar el barril del arma de mi cara.

Entonces Teo ve que tiene ante él una buena oportunidad. Se le acerca a Valdimir y le dice:

—Parece que están solos. Este es el momento perfecto para agarrar a los niños y salir de aquí.

—No. Ellos no están solos —asegura Valdimir en voz baja—. Los cabaos de las escoltas están atados ahí. Deben estar cerca.

Arias dispara primero. Una llamarada verde emana de la punta del barril de su arma de fuego.

—No está mal para ser un bebé —bromea Nira.

—¿Sabes? No eres graciosa —le refuta Arias mientras prepara el arma otra vez.

Teo nota algo raro en el brazo del niño cuando carga el mosquete.

—¿Qué le pasa al muchacho en su brazo? Está maltrecho.

A Teo podía parecerle inútil, pero Arias muestra una gran destreza al preparar el arma.

—Mmm, ¿por qué habría un dios deforme?

—Todo tiene siempre una explicación, Teo. Quedaos callado, que quiero escuchar —musita Valdimir.

Arias apunta el mosquete al cielo y lo detona. Una chispa dorada sale de su barril.

—No sé porque te quejas tanto, Nira. ¿A ti no te gustaba leer esas cosas que te asigna Salomeno?

—Los libros de historia, exploradores y aventura, sí. Pero de política, geografía, religión y lingüística… ¡guácatela! ¡Para nada! —Nira nota que Arias no se ve convencido—. A ver, a ver. ¿Y tú no te cansas de darle estocadas a muñecos de paja con tu espadita de palo?

—No. Todo lo que nos enseña Salomeno es importante para su gran proyecto. Además, él me prometió que me enseñaría a usar una espada de verdad.

—Tú con una espadota... ¡eso sí que lo quiero ver! —ríe Nira, burlona—. ¡Ah, mierda! ¿Cómo se carga esta cosa?

—¿Acaso me engañan mis oídos? ¿Dices que necesitas mi ayuda? —pregunta Arias jocoso, mientras toma el mosquete de manos de su hermana—. No te culpo. Estas armas ya están obsoletas, pero es lo que tenemos aquí en Savana. Ahora, presta atención: primero abres este compartimento, luego buscas esta mezcla de granitos explosivos llamados *macha*. Mucho cuidado, que son altamente flamables.

—Querrás decir in-fla-ma-bles, tonto.

—Eh, sí —se corrige Arias—. De todos modos, pones la macha aquí. Cierras el mosquete. Tiras de esta manigueta tres veces para compactar la macha. Ahora tienes que preparar la lumbre... así. Con ella enciendes esta cuerda y la enganchas en esta palanca. ¿Ves qué sencillo? ¡Ahora solo queda apuntar y disparar!

—¿Así de simple? —bromea Nira, apenas pudiendo retener tanta información—. ¿Y es cierto que tú puedes hacer todo esto a trote? ¿Cómo es posible?

—Es un secreto. ¡No creo que exista otra persona que lo pueda hacer! —contesta Arias con aire presumido.

—El chico es precoz con el arma a pesar de tener ese brazo torcido —ríe Valdimir, mofándose de Teo—. Me parece que os ha hecho quedar mal.

Nira detona el mosquete.

—¡Ajá! ¿Viste como le di a esa piedra? —grita Nira exaltada.

Arias se echa a reír y le contesta:

—Lo que veo es que le diste a cualquier piedra. Pero seguro no era a lo que tenías intenciones de dar.

—Me conoces muy bien. —Nira sonríe y guarda silencio. Arias, que la puede leer por su mirada, nota que quiere decirle algo y no se atreve—. Oye, Arias —dice al fin—. ¿Te había dicho lo guapo que te quedan esos cachetotes? ¡Un par de revoluciones solares más, y Yázbet los encontrará irresistibles!

—¡Lo sabía!

—¿Sabías qué?

—¡Que me ibas a pedir algo!

Nira se encoge de hombros al ver que Arias anticipó sus intenciones.

—Bien. Vamos al grano —dice la niña, dándose por vencida—. Estaba pensando en hacerte una pregunta. ¿Crees que sería buena idea hacer algo para atrasar esos planes de Salomeno de enviarnos de peregrinaje?

—…

—¿Arias?

—¿Quieres atrasarlo un poquito? ¿O evitarlo por completo?

—¡Es evidente que tú estás listo para irte de peregrinaje al desierto del Énibes a enfrentarte a todos los malhechores con tu espadita de madera! Me pregunto, ¿cuánto pagarían un par de vándalos por esa melenita preciosa que tienes? —inquiere Nira al tiempo que despeina a su hermano.

—¿De qué serviría tu vida si no cumples tu encomienda del peregrinaje, Nira? *Abba* nos ha entrenado una vida entera para liberar a Jobos.

—Pues a mí no me importa no cumplir con tal encomienda. Mucho menos defraudar a Salomeno.

—Nira, yo sé que es fácil para ti defraudar a *abba*. No te cuesta nada. Sabes que eres lo más valioso que él tiene —admite Arias lastimero.

Nira le responde a su hermano con una mueca, e imita su voz de forma burlona:

—«Eres lo más valioso que tiene, mientras que yo siempre estoy tratando de demostrarle que soy un varoncito, que puedo conquistar al mundo entero yo solito. ¡Yo, "Arias el Grande", dueño y señor de los ocho desiertos! Hijo de Sulus y "bla-ble-bli-blo-blú"». ¡No seas bobo, Arias! Siempre te estás menospreciando. Sobre todo con Salomeno. Él nos ama a los dos tanto como yo te amo a ti, no me obligues a cogerte lástima.

—Estos dioses se ven demasiado apegados a sus captores, si es que en verdad son prisioneros —argumenta Teo—. Algo no encaja aquí.

—¡Callad y observad! Allí, tras esas piedras que cercan la quebrada.

Teo ve de inmediato lo que Valdimir señalaba. Es Esaúl, otro de los asesinos, que anda solo. Se acerca sigiloso hacia los niños.

—La obsesión de *abba* con esto del peregrinaje va a hacer que nos maten allá afuera. —Nira carga el mosquete—. Hace tiempo que no nos sentíamos seguros en un hogar y apenas llevamos pocos meses aquí. Quiero disfrutar el silencio tanto como nos dure.

El mercenario sigue acercándose a los gemelos. Teo y Valdimir están ansiosos.

—No se detiene, ¿qué hacemos? —farfulla Teo.

—Esaúl va a sabotear nuestra operación. Se quiere llevar a los dioses para él solo.

—¿Estás seguro?

—¿Veis a su compañero por alguna parte? Dadlo por muerto. Esaúl nos ha traicionado. Él no va a poder escapar con esas dos escoltas en los alrededores y lo echará todo a perder. —Con estas palabras, Valdimir desaparece entre la maleza.

Nira detona el mosquete y este truena.

—Lo que yo propongo, hermanito, es que echemos a perder adrede las tareas que nos asigna Salomeno.

—Sí, sí, Nira —dice Arias, desinteresado—. Echar a perder adrede para ti significa dejar de leer, para mí sería dejarme caer de culo de mi cabao y permitirle a Salomeno que me pegue cocotazos con una caña de ajoba. Me parece bien justo.

Nira ríe y reconoce que su hermano tiene un buen punto.

—Tienes razón. Pero valdría la pena. No me mires así, es un chiste, Arias. ¡Bah! Déjamelo a mí. Solo basta que uno de los dos fracase para que no nos manden a esa tonta expedición.

—Hablas como si hubiera estado de acuerdo con tu tonto plan. —Arias pone su arma en el suelo, sin percatarse de que Esaúl está a pocos pasos, agazapado tras la cortina de agua de la cascada.

—Yo pienso que es una locura —comenta Nira—. El Éspides no es un lugar apropiado para dos niños. ¿Cómo espera Salomeno que unos críos liberen a Jobos?

—Pero es que no somos unos simples críos. Somos dioses. Y si la gente de Jobos no está lista para recibir a dioses nuevos, los tomaremos por sorpresa. Mira allá arriba.

—¿A qué? ¿Te refieres a Páteras? —responde ella, refiriéndose al anillo que cruza el cielo a lo largo del firmamento, un semidiós que, según Salomeno, los protegería a ellos y a todo aquel que los acompañara—. ¿De veras crees que es auténtico y que vela por nosotros?

Tan pronto el rostro de Esaúl se desvela entre el telón de agua, los brazos de Valdimir se le enroscan alrededor del cuello, y lo regresa al interior de una gruta tras la cascada. La vida de Esaúl se ahoga a sordas entre las robustas manos del cavilán, todo sin despertar la sospecha de los dos pequeños dioses. Justo cuando Valdimir siente que todo vuelve a estar bajo su control, Arias interrumpe su sosiego.

—¡Alguien viene! —advierte Arias agitado. Su hermana levanta el arma con frenesí y la apunta a todas direcciones. Valdimir se queda inmóvil y en silencio; odia no tener visibilidad más allá de la cascada. Opta por quedarse callado y escuchar con atención.

—¡Muchacha, baja esa arma, que no he vivido tantos años como para que me mate una niñita como tú por puro accidente! —grita una voz gruesa en tono amistoso.

—¡Marcelo! —exclaman contentos los hermanos al ver a un hombre gordo que baja por una pendiente, acompañado de un niño y de su pequeño perro llamado Odot.—Oh. Viniste con Aguín — refunfuña Nira, decepcionada.

—¡Guau! ¡Qué sorpresa verlos! —grita Aguín con ilusión, mientras baja a toda prisa.

El niño es flaco como una astilla, con unos ojos grandotes y unos dientes incisivos que parecen hachas.

—¡Mira, Marcelo! —señala Aguín—, ¡Arias y Nira están ensayando con los mosquetes! ¿Me dejas disparar también?

—No —espeta Nira.

—Sí —concede Arias sin problema.

—¡Siempre quise aprender a usar uno de estos! ¡Ay, disculpen! —se corrige Aguín, abochornado por su falta de modales. Retrocede tres pasos, se hinca ante los gemelos y recita:

—Bendecidos sean los niños de Celes y Sulus. —Una vez que Aguín termina de ofrecer sus respetos, salta apresurado hacia Arias, con mucho entusiasmo—. ¿Me enseñas a usarlo? ¡Se ve increíble!

Nira encuentra al pequeño Aguín insoportable, sobre todo por el fanatismo que le expresa a su hermano. Si un día a Arias le daba por aventarle piedras al techo de la casa de las viejas Meryl y Janés para volverlas locas, ahí estaba Aguín para hacer lo mismo. Si Arias caminaba sobre una viga haciendo malabarismos, ahí estaba también Aguín para seguir sus pasos. Cuando Arias no estaba, Nira encontraba a Aguín más desesperante, hasta patético. Le molestaba verlo perder el tiempo, como cuando lo veía aventándole piedrecillas a los pajaritos de la plaza o rodar como un tronco por las colinas, solo para llegar mugriento a casa. Día tras día, haciendo las mismas cosas mundanas. Ella sabe que Salomeno nunca les permitiría a ella o a su hermano perder el tiempo en trivialidades como esas… quizás hay algo de envidia en la manera en que ve al pequeño Aguín. A veces se pregunta cómo sería vivir una vida con tan poco peso. Con tan poco que pensar.

Tan poco que hacer.

—¿Y ustedes están solos? —interrumpe Marcelo, ahora imponiéndose con un tono autoritario que nunca convence a los niños —. ¡Carajo! ¿En dónde está Arbitán y Yázbet? No se supone que los dejen solos.

—¡Estamos aquí! —grita Arbitán azorado, mientras baja deprisa del tope de la cascada al tiempo que ajusta su pantalón. Yázbet está más arriba, poniéndose la blusa.

—¡Cuidado que no te pinches el pajarito con el pantalón, *colora'o*! —bromea Marcelo entre carcajadas.

—Por favor, no le digas nada a *abba*, tío Marcelo —suplica Arias.

—Ya, ya. ¿Acaso me ves cara de chismoso? —argumenta Marcelo, solo para que los niños intercambien una mirada cínica—. ¡Bah! ¡No le voy a decir nada!

Marcelo se ha ganado el aprecio de los gemelos por encima de todos en Savana. Con cariño lo reconocen como su tío, pues en años de ausencia de Salomeno, cuando apenas tenían dos revoluciones, el tío tomó custodia de ellos. Salomeno suele rodearse de guerreros fuertes, pero no es el caso de Marcelo, quien por años ha sido su hombre de más confianza. Su hermano.

Marcelo es un hombre de cuerpo ancho y cuadrado, de baja estatura, que ronda las cuarenta revoluciones solares de edad. Muchos niños en la aldea dicen que parece un viejo saco lleno de papas. Todo es tosco y orondo en su cuerpo: los brazos, las manos, los tucos de la barba, que brotan como espinas de su redonda barbilla. También tiene vellos en el resto de su cuerpo; son largos, negruzcos y rizados. Hasta su entrecejo es velludo, pero no tanto como su bigote, que según Arias, podría confundírsele con una de sus axilas. Su pelo siempre está seco, pajoso, salvaje y revuelto, repleto de canas. La nariz no lo ayuda a verse más apuesto, ya que es grande e inflada, con muchas espinillas. Sus ojos son pequeños como dos aceitunas; en ellos siempre se vislumbra una inmensa ternura, en especial cuando le habla a sus dos sobrinos.

—¿Qué llevas ahí, tío? —pregunta Nira al ver que Marcelo carga unos canastos que penden de sus hombros.

—Lobillas —contesta Marcelo, refiriéndose a unos pescados—.

Vine a la poza con Aguín para enseñarle a limpiarlos.

—¡Guácatela! —exclama Nira—, procuren no contar conmigo, entonces.

Marcelo avanza a la orilla de la poza y se sienta sobre una piedra. Luego mete sus manos gordas dentro de la canasta y saca una de las lobillas.

—¿Y ustedes no se suponen que estén entrenando?

—Fue idea de Nira —dice Arias de inmediato.

—¡Ey! —le grita Nira a su hermano, y le da un pellizco en el brazo. Aguín se ríe—. Y tú, cállate.

—Ya dije que no le voy a decir nada a Salomeno —repite Marcelo. De pronto, los ojitos se le hacen grandes, llenos de asombro. Entonces ríe y dice—: ¿Pero ustedes creen que pueden engañarlo? ¡Ja! ¡Nadie engaña a ese viejo terco! ¡El único que logra engañarlo es Salomeno mismo! Permítanme decirles algo que sé por experiencia: cuando crean que están engañando a Salomeno, él ya los estará engañando a ustedes, haciéndoles pensar que son ustedes los que lo han engañado. ¿Me siguen?

—Eh… no —dicen Arias y Nira, confundidos.

—Miren: el truco con mi hermano es acumular uno que otro favorcito y luego… ¡Ja! ¡Fuuuuch! ¡Se dan su escapada! —exclama Marcelo agitando el pescado a todas direcciones—. Últimamente Nira se está metiendo en demasiados líos con él. No me esperaba eso de ti, Nirita. Tú siempre has sido bien dedicada y obediente. Recuerden que cuando uno de ustedes la caga con el viejo, yo termino con la mierda encima. Cogiendo toda la culpa.

—Nira tiene miedo —insiste Arias—. Está tratando de sabotear nuestro peregrinaje otra vez.

—¡Arias! ¿Vas a seguir? ¡Cállate, imbécil! —grita Nira, dándole un puño en el hombro.

—¡Au!

—Ay, Nirita. Sabes que ya quisiera yo que fuese así. Pero nada convence a mi hermano de otra cosa. Les recomiendo que hagan lo que les pide. Así es como evito problemas con él.

—¿No crees que es una misión suicida para dos niños? ¡Y absurda! ¡Conquistar Jobos! —argumenta Nira, sacudiendo las manos.

—Tengan un poco de esperanza en ustedes mismos, ¿sí? —sugiere Marcelo.

—Salomeno nos enseña que la esperanza mata, ¿o no recuerdas? —objeta la niña.

—Bueno, sí. ¡Ay, no me jodan más! ¿No ven que Aguín y yo estamos ocupados?

Marcelo se vuelve hacia el niño:

—¡Ven, Aguín!

Marcelo agarra firme al pescado y de un solo tajo le abre la barriga. Luego forma un cucharón con sus dedos y comienza a sacarle las vísceras.

—¡Uhhh! ¡Qué asqueroso! —ríe Arias al ver lo que tiene la lobilla por dentro.

—Es hora de regresar al campamento, sus altezas —les deja saber Arbitán.

—¿Puedo ir con ellos? —pregunta Aguín con emoción, mientras da brinquitos alrededor de los gemelos.

—¡No! —brama Nira.

—Está bien —le responde Marcelo, para desdicha de ella—. Anda, *chú*. Prefiero hacer esto solo. ¡Ustedes dos, escúchenme bien! —se dirige ahora a Yázbet y Arbitán—: Que no se les pierda el camino de regreso. No se te vaya a perder dentro de los pantalones, *colora'o*.

—¡Yo quiero montar con Nira! —se ofrece Aguín con emoción en los ojos.

—¡Aaaa! —se queja ella.

—Bueno, niños, váyanse ya. Que Páteras me los bendiga y me los favorezca.

***

Arbitán y Yázbet dejan a Nira y Arias en su casa; Aguín se adelanta a la entrada, impaciente.

—Parece que *abba* no ha llegado —señala Arias.

—Recuerda no tocar nada, Salomeno tiene artefactos preciados y delicados —le advierte Nira a Aguín.

Al abrir el toldo de la tienda, la luz de Celes ilumina el interior, revelando un amplio espacio repleto de reliquias y tesoros provenientes de muchas partes del continente norte de Gálica y las Islas Crestas. Del techo y las paredes guindan varias alfombras confeccionadas por los más reconocidos sastres de la antigüedad de la gran ciudad de Croya. Aguín siente que visita un museo que lo transporta a través de los tiempos para presenciar objetos ya no reconocidos por la historia. En los alrededores hay muebles reales, joyas, reliquias, artefactos astrológicos, pieles de animales exóticos, armas, armaduras y escudos. En otra parte están expuestas una gran cantidad de pinturas y estatuas. No existe objeto dentro del hogar de Salomeno que no sea una obra concebida con la más alta calidad artística.

Todo causa una gran impresión en Aguín, pero nada evoca en él el tipo de sentimiento que le producen los libros. En su corta vida, el niño había visto demasiadas armas de fuego y de acero, pero nunca la existencia de un libro, y Salomeno tiene cientos de ellos, algunos con más revoluciones solares que las personas que habitan Savana.

—¡Guau! —exclama al ver un libro abierto sobre un viejo escritorio de madera.

—¡Cuidado con lo que tocas! —le advierte Nira—. Ese es mi escritorio, no muevas nada de su lugar.

—Déjalo tranquilo —le reclama Arias a su hermana—. ¿Qué daño puede hacer? Mira lo emocionado que está.

—Actúa como un bebé, míralo. Se supone que tiene nuestra edad.

—Es apasionado. No es su culpa que seas una apestosa.

—¡Nira! ¿Qué dice aquí? ¿Cómo se llama este libro? —pregunta Aguín con los ojos brillantes.

Nira camina hacia él con desdén.

—*Caminando del Énibes al Óspides y, en su vientre, la bestia de trece cabezas* —le replica la niña, como si le costara demasiado trabajo hablar.

—Es el libro favorito de Nira —comenta Arias.

—Es una biografía de aventura, escrita por los mejores exploradores de todos los tiempos —indica Nira con altivez—. Los autores cuentan las hazañas vividas en una travesía donde cruzaron del Énibes, en el oeste, hasta el Óspides, el este de Jobos, sobreviviendo las penurias de las trece más peligrosas tribus del continente. Escrito por Ilvio Aote y Zabina Galiano.

—¡Guaaaau! ¿Por qué esos exploraciones tienen tantos nombres?

—inquiere Aguín.

—¡Se dice ex-plo-ra-do-res! —corrige Nira, seca—. Y no son necesariamente muchos nombres, bobo. Son apellidos. Antes la gente los usaba. De esta manera se reconocía a qué familia pertenecías. Los pálidos acabaron con eso hace mucho tiempo. Los ancestros de La'Mourg borraron los apellidos y, al mismo tiempo, al linaje existente de la humanidad.

—¿Qué es un *lineaje*? —pregunta Aguín.

—¿Sabes qué? ¿Por qué no lo olvidas? Tu mamá debe estar preocupada por ti —le espeta Nira.

Aguín no presta atención a lo que le dice Nira, ya que se ha ocupado en examinar otro objeto.

—¡Guau! ¿Qué es esto, Arias? ¿Quién es la señora? —pregunta Aguín al ver el mosaico de una mujer. Se trata de pequeñas piedras multicolores pegadas sobre un pedazo de concreto, que al parecer fue extraído de algún lugar. La obra descansa sobre un altar.

—Es hermosa, ¿no crees? —responde Arias—. Salomeno nos cuenta que es una diosa antigua. La diosa de la vida. Él la llama «La Mujer». Como todas las obras aquí, son objetos olvidados. Salomeno a veces pasa horas observándola. A veces llora mientras lo hace.

—Las obras de arte provocan ese tipo de sentimientos. Para eso existen —agrega Nira.

—¡Shh! ¿Escuchan eso? —interrumpe Arias— Creo que *abba* acaba de llegar.

—¡Salomeno! —vocifera Aguín demasiado alto.

—¡Cállate! —gruñe Nira—. ¡Escóndete! Se supone que estábamos entrenando, no jugando contigo. ¡Métete bajo de la mesa y no digas nada!

Tras los niños, en las paredes de los toldos de la tienda, se dibuja a contraluz una figura alta de hombros anchos. Junto a él andan otras dos siluetas de hombres vestidos con armaduras. Los niños no alcanzan a escuchar la conversación, pero ven que los soldados le hacen al hombre una reverencia de despedida y se marchan.

El hombre es Salomeno, y este abre los telones de la caseta a espaldas de los niños; una luz rosada ahuyenta la oscuridad tenue de la recámara. Dos segundos más tarde, cuando el hombre deja el telón caer a sus espaldas, se vuelve a oscurecer. Nira se fija con disimulo en la figura de Salomeno, que se acerca. Arias no lo alcanza a ver, pero puede seguirlo con sus oídos al escuchar el pelo rozar suave por el techo de la tienda.

—¿Qué tal estuvo el río? —pregunta el señor de barbas largas.

Arias y Nira sienten un frío repentino en el pecho. El niño vuelve la mirada a Salomeno y le dice:

—¿Qué río?

—Ese mismo que dejaron en mi alfombra. Ese mismo que no tomaron el tiempo de limpiar.

Ninguno de los niños contesta.

—¿Y bien? ¿Cuándo pensáis dejar de jugar con vuestro mandato? Jobos no puede resignarse a esperar a que terminéis la infancia. Os lo he dicho muchas veces. Vosotros sois responsables no solo de este pueblo, sino de todos los demás por venir. —Salomeno le dirige el escarmiento a Arias, como si Nira no tuviera que ver con lo ocurrido.

—Fue idea mía, *abba* —admite la niña con firmeza—. Le ordené a Yázbet que paráramos en el río para jugar.

—Nira... —intercede Arias, tratando de detenerla.

—Es la verdad —concluye ella.

—Pues acabáis de admitir una peor falta. Abusasteis de vuestro poder. Habéis cometido vuestro primer paso para convertiros en tiranos.

—¿Qué? ¡Por Páteras, solo fuimos a jugar a un río! —protesta ella. Arias no se atreve a interceder.

—Para vosotros no existe tal cosa como pedirle un favor a Yázbet. Sabéis bien que una palabra de vuestros labios es una orden. Y abusasteis de ese poder. Hoy fue el río, y ¿qué será mañana? ¿Y el día siguiente? Es evidente que no tenéis la madurez suficiente para dar órdenes.

—Si eso te complace, no volverá a ocurrir —contesta Nira, con poca sinceridad. Arias, por otro lado, se siente aludido y algo herido. Sabe que de haber sido él quien hubiese admitido la falta, Salomeno le hubiera dado un mayor escarmiento.

—Ya podéis salir de vuestro escondite, Aguín —le anuncia Salomeno, sonriente.

—Bueno sea, Salo… ¡Au! —comienza a decir Aguín antes de golpearse la cabeza con la mesa al salir.

—Bueno sea, pequeñito. Ándate a vuestra casa, que me encontré de camino con vuestra madre y anda preocupada por vos.

—¡Como ordene, mi señor! —contesta Aguín, exagerando con sus modales—. Arias, Nira, ¿puedo acompañarlos mañana en el desayuno?

—No —dice Nira tajante.

—Sí —responden Salomeno y Arias a la vez.

—¡Gracias! ¡Hasta mañana! —se despide Aguín.

—No creáis que he terminado con vosotros —le dice Salomeno a los niños, que ya contaban con que habían acabado de lidiar con su maestro—. Queda un asunto más para el día de hoy. Amenoóh me pidió que pasara a su casa con vosotros. Tiene algo que deciros antes de la ceremonia que les tiene preparada para mañana.

—¡¿Amenoóh?! —se quejan ambos niños con pataleos.

—¿De verdad tenemos que ir? ¡Ese señor es demasiado extraño! ¡Y si te soy sincera, me da mucho miedo! —protesta Nira.

—Amenoóh es parte de Savana y de vuestra comunidad, y como a todo lo demás, tenéis que aprender a tolerarlo. Os beneficiaríais de su sabiduría si le dais la oportunidad. Y si sabéis diferenciar la habladuría absurda de la inteligente.

—Eso no me convence mucho —lamenta Nira obstinada—. ¿Al menos puedes convencerlo de que se ponga algo de ropa?

—Estar desnudo es parte de su cultura, Nira. No puedo pedirle tal cosa.

—Yo voy contigo —dice Arias, tratando de ser más obediente.

—Iremos todos. Ni una palabra más. Ahora venid, y recordad prestar atención a lo que él dice —instruye Salomeno, al tiempo que abre el telón de la salida de la caseta—. Él siempre está bien atento a todo lo que…

—¡Aaah! —gritan los dos niños al toparse en la salida de la caseta con un hombre flaco y huesudo que está completamente desnudo. Su cabello debería verse blanco, pero está amarillento y sucio, hecho enredos. Del tope de su cabeza nace una trenza gruesa que descansa como una soga sobre sus hombros, para luego enrollarse en su cuello, siguiendo su camino alrededor de sus brazos hasta terminar en su puño. En la punta de su trenza lleva amarrado un candil encendido. Su lumbre ilumina una piel rugosa, tostada y marchita, grisácea como si estuviera muerta. Pese a todo, sus ojos se ven apasionados y jóvenes, llenos de vivacidad. Su boca revela una sonrisa de dentadura intacta y perfecta.

—Amenoóh —dice Salomeno algo incómodo—. No esperaba verlo aquí. Estábamos por pasar por vuestra casa.

—Estaba al tanto —revela el viejo con voz áspera—, así lo ha dicho el Tiempo. Vengan.

—Creo que hubiera preferido un castigo de Salomeno —le susurra Arias a Nira.

—Espero que estén listos para mañana —dice el viejo mientras los guía a lo largo del campamento—. Va a ser un día crucial para su crecimiento. Mañana volverán a nacer. Nacerán del dolor.

Arias y Nira intercambian una mirada temerosa, sobre todo ella, que suele tenerle pánico a lo nuevo y lo inesperado.

—Bienvenidos a mi hogar —les dice Amenoóh de forma cordial a sus invitados.

—Guau, qué reguero —musita Arias, desanimado.

—Qué peste —agrega Nira.

Salomeno le propina a ambos un apretón de oreja.

—Perdonen los estorbos —se excusa el viejo del candil—, son preparativos para la ceremonia de mañana. Siéntanse como en su casa.

Su hogar es diminuto, está lleno de utensilios y chatarra. A donde quiera que los niños ven, hay químicos, cacerolas con sustancias extrañas de todos colores y hedores.

—Joven Arias, puede sentarse en esta silla. Tenga. —Amenoóh le sirve a Arias un tazón con unas sustancias calientes. Arias no lo encuentra nada apetitoso.

—¿Qué es? —pregunta el niño enmascarando un gesto de repulsión con una sonrisa falsa.

—Medicina. Para su catarro.

—No tengo catarro, señor.

—Para el catarro que tendrá mañana.

Arias y Nira vuelven a intercambiar otra mirada, esta vez de lamento, porque no quieren estar ahí.

—¿Y a qué se debe tan generosa invitación, Amenoóh? —interrumpe Salomeno—. Me llena de alegría que deseara recibir a mis niños en vuestra casa. Ellos se beneficiarían bien de vuestra sabiduría.

Amenoóh ríe con modestia.

—Yo no soy sabio. Esta vieja cabeza es bastante tonta. Pero sí poseo algo especial. Tengo la confidencia de la más conocedora de todas las voces.

Amenoóh se dirige a un anaquel con varios libros y toma uno de ellos. Es enorme, pesado y grueso. De súbito, lo avienta sobre la mesa, entre Salomeno y los niños.

—Hoy escribí la última palabra de este libro —revela—. Las cosas más importantes comienzan siempre en el momento más apropiado, y terminan en el más inesperado.

Amenoóh abre el libro. Para sorpresa de todos, está lleno de dialectos y garabatos.

—¿Qué es esto? Aquí no dice nada —inquiere Nira ya corta de paciencia.

—Esa pregunta que me hace, no se la puedo contestar. Pero sí puedo confiarle un secreto: su pregunta y su contestación, están ambas escritas en este libro.

Los niños piensan que al viejo Amenoóh se le ha estropeado el cerebro. Salomeno está comenzando a dudar si fue una buena idea llevar a los gemelos. Amenoóh se acerca a los niños y baja el tono de voz para que le presten atención.

—Nuestro mundo no está hecho por la historia. Esas son cosas que redactan los escribas en pedazos de papel para complacer a sus amos y a ellos mismos —dice despectivo—. Nuestro mundo está creado por vivencias. Por cuentos. —Al decir estas palabras, la llama de las velas destella en sus ojos apasionados, que se abren más y más con cada palabra—. Este mundo nuestro no pretende ser justo. No pretende ser honesto. Solo tiene verdades y mentiras. Por lo general, son las mentiras las que se dicen y las verdades las que se callan. Escúchenme con mucho detenimiento, porque en lo que me queda de vida callaré una verdad, pero les diré una mentira.

Amenoóh pasa sus dedos huesudos por las páginas del libro, sintiendo con la yema de sus dedos el trazo de las palabras.

—Este libro contiene la verdad absoluta. La historia única. Una que ocurrió y que todavía está en marcha.

—Pero acabas de decir que tu libro está terminado —argumenta Nira—. ¿Cómo es que sigue en marcha? Eso no es posible. No tiene sentido.

—Es posible, porque no está concebida por mí ni por ningún estudioso de los eventos de este mundo. Esta historia, como ya les dije, me ha sido confiada por la voz más conocedora de todas: el Tiempo. Me la ha susurrado a lo largo de los años. Eventos de suma importancia. Me los cuenta en el momento en que ocurren, antes de que nos ocurran, incluyendo esta misma instancia que estamos viviendo adentro de esta choza.

—¿Para qué el Tiempo te va a querer contar una historia? —inquiere Nira incrédula.

—El Tiempo no me revela propósito. Él solo habla y yo lo escucho, me muestra y yo observo y huelo, pero ¿tocar?, eso solo me es posible en el presente, sin importar dónde. En cambio, yo sí he puesto propósito a lo que me cuenta: contar una historia real, contrario a las que se ha enseñado el hombre desde que comenzó a relatar cuentos. Una que no está escrita por conquistadores. La verdad universal y absoluta.

—Y no se entiende nada de lo que dice —reprocha Nira—. ¿De qué sirve si está escrita en garabatos?

—Dejarán de ser garabatos cuando una persona lo pueda leer, ¿no crees? —pregunta Amenoóh, sonriente.

Salomeno mira con ojos intrigados, de pronto le pregunta a Amenoóh:

—¿Y cuál es la historia que cuenta el libro? ¿O es también un secreto?

—Acabas de hacer la pregunta que tanto tiempo esperaba escuchar, mi querido amigo —replica Amenoóh—. La historia es sobre «El Amo De Los Tiempos».

Todos se quedan callados y atentos.

—Solo hay un amo, maestro y señor del Tiempo, de todos los tiempos de los individuos pasados, presentes y futuros que vivían, viven y vivirán en todas las tierras del mundo de Ilusonia. Aquel hombre que los domine, que alargue el tiempo de su dominio, que incluso puede extenderlo a futuras generaciones y, también, controle cómo estas recuerdan a las pasadas, es él quien gana el título.

—La'Mourg —dice Salomeno.

—La'Mourg es solo amo de unos tiempos en particular, de aquellos que viven en las tierras del sur, en Jobos. Ustedes, niños de Celes y Sulus, además de eliminar a La'Mourg, están destinados a mucho más.

—Pero acabas de decir que solo puede haber un amo de los tiempos —dice Arias confundido—. Si Nira y yo terminamos con el reinado de La'Mourg, ¿cuál de los dos se convertiría en el amo de los tiempos?

—Todos y ninguno —contesta el viejo.

—¿Eh? —dicen los gemelos.

—Solo una estrella tendrá el poder.

—No entiendo, ¿el Tiempo no va a escoger a ninguno de los dos, pero sí al mismo tiempo? —pregunta Arias—. ¿Y a una de las dos estrellas?

—Jovencito, el Tiempo no escoge a nadie, no espera por nadie y no favorece a nadie. No sean impacientes. Solo tienen que vivir su vida para averiguarlo.

—¿Y qué será de mí? —inquiere Salomeno.

—A ti te abandonará el Tiempo. Y tus ojos no te servirán para verlo venir.

Salomeno de pronto se pone de pie de forma brusca, como si le hubieran ofendido esas palabras.

—Creo que ya escuchamos suficiente —protesta—. Me parece que nos veremos mañana en la ceremonia, Amenoóh. Bueno sea. Arias, Nira, nos vamos a casa.

—Uy. ¿Y a este qué le pasa? —susurra Arias.

—¡Shh! ¡Cállate, ya tuve suficientes jalones de oreja por hoy!

Al salir de la choza de Amenoóh, Salomeno se acerca a ellos.

—¡Vosotros sois sastres de vuestro propio destino! Nada, fuera de lo que dictaron los soles está escrito. ¿Entendido? —argumenta Salomeno tratando de disminuir la enseñanza que les acaba de dar Amenoóh.

—Entendido —dicen los dos.

—Vuestro propósito es y siempre será partir de peregrinaje, y liberar a estas tierras. Para eso Celes y Sulus se han hecho carne en vosotros.

El rostro tenso de Salomeno se ablanda para obsequiarles una sonrisa, demarcando valles, llanuras y montañas a lo largo de las arrugas que se materializan en la topografía de su rostro. De pronto, unas malas noticias endurecen su expresión.

—¡Bueno sea, Salomeno! Bendecidos sean, Arias y Nira —dice corta de aliento una de las centinelas del campamento—. Tengo graves noticias para sus altezas.

—Hablad, ¿qué sucede?

—Hemos encontrado varios cadáveres de intrusos. Más de una decena de ellos, y cinco de los nuestros. ¡Hemos sido invadidos!

2

EL TERCER FILO

Es de madrugada en Savana. Los rayos de Celes se avecinan por la ventana de la caseta de Salomeno, impactando en el rostro de Nira y privándola del sueño.

—¡Todavía no! —le grita ella a Celes, mientras entierra su cara debajo de la almohada.

Solo hay una cosa que Nira odia más que levantarse demasiado temprano en la mañana, y es oír el cantar desentonado de Salomeno a tales horas. Se revuelca furiosa entre las sábanas, murmullando incoherencias. De pronto, alguien la patea en las posaderas.

—¡Nira, despierta! —grita Arias con una sonrisita en la cara que la pone más rabiosa.

—Venid, Nira, no quiero esperar un segundo más —le advierte su maestro.

—Bueno sea, *abba* —dice Nira con desdén mientras se incorpora y frota sus ojos.

—Bueno sea, mi niña. Os estoy preparando un desayuno fuerte. Hoy estaremos los cuatro ciclos del día afuera, trabajando.

—¡Sí, Nira! ¡Hoy saldremos con Marcelo, Arbitán y Yázbet a buscar a los asesinos! —anuncia Arias con bravura.

—Qué bien. No puedo esperar para morir —le responde Nira sarcástica—. En realidad no tengo tiempo para eso, ahora me urge más hacer pipí, así que, si me disculpan…

—No os tardéis demasiado. Procurad no pasar mucho tiempo sola, que esos malhechores andan por ahí.

Nira se adelanta a la salida de la tienda y dice:

—No te preocupes, *abba*, que yo tengo ojos detrás de mí, es… ¡Aaaah!

—¡Hola, Nira! —saluda Aguín de súbito en la entrada, con una gran sonrisa.

—¡Huy! ¡¿Qué ya no se puede salir por esta puerta en paz?! —protesta Nira. Entonces se percata de que el muchacho está acompañado por un grupo de niños.

—*Salé amiobah ediruk Ceres Sarus Hururk…*

—*Halom lombah euh nierr sebu…*

—*Cael summi evasion aumbeue…*

Varios de los niños repiten a coro, y en sus propios lenguajes, la letanía que significa: «Bendecida sea la niña de Celes…».

—Ya, ya, ya. ¿Y quiénes son estos?

—¡Ellos son Lilia, Tuk, Edard, Adonis, Lucia, Jared…!

—Sí, sí, sí, pero ¿qué vienen a hacer aquí?

—Pues me invitaste ayer a desayunar con ustedes, ¡así que le extendí la invitación a mis amigos!

—¿¡Qué!? —Justo antes de que ella terminara de reclamar, los niños ya se habían metido en la casa.

—¡Bueno sea, Salomeno! —dice Aguín jubiloso, corriendo alrededor de él. Los otros niños le siguen el paso y saludan a coro en sus respectivos idiomas entre risas.

—Bueno sea, niños —ríe Salomeno—. ¡Me parece que tendré que cocinar más huevos de tortolillas para todos hoy!

—¡Bendecido sea el niño de Sulus! —dice Aguín de improviso, al toparse con Arias.

—Bueno sea, Aguín y compañía. ¿Quieres venir a vernos entrenar hoy? —le sugiere Arias.

—¡Arias! —refuta Nira furiosa, ya que siente que Aguín se pone muy tedioso en las sesiones de entrenamiento. Le molesta que su hermano use a Aguín para lucir sus habilidades y así alimentar su ego —. ¿Acaso se te olvida que hay asesinos merodeando Savana? ¡No podemos andar con todos estos niños!

—Está bien. Que solo venga Aguín —insiste Arias.

—¡Gracias, Nira! —Aguín da un salto de alegría.

Los niños echan a correr como una estampida de jabaneros por la sala, pasando sin cuidado entre las reliquias de Salomeno.

—¡Ey, cuidado que no rompan nada! —ordena Nira, ansiosa.

De pronto, una figura grande se impone alta sobre los niños, emitiendo un horrible rugido, con los ojos amarillentos y una barba larga que se columpia en su pecho.

—¿Qué es eso que huelo? ¡Siento la peste de unos niños impostores en mi casa! Badabám, badabám, ¿dónde estáis? —brama Salomeno haciéndose pasar por un gigante, con dos huevos de tortolillas encajados en las cuencas de sus ojos.

Aguín y los niños escapan de Salomeno mientras él los persigue. Los atrapa uno a uno y se los pone debajo del brazo.

—¡Uno, dos, y... tres niñitos! Badabám, bararóm, para hacer un sopón.

—Este está de buen humor hoy —le musita Arias a su hermana en el oído.

—No —dice Nira agitando la cabeza con desaprobación—. Él es así con cualquier otro niño que no seamos nosotros.

Nira mira a su hermano, algo extrañada.

—¿Y por qué estás tan fañoso hoy, Arias?

—No me lo vas a creer. Hoy me levanté con un resfriado.

—¿Qué? Huy —dice Nira aterrada, recordando la premonición de Amenoóh la noche anterior—. Cállate, por favor, no quiero oír más.

Salomeno, Arias, Nira y el resto de los niños pasan una gran parte de la mañana hirviendo huevos de tortolillas. Hornean panes y dulces y terminan preparando un zumo de caña. Todo está listo; Salomeno y los niños salen a sentarse afuera de la casa, forman un círculo, y empiezan a comer.

De pronto, el desayuno es interrumpido por un grupo de hombres.

—Bueno sea, Salomeno. Bueno sea, chiquilines —dice una voz que Arias y Nira reconocen al instante.

—¡Tío Marcelo! —exclaman los gemelos al recibirlo con un abrazo, y se percatan de que anda acompañado por Arbitán, Yázbet y otros cuatro soldados, todos bien armados.

—Guau, tienes un gran ejército contigo, tío —exclama Arias con asombro.

—¡Bueno sea, mis altezas! —saluda Yázbet.

Arias se queda paralizado y mudo, como si la presencia de Yázbet lo hechizara.

—¡«Bueno sea» te dijo la chica, Arias! ¿Acaso no le vas a contestar a la dama? —indica Marcelo jocoso, al tiempo que le siembra una palmada en el centro del pecho, rompiéndole el encantamiento de inmediato.

Arbitán se dirige a Salomeno:

—Hemos recolectado todos los cadáveres de los intrusos. Están expuestos en la plaza. Creo que usted debe pasar a examinarlos.

—No perdamos más tiempo. Vayamos a ver qué mal nos acecha.

Son un total de dieciséis cadáveres. Están en fila, visibles ante todos en la plaza de Savana, en temprana etapa de descomposición.

—Mercenarios y asesinos —asevera Salomeno de inmediato—. Qué desperdicio de vida.

—¿Qué significa esto? —pregunta Arias.

—Que estamos siendo observados por agentes contratados por La'Mourg —responde Salomeno preocupado, mientras se pasea entre los cuerpos inertes, estudiándolos con detenimiento.

—¿La'Mourg? ¿Para qué? ¿Qué están buscando? —pregunta Nira

con una ansiedad palpable.

—A vosotros dos. Buscan a los dioses que están destinados a destronarlo.

Nira se pone tan lívida como los muertos.

—¡Pues hay que buscarlos cuanto antes! —ruge Arias, bravo.

Salomeno se agacha y escudriña las muñecas de los cadáveres. Muchos de ellos tienen insignias tatuadas.

—Vienen de diferentes gremios —revela Salomeno—. Algunos no son mercenarios, nada más que asesinos. Posiblemente esclavos de La'Mourg. Este, por ejemplo, tiene la marca en el cuello.

—¡No quiero ver! —Nira oculta el rostro entre los drapeados de Salomeno para evitar ver al cadáver.

—Sugiero que expongamos los cuerpos a lo largo de Savana —dice Arbitán—. Deberíamos crucificarlos para que sirvan de escarmiento.

—En Savana no hacemos barbaries como esa —rebate Salomeno —. Esta es una tierra para los vivos. Solo La'Mourg y los dairios usan semejantes tácticas.

—Necesito hombres por todo el perímetro. Tenemos que encontrar a estos intrusos cuanto antes. No tomará mucho tiempo para que estén al tanto de que los hemos descubierto. Proseguirán a atacarnos pronto y de la manera más inesperada y desesperada. Esos asesinos deben saber que no les queda mucho tiempo.

Marcelo se acerca a su hermano y, con semblante preocupado, le dice:

—No vamos a encontrar otra tierra más oculta y valiosa que esta. No podemos dejarlos escapar. Hay que ir a cazarlos, como sugirió Arias.

—¡Yo quiero ayudar! —dice el niño con bravura.

—¿Estás loco? —pregunta Nira ansiosa—, ¿acaso te quieres morir?

—*Abba* nos lleva preparando para este momento por años —replica Arias—. Es hora de que le demostremos que no fue en vano.

—Vendrán con nosotros —ordena Salomeno para sorpresa de Marcelo y los niños.

—¿Qué? —pregunta Nira en un grito, alarmada.

—Meno, te ruego que reconsideres. Son solo unos niños —discrepa Marcelo.

—Arias tiene razón: si espero de ellos cometidos mucho más riesgosos en revoluciones solares venideras, urge que los ponga a prueba ahora que son pequeños.

Salomeno se incorpora en medio de la multitud, buscando la atención del pueblo.

—Es evidente que hemos sido invadidos. El enemigo puede estar en cualquier lugar; es posible que estén entre nosotros. Tenéis que estar alerta y avisar de cualquier movimiento extraño que notéis en el campamento. Cada centinela deberá hacer veladas ininterrumpidas a lo largo de Savana. Haremos esto hasta que encontremos al último de ellos. Ya hemos perdido a cinco hombres; no quiero perder a alguno de vosotros.

Salomeno se da la vuelta en dirección a los cadáveres.

—En cuanto a los invasores, quemadlos. Quemadlos a todos con fuego. Que el dios de la muerte los acoja, porque el de la vida los ha abandonado.

***

Los cuerpos están preparados en una hoguera, apilados sobre paja y troncos de madera. Salomeno los prende en llamas. Arias y Nira ven la columna roja ardiente que se levanta feroz, envuelta con un humo negruzco que carga consigo una horrible peste a piel quemada. La madera y los cuerpos crujen y lloran al quemarse. A Nira le llega a los adentros un pavor repentino. Un buche de vómito le sube caliente y amargo por la garganta. La amenaza para ellos es tan real como el calor que sienten del fuego.

—Eso debe dejar el mensaje bien claro. Hagamos marcha —ordena Salomeno.

—¿Y vas a dejar que el hijo de Nérida vaya también? —pregunta Marcelo, refiriéndose a Aguín.

—Arias y Nira le prometieron que nos acompañaría. Deben cumplir con su promesa y cuidar de él.

—¡Yo no prometí nada! —se queja Nira.

—Sí, lo habéis hecho. La palabra de un dios tiene peso. Y no crean que se han escapado de vuestras tareas, que las harán mientras nuestras escoltas vigilan el perímetro.

Uno de los soldados le hace llegar a Salomeno y a los niños un bisgón, cuadrúpedo de carga sumamente pesado y poderoso, peludo y de extremidades musculosas. Sus patas tienen dos fuertes pezuñas flexibles, acompañadas de un pulgar diestro y fuerte que les permite andar y trepar por cualquier tipo de terreno.

—¡Arriba! —ordena Salomeno al ayudarles a montar. Marcelo y los otros guardias los siguen a trote en sus cabaos.

***

—Es un día hermoso para cabalgar, ¿no es así, muchachos? —se admira Marcelo ante una llanura forrada por un matorral verduzco lleno de hierba y flores silvestres. En el cielo están Celes y Sulus, lanzando rayos de luz que acaloran la piel de los jinetes. Entre los dos soles cruza Páteras con los anillos bien definidos, mostrando tonos rosados, amarillos, naranjas y púrpuras.

—Creo que este lugar está bien para comenzar —indica Salomeno —. Bajaos de vuestras monturas. ¿Estáis listo, Arias?

—Listo, señor —afirma el niño con fiereza, al empuñar su espada de madera.

—Echad vuestra espada a un lado, hoy entrenaréis con una de verdad.

—¡Guaau! —exclaman Arias y Aguín.

—¿Me puedo quedar con su espada, Arias? —le suplica Aguín.

—Es tuya, caballero Aguín —responde Arias, mientras toca ambos hombros de Aguín con la hoja de madera, otorgándole un imaginario título de caballero.

—¡Guau, gracias! —exclama el pequeño caballero al recibir el obsequio.

Nira bufa, hastiada, y saca un libro de aventuras.

—¡Vamos, chiquitín, yo voy a ti! —le vocifera Marcelo a su sobrino.

—¡Enhorabuena, Arias! ¡Sulus brilla fuerte hoy! —le grita Aguín.

Salomeno se para a varios metros ante el niño en silencio, sereno. Desde su cintura, desvela una espada larga y curva como el arco de Páteras. La hoja no está desnuda, todavía está dentro de su vaina.

Arias muerde sus labios. Sus piernas piden temblar, pero el niño las sostiene, firmes. Arbitán le hace entrega de una espada de acero. «Está

54

pesada», se dice Arias. Salomeno camina hacia el pequeño dios, y lo punza en el hombro con la punta de la vaina.

—¿Listo? —pregunta Salomeno mientras afirma su postura de combate.

—He practicado todos los días. Estoy más que listo —responde Arias con un tono engreído.

—La mala práctica solo refuerza la imperfección —replica Salomeno seco.

Los ojos de Arias se vuelven cristalinos. Las palabras de Salomeno son su primer ataque, y se le clavan en el pecho como si ya lo hubiera cruzado con el virilio de su espada.

—¡Ataque por vuestro hombro izquierdo! —grita Salomeno.

—¡Me agacho y conecto al costado derecho! —Arias se agacha y trata de golpear a su maestro en el mismo lugar, pero Salomeno interrumpe el ataque con la vaina de su espada.

—¡Estocada en el centro del pecho! —Salomeno presiona la punta de la vaina en el pecho del niño, causándole un dolor profundo que lo deja escaso de aire.

—¡Escapo hacia atrás, pareo el ataque, giro y conecto en la garganta! —Arias lanza un golpe tímido al cuello de Salomeno.

Salomeno parea el ataque con facilidad y empuja al niño con fuerza. Arias trata de mantener el balance y cambia su postura de combate, sosteniendo el sable sobre su cabeza con ambas manos, una postura difícil de conseguir por su brazo maltrecho; sin embargo, se obliga a ella para no verse débil frente a su maestro. Salomeno se despoja de su capucha y deja que el viento la eche a volar hacia el campo abierto.

—Un general con un ejército superior al vuestro os enfrenta en el campo de batalla. ¿Cuál es vuestro primer paso?

—Finjo desventaja, pretendo que soy más débil, ¡cuando lo tengo convencido, revelo mi fuerza real y lo tomo por sorpresa! —ruge Arias mientras esquiva un golpe de Salomeno.

El maestro lanza otro espadazo con la vaina de su espada, seguido por cuatro más. El pequeño sol apenas puede competir con la velocidad.

—¿Y qué hacéis una vez lo tenéis confundido?

—Busco su área más débil y la exploto, confundiéndolo más aún y desmoralizando a sus tropas, obligándolo a improvisar una estrategia. Luego ataco sin piedad mientras él revisa sus maniobras, haciéndolo fallar cada una de ellas.

Al decir esto, Arias conecta una serie de ataques furiosos. El niño intenta culminar con uno mortal. Salomeno desnuda entonces la espada de virilio y, al hacerlo, se produce un cántico agudo que se escucha por toda la llanura. El virilio besa el acero de la espada de Arias, que se quiebra como si fuera vidrio. El niño cae con una cortada en la mano.

—¡Aaaaah! —llora aterrado, mientras mira la sangre.

—¡Arias! —grita Nira con lágrimas en los ojos— ¡*Abba*, no sigas, por favor!

—¡Callad! —brama Salomeno, dejando a Nira con las próximas palabras en la garganta—. ¡Levantaos! —le grita ahora a Arias con furia, tirándole una espada nueva en el suelo—, ¡no os dejéis intimidar por una herida superficial!

Arias se avienta para recuperar el arma. Salomeno le da un empujón con el pie y el niño se revuelca en la tierra. El maestro le ordena que se levante a recuperar su espada. Arias trata de hacerlo varias veces, pero esta pesa demasiado y se le resbala constantemente de la mano ensangrentada. El niño se rinde y se arrodilla a llantos. Se siente derrotado y avergonzado.

—Os estáis humillando.

Arias siente que no puede más con la deshonra. Salomeno le hinca en la garganta la punta de su sable de virilio.

—Dadme cuatro ejemplos de ataques pasivos.

—Sabotaje, extorsión, espionaje, sanciones, soborno… y propaganda —solloza Arias con la voz trémula, ahora tragándose las ganas de llorar.

—Esas fueron seis. Bien dicho, Arias —finaliza Salomeno al retirar la espada, que le deja un lunar de sangre en el cuello—. De haber sido este un duelo real, estaríais muerto. No podéis perder el control de vuestras emociones al momento de ser agresivo. Una mente poseída es fácil de matar.

—¿Qué le pasa a Salomeno últimamente? —le pregunta Nira a

Marcelo—, ¿por qué está siendo tan rígido con él?

—Pienso lo mismo —responde Marcelo—. He visto suficiente.

—Meno, ¿puedo hablarte un momento?

Marcelo se acerca a Salomeno y se lo lleva a un lado.

—Meno, ¿no crees que te estás excediendo con el chiquillo?

—Soy tan duro como lo requiere su entrenamiento. Si queremos que Arias lidere a un ejército que lo lleve a independizar a Jobos, debe aprender a soportar penas y derrotas. Miradlo con Aguín, apenas puedo distinguirlos uno del otro.

Marcelo vuelve la mirada hacia Arias; junto a él está su amigo, que lo ayuda a levantarse como si fuera su ídolo.

—¡Guau, Arias! ¡Esos ataques que le diste a Salomeno fueron geniales! Me tienes que enseñar esa movida.

—Son solo unos niños, Meno.

—Vos sabéis que no es así.

—Yo solo sé que sí lo son —insiste—. Arias está hecho todo un campeoncito. Los otros días lo vi montar a una de las icoteas salvajes. Cómo la corría, el charlatán. Nunca había visto a alguien capaz de montar una y él lo hizo solo, sin terminar molido en el suelo. Tuvo la iniciativa de construirle una montura, con riendas, estribos y todo. Ese melenudo es otra cosa. Lo subestimas.

—Tiene mucho talento. Pero creo que lo estáis glorificando demasiado.

—Vamos, Meno, no seas tan rígido. No está de más regalarle uno que otro aplaucito.

—Arias no debe depender de ovaciones. Eso solo lo hará más vanidoso.

—¿Eso dice el maestro que le pone una espada en la mano? ¿La Serpiente Traga Hombres?

—Existe una gran diferencia entre ser un hombre vanidoso y lo que quiero lograr con él. Arias va a conquistar el continente, y debe estar preparado. La búsqueda de aceptación constante lo hará vulnerable a la derrota.

—Yo creo que lo vuelve sensible —insiste Marcelo—. Y esa es una cualidad que falta en muchos líderes.

—Cuidado con lo que insinuáis, Marcelo.

—Te has puesto demasiado rígido con ellos. Como si fueras un amo y ellos tus esclavos. Pienso que lo haces no tanto para prepararlos para el futuro. Lo haces porque temes.

—Marcelo… muchas veces no entendéis un carajo de nada en lo absoluto. Pero si hay algo que entendéis mejor que yo, es el espíritu humano. Me leéis perfectamente. Estoy aterrado. Tengo miedo de perderlos —admite Salomeno con la voz quebrada—. Los enviaré de peregrinaje y está en mí lograr que sobrevivan.

—Páteras los protegerá. Y los prepararemos bien, Meno. Pero ellos tienen que disfrutar y encontrarle corazón a lo que hacen —le asegura Marcelo a su hermano al proporcionarle un fuerte apretón de manos, seguido por un abrazo. Salomeno le devuelve una sonrisa que le hace recordar a Marcelo de cuando eran niños, cuando la vida era menos compleja y un poco tonta.

***

Termina el cuarto y último ciclo del día y Salomeno decide darle un espacio a Arias para que se recupere. Ahora la noche se hace ver en el cielo y las estrellas comienzan a despertar. Salomeno decide darle una lección a Nira a solas. Ambos suben por un cerro con matorrales altos que el maestro desnuda con su sable de virilio. Nira no le puede quitar la vista a la hoja curva, que brilla con la luz de las cuatro menudas lunas en el cielo.

—*Abba*, ¿me dejas ver tu espada? —pregunta Nira curiosa, esperando un «no» por respuesta. Para su sorpresa, ve que su maestro extiende el brazo con la espada empuñada. Parece que podría hincar una de las lunas con su punta. Se da la vuelta hasta quedar ante la niña, que lo contempla. Salomeno deja el arma reposar en las palmas de las manos de Nira.

—¡Se siente como una plumita! —exclama ella sorprendida—. Apenas siento que tengo algo en las manos.

La hoja resplandece ante Nira, que contempla su rostro sonriente reflejado en ella.

—Esta espada no es común —indica Salomeno, hincándose en una rodilla—. Como sabéis, su hoja no está hecha de metal, sino de virilio, un tipo de diamante más raro que cualquier otro material encontrado en este mundo y más fuerte que cualquiera de ellos, además de inmune al calor, lo cual lo hace muy difícil de modelar. Solo un alquimista puede forjar una espada con virilio. Si hay algo más raro de encontrar que el virilio en estos tiempos, son los alquimistas mismos.

Nira está asombrada. Encuentra el arma hermosa.

—Hay mucho que podéis aprender con tan solo estudiar este artefacto —indica Salomeno—. No es meramente una herramienta para matar, mi niña. Es un recordatorio de mis límites y pecados.

El maestro camina detrás de Nira y pasa ambos brazos alrededor de ella con la espada empuñada. La niña ve los brazos de Salomeno como si fueran los suyos, estos dirigen el filo de la espada hasta que queda paralelo al campo de visión de la niña; su grosor es tan fino que Nira ve la hoja desaparecer de su vista.

—Poned vuestras manos sobre las mías —le pide Salomeno.

Nira asienta sus manos delicadas sobre las colosales y ásperas de su maestro. Él maniobra los brazos de la niña de un lado a otro, haciendo bailar el sable con una naturalidad elegante. La hoja emite un cántico que se produce cuando la navaja corta el viento, con una tonada que ella encuentra tan aguda como hermosa. Deja a las criaturas cantoras más bellas de la noche mudas de envidia.

—Este artefacto dota a todo aquel que la lleve de una fuerza y autoridad que lo eleva por encima de toda persona. La vida de vuestra víctima está a merced del filo de esta espada. Nunca olvidéis que el otro filo siempre os estará mirando directo a los ojos: cada acción que toméis sumará en vos un peso con el cual cargaréis por el resto de vuestra vida.

El sable se retira del rostro de Nira. El silbido eriza los vellos de la parte trasera de su cuello. El mismo chillido frío que han oído por última vez muchas de sus víctimas.

Salomeno vuelve a poner el arma de forma horizontal ante la niña, esta vez destacando la empuñadura. Nira puede ver por primera vez de cerca los grabados detallados que tiene el mango, líneas curvas y elegantes con diseños inspirados en animales y plantas.

—Está hermoso —dice la niña maravillada.

—Muchas veces siento impulsos como vos, estos acometen en contra de mis ideales. Para evitar ceder al coraje, me he impuesto límites físicos. Si observáis con atención, podréis notar que la empuñadura tiene otra navaja, un tercer filo.

Nira nunca había oído de un tercer filo en una espada. La hoja es diminuta y fácil de perder.

—Para usar mi espada sin cortarme, tengo que cubrir mi mano con esta correa de cuero —indica Salomeno, mientras desenvuelve la correa, revelándole a Nira varias cicatrices profundas en su mano. Una lágrima huye de los ojos de la niña al pensar que había visto estas cicatrices toda su vida y siempre desconoció su origen.

—Cada una de estas cortaduras representa una mala decisión en mi vida —admite Salomeno, suave y triste—. Todas menos una.

Los ojos de Salomeno se enrojecen como sangre. Nira pasa sus dedos alrededor de las cortaduras y le da a su maestro un abrazo que él no esperaba.

—Bueno, mi niña. Volvamos al campamento. Sabéis bien que a vuestro hermano hay que tenerle el ojo siempre encima. Le gusta hacer sus ejercicios a su forma, o manipula a Marcelo para que se los termine.

Nira le sonríe a su maestro y ambos descienden el cerro, dirigiéndose a donde se encuentran Arias y el resto del grupo.

***

Salomeno, junto a Marcelo y los centinelas, llevan a los niños a un cultivo natural. Los arbustos están llenos de unas frutas amarillas.

—Parece que ya se ha madurado el mabí —le indica Salomeno a los gemelos.

—¡Perfecto! —exclama Marcelo, mientras se frota las manos con emoción—. Traje el material que necesitamos para prepararlo. Solo me falta instalarlo.

—¿Sabíais que el mabí tiene varios usos? —pregunta Salomeno a los niños—. Es bien efectivo para desinfectar heridas; también es una de las mejores anestesias. Sin embargo, no le daremos ninguno de estos usos hoy —dice Salomeno, al momento de presentarles una sonrisa pícara—. ¿Podéis adivinar qué haremos hoy con ella?

Arias y Nira se miran, confundidos.

—Firraje —revela Salomeno.

Arias y Nira se encogen de hombros.

—Es un estimulante muy potente. Lo usábamos en Gálica cuando pasábamos días de hambre y dolor en las trincheras. Os voy a enseñar a producir un aceite que, al ser ingerido, puede elevar vuestras percepciones a los más altos niveles. —Salomeno empieza a recolectar las frutas y las coloca dentro de un saco. Aguín y los gemelos lo ayudan.

—Daros deprisa, que Amenoóh espera por nosotros en la aldea para iniciar vuestra ceremonia. Creo que vosotros podréis disfrutar mejor del espectáculo bajo el efecto del firraje.

—¿Acaso es un alucinógeno? —pregunta Nira, extrañada—. ¿No crees que eso puede ser un poco peligroso?

—Vosotros estáis listos para tener nuevas experiencias. Además, el firraje es parte de las tradiciones heredadas de mi tribu. La droga desnuda nuestros sentimientos, estimula lo más puro de nosotros. Mucha gente la usa para callar el dolor que los atormenta; es ahí cuando puede ser letal para el espíritu. Pero no os preocupéis, que cuidaremos bien de vosotros para que esto no ocurra.

—Eso no me tranquiliza mucho que digamos —lamenta Nira.

—A… luci… no… —trata de decir Arias.

—A-lu-ci-nó-ge-no, bobo —lo corrige Nira.

—Cuando jóvenes, solíamos usarlo con nuestros padres. Lo que os voy a enseñar es un ritual de Realejos. A veces juntábamos a todo el vecindario para consumirlo y nos sentábamos a hablar hasta que se nos fuera el efecto.

—Qué, ¿no podían hablar sin usar esa cosa? —pregunta Arias, algo imprudente.

—No era para hacernos hablar, sino para ayudarnos a hacerlo con más profundidad, de ideas que no nos habríamos atrevido a discutir estando sobrios, o que simplemente no se nos hubieran ocurrido.

—Yo no quiero que Nira me vea por dentro. Está media loca —argumenta Arias con tono burlón.

—Me haces un favor —le asegura su hermana—, verte por dentro me pondría bruta.

—Bueno, ya está bien. Prestad atención a lo que estáis haciendo. Hacer firraje es un arte, y cualquier error puede dañar la mezcla.

Los tres dedican varias horas a preparar el firraje bajo las instrucciones de Salomeno. Luego de cubrirse la boca y la nariz con turbantes, los niños se ponen a triturar las frutas con los pies hasta que las convierten en una pasta viscosa, que esparcen en unos capachos que luego sellan, para después espetarlos en una vara larga con rosca. Luego ponen un capacho sobre otro hasta que forman una torre. Marcelo hierve agua y la vierte por encima de la torre de capachos; con esto separa los aceites de la fruta de mabí. Salomeno indica a los gemelos que pongan un disco de piedra por encima de la torre y, con una manigueta de madera y la fuerza de los cuatro, la empujan para que el disco de piedra baje por la rosca de la vara. El disco aplasta los capachos y exprime el aceite de la pasta, que baja puro por un canal y se deposita en un recipiente en el fondo.

—Ahora es solo cuestión de filtrarla y dejarla reposar —indica Salomeno—. Marcelo hará esto mientras hablo con Arbitán, quiero ver qué noticias me da de la búsqueda de los mercenarios.

—Vengan, chiquitos, ayuden a su pobre tío —les pide Marcelo, a quien siguen al pie de la letra hasta terminar de producir un sedoso y delicado aceite de color miel.

—¡Listo! Miren qué belleza, parece oro —indica Marcelo, sosteniendo un frasco con el aceite—. Subamos a esa colina a esperar a Salomeno. Prepárense para un viaje que nunca olvidarán.

Arias, Nira, Marcelo y Aguín suben la colina. El cielo está negro y estrellado.

—¡Arias, Arias! —llama Aguín emocionado— ¿Cuál es tu constelación, aquella que Salomeno te enseñó?

—Esa de allá arriba, entre esas dos lunas. Es un hombrecito con una espada, ¿la ves? —le deja saber Arias.

—¡Guau! —responde Aguín, fingiendo que ha entendido su forma—. ¿Y la tuya, Nira?

—Temía que no ibas a preguntar —dice Nira con hipocresía—. Esa que esta allí, ahí solita.

—¡Guau! —repite Aguín.

—¡No me digas «guau»! —espeta Nira—, esa constelación ni se entiende lo que es. Se supone que es una niña que seca su cabello en un río y que cada gota de agua es una estrella que se lleva la corriente.

Yo, en realidad, no veo nada. Cada tribu le inventa un significado diferente.

—Es muy bonita, Nira —contempla Aguín—. Tienes las estrellas más brillantes del cielo. Te las mereces todas.

A Nira le toma por sorpresa el cumplido de Aguín, y no puede evitar sentirse conmovida.

—Gracias, Aguín —le contesta con una sonrisa.

—Esa que está allá arriba es la constelación Marcelo —ríe Arias.

—¿Y qué hace su constelación? —pregunta Aguín.

Arias mira a Nira y Aguín, con una risa contenida en la boca.

—¡Se está sacando los mocos!

—¡Recuerda que sigo aquí, jovencito! —objeta Marcelo.

Los niños rompen a reír, seguidos por el tío. Sus risas se escuchan por todo el monte.

—Parece que queréis traer a los mercenarios aquí —bromea Salomeno al llegar.

—Ya era hora. El firraje está listo —dice Marcelo mientras busca el aceite.

—Escuchad, niños: Marcelo y yo usaremos el firraje primero. Vosotros luego seguiréis nuestras instrucciones. Esto que vamos a hacer es peligroso.

—¡Entendido! —dicen Aguín y Arias. Nira no añade nada; está aterrada.

—Lo primero que vais a hacer es relajar todas las partes de vuestro cuerpo.

—Meno, ¡pero qué mucha mierda hablas! ¡Acaba y dale una calada! —interrumpe Marcelo—. Hoy no vamos a ponernos a buscar ni a Celes, ni a Sulus, ni a la madre que los parió. Vamos a pasarla bien. Dale un descanso a estos muchachos, que bastante duro te trabajan.

Salomeno le lanza una mirada amarga a su hermano y procede a poner sus labios en la boquilla. Esta se conecta a un tubo hecho de tripa de gazibo que se extiende hasta que se acopla al frasco donde esta almacenado el aceite de firraje. Salomeno succiona el vapor. Después de llenarse el pecho, cierra los ojos y lo deja reposar un rato en sus pulmones. Los niños lo observan con detenimiento. Salomeno se mantiene sereno. De pronto, el coraje que sentía por Marcelo se disipa, al igual que la tensión de los músculos de su cara.

—¡Ja! ¡Mira cómo le sale el humo por la nariz! —ríe Aguín.

Salomeno se pone de pie para sentarse entre los niños.

—Nira, vais a aspirar suave. Luego, sostened el humo en vuestros pulmones. Contad hasta tres, y luego lo dejáis salir por la boca.

Nira, algo nerviosa, pone la boquilla en sus labios y succiona.

—¡Agh! —escupe con repulsión. Arias y Marcelo se ríen de ella a coro.

—Tranquila, Nira. Dejad que vuestro cuerpo se acople al firraje — indica Salomeno.

La niña se queda quieta y saborea el aroma. Siente como un bailoteo en la boca, que luego se muda a la garganta y después viaja dentro del pecho.

—¡Es bien suavecito, Arias! —le asegura ella—. En verdad no es tan… ¡Gaah! —La niña empieza a sentirse mareada, con un ardor en los ojos. Al ver a su hermano, divisa a dos y tres espejismos de él, seguidos por cuatro y cinco que se contorsionan frente a ella.

—¿Qué le está pasando a mi cuerpo? —grita Nira bien fuerte, jurando que está hablando.

—Tarda un poco en darte la patadita, ¿eh, Nirita? —bromea Marcelo, riendo.

Salomeno ahora se sienta con Arias y le repite las mismas instrucciones que le dio a Nira. El niño toma el frasco en sus manos y se sienta derecho para forzar un semblante valiente, y así impresionar a su maestro.

—Mira cómo se hace —le dice Arias a su hermana, combativo.

El niño inhala el humo siguiendo el conteo de Salomeno. El sabor delicado del firraje revolotea en su interior. Lo encuentra exquisito. El resfriado se va, siente su corazón liviano, sus nervios se calman. Una sensación de frío placentero se adentra en su pecho.

Arias exhala el firraje y ve cómo el humo se disipa fuera de su boca, hacia el cielo estrellado.

—¿Qué tal? —pregunta Aguín.

Arias apenas escucha a su amigo con su voz natural. Lo oye chillón y demasiado cerca. Percibe todos los sonidos con una definición alucinante. De improviso, escucha un rasguño terrible dentro de su cabeza: al mirar a su lado, ve a Marcelo rascándose la barbilla con las uñas. A su otro lado escucha una ráfaga de viento que levanta un olor dulce y refrescante; es la brisa que acaricia las flores en la lejanía.

Su hermana está alarmada. Trata de encontrar a Arias con la mirada, pero al hallarlo, lo ve suspendido en el aire. Él se retira lejos y más lejos, hasta que se pierde en la oscuridad.

—Me parece que los niños están listos para su ceremonia, ¿qué opináis, Marcelo? —pregunta Salomeno.

—Creo que están lo suficientemente arrebatados, Meno. Diría que están listos —responde Marcelo entre carcajadas con la boquilla del firraje en la boca.

—Levantaos, que os tenemos una sorpresa.

—¡No quiero más sorpresas! —gime Nira con la mirada perdida.

—El pueblo se ha reunido para honrarlos y Amenoóh tiene un espectáculo preparado para vosotros —dice Salomeno—. Apresuraos, que nos están esperando en Savana.

3

LAS DOS PALABRAS

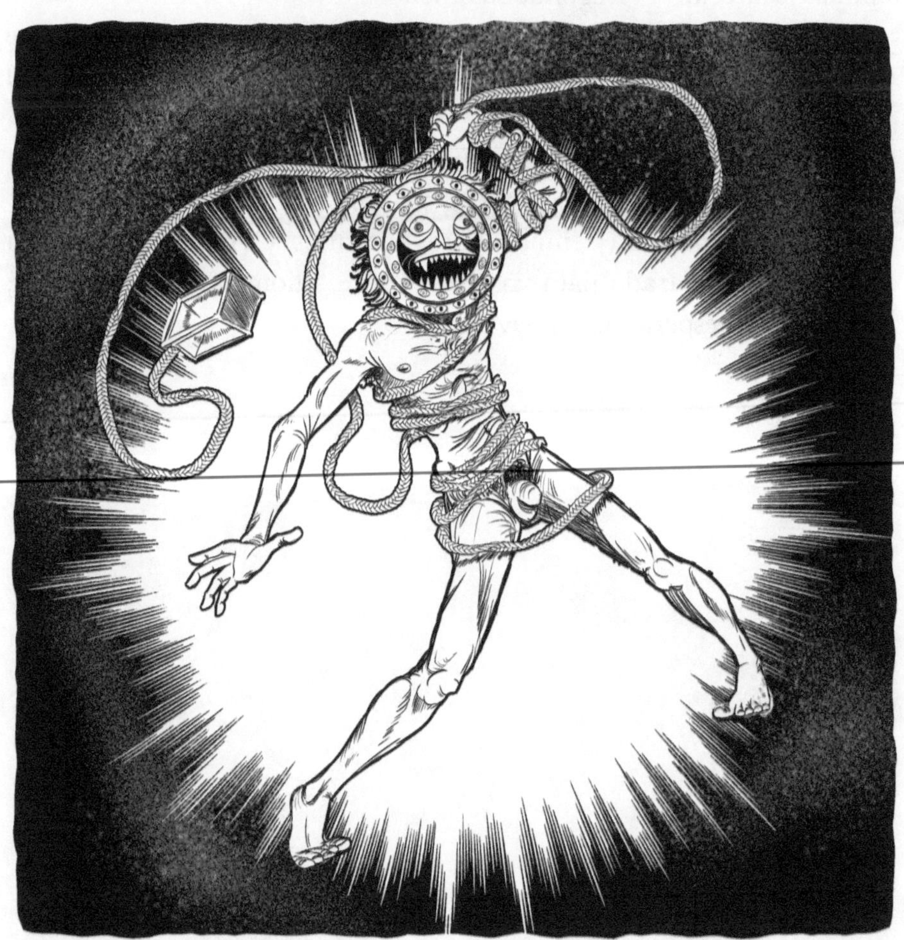

Arias, Nira, Salomeno y Marcelo llegan a la plazoleta de Savana, donde los esperan al menos doscientas personas en círculo. Salomeno se sienta entre los presentes, que se ponen de pie uno a uno para ofrecerle una reverencia a él y a los gemelos.

—Iluminados sean los hijos de Celes y Sulus —dice el pueblo.

Salomeno les devuelve el gesto con gracia, mientras que Arias y Nira no responden; están perdidos y delirantes bajo el efecto del firraje.

—Dichosos sean mis ojos que os ven a todos aquí —dice Salomeno mientras extiende sus brazos al pueblo, como si los abrazara—. Hemos pasado por mucha adversidad y ahora que estamos en tiempo de paz, una nueva tormenta ha tocado a la puerta de nuestro hogar. Tened consuelo, que siempre que contemos con la presencia de los dos soles, los niños de Savana, Páteras nos acogerá con su protección.

Salomeno contempla cada uno de los rostros de los presentes, gente de diferentes regiones del mundo conocido: Gálica, Jobos y las Islas Crestas.

—Muchos de vosotros habéis viajado conmigo desde tierras y mares por largas distancias; otros lleváis aquí solo unos días. La tierra de Savana es vuestro hogar, la casa de los dignos, jóvenes y viejos, nobles y pobres, rufianes y gente honesta, amigos y enemigos, hombres de fe y sin ella.

Mientras Salomeno se dirige a la multitud, Nira se siente peor. La saliva en su boca se seca. Sus huesos tiemblan. Todo objeto ante ella cobra una forma sublime, fuera del orden de la naturaleza y las leyes físicas. La figura de Salomeno se estira, se dilata y ondea como una llama. Sus brazos se hacen largos, se tuercen y retuercen mientras gesticula dirigiéndose al pueblo con una voz fuerte y penetrante, tan profunda como si viniera del interior del cuerpo de Nira, que levanta la mirada y la pierde en el cielo estrellado. Con cada palabra de su maestro, las estrellas se ponen más brillantes, parpadean con el ritmo y cadencia del discurso. El cuerpo de Salomeno cesa de moverse. Se endurece para alargarse como un árbol de ecebro mientras que las muñecas se le doblan como hule, los dedos se le enredan entre sí como raíces, y los nudillos crujen como madera vieja. Su barba flota blanca, luciendo sedosa y brillante en el aire.

Nira busca a Arias para asegurarse de que él ve lo mismo que ella. Al encontrarlo, lo contempla paralizado en el tiempo, mirándola fijo. No luce como suele; ella lo ve radiante, con unos ojos almendrados en los que puede distinguir con gran claridad todos los tejidos que se trenzan para construir el interior de su pupila. El cabello se enciende en una llamarada de fuego que serpentea en el aire como si estuviera en el agua. Nira puede ver cada cabello individual con perfecta definición. De cada uno fluyen pulsos eléctricos que transitan de la raíz hasta la punta. Nira siente un aliento poderoso que se expande en el interior de su cuerpo: un profundo amor por su hermano.

Arias también se encuentra en un trance, percibe a su hermana perfecta. El pelo lo tiene más negro que cualquier otro negro que haya visto antes. Sus pestañas están curvas y alongadas. El iris de sus ojos se abre como un disco que eclipsa la totalidad de sus pupilas. De ella emana un aroma a flores silvestres. A su alrededor destella una luz verdosa con tonalidades azules. Arias vuelve su mirada a Salomeno, robusto y regio. Su cuerpo de pronto se viste con una armadura tornasol hecha de virilio. La barba se recoge en un nudo. De él emana un resplandor, y una fragancia similar a la de su hermana, pero más añeja. Arias contempla sus manos, ve que de ellas brotan unas partículas apenas visibles de luz rojiza. Está abatido, carece del resplandor que emiten su hermana y su maestro, como si no perteneciera con ellos, sintiendo que no es tan especial.

Salomeno termina de hablar y toma asiento. Un hombre entre la multitud se pone de pie y se dirige hacia el centro de la plazoleta. Está desnudo. Arias y Nira lo ven más flaco y huesudo de la cuenta bajo el efecto del firraje. El cuero de su piel está grisáceo y escarchado, parecido a la ceniza. Los pellejos le cuelgan del cuerpo como si se hubiesen desprendido de los músculos. La cara está cubierta por una máscara minuciosamente construida con piedrecillas de mosaicos multicolores. En ella tiene pintados dos ojos demoniacos con la mirada cruzada; entre ellos emerge una nariz chata. La boca está adornada con largos y curvos dientes blancos. En la circunferencia de la máscara hay un anillo dorado que contiene catorce ojos rojos. Detrás del aro se esconde un segundo anillo con ojos azules.

—Amenoóh —saluda Salomeno al hombre enmascarado.

El viejo se arrodilla ante Salomeno y los gemelos con una reverencia.

—Hoy brillan dos promesas y un guardián —clama Amenoóh—. La vereda al triunfo da por donde andar, hasta las tierras de Savana, en donde nace la gloria de todo individuo libre.

El maestro de los niños le besa ambas muñecas, con la intención de besar por donde circula la sangre.

El hombre se regresa al centro de la plazoleta. Dos mujeres lo acompañan con vestidos coloridos que se menean, ligeros, con cada movimiento.

Unos instrumentos de percusión le gritan al silencio. Con cada golpe al tambor, los músicos reaccionan a los movimientos del baile. Amenoóh contornea su cuerpo. De su cabeza se extiende una trenza que se enrolla en su torso; de esta guindan varios sacos pequeños. El viejo mete su mano en los sacos, saca su puño rugoso y lanza unos polvos amarillos, rosados y azules al aire. Arias y Nira ven un remolino multicolor formándose sobre sus cabezas. El contador de historias mete la otra mano en otro de los sacos y, con un abrupto movimiento, lanza unos pequeños juegos pirotécnicos que tornan los polvos en llamas, encendiéndose en variados colores. Amenoóh avienta otra sustancia por encima de sus cabezas, seguida por una llamarada de fuego que escupe de sus labios. Las bailarinas emergen de entre las llamas. Los gemelos están deslumbrados. Ante ellos se levantan dos murallas candentes que se alzan hacia al cielo, torciéndose entre sí como dos víboras, hasta que se unen y forman un disco dorado que luego se divide en dos más pequeños.

El niño pone su atención en la máscara endemoniada de Amenoóh, que ha cobrado vida. La cabeza del viejo se disloca y comienza a girar hasta que se detiene de golpe, quedándose bocabajo. Uno de los aros de la máscara comienza a girar y los catorce ojos del anillo se abren y cierran aleatoriamente. El primer anillo escupe un fuego rojo que se revuelve como un remolino alrededor de Amenoóh. El segundo anillo se pone a dar vueltas hacia el otro lado. Una llamarada de fuego azul se expulsa en dirección radial.

La música se detiene. La cabeza de Amenoóh para de girar y comienza a mecerse como un péndulo hasta que se reajusta en su lugar en el cuello del viejo. Amenoóh levanta sus brazos al aire y clama:

De la gran batalla contra los gasebos Salomeno el terrible viene,
acompañado por su gran ejército que ni la muerte les detiene.
Regio y valeroso Salomeno cabalga,

sangre de terceros le chorrea por la espalda.

Avanzan bajo el frío y la cruel nieve que a nadie perdona,

con él está su fiel hermano, que un pequeño cabao galopa.

Salomeno, ¡oh, gran Salomeno, que hasta la valentía le teme!,

con sus labios de metal, la sangre de su enemigo bebe.

Oh, Salomeno, general legendario de brillante armadura,

que ni al norte, ni al sur su lealtad procura.

Solo el rey Osorio goza de su fidelidad,

con quien Salomeno ha forjado primorosa hermandad.

A una gran campaña de batallas Osorio lo ha enviado,

donde cortó carne y hueso con el acero envenenado.

Grandes riquezas le ganó a Osorio el gran Salomeno,

lo honró coronándolo como su más amado caballero.

¡Oh, gran guerrero con majestuoso semblante!,

que lleva su barba amarrada, colgada de su hombro elegante.

He aquí a Salomeno, Serpiente Traga Hombres.

He aquí a Salomeno, destructor de naciones.

El hombre con cara de animal hace una pausa y los cueros de los tambores resuenan con fuerza. Las bailarinas comienzan a mover sus hombros y caderas para contestarle a los barriles. Las huesudas muñecas de Amenoóh tocan la cola de su columna. El viejo da un salto repentino, baila y desliza sus pies sobre la arena al ritmo de los barriles; sus movimientos son fluidos y elegantes. La percusión incrementa su intensidad. El hombre contrae su estómago y estira el pecho hacia el frente, eleva un hombro, luego el otro, su mentón besa sus clavículas mientras tuerce su cuerpo. Otra luz fulminante ilumina la oscuridad de la noche, cegando al pueblo.

Por veinte días cruzan el suelo nevado,

débiles y cansados, a sus mujeres añoraron.

Pero el corazón de Salomeno es más complejo,

vive más confuso y en tormento.

De alguien depende, solo a alguien siente,

pero no por tanto, ya que el destino le miente,

su voluntad conseguirá una nueva vertiente.

El destino del gran guerrero será reformado,
cambiando todo lo que antes él había amado.

Amenoóh da varias vueltas. De su cabeza se desenrolla la trenza amarillenta y cae entre sus pies, formando una pequeña montaña. De su punta amarra un farol de vidrio que se enciende con una llama violácea. Amenoóh sigue dando vueltas y comienza a oscilar la trenza sobre su cabeza. Los presentes escuchan un zumbido cada vez que la lámpara pasa sobre ellos. Arias percibe que Amenoóh crece con cada revolución que da la lámpara. De pronto el hombre corta la trenza y el farol cae con furia sobre una piedra, produciendo una ligera explosión. La piedra se queda encendida en fuego. Arias y Nira, todavía drogados, se sienten transportados al mundo que Amenoóh el contador les describe:

Cegados quedan Salomeno y sus hombres
por un astro de fuego que ante el cielo se impone.
Quemando las nubes y pintando la nieve de miel desciende,
estrellándose sobre Atila, la más alta de las montañas del este.
Una resplandeciente luz quema sus ojos,
quedándose aturdido, perdió su relación con todo.
Una sordera el gran Salomeno sentía,
paralizado ante su ejército el guerrero se veía.
El joven Marcelo, siempre leal al cuidado de su hermano, le asistió,
y a ninguna atención de su hermano Salomeno respondió.
En Salomeno solo existía la mirada perdida,
a lo lejos los pinos crujían y una manada de aves huía.
Una furiosa ráfaga de fuerza sacudió el terreno,
y los hombres cayeron de sus cabaos al suelo,
pero no Salomeno, que permanecía inmóvil y sereno.

Amenoóh cesa de bailar. El humo sube como espuma por sus pies. Las bailarinas hacen movimientos amplios con sus caderas y dibujan figuras abstractas en el humo con sus telas. Arias y Nira están maravillados. Amenoóh exclama:

Hueco el cuerpo Salomeno sintió,

a los estribos de su cabao él abandonó.

Sobre ellos el temible Salomeno ascendía,

a su paralizado cuerpo desde arriba veía.

A las tierras del norte y el sur, ambas miraba unidas,

rodeadas de un vasto océano y otras tierras desconocidas.

Abandonando nuestro mundo y al cosmos iba abordando,

y de luz divina fue de inmediato coronado.

Viajó a la oscuridad más oscura, a la luz más luminosa y al silencio más callado,

vio a nuestro planeta, solitario y minúsculo,

agua, tierra y gas, todo contenido en un círculo.

El guerrero caminó deslumbrado entre las estrellas,

hasta que conoció a la más hermosa de ellas.

Ante él se levanta un disco ardiente,

no muerto pero vivo, amado, creciente, resplandeciente y viviente.

En ella se descargan billones de explosiones,

más potentes que todas las batallas que el universo conoce.

Salomeno la observa pensando que vive un sueño,

y en un instante el disco se divide en dos cuerpos gemelos.

«Arrodillaos, Salomeno, Serpiente Traga Hombres»,

le ordenan dos dioses feroces, ardientes y resplandecientes.

Las palabras buscan salir de sus labios,

pero quedan frías en el silencio del espacio.

Empuña su espada y la levanta,

pero esta estalla como si no fuera nada,

se da cuenta de que con ningún hombre trata.

«Salomeno, hombre náufrago de la vida:

maldito por la soledad,

bendito por rebeldía,

fortificado en voluntad,

limitado por su lealtad.

¿Eres Salomeno, sastre de la nueva verdad?

Nosotros nombres no tenemos,

somos padres e hijos del universo.

Soy y somos testigos de la historia universal,

estamos y no estamos en todo lugar,

pertenecemos a todo espacio,

a todo tiempo y momento marcado.

No tenemos forma ni lengua,

pero nos ven y conocen como les enseñan.

Para los vicebos somos Faneres y Tibas,

patriarcas de la guerra y la paz.

Para los gongoleses somos Fénix y Tibis:

protectores del día y la noche.

Para los caricos somos Marjah y Barateon:

proveedores de muerte y fertilidad.

Para las tribus del Jorico somos Celes y Sulus:

creadores y destructores del universo.

Para los bolonieses somos Ilio y Atilia:

protagonistas de una poesía,

en la que enamoramos al mundo bajo la luz del día.

Quieres hablar, pero tu voz no necesitamos,

la conocemos desde antes que fueses creado.

No venimos a juzgarlo,

ni a robarle o a matarlo,

Salomeno, Serpiente Traga Hombres:

abandona a la víbora y la vida de muerte,

pues una larga vida de dar fruto tienes de frente.

Pon atrás la espada y escudo,

que sea tu voz y conciencia tu atributo,

frena la muerte que el continente siente,

libera las almas en este fuego ardiente.

¡Oh, Salomeno!, estás incompleto,

ni voluntad ni palabra te sale del pecho.

¡Oh, Salomeno!, hombre violento,

haremos de ti padre de lo nuevo,

y a lo antiguo lo desmoronará el tiempo.

En ti sembraremos nuestras ideas,

en tu lengua y aliento grabaremos nuestras palabras.

En ti forjaremos la ventana a la gloria,

con esta guiarás a un pueblo a la más justa de las victorias.

Pero no serás tú quien dé la batalla,

a ti entregaremos de nuestra propia savia:

dos promesas que en carne reclamarán la tierra santa.

Su divinidad se reducirá a carne,

y de ideas su mente tendrá hambre.

Con vuestra guía,

¡oh, Salomeno!, los guiarás al camino.

Les cultivarás valores, ideas, propósito y destino,

les contarás este evento y lo que te dictemos.

Cumplirás este decreto con el más noble de los gestos.

Es solo así como nosotros intercederemos.

Control del mundo no tenemos,

solo en marcha lo hemos dejado,

solo en marcha el caos nos ha creado.

Amenoóh guarda silencio y cambia su rutina de baile mientras sus dos bailarinas se quedan inmóviles. Luego desplaza su cuerpo a lo largo de la plazoleta, haciendo el baile conocido por todos como *El Baile de Salomeno.* Las mujeres comienzan de pronto a narrar:

Por diez revoluciones Salomeno recibía la instrucción de los dos seres celestiales,

donde le confiaron los secretos del universo y las nuevas verdades,

creando de él un hombre nuevo,

uno que los dioses nunca habían hecho.

Amenoóh entierra sus uñas en su pecho, penetrando y rompiendo la piel. Da una vuelta lenta para que los presentes puedan ver cómo desprende su cuero del pecho.

Un grito ahogado se hace oír al momento que Amenoóh revela su nueva piel: es fina, delicada, tersa y translucente, tanto, que a través de ella se pueden apreciar sus órganos internos en funcionamiento: los pulmones, que se contraen y retraen; el corazón que late con vivacidad. Una vez renacido, Amenoóh vuelve a bailar. Ahora ondea su piel vieja sobre su cabeza, para luego lanzarla al fuego donde mismo había aventado su farol. El pueblo entero se regocija. Muchos lloran al ver la piel desintegrarse en la llama púrpura. Amenoóh recobra el control de la narración:

Salomeno siente un calor en su cuerpo,

dándose cuenta que a Acalá ha vuelto.

Rodeado de sus tropas como si no hubiera pasado el tiempo,

perplejos están, esperando de su general un gesto.

Candente su armadura tenía,

las manos de Marcelo quemaba, mientras este le acudía.

Salomeno sin dolor desabrochó su peto,

que cae en el hielo, derritiéndolo entero.

«¡Mi general! ¡Por favor, respóndame, deme alguna señal

de que vuestra merced en buena salud está!»,

llora Marcelo, su escudero devoto,

pero su clamor lo escucha su maestro borroso.

Sus pensamientos en experiencia vivida están,

contemplando a lo lejos a la montaña de Acalá.

«Un astro cayó del cielo, mi general,

en el tope de Acalá, que en fuego está.

Aturdidos quedamos, y usted paralizado y varado.

¿Se encuentra bien mi general amado?».

«Solo fue un astro del cielo», le responde Salomeno cansado,

«sigamos nuestro camino, nuestro ejército está agotado».

Partieron entonces al campamento en los bosques de Ebes,

pasaron allí tres semanas de reposo y placeres,

pero nunca descansaron los pensamientos de Salomeno,

quien llevaba consigo su encuentro secreto.

¿Qué pensarían de su general loco,

quien se ha encontrado con los dioses creadores de todo?

¿Cómo explicarles que viajó y cruzó el tiempo,

que conoce de los secretos más hostiles a cualquier razonamiento?

¿Cómo explicarles que salvación les trae,

cuando solo el puño y la espada sus manos baten?

Pasaron dos meses y la idea le seguía latente;

no pudiendo más, a Marcelo le contó todo de frente.

Su hermano le creyó,

pues su armadura en fuego una vez sintió.

Es entonces cuando Salomeno de valor se vestía,

y le confía a su hermano que embarcaría a una gran osadía.

«A Acalá viajaré, mi hermano,

no en trote en mi cabao,

sino a pie, porque así me lo han ordenado».

«¿Qué hay de tus hombres que dejas abandonados?

Por ti una gran campaña de batallas ellos han luchado.

Muchos han muerto y otros se han enfermado.

¿Cómo les ganarías de vuelta, mi querido hermano?».

«Que regresen a la capital con sus mujeres y niños;

ya regresaré yo con un fruto bendito».

Se retira en la madrugada Salomeno de la campaña,

enfrentándose a un viaje de semanas largas,

cruzando peligros y clima mortífero,

praderas, montaña y nieve en un martirio continuo.

Imparable su voluntad siempre estaba,

la llama de los dioses todavía en su pecho quemaba.

Sin saber qué encontraría, Salomeno solo sabía,

que le abriría una puerta a una nueva vida.

Sube el gran general por el Ande,

sintiendo un frío que lo quemaba constante.

Camina, caza, come, duerme y escala.

Luego de dos semanas, en la cima Salomeno ya estaba,

en el centro del cráter algo brillante dormía.

Salomeno bajó hasta que sintió el piso que ardía.

Entre la peste a ceniza sintió un aroma a flor silvestre:

«¡He encontrado a mi encargo celeste!».

Y ahí Salomeno ve, de frente,

a una planta viviente.

De ella sobresale una vaina extendida:

«¿Será que de ella, es de donde la promesa de los dioses nacería?».

Sonriente, Salomeno se acerca a la planta,
los rayos de los soles la iluminan al alba.
En el vientre de sus vainas una silueta se movía,
como la yema de un huevo, ante una vela encendida.
El perfil de un infante se dibuja en la hoja,
y una sonrisa se le marca a Salomeno en la boca.
Ahí se queda Salomeno, sentado esperando,
hasta que los soles se ocultan y la noche ha llegado.

Amenoóh está ahora arrodillado. Arias y Nira sienten un frío terrible, como si estuvieran con Salomeno en el monte de Acalá. Una luz brilla en la plazoleta, pone todo de color azul. Amenoóh se levanta lento y vocifera:

Una ráfaga helada desprende a Salomeno del trance,
siente en él un miedo cortante.
Su visibilidad se nubla por la neblina que lo circula,
truenos y relámpagos ciegan al cielo y a las lunas.
Lluvia y granizo caen sobre el valiente hombre
que en el frío espera un nacimiento a lo alto del monte.
Salomeno escucha un profundo jadeo,
y siente una presencia en el viento.
Entre la niebla ve a unos ojos sangrientos,
la mirada asesina lo condena a la muerte,
y al puño de su espada, la mano de Salomeno muerde.

Marcelo entra en escena; lleva puesto un vestuario de bestia saturado de cabellos largos, negros, encrespados y enredados. Tiene una careta similar a la de Amenoóh, pero más grande y monstruosa, hambrienta, con el hocico largo, su lengua extendida. Los ojos son rojos, lustrosos, y muestra unos colmillos largos cortantes.

Amenoóh ahora está armado con una espada forrada de campanas y caracoles. Con un elegante baile, entonces canta:

La bestia rodea con amenaza a Salomeno,

no conoce al animal, no pertenece a estos terrenos.

El cabello del lomo se eriza con ira,

es entonces cuando Salomeno ve que no es a él a quien quería,

sino a la vaina de la planta que vulnerable yacía.

El gran guerrero se le avienta a la bestia encima,

esta, feroz y rápida, se le escurre y le mordía.

La bestia agita su cabeza y lanza a Salomeno al aire,

este cae herido, adolorido y distante.

La bestia avanza contra la vaina colgante,

mordiendo el fruto con sus colmillos cortantes.

Salomeno acecha con su espada violenta,

despegándole la cabeza, dejándole una herida abierta.

El cráneo se eleva en el aire con la vaina y el crío

que llevaba apretado todavía entre sus colmillos,

hasta caer dejando un silencio vacío.
Salomeno corre y desprende la vaina de los dientes,
su corazón tiembla con el presentimiento doliente,
de que les había fallado a los dioses,
y que el latido del niño estaría ausente.
Lágrimas corren al beber el sabor de su derrota,
y es cuando el saco de la vaina explota
y la sangre corre entre sus manos temblorosas.
Entre rojos fluidos, tejido y piel, algo se mueve,
un fuerte llanto infante emerge del vientre.
Salomeno, impaciente, abre la piel de la vaina
para ver a dos crías vivas que le engrandecen el alma.
Les limpia la sangre y le da a Salomeno consuelo:
al fin ha conseguido a los dos niños gemelos.
Un macho y una hembra,
he aquí las promesas.
Debía ahora apresurarse para darles cuidado,
el camino era largo, pero lo peor ya había pasado.
Salomeno con sus sábanas los protege del frío,
se levantó y regresó por donde mismo vino.

El viejo continúa bailando. En sus brazos carga una sábana envuelta. Arias y Nira siguen delirantes. La nueva versión de Amenoóh se acerca a Arias y Nira con la sábana entre sus manos. Los niños pueden escuchar el corazón de Amenoóh latir al tiempo que lo ven contraerse y expandirse a través de su piel traslúcida. También pueden oír el aire pasar por sus bronquios, inflando sus pulmones, y la contracción de la tráquea de Amenoóh cuando traga saliva. El viejo se pone de rodillas y les presenta la ofrenda. Tan pronto abre la sábana, revela una túnica metálica en la que ambos se ven reflejados. El público estalla con júbilo y alegría. Amenoóh toma a los niños de las manos y los contempla con unos ojos flamantes e intensos.

El silencio calla a todo ruido.

—Una mentira y una verdad… —les recuerda una última vez Amenoóh, antes de que su careta estalle con un estruendo relampagueante.

Arias y Nira sienten como si unas piedras se molieran dentro de sus cabezas. Frente a ellos se disparan miles de partículas de mosaicos multicolores que se quiebran y expanden en todas direcciones, seguidas por carne, tejidos, sangre, dientes y cabellos de Amenoóh.

Los gritos de terror se hacen escuchar en Savana. El cuerpo cae sin vida al suelo, descabezado. Los niños están inmóviles, con sangre en sus rostros y pedazos de mosaico entre sus cabellos.

Salomeno extiende su brazo para proteger a los gemelos, que todavía están delirantes con el efecto del firraje, con los sentidos en todo apogeo. Los gritos y llantos del pueblo se les clavan como alfileres dentro de la cabeza. Sienten el sudor como lava que se desliza lenta por sus cuerpos. El miedo y desespero están amplificados en sus corazones.

Los mercenarios se levantan las capuchas. Valdimir saca su mosquete y lo apunta directo a Salomeno. Entre los alaridos y la desesperación del pueblo, Salomeno solo está pendiente de sus gemelos. El mosquete dispara.

—¡*Abba*! ¡*Abba*! —chilla Nira, mientras alucina con un diablo portando una arma que escupe miedo.

En un abrir y cerrar de ojos, ve a su tío Marcelo, que se lanza para tragar la bala con su cuerpo. Nira ve una flor brillante hecha de sangre que brota del pecho de su tío, quien se desplaza en el aire hasta que Salomeno lo rescata con un abrazo. Marcelo se torna pálido y verdoso. Arias llora un grito desgarrador que le lacera la garganta.

Otro mercenario se precipita a galope con un sable que va dirigido al cuello de Salomeno, pero este le responde con el suyo de virilio, que con un simple corte separa a ambos, cabao y jinete, por la mitad. Los pedazos de carne caen pesados al suelo. Salomeno, sin vacilar, se vuelve hacia los gemelos: están a salvo y al alcance de su protección. Al ver que están cerca, busca a cualquiera de sus guerreros para que lo asistan. Solo alcanza a ver a Marcelo inmóvil, tirado en el suelo.

—¡Arbitán! ¡Venid! —grita Salomeno con urgencia—. ¡Cuidad de los niños! ¡Llevadlos lejos! ¡Y no volváis hasta que el fuego y los metales cesen!

Arbitán asiente con la cabeza y sube a los gemelos a un cabao. Sin perder tiempo, lo monta y salen los tres disparados lejos del pueblo. Dos jinetes enemigos, que también andan a cabao, los siguen con mosquetes.

EL AMO DE LOS TIEMPOS

perder tiempo, lo monta y salen los tres disparados lejos del pueblo. Dos jinetes enemigos, que también andan a cabao, los siguen con mosquetes.

4

EL CABALLERO DE FUEGO

Los niños escapan con ligereza junto con Arbitán, quien los adentra en un bosque a galope. Los mercenarios van detrás de sus pisadas. Nira mantiene los ojos cerrados para no ver las abominaciones causadas por los efectos del firraje. A sus espaldas, siente a sus perseguidores que avanzan como bestias endemoniadas y hambrientas; estas derriban los árboles que se les ponen en frente. La niña escucha cada sonido como si resonara dentro de su cráneo: el jadeo de los animales corriendo, los metales de sus riendas al chasquear, las pezuñas que rasgan la tierra. Los estruendos estallan y gruñen dentro de su cabeza con una rabia intolerable.

Arias siente que la adrenalina hierve en su pecho. El firraje le da una falsa impresión de que podría vencerlos con una fuerza que no posee. El temor no cabe en su corazón. Lo único que tiene cabida es la venganza, porque ellos tomaron la vida de su tío.

Un disparo se detona entre los árboles. Los niños no pueden ver de dónde proviene, debido a que el enemigo toma guarida en la penumbra. De otra dirección escuchan una segunda detonación y vislumbran un humo rojo que sale por la boca de un mosquete de doble barril. El rostro del enemigo se ilumina por un instante. Arias y Nira se agachan. La bala hace impacto con uno de los árboles.

Nira continúa escuchando los jadeos acosadores del cabao. Al abrir los ojos, ve cómo las ramas de los árboles se le vienen encima como manos muertas que se escurren entre su cabello y cuello, cortándole la piel. El *chomp-chomp-chomp* de los pisotones de los cabaos los siente cada vez más cerca. Nira se aferra a Arbitán con fuerza, solo logra verle la espalda y el cabello color fuego que arde como una corona flamante en su cabeza. Arbitán pasa su brazo por encima de Nira; en la mano sostiene su mosquete. Arbitán frunce los ojos y coloca a uno de los mercenarios en la mirilla. Dispara. Una chispa de humo dorado sale del barril. Solo le da a la oscuridad. Frustrado, se voltea y le da una patada a su cabao con el estribo.

—¡Arias, agarra el mosquete y prepáralo! —ordena Arbitán, sabiendo que el niño es precoz y puede cargar un mosquete a galope. Pero hoy Arias está nervioso, y apenas puede sostenerlo por sus manos temblorosas y el efecto del firraje.

—¡No encuentro la macha! —grita nervioso.

—¡Esta en un saco bajo mi brazo derecho! —señala Arbitán con urgencia.

Arias busca el saco a ciegas entre la oscuridad y el galope agresivo. Finalmente encuentra un saco pequeño, lo abre y trata de sacar las piedrecillas con sus manos torpes; la macha se le escapa entre los dedos. Luego de varios intentos fallidos, Arias logra sentir el compartimento y prepara el mosquete. Se lo pasa a Arbitán.

—¡Toma las riendas, Arias! ¡Maneja el cabao!

El niño aprieta las riendas. A él no le cuesta maniobrar un cabao en circunstancias comunes, pero ahora, con el firraje es engañado con todo lo que ve. Cada vez que vuelve la mirada a los árboles, vislumbra paredes gigantescas que se le vienen encima.

Los invasores disparan a sus espaldas. Las balas se pierden en el bosque. Nira escucha los zumbidos que dejan los proyectiles; suenan como espíritus que se pasean por su oído, susurrándole a su alma, llamándola.

Arbitán extiende su rifle y dispara. Nira ve un humo dorado que se disipa sobre ella. Uno de los jinetes cae rodando al suelo y se pierde entre las hojas secas, que crujen al tragárselo. Arbitán vuelve su cabao con brusquedad en dirección del invasor restante. El mercenario, alarmado, trata de escabullírsele por el lado. Los dos desenvainan sus espadas al no tener más municiones y comienzan a chocar sus aceros. El mercenario es muy diestro con la espada, pero Arbitán es mucho mejor.

La suerte para Arbitán termina y uno de los espadazos alcanza su brazo. Queda desarmado. La muerte se le viene encima, pero un grito de guerra se hace escuchar frente a él. Es Arias, que salta de su cabao. El pequeño dios se lleva al enemigo consigo al suelo.

—¡Arias! —grita Arbitán mientras ve a los dos cuerpos rodar por un precipicio. Nira llevaba los ojos cerrados, y los abre tan pronto escucha el nombre de su hermano. No lo ve por ninguna parte.

Arbitán dirige su cabao al acantilado, que para su alivio es solo una loma empinada. Al fondo ve a Arias y al jinete rodar hasta que caen en un río llano. Arbitán precipita a su cabao a la orilla. Nira escucha las pisadas del cabao como detonaciones en el agua.

—¡Arias, detente! —llora la niña horrorizada.

El mercenario forcejea con Arias hasta que logra sumergirle la cabeza en el río. Arias ve la cara de su atacante a través del techo del agua helada. Su rostro no lo ve humano, sino como un diablo con ojos escarlatas, llenos de odio.

Arbitán desmonta y se lanza sobre el asesino. Lo agarra por la barba, y con un jalón lo tira de cara bajo la falda del río. El hombre intenta pelear, pero Arbitán no es de la primera legión de soldados de Salomeno por nada. Es un guerrero extraordinario y se encuentra en una posición dominante. El pelirrojo pone el peso de su cuerpo sobre el mercenario. Este trata de liberarse. Arbitán se aferra con más fuerza de su cuello, apretándole la manzanilla con los pulgares.

Nira ve con terror cómo el hombre tira golpes ciegos mientras lanza aullidos inaudibles bajo el agua, y siente el agua salpicar su rostro cuando el mercenario la chapalea con sus piernas, desesperado.

Arias vomita el agua que tragó. Esta vez decide mantenerse alejado, limitándose a observar.

Nira cierra los ojos: no quiere ver a alguien morir, pero no puede escapar del agobio que le produce el estruendo del agua que truena dentro de su cabeza.

Al mercenario no le quedan fuerzas. Levanta su puño al aire para intentar un último golpe, pero cae al agua. Su vida se torna fría en la corriente del río. Su cabeza guinda del cuello entre las manos tensas de Arbitán, tambaleándose con las caricias mórbidas de la corriente.

Los tres se quedan en silencio. Arias y Nira tratan de decir algo y cada palabra se muere en sus pensamientos, al igual que el efecto del firraje. Acaban de ver a un hombre morir, y ya han olvidado que un hombre como él tomó hace unos minutos la vida de Amenoóh y la de su tío Marcelo. No ven a un mercenario, sino a un cadáver. No pueden evitar sentir empatía por él. Arbitán nota cómo lo contemplan y no entiende cómo pueden ver con compasión a un hombre que los quería muertos.

—Son solo unos críos —reconoce Arbitán mientras se sienta en la tierra para recuperar el aliento—. Salomeno, solo son unos críos —repite, pensando en voz alta.

Los tres miran cómo la corriente se lleva el cuerpo a lo largo del río hasta que se pierde en la oscuridad. Arbitán se pone de pie y monta a los gemelos en el cabao. Los tres avanzan de regreso al campamento.

***

Comienza el primer ciclo del día. Celes se asoma por el norte, tiñendo todo de un triste color rosado. No se escuchan espadas ni disparos en el campamento, solo llantos desconsolados. Al llegar, lo que

Arias y Nira ven, es sangre por todas partes. Lo que huelen es una peste a quemado, y lo que sienten es horror. El aire está espeso, saturado de ceniza que se adhiere a la piel de los pequeños dioses y lo hace parecer espectros. Un hombre sin piernas se arrastra herido en el suelo.

—Es Arón —llora Nira cuando reconoce a uno de los carpinteros del pueblo.

No es el único herido que ven. Cada víctima es alguien allegado a ellos: Vérita, Nermisis, Aguebá, Camil… Hasta que Arias ve una imagen que nunca hubiera querido ver. Lo llena de espanto. Siente como si alguien le apuñalara el pecho con una espada forjada de muerte. El niño se tapa la boca con las manos para no vomitar. Su rostro se desfigura con una expresión de dolor.

—¡Aguín! —llora ahogado, mientras se aferra tan fuerte como puede a su hermana.

El cuerpo de Aguín está sin vida en el suelo. Empuña la espada de madera que Arias le había regalado hacía unas horas. Él se pregunta si la habría desenvainado para defenderlo.

Nira siente que la cabeza de su hermano se entierra en su pecho y lo acoge, no muy fuerte, pues el espanto le ha robado todas sus fuerzas. Los gemelos escuchan de pronto los llantos desconsolados de Nérida, la madre de Aguín, que corre a levantar el cuerpo. El corazón de los gemelos se quiebra como vidrio cuando ven a su pequeño amigo lívido en los brazos de su madre. Ella trata de mantenerle la cabeza erguida, pero esta tiene un hueco en el cráneo del tamaño de su puño; ya no queda nada adentro. Su madre trata de reconstruirle el rostro con los pedazos que encuentra en el suelo. Es inútil: su hijo ya no está. Tras morderse los labios hasta sangrar, la madre revienta con un alarido desgarrador. Grita como si algo le arrancara la vida desde bien adentro.

—Pobre Aguín —llora Nira—. ¿Por qué lo traté tan mal? No se merecía esto.

—*Abba*, ¿en dónde está *abba*? —pregunta Arias desconsolado. Nira no responde, su mente está en blanco.

Arbitán detiene su cabao. Ante él esta Salomeno, dándoles la espalda con la espada de virilio. Su mano está vendada con cuero para

no cortarse con el tercer filo del mango.

—¡*Abba*! —grita Nira al fin, y se apea de un brinco del cabao.

Salomeno se vuelve hacia sus dioses. Los músculos de su cara se ablandan el instante que ve a sus niños con vida. Los ojos se le enrojecen y se le llenan de lágrimas.

—¿Y el tío Marcelo? —pregunta Arias entre llantos. Salomeno lo contempla con una tristeza profunda.

—Está con vida, siendo atendido en nuestra casa. —Salomeno exhala con alivio y le da la espalda a los gemelos para prestar atención a un prisionero que tiene arrodillado ante él. El hombre tiene una soga que le ata las manos, piernas y pescuezo. Lleva un yelmo de cobre. Arias se espanta al ver que el asesino le lanza una mirada cortante. El niño torna su miedo en odio y le devuelve una mirada llena de rencor. Salomeno se percata de la dinámica y se para entre los dos, bloqueándole a Arias la vista.

—Arbitán, llevad a los niños a mi caseta con Marcelo y mantenedlos seguros. Tenemos que asegurarnos de que no quedan más mercenarios sueltos en las afueras. Voy a interrogar a este prisionero. A ver qué información nos puede dar.

Arbitán se acerca al mercenario con un semblante de confrontación. Le muestra la palma de sus manos.

—¿Ves esto? Con ellas estrangulé a uno de los tuyos —amenaza Arbitán. Sus manos aún están húmedas. El mercenario le responde con sangre que escupe en el suelo.

—¡Arbitán, obedecedme! —ordena Salomeno.

Arbitán toma a los gemelos de la mano y se los lleva a la casa. Arias y Nira lloran en el camino, con ansias de reencontrarse con su tío Marcelo.

***

Es el comienzo del segundo ciclo del día. Gran parte del pueblo de Savana está reunido para cantar una oración de despedida a las vidas perdidas. El cuerpo de Amenoóh yace en un hueco bajo un robusto árbol viejo. El contador de historias tiene sus manos huesudas cruzadas, descansando sobre su pecho. El interior de su cabeza está relleno de flores. Varios niños descienden al agujero y le pintan la piel translúcida con talcos perfumados de múltiples colores.

Los otros cuerpos de Savana todavía no han sido despedidos. Están expuestos en una fila, perfumados y envueltos en sábanas blancas. Hombres, mujeres, ancianos y niños. Salomeno se acerca a la fosa de Amenoóh con una caja dorada. En el interior está guardado el libro del *Amo de los Tiempos*.

—Que vuestro cuerpo nutra la tierra como nosotros nos hemos nutrido de vuestro conocimiento —dice Salomeno al colocar la caja sobre su cuerpo. Así se lo había pedido Amenoóh varias revoluciones solares atrás. Salomeno se pone de rodillas, seguido por el resto de Savana. El pueblo le da un último adiós a Amenoóh, el contador de cuentos.

—No saben cuánto lamento la muerte de Amenoóh, niños —llora Marcelo con un tono de voz débil, ya que había sobrevivido una noche que por poco le regala la muerte. Salomeno le aseguró a los niños y a Marcelo que se salvó por obra del arco de Páteras, que lo protegió debido a que el semidiós ampara a todo aquel que esté acompañado de los gemelos. Eso hizo sentir culpable a Arias y a Nira. De haberse quedado con Aguín durante el ataque, él y el resto del pueblo habrían sido protegidos.

A pesar de dichas protecciones divinas, su tío no había tenido una noche fácil. El impacto de bala que recibió le hizo perder mucha sangre y fuerza pero, también, gracias al firraje que consumió la noche anterior, pudo aliviar gran parte de su dolor.

—Ustedes eran bien cercanos, ¿verdad, tío? —inquiere Arias.

—Amenoóh y yo hemos recorrido juntos por mucho tiempo. Me confió cosas que no le contaba a nadie. El viejo tenía un conocimiento impresionante. Siempre me decía que teníamos algo en común, pero nunca me reveló qué era. Pobre loco.

—Su casa estaba llena de libros que él mismo escribió. Muy misteriosos —añade Nira.

—Amenoóh era un viejo de muchas historias —lamenta Marcelo —. La mayoría de ellas tristes. Es una pena que después de sobrevivir tanto espanto, como perder a *to'a* su familia, terminara así una vez libre. Es una desgracia.

—¿Qué le pasó a su familia? —pregunta Nira.

—Amenoóh era lo que se conoce como un elmita —le responde el tío—, una raza prima de la nuestra, pero mucho más antigua. Quedan pocos ya. Los pálidos han hecho un gran negocio de ellos. Como pudieron ver en la ceremonia, los elmitas en ciertas etapas de sus vidas mudan de piel. El cuero que renace es hermoso, suave y delicado. Los pálidos por mucho tiempo han tratado a los elmitas como ganado. Los matan para arrancarles la piel joven y confeccionar con ella vestidos exóticos.

Arias muerde sus muelas con rabia mientras que Nira lleva la mirada al suelo, asqueada por lo que su tío Marcelo les contaba.

Dos personas se acercan con el cuerpo de Aguín. El niño está envuelto en una sábana blanca. Nérida, su madre, lo recibe. Le descubre la tela de la cabeza y se recuesta al pequeño sobre la falda. Arias y Nira notan que donde había antes un agujero, ahora hay flores color púrpura. Nérida le peina el cabello mientras le canta una canción que nadie más puede escuchar.

—Fui horrible con Aguín —lamenta Nira—. Siempre pensé que nos tenía envidia. Y creo que era yo la que se la tenía a él. Él vivía con simpleza y yo lo odié por eso. Él solo quería ser como tú, Arias.

—Él nunca tomó tu desprecio en serio. —Arias pone la mano sobre el hombro de Nira—. Lo vio como que tenía que ganar tu afecto, y creo antes del final lo logró.

—Ese muchachito era un amor. Savana va a ser un lugar triste sin él —asiente Marcelo—. Su madre, su padre y él, vivieron una vida difícil. En especial su padre, que se sacrificó para que pudieran llegar a Savana. Era un buen hombre y guerrero.

—Aguín me decía que todo lo que vio en su vida era guerra —añade Arias—. Que su padre estaba de campaña en campaña tratando de proteger a su tierra de la colonización de los pálidos. Él quería que yo le enseñara a ser un guerrero, porque su papá no estaba aquí para hacerlo. Aguín quería seguir el legado de su padre.

—Por desgracia el tiempo no le dio —solloza Marcelo—. El mundo allá afuera está lleno de horrores, mis chiquitos. Unos que no pueden imaginar. El pobre de su padre pensó que trayéndolo aquí estaría a salvo. Nadie lo está.

—Esto no termina aquí, tío. La'Mourg pagará con sangre por lo que hizo —brama Arias mientras aprieta la empuñadura de la espada de madera que tenía Aguín al morir. Nira no dice nada. Marcelo le devuelve una mirada de despecho, le deja saber que es solo un niño que no debe meterse en problemas.

—¿Y esa cara? —le rebate Arias cortante—, ¿no tienes nada que decir, tío?

Marcelo ignora a Arias y se une a un cántico que hacen en la ceremonia.

—Ya veo. Nunca tienes algo útil que decir, nada que opinar. Solo hablas cuando Salomeno te da permiso.

Marcelo de pronto deja de cantar y lleva su mano al aire, preparada para propinarle a su sobrino una bofetada. En vez, calla de nuevo y se retira de la ceremonia. Arias se seca las lágrimas de las mejillas con el faldón de su camisa. Su hermana se le acerca para consolarlo, pero él se la sacude y se aparta para sentarse a llorar. La espada de Aguín está en sus manos. Nira lo mira enojada: su hermano nunca le había faltado el respeto a su tío de esa forma. Ella sabe que ha sido un día doloroso y terrible para los dos. Uno que los marcará de por vida.

***

Una caravana encabezada por Salomeno se reúne a la salida del campamento de Savana. Hoy marcharán en dirección a Nhur, una ciudad en medio del desierto del Éspides. Unos bisgones remolcan unos carruajes abastecidos con mercancía y tesoros, con la idea de venderlos e intercambiarlos por bienes que los ayudarán a actualizar el campamento. Arias y Nira también están presentes, y se suben a una pequeña carreta de madera. Marcelo los despide dándoles un beso en los pies, que están colgando fuera del vehículo.

—Perdóname, tío —suplica Arias.

—Estábamos *emociona'os*. No te preocupes, chiquitín —le consiente el tío mientras le acaricia la cara suave con sus enormes y ásperas manos—. Cuida de Salomeno y de tu hermanita. Nueve meses se van volando. —Marcelo le aprieta la oreja y se la sacude con fuerza, seguido por una palmada en el pecho que deja a su sobrino sin aire.

Arias se sienta junto a Nira en lo que esperan por Salomeno. De improviso, la niña escucha unas cadenas chocando entre sí a sus espaldas. Se da la vuelta en esa dirección y ve a Salomeno seguido por unos veinte hombres bien armados que escoltan a un individuo que ella no alcanza a ver.

Arias lo reconoce de inmediato: es el mercenario, el asesino. Una súbita sensación de odio le seca toda la sangre del corazón. Apenas se fija en su aspecto: tiene la mirada puesta en los ojos del asesino. Ningún pensamiento se produce en la mente de Arias, está en total niebla, poseído por una venenosa efervescencia que le llena el pecho.

—¿Qué hace ese tipo aquí? —escupe furioso.

—¿Viene con nosotros? Pero, ¿qué está pensando Salomeno? —inquiere Nira un tanto nerviosa.

El prisionero sigue su camino hasta que se acerca a varios metros de distancia de los niños. Diez de los veinte hombres hacen una fila y se paran alrededor de él.

—¿Están listos para partir, mis niños? —les pregunta Salomeno mientras se asegura de que el carromato lleva lo que necesitan para el viaje a la ciudad de Nhur.

Los gemelos permanecen callados. Nira no se siente cómoda de emprender el viaje; no le gusta incomodarse saliendo a lugares desconocidos, así que decide ocupar su mente con su libro de exploradores. Arias también está ocupado tratando de localizar al prisionero entre la muralla de soldados que tiene de frente.

Salomeno se sube al carromato y toma las riendas. Sin esperar un segundo más, hace marcha en dirección a Nhur, una expedición que les tomará alrededor de nueve meses. Arias y Nira nunca habían abandonado Savana desde su migración de las Islas Crestas. Ahora se retiran a un terreno desconocido, hacia la zona del Énibes, donde les esperan desiertos tan majestuosos como crueles.

5

NHUR

La caravana pasó los primeros tres días de la expedición atravesando el camino del Nirta, un sendero que pasa entre dos desfiladeros, los más altos de Jobos, y que forma parte de una cordillera que cerca Savana; la protege de todo intruso, ya que aparte de este canal, no existe otra entrada. Antes de que Salomeno y sus hombres la descubrieran, habían transcurrido miles de años sin que alguna otra persona la atravesara. Encontrarla no es tarea fácil. La entrada es estrecha, casi invisible al ojo desnudo; está oculta en un lugar recóndito y se puede perder con facilidad entre las rocas de la montaña, además de desembocar en una salida que da a un elevado declive de terreno escabroso. Ninguna de las personas que sufrían a diario los terrenos áridos del Éspides imaginaron que estas montañas protegían un paraíso en su interior. Sin embargo, Arias, Nira, Salomeno y el resto de la caravana abandonaban esas tierras abastecidas de riqueza para introducirse en un purgatorio de desiertos secos y pueblos mezquinos y crueles.

La primera parte de la jornada la disfrutaron. Cantaron, leyeron en voz alta y narraron cuentos. Ahora que están del otro lado del canal del Nirta, Nira puede apreciar por primera vez el espectacular desierto. La arena arropa el terreno con tonos rojos, azules, púrpuras y amarillentos. En los alrededores existen colinas y formaciones rocosas abastecidas de minerales brillantes que sobresalen del cuerpo de las montañas. La arena es gruesa y se desplaza con fuerza por vientos que silban y cantan; Arias jura que son fantasmas.

En algún otro momento esto hubiera asombrado más a Nira, pero el sentirse atrapada entre Salomeno y su hermano le provoca un gran deseo de huir. En menos de dos años le tocaría hacer una jornada similar, aunque mucho más extensa y peligrosa, a solas con su hermano y sin ninguna protección. Esto la aterra; le crea una horrible sensación de lo que es ya inevitable: una vida de realizar los sueños de su maestro Salomeno y no los suyos.

Ella desearía contar con el apoyo de su hermano, pero él no podría estar más entusiasmado por el viaje. Contrario a su hermana, pensar que el día del peregrinaje oficial se avecina, lo llena de emoción.

***

Pasan tres días más en el desierto. Este le ha hecho saber a los niños de su hostilidad. Con soplos de arena los castiga a ellos y al resto de la caravana.

Salomeno se cubre la cara con su turbante, instruye a los gemelos a que hagan lo mismo.

—*Abba*, tengo hambre —protesta Arias mientras muerde sus labios secos.

—¿Te vas a seguir quejando? —le reprocha Nira virando los ojos.

—No estaba hablando contigo, entrometida —escupe Arias.

—¿Podéis callaros ya? ¿Ambos? —Salomeno detiene el bisgón con brusquedad—. ¿Pensáis pasar el resto del viaje así? Recordad que estaremos en estas circunstancias durante meses y solo llevamos unos días. Si vais a pasar el resto de la expedición de esta forma, avisadme, para dejaros continuar el resto del camino a pie, lo suficientemente lejos como para no escuchar más de vuestras holgazanerías y quejas.

Nira se acurruca en el borde del carromato para echarse a llorar en silencio sin que Salomeno la escuche. Su hermano hace caso omiso del escarmiento y devuelve su atención al prisionero, que camina tras ellos junto a una escolta de soldados. Las cadenas le hieren el cuello, las muñecas y los tobillos. Poco le importa a Arias. Lo único que le importa es saber quién es, ¿qué quiere? Salomeno no les ha contado una palabra sobre él y la curiosidad lo está matando.

***

Ya es el cuarto y último ciclo del día. La noche ha llegado.

Salomeno, Arias y Nira no se han vuelto a hablar. Arias se percata de que su maestro los está observando de reojo con seriedad. El niño percibe algo de decepción en su mirada. «Creo que Salomeno está empezando a dudar de nosotros, que no podremos con el peregrinaje una vez nos toque», internaliza Arias. Él lleva toda su corta vida preparándose para esa misión y piensa que con el desinterés y falta de compromiso de su hermana, se va a echar todo a perder.

—Miren las estrellas, se ven hermosas —dice al fin Salomeno, acabando el silencio—. ¿Veis esa que parpadea, justo allí? —Salomeno señala una de las estrellas que más destella.

—Es una estrella muerta —indica Nira desinteresada.

—Es mucho más que eso, mi Nira —asegura su maestro—. Esa estalló con una explosión más brutal y destructora que cualquier otra fuerza que puedan imaginar en el universo. La vida no terminó ahí en el caos, porque de los residuos de la destrucción surgirán nuevos planetas y nacerá una estrella nueva para renovar la vida y la luz una vez más. Es así como nos formamos todos.

—¿Así que venimos de una explosión y una estrella muerta? —pregunta Arias.

—Sí. La vida y el caos van siempre de la mano. Justo como las estrellas, vosotros le darán vida a muchos en este continente. Así seguirá hasta que el Tiempo se decida por otra cosa. Y el Tiempo los destruirá para volver a crear.

—Y qué pasó con el caos y la muerte, ¿también serán parte de nuestro legado?

—Es inevitable —señala Salomeno—. La vida y el caos son una pareja que no se puede separar.

—Tal vez deberíamos hacer eso con las colonias pálidas —sugiere Arias.

—¿Hacer qué en específico? —pregunta Nira dudosa.

—Destruirlo todo, para crearlo otra vez.

—Arias, no seas tan vago cuando pienses. ¿Tienes que cogerlo todo siempre tan literal? —lo critica Nira, sobresaltada.

—A veces la destrucción y el caos son necesarios —agrega Salomeno con la voz serena.

—Pues eso me parece terrible —desaprueba Nira mientras abre su libro para ponerse a leer, tratando de distanciarse y distraerse con otra cosa, algo que no sea escuchar a Salomeno y su hermano discutir sobre qué hacer con la vida de otras personas.

—Nira, no todos van a querer unirse a nuestro llamado —la corrige Arias—. Muchos otros nos combatirán hasta la muerte. ¿Qué vamos a hacer con ellos? Yo pienso que son ellos o nosotros. Si hay que destruir al que busca nuestra destrucción para salvar a los nuestros, lo haría todos los días.

—«Arias el Pálido» —se mofa Nira.

—¿Qué sugieres, entonces? —le pregunta Arias alterado—, ¿que dejemos las cosas como están? ¿Que los dejemos morir?

—Si ellos decidieron quedarse ahí sin hacer nada por ellos mismos, no es mi problema. ¡Puede que prefieran que los dejemos tranquilos! Puede que lo que sea que hagamos, haga las cosas peores para ellos, ¿no has pensado eso? —discute Nira furiosa, y cierra su libro de golpe.

—No hay peor falla que la inacción —afirma Salomeno.

—¡No hay peor falla que morirse! —truena Nira de regreso. Lo último que quiere escuchar son los sermones de Salomeno, que siempre encuentra pretenciosos. Opta por quedarse callada, pensando que así tal vez se callen los dos.

—A mí sí me da ilusión liberarlos —le asegura Arias a Salomeno para ganar su aprobación—. Para eso nos han escogido Celes y Sulus.

—Vosotros no habéis sido elegidos para nada —corrige Salomeno—. Vosotros *sois* Celes y Sulus hechos carne, y por ende habéis sido vosotros quienes habéis escogido al pueblo para liberarlo.

—No me parece que Nira esté en la misma página que nosotros —responde Arias con altivez, enfureciendo más a su hermana.

—Nira no ha visto de cara al sufrimiento ajeno. No la culpéis. No será tarea fácil, pero es lo que vivirán en carne propia cuando emprendan el peregrinaje.

—Lo vi en el rostro de la mamá de Aguín; ¡yo sé lo que tengo que hacer! —asegura Arias con el ceño fruncido y los brazos cruzados—. ¡Estoy listo!

Nira no aguanta más el teatro que le tiene Arias montado a Salomeno y menos que la denigre y use la muerte de Aguín para subirse a sí mismo en un pedestal.

—«Listo», dice el niñito —bufa Nira—. Listo, ¿para qué? Para mí, es evidente que para morir. ¿Y si nos matan, Salomeno? ¿Cómo te lo vas a perdonar?

El maestro calla y observa a sus gemelos con detenimiento. Su vacío se traga el sonido en el desierto.

—Si los pierdo, me saco los ojos.

***

A Nira se le hace imposible conseguir el sueño, así que decide dar un paseo a lo largo del campamento. Siente la arena fría en sus pies, le da algo de serenidad. Pero no por mucho. El recuerdo del peregrinaje vuelve a musitar en sus pensamientos, que le dicen una y otra vez que huya, que lo abandone todo ahora que puede.

Ella no es como su hermano y Salomeno. Ellos tienen el corazón latiendo por la conquista, por liberar tierras, pelear batallas, hacer política, ser dioses. Ella quisiera ser como su tío Marcelo: vivir el día a día en que nada sobrenatural y peligroso pasa. Pero hasta el pobre Marcelo tiene que vivir complaciendo a su hermano. «¿Podría ser esta la futura versión de mí misma? ¿Como mi tío?». Contempla a Páteras a lo largo del cielo; hoy está blanco e incoloro, apuntando al horizonte como si le dijera por dónde escapar.

—¿Qué haces aquí sola? —la sorprende Arias, que se ha

despertado y ha seguido sus huellas.

—Nada. Solo daba una vuelta. No podía dormir. ¿Qué haces tú despierto?

—Tampoco puedo dormir. Estaba pensando en el mercenario, no me quita la mirada de encima.

—Pues deja de mirarlo.

—No puedo evitarlo, Nira. Él y sus hombres mataron a mi mejor amigo. Estaba pensando confrontarlo.

—No te atrevas.

—¿Me vas a decir que no te interesa conocer lo que él sabe?

—No —responde Nira cortante—. Lo que vas a hacer es meterte en líos con *abba*. Pensé que querías estar de buenas con él.

—Estoy empezando a pensar que no vale la pena. Por más que me esfuerzo, él nunca me lo reconoce. Lo único que hace es hablar de lo brillante que eres, Nira, y que debo ser más como tú.

—Yo pensaba que era yo la que lo estaba comenzando a cansar con mis obstinaciones.

—¿Cansar? Eres la luz de sus ojos —asegura Arias, como si le doliera decirlo—. Te usa de ejemplo para todo lo que hago, sin importar que esté bien o mal.

—No seas exagerado, bobo.

Nira piensa hacerle la sugerencia de escapar juntos. Lo ha tratado antes y su hermano estaba bien decidido a seguir a Salomeno hasta el final. «Jamás traicionaré a mi maestro», le repetía.

—Mientras más se acerca el peregrinaje, más se aleja Salomeno de la persona que quiero, de ese padre que nunca tuvimos —señala Nira, sentida—. Lo único que hacemos es trabajar y entrenar. Apenas exploramos y cazamos juntos. No corremos en las praderas ni jugamos en los ríos. Extraño esos tiempos, cuando vivíamos en las Islas Crestas.

—Esos días en las islas ya se acabaron, Nira. Allí ya nos conocen y nos andan buscando. Y por lo que vimos, también lo hacen en Savana. Puede ser que nos estén observando ahora mismo desde alguna parte del desierto.

—Shh, cállate, Arias. O vas a hacer que no duerma de verdad.

El niño mira a su hermana con los ojos humedecidos.

—Nira, ¿crees que los soles se equivocaron conmigo? Se

manifestaron en mí, pero estoy roto —lamenta Arias mientras toca su brazo maltrecho.

—¡Tú siempre estás arrastrando tu valor por el suelo! Qué bobo eres. —Nira lo abraza. Ella nunca se ha convencido de la existencia de los soles, pero hoy prefiere apoyar a su hermano en lugar de robarle la poca ilusión que le queda.

—No sabes lo difícil que es ser como yo. Siempre siento que me quedo corto, que no doy abasto. Por eso me esfuerzo en trabajar el doble de lo que lo haría otra persona.

—Arias: eres mi hermanito genio. Podrás ser un bruto para muchas cosas, como la literatura, los lenguajes y la filosofía —bromea Nira entre risas—, pero eres mejor que cualquier profecía de la que se quiera llenar la boca Salomeno. Nadie cabalga como tú. Nadie tiene tu ingenio. Mucho menos tu corazón. A ti te importa la gente. Yo no encuentro eso en mí; no siento nada por nadie. Solo siento ansiedad.

—Eres ansiosa, y una jodona —dice Arias jocoso—. Además de estar media loca. Peor que eso. ¡Eres horrible y apestosa! ¡Como los sobacos de Marcelo! —vocifera el niño entre carcajadas.

—¡Uy, pero qué asqueroso! ¡Ven acá, cobarde!

Los dos corren y juegan por un rato en el desierto, hasta que no pueden con el sueño y se regresan al carromato a dormir un poco más en paz.

***

Salomeno ha dedicado el primer ciclo del día a realizar gestiones en el campamento, como planificar y trazar la ruta que seguirán en los próximos días, además de organizar los turnos de los hombres que vigilarán al prisionero. Si Arias y Nira pensaban que tendrían unos momentos de ocio, estaban bien equivocados. Su maestro hizo que lo siguieran en todo momento, para que así aprendieran a manejar aquellos asuntos que atienden los viajeros.

—Bueno sea, Salomeno; le tenemos noticias sobre el mojo —anuncia Arbitán, quien anda acompañado de otros soldados.

—¿Cómo se encuentra el mojo? —inquiere Salomeno.

—¿«Mojo»? —le pregunta Arias a su hermana.

—Así le llaman de forma despectiva a la gente que proviene de

Croya, la capital de Gálica —responde Nira—. ¿Acaso no prestas atención a las lecciones de historia?

—Ha *colabora'o* como *e'* de costumbre —dice otro soldado—. Ha *esta'o* tranquilo; ha *contesta'o to'a* la pregunta que le hagamos.

—¿Ha dicho a qué gremio pertenece? —pregunta Salomeno.

—Dice el que *eh* un cavilán —responde el soldado.

A Arias se le abren los ojos como dos puertas.

—¡No puedo creer lo que estoy escuchando! —exclama Arias con una emoción que confunde a su hermana—. ¿El mercenario es un cavilán?

—Suenas un poco emocionado. Contrólate. No olvides que es un asesino —le suelta Nira con discreción para que nadie los escuche.

—No es como si de repente le fuera a coger aprecio, tonta —replica Arias, como si ella no le dijera nada nuevo que él necesitara saber.

—Por supuesto que no. Solo me aseguraba de que no te estuvieras haciendo ideas tontas. Tú sabes… porque a ti nunca se te ocurre hacer cosas tontas —dice ella con sarcasmo.

Arias logra ver al mojo en el interior de una tienda; está atado de cuello, muñecas y tobillos, sin posibilidad de escape.

—Míralo otra vez, Nira. Me está observado.

—Mírate a ti otra vez —argumenta Nira—, dándole otra razón para hacerlo.

***

La caravana hace marcha a lo largo del desierto. De camino aprovechan para visitar varios pueblos pequeños. Los vendedores se deslumbran con las riquezas que Salomeno tiene a la venta y le ofrecen una cantidad generosa de rigales por ellas. Cuando los mercaderes no tienen dinero suficiente, que es lo más común, intercambian armas, municiones, especias, semillas y perfumes, que son más que bienvenidos en Savana.

Salomeno le exige a los niños que hagan varias de las negociaciones para así poner a prueba sus destrezas de persuasión, además de practicar lo que han aprendido de los idiomas más comunes en esas tierras.

Todos los días hacen las mismas cosas. Sin embargo, Arias y Nira se percatan de que su maestro se ha estado reuniendo en secreto con varios individuos misteriosos. Entre los más notables está Barrabás, que anda con su propia caravana y que ha hablado por varias horas con Salomeno; los gemelos no han logrado escuchar nada de la conversación. Solo saben que Salomeno entró con un cofre lleno de joyas a la caseta del extraño y que ahora sale sin él, pero con unos pasaportes que les serán de gran utilidad en Nhur.

***

Finalmente, después de meses pasando desvíos entre pueblo y pueblo, la caravana de Salomeno ha llegado a la entrada de la ciudad de Nhur.

—¡Qué basurero! —declara Arias, decepcionado al ver la ciudad. Él esperaba grandes edificios, hermosas estatuas, fuentes ostentosas, templos majestuosos y mercados con la comida más deliciosa del Énibes. Sin embargo, todo lo que ve es de color marrón.

—Como podéis ver, a la ciudad de Nhur no se le conoce por su belleza —señala Salomeno—, sino por ser el lugar de encuentro para los vendedores del área oeste del Énibes, donde las rutas mercantiles convergen.

Salomeno avanza discreto por la ciudad, llevando solo a Arias, Nira y una sencilla escolta encubierta. Los gemelos observan atentos al flujo de personas que transitan por todas partes. Unos se ocupan en hacer sus trabajos, algunos pidiendo rigales mientras entretienen; otros compran bienes en unos quioscos que están alineados a lo largo de la ciudad.

—Parece un laberinto interminable —opina Nira, algo abrumada.

—Nunca había olido tanta peste diferente en un mismo lugar —se queja Arias. Los hedores que se perciben en Nhur son intensos, ya que ahí se unen las especias, cocinas y ganado de todas las culturas que moran las tierras vecinas.

—¡Guácatela! ¿Cómo es que esta gente puede comer esta comida? ¡Se ve asquerosa! —comenta Nira con una expresión de repulsión al ver los quioscos de alimentos.

—Me alegra que tengáis apetito —ríe Salomeno—, porque comeremos pronto.

—No, gracias —contesta Nira—, prefiero comerme los mocos salados de Arias.

Salomeno sonríe y entra el carromato por un callejón.

—*Abba*, ¿crees que encontraremos pálidos aquí en Nhur? —pregunta Arias.

—No, mi niño. Es raro que encontréis a uno en esta parte del Énibes. Un lugar como este no es adecuado para alguien de la realeza. Pero no os preocupéis, que se enterarían de inmediato si se encontraran con uno de ellos. Cuando veáis a un hombre de unos nueve a diez pies de altura, con la piel blancuzca y ojos negros, vacíos y venenosos, sin duda habéis encontrado a uno. Y si tienen mala suerte, podría ser el mismísimo La'Mourg.

Arias y Nira sienten escalofríos ante la idea.

Salomeno cambia de dirección para entrar a una plaza. Es muy rudimentaria. El suelo está cubierto de fango y gravilla desgastada.

—No miréis a nadie directamente —les ordena su maestro—, las miradas atraen desdichas en lugares como este.

Los niños tratan de seguir las instrucciones de su maestro al pie de la letra, hasta que se topan con una imagen que no pueden evitar, por el terror que les hace sentir. Los deja enfermos, con un retorcijón en el estómago. Más allá, hay un corral de varios niveles de altura. No lo habitan cerdos ni algún tipo de animal inmundo, sino hombres y mujeres, todos desnudos, con los cuerpos cubiertos de lodo y excremento.

—Apenas parecen seres humanos —lamenta Arias con el corazón roto.

—En realidad, no lo son —lo corrige Salomeno—. Se llaman efinios. Son unas criaturas débiles de mente y fáciles de domar, pero útiles para el trabajo forzado.

Los efinios tienen facciones humanas. Son más altos y fuertes que un humano promedio, pero estos no lo aparentan, ya que tienen la espalda curva: el trabajo se las ha torcido. Sus brazos son grandes y firmes, casi tan largos como dos brazos humanos.

—Nunca me deja de impactar el aspecto de sus rostros; hay algo de infantilidad en ellos —lamenta Salomeno.

—Esto es cruel —opina Nira con lágrimas en los ojos—. Miren la comida, lanzada en el fango, mezclada con la mierda.

—Eso, Nira, es vivir sin dignidad —afirma Salomeno, tomándola de la mano.

—Pero, ¡apenas pueden moverse! —dice Arias. Su sentido de horror se ha tornado en una amarga cólera—. ¿Cuántos hay? ¿Cientos de ellos?

El corral en donde están los efinios tiene tres niveles torpemente construidos de madera. Podría venirse abajo en cualquier momento. Los desechos de los que viven en el nivel superior terminan cayendo a los que están en la planta de abajo. Entre cuerpo y cuerpo no hay más de dos pies de distancia. Un paso en falso los haría caer al vacío.

—Ya están acostumbrados a esta vida —les cuenta Salomeno—. Esto que vosotros percibís como miseria, para ellos es su vida normal. Sus padres vivieron así, los padres de sus padres también.

Nira toma asiento en el carromato; el temblor que siente dentro de los huesos hace que apenas pueda sostener su cuerpo.

—Yo hubiera pensado que solo los pálidos serían capaces de hacer algo tan atroz —dice Arias con el puño apretado.

—El ser humano es capaz de esto y de mucho peor, Arias. La barbarie la puede dar tanto el que está en lo más alto, como el que está por debajo. Hasta el individuo más débil puede ser cruel con el que corre peor suerte que él. —Salomeno se les acerca para enfatizar un punto—: Cada clase tiene su propio grupo de seres indispensables.

Nira vomita fuera del carromato. Lo que ve es demasiado para ella, y la peste de excremento se ha metido dentro de sus pulmones.

—¡Tenemos que hacer algo! —brama Arias furioso—. ¡Busquemos a varios de nuestros hombres! ¡Podemos ayudarlos a escapar!

Salomeno lo toma de su mano deforme con gentileza y le dice:

—Nunca toméis acción con el coraje fresco en la cabeza, o lo perderéis todo. Recordad que os estáis enfrentando a una gran maquinaria; es vieja y sabia. Si la atacáis, podréis alcanzar a romper a una de sus piezas. Hasta podríais provocar que dejase de funcionar por un corto tiempo, pero ella sabrá de donde viene el problema y arreglará su debilidad con una solución más robusta y resistente, haciendo imposible para vos una victoria futura. Debéis esperar a que llegue la calma. Entonces ubicad la pieza adecuada, la que esté en su punto ciego. Una que, al quebrarla, derrumbaría la máquina entera.

Salomeno aprieta los hombros de los gemelos.

—Arias, con vuestra espada cortaréis la carne de vuestros enemigos más débiles.

Salomeno vuelve su mirada a la niña.

—Nira, romperéis los pilares vanidosos de sus reinos y construiréis sobre los escombros unos más justos y duraderos.

—No sé por qué eso no me hace sentir mejor —le argumenta Nira, temerosa.

—¿Pero por qué tengo yo que enfrentar al más débil? —pregunta Arias, irritado.

—Porque si los habéis vencido, por definición son más débiles que vos. El guerrero más poderoso de vuestros enemigos es su cultura. Un hombre no se levanta después de que lo matáis. La cultura, en cambio, está aferrada a la tierra. Podéis cortar su tronco, pero su cimiento perdurará. Estaría en vosotros si la dejan subsistir, asimilarla o destruirla por completo. Para esa tarea os he preparado; Nira, te preparé para ganar corazones, para de esa forma evitar que la sangre corra del sable de vuestro hermano, que sería la última alternativa.

—Eso es perverso —dice Nira.

—Si eso salva la vida de alguien como estos efinios, valdría la pena —argumenta Arias.

Salomeno conduce el carromato por un callejón abarrotado de quioscos. Después de detenerse, saluda a uno de los vendedores.

—Bueno sea, amigo. ¿Estáis interesado en reliquias y artefactos?

—*Bemereh inñu amio* —le responde el vendedor, al no entender lo que Salomeno le dice.

—*Erruh namenoh inu creh amoi* —articula Salomeno con lentitud. Arias y Nira ven que el vendedor lo entiende perfectamente.

—¿Qué es lo que está diciendo, Nira?

—Mmm, no sé, *abba* todavía no me ha enseñado arsi.

Los niños ven que Salomeno se dirige al interior del carromato, saca un pequeño cofre y se lo entrega al vendedor. Al abrirlo, los ojos del hombre se agrandan, casi saliéndosele de las cuencas.

—¡Qué riquezas! —exclama en su propio idioma—. ¡Bendito sean los dioses!

Salomeno intercambia unas prendas reales por varios cabaos fuertes, fusiles modernos, municiones, semillas de diferentes tipos, especias, cueros y varias barras de acero y de bronce.

—¡Guaaaaaaau! ¡Mira eso, Nira! ¡Tiene un arco sorio! —grita Arias emocionado.

—No bromees. ¿En serio? —contesta su hermana. Ella sabe que un arco como ese no es común en estas tierras.

—¡Yo no lo confundiría con otra cosa! ¡Viene con yelmo y armadura! ¡Con todo!

Arias se baja del carromato y corre para contemplarlo más de cerca. Podría ser un arma sencilla y pequeña, pero el arco sorio tiene un resorte más potente que todos los demás arcos que existen en ambos continentes.

—Con estos arcos, los sorios dominaron por trescientas revoluciones a dos cuartas partes de Gálica —les instruye su maestro.

—*Crui moigh bahn emoh* —le dice Salomeno al vendedor, quien agita sus manos por la emoción de haber conseguido tanta riqueza. Arias y Nira no entienden lo que dijo Salomeno, pero entonces su maestro toma el arco y se lo entrega a Arias. El niño no lo puede creer. De improviso, su visión se oscurece y siente una ligera presión en la cabeza. Salomeno le ha puesto también el yelmo de cuero. Arias se lo acomoda hasta que puede ver. Su maestro le pone la armadura.

—¡*Abba*! No sé que decir —exclama Arias anonadado, mientras luce su armadura nueva.

—Te ves adorable —bromea Nira al notar que le queda enorme.

—Estás celosa porque a tí *abba* no te ha comprado nada —le contesta Arias, y le saca la lengua.

Salomeno se le acerca a Arias y le ajusta las correas de la armadura.

—Me quedaré con las flechas y la aljaba —indica—, es un arma demasiado peligrosa para una persona que no está entrenada para usarla. Esto no se maneja como un arco usual.

Arias sonríe con bravura y orgullo.

—Ahora que os tengo contentos, sigamos el camino, que hay mucho por hacer.

Todos regresan al carromato. Arias se trepa en la parte más alta para lucir sus nuevos accesorios. Nira bufa y vuelca los ojos.

***

Después de pasar varios días en Nhur, Salomeno ha vendido casi toda su mercancía. Con las ganancias podría hacerle muchas mejoras a Savana, sobre todo reemplazar los mosquetes obsoletos por unos fusiles más modernos.

El tiempo de regocijo no dura mucho: un silbido metálico truena por todo Nhur. Arias y Nira cubren sus oídos y miran en dirección al origen del chillido: la estación de ferrocarriles. Hacia ellos se acerca una colosal bestia de hierro, sin duda la máquina más inmensa y poderosa que los ojos jóvenes de los gemelos hayan visto: un ferrocarril negro de dos niveles. Funciona por medio de un gas químico que burbujea con gran presión por unas tuberías que corren como una columna vertebral a lo largo del vehículo. Sobre la cabina de control ondean dos estandartes tejidos a un ecebro, aquel árbol blanco de tronco fuerte que vive miles de revoluciones solares. Nira reconoce el emblema de sus libros de texto: representa el imperio de los pálidos en Gálica, en el continente norte.

—La'Mourg —dice horrorizada.

El silbido furioso que sale de las válvulas del ferrocarril truena en los oídos de los gemelos. Una nube de gas blanquecino se dispersa en el aire. Muchos de los vendedores se echan a correr despavoridos; algunos van a sus casas, otros fuera de la ciudad.

—Mis niños, creo que es hora de despedirnos de Nhur —exclama Salomeno con una urgencia que no lo caracteriza.

—¿Qué tiene ese ferrocarril? —pregunta Arias.

Las compuertas del tren se abren de golpe. Varios soldados armados con rifles largos avanzan afuera. Sus cuerpos están protegidos por armaduras hechas de un lujoso garnito negro. Los hombres se dividen en varios flancos y se esparcen por la ciudad.

—Son los «Loch á Mourt», las tropas personales de La'Mourg —afirma Salomeno—. Los vendedores de Nhur saben que vienen en nombre del pálido. Son sabios al escapar. —Salomeno golpea a sus cabaos con los estribos para que emprenden su marcha—. No estoy de ánimo para que los conozcáis de cerca.

Salomeno no tarda en salir de la ciudad. Arias y Nira nunca lo habían visto huir de algo en su vida.

106

—En esta ciudad hay muchos evasores de impuestos. Muchos bandidos —les explica Salomeno—. La'Mourg envía a sus tropas para pasar látigo y así asegurarse de que sigue en control del territorio. Para que permanezcan produciendo para él.

Al salir de las puertas de Nhur, Arias y Nira escuchan a sus espaldas varios disparos.

—Esos que cayeron, mis niños, fueron los dispensables.

***

Otra vez, Nira no puede alcanzar el sueño. Sus pensamientos están reviviendo constantemente lo ocurrido por la tarde en Nhur. Piensa sobre todo en los efinios; no puede entender cómo unos individuos podrían tratar a otros seres vivos con tanta crueldad. Trata de poner su mente en blanco, pero lo que hace es regresar con su imaginación a Savana. Recuerda el momento de la invasión de los mercenarios. Salomeno siempre les dijo que Arias y ella eran especiales; padres e hijos de los soles, unos dioses destinados a devolver la prosperidad a las tierras de Jobos. «Pero, ¿qué puede saber un rey como La'Mourg sobre dos niños que acaban de cumplir diez revoluciones solares de edad?», se dice ella. «De buscar a alguien peligroso, sería a Salomeno, que tiene un largo historial de conflictos con cada región en el mapa». Nira quisiera que su maestro le diera una explicación, pero él no habla de nada que tenga que ver con el mercenario que llevan.

Cansada de pensar y torturar sus pensamientos, Nira decide ponerse a leer, y es así como, al poco tiempo, se queda dormida.

***

El silencio es absoluto. Después de esperar el momento perfecto, Arias se pone en pie con mucho cuidado para no despertar a su hermana y, sobre todo, a Salomeno, quien para su fortuna goza de un sueño profundo. El niño anda de puntitas entre ellos, evadiendo cualquier objeto ruidoso en el suelo.

Ya fuera de la tienda, Arias corre a lo largo de la caravana hasta que llega a la caseta donde tienen encerrado al mercenario. No le sorprende que esté bien vigilado: es un hombre peligroso. Esto no lo detiene. Sabe que para los hombres de Salomeno, él es tanto dios como hijo de Sulus, a quien deben respetar y obedecer sin ningún tipo de resistencia.

«Nadie se interpondrá en mi camino», se dice convencido. «Estos hombres harán lo que les ordene. Podría hasta pedirles que se maten entre ellos y lo harían», se afirma, sonriente.

Los guardias dejan entrar al muchacho sin restricción alguna, concediéndole así más confianza de la que merece. El hijo de Sulus se impone frente al prisionero, que está de rodillas. Arias lo mira directo a los ojos.

Todos están mudos dentro de la caseta, solo se escucha la tela de la tienda al chocar con el viento. Los ojos grises de Arias están fijos en los marrones del cavilán. De la boca del mercenario no escapa sonido alguno, solo se dibuja una sonrisa. Arias da media vuelta y se dirige a uno de los centinelas, «el más débil de todos», como le instruyó Salomeno que hiciera cuando tratara con un enemigo. El centinela mira a Arias, nervioso: sabe lo volátil e impredecible que puede ser el joven. Arias lo amenaza con ojos burlones, seguro de que el centinela no hará nada para detenerlo. Así que toma la daga del guardia y la desliza fuera de su vaina de cuero. Arias obsequia una sonrisa presumida al centinela y vuelve al mercenario.

—A ver, niño. Vengad a los vuestros, dadle uso a esa daga. Degolladme —bufa el mercenario en tono burlón.

Arias aprieta el cuchillo y acerca la punta al mercenario. Empieza a merodearlo, estudiándolo, juzgándolo. De pronto, se detiene a sus espaldas. Se pregunta: «¿cómo es que se degüella a una persona?». Salomeno le enseñó a sacrificar gazibos, pero no un ser humano. «¿Sangrarán de la misma forma?».

Arias pone su mano deforme en la frente del mojo y le fuerza la cabeza hacia atrás; luego presenta el filo de la daga al cuello del mercenario. El niño puede oír los tucos de la barbilla rozar con el metal. Su mano empieza a temblar. Su sudor lubrica el mango de su daga, que casi se le resbala de la mano. Pero el pequeño dios la sujeta fuerte para aparentar que tiene control de la situación. Sin embargo, su respirar y el temblor en su voz lo delatan como un principiante.

—Me tenéis los ojos clavados, chico, pero esos ojos no son de asesino.

De un impulso, Arias se retira de las espaldas del mercenario y se planta ante él.

—Puedo ver el deseo en vos. Sientes mucho coraje —dice el mercenario.

—Cállate —le escupe Arias.

—Sois un chico, no os preocupéis: yo era igual que vos a vuestra edad.

—No soy como tú. ¡Yo no mato a gente inocente!

—Yo solo hago bien mi trabajo. Entre alguien como yo y el gran Salomeno, La Serpiente Traga Hombres, no existe mucha diferencia. De él se cuentan leyendas mortíferas en el norte; a mí ni me conocen, niño. ¿Por qué no os sentáis? Os contaré una historia que pondrá vuestra sangre fría.

—Tú a mí no me das órdenes. ¿Sabes a quién le estás hablando? —El niño sabe que el mercenario conoce su identidad, pero quiere la satisfacción de decirle que es un dios.

—Sulus —revela el prisionero.

El niño abre los ojos. Nadie lo había llamado Sulus antes. «¿Cómo es que alguien del norte, sobre todo un cavilán, me conoce?», se pregunta. Siente un gran desprecio por el hombre que tiene enfrente, pero el hecho de que un cavilán lo reconozca por su nombre divino, lo ha hecho sentir especial. Ese podría ser el mejor halago que ha recibido en su vida.

—Sí. Sois Sulus, no lo ocultéis. Tranquilo. Si hay alguien, con excepción de Salomeno, que reconoce lo valioso que eres, soy yo.

—¿Y por qué querías matarme, si tengo tanto valor?

—Yo no os quiero muerto; La'Mourg os quiere vivo. Sois muy valioso. Demasiado. Más valioso que cualquier otro sol.

Arias no dice nada.

—¿Por qué no le preguntáis a Salomeno para que te quiere La'Mourg? —pregunta el mojo.

—Hablas como si me ocultara algo.

—Ese hombre no es quien vos creéis que es.

—No te refieras a él de esa forma.

—No es falta de respeto, es solo la verdad.

—…

—Chico, no es nada personal con vuestra gente; fue solo un trabajo, y cuando se rehúsa un trabajo a esos pálidos, no le dejan a uno aliento para otros. Si fuera por mí, lucharía por vos, pero eso no es lo que yo hago. Y si de vuestra gente os preocupáis, no os alarméis por otro ataque: nos detuvieron a tiempo. Nadie sobrevivió, excepto yo. Además de mí, nadie sabe dónde está Savana. —El mercenario se inclina hacia Arias—. Pero eso no es lo que más os preocupa, ¿cierto, Sulus?

—¿De qué hablas?

—Tenéis clara la importancia de seguir las estúpidas lecciones de vuestro maestro. Habéis hecho lo imposible por complacerlo, día y noche entrenando sin parar, con la ilusión de que algún día os convertiréis en lo que él os ha prometido: un libertador, un gran conquistador.

El mercenario hace una pausa y le susurra para asegurarse que tiene su atención:

—Sin embargo, algo os lo impide. Vuestra hermana no comparte vuestra visión.

—Hablas por hablar. ¿Cómo sabes eso?

—Los he escuchado discutir. He oído a Salomeno parlotear cuál es su preferido de los dos. Es un poco injusto, si me preguntas. Pero yo puedo ayudarte. Para lograr lo que vos queréis, hace falta más que deseo. Eso ya lo poseéis. Y a sobras. Lo que no tenéis es el empuje. Por eso no podéis matarme. Sin empuje, chico, no se logra nada. Pero como os dije: es solo cuestión de crecer.

—Yo…

—Vi que llevabas contigo un arco sorio. ¿Sabéis usarlo?

—Todavía… no.

—Eso pensé. Salomeno llevaba consigo la aljaba con las flechas. Si traéis el arco, os mostraré la postura.

—…

El mojo le muestra las muñecas atadas a Arias y le dice:

—No creo que pueda ir a alguna parte, chico. Un cavilán os enseñará a usar un arco sorio. Andad, dadle a vuestra hermana un cuento que envidiar.

Arias mira al prisionero directo a los ojos.

—¿Cuál es tu nombre?

—Valdimir.

El niño se vuelve al centinela, que sigue parado junto a ellos. Arias sonríe, devuelve la daga a la vaina y se retira a buscar su arco.

6

EL MERCENARIO

Arias volvió con su arco sorio. El cavilán le hizo saber las técnicas básicas para operarlo, pero no le tomó mucho tiempo notar que el brazo torcido de Arias no le permitiría hacer buen uso de él. Esto no detuvo al niño, que siempre había estado determinado a superar todo obstáculo que su brazo le impusiera.

La caravana continuaba todos los días su marcha de regreso a Savana, y Arias todos los días buscaba una nueva forma de operar el arco sorio que fuera de utilidad para él. Practicó con una obsesión que tenía a Nira curiosa. Arias nunca le confió que se reunía con regularidad con el mercenario; estaba bien claro que su hermana se lo diría a Salomeno de inmediato, y él no quería dejar ir la oportunidad de aprender de un cavilán. Arias pensó que siempre y cuando el mercenario permaneciera preso, no habría peligro. No tenía nada que perder.

Arias regresó en secreto a la choza del cavilán todas las noches que pudo. Siempre fue cuidadoso; nadie lo vio salir. Le enseñó a Valdimir las posturas nuevas que practicó con su arco. Valdimir le dijo qué funcionaba y qué no. Arias se marchaba con el conocimiento nuevo y regresaba el próximo día con una nueva idea. Así lo hizo, hasta que el mojo quedó satisfecho e incluso orgulloso al ver que lograba dar uso al arco con su brazo maltrecho. Las visitas al mercenario no cesaron; se hicieron más frecuentes. Ahora le hablaba a Valdimir sobre sus estrategias de combate y también sobre las sesiones de entrenamiento de batalla que tenía con regularidad con Salomeno. El mojo estaba impresionado con las estrategias del joven y se lo hizo saber. «Genio», lo llamó. Lo ayudó a perfeccionar sus estrategias y le contó de unas batallas antiguas que dejaron al niño maravillado. Le aseguró a Arias que con las estrategias que concibieron juntos podría vencer a Salomeno, seguro. Arias no podía esperar a que ese día llegara.

Así sucede por meses mientras hacen la última fase del recorrido en el desierto del Énibes. Arias siempre mantuvo distantes las conversaciones, limitándolas a tácticas y estrategias militares, nada que ver con asuntos personales.

A pesar de haber crecido y madurado un poco durante esos meses, ciertas tentaciones lo sacaban del control de sus actos. Como esta noche, que rompía la distancia con el mercenario.

—¿Cómo fue que descubriste Savana y cómo llegaste hasta aquí? —inquiere Arias.

—Veo que vais al grano, chico. Verás: os tomará por sorpresa que no vine a este lugar para buscar a vos y a vuestra hermana. Yo andaba tras Salomeno, como mucha gente como yo por mucho tiempo. Logré seguir sus pasos gracias a las malas lenguas, hasta que di con la librería de Croya, donde estudié los libros que estaban registrados a su nombre. Todos eran antiguos, y fue ahí donde di con un mapa que revelaba la ubicación de Savana. ¿Qué mejor lugar que uno rodeado por una cordillera por todos sus lados, olvidado por miles de años?

»Pero había un problema. Cruzar de un continente a otro no era tarea fácil. No cualquiera sale de Gálica y llega a Jobos. Fue cuando la suerte tocó mi puerta y me enteré de que La'Mourg buscaba a Salomeno de forma obsesiva, no por detenerlo solo a él, sino a unos supuestos dioses que le hacían compañía. La'Mourg estaba pagando una fortuna al mercenario que diera con Savana. Así que aproveché la situación para que me costeara el viaje. Me ofrecí, indiqué que no revelaría la localización de inmediato. La'Mourg me facilitó una embarcación. No sospechaba que el secreto duraría poco, y varios mercenarios se dieron a la tarea de invadir el barco. Ahora yo era su prisionero y ya no era el único individuo que iba de camino a Savana.

—¿Así que ellos comenzaron a trabajar juntos?

—Por un tiempo. Se realizó una tregua que duraría hasta el momento de desembarque en Savana. Una vez allí, cada cual estaría por lo suyo. Como ya mencioné, yo no estaba interesado en vos, sino en el Traga Hombres, y le dejé eso claro a los otros mercenarios.

»Cruzamos el mar Ala'ti hasta que llegamos a la costa montañosa del oeste de Jobos. Tardamos tres días en localizar la gruta que daba paso a la caverna que nos permitiría entrar a Savana. Una vez tocamos tierra, todo se complicó. Los muy imbéciles comenzaron a cazarse entre ellos. Yo me las tuve que arreglar para sobrevivir. Finalmente, me reencontré con los sobrevivientes.

—¿Lucharon hasta la muerte?

—Hicimos un segundo pacto.

—Oh.

—Que no nos atacaríamos hasta capturar a los gemelos. Les recordé que yo solo quería a Salomeno. Me comprometí a no hacerle nada a los dioses gemelos y así me los saqué un poco de encima. Nos ocultamos un rato en el bosque mientras que nos turnábamos para vigilarlos a vosotros y al campamento. Cuando nos enteramos de que sabían de nuestra invasión, decidimos atacar primero. Y así lo hicimos.

—La noche de la ceremonia.

—Debo admitir que fue una tonta idea, pero ellos votaron a favor. No me quedó otra alternativa que ceder. Al fin y al cabo no iba a volver a tener la oportunidad de estar ante Salomeno. Lo demás que ocurrió ya lo sabéis.

—¿Por qué te interesa tanto Salomeno?

—Como os dije, chico, muchos queremos dar con Salomeno para hacerlo pagar por el mal que ha causado.

—Humm, ¿y cómo fue que te convertiste en un cavilán? Sé que por lo general entrenan desde que son niños.

—Yo nunca fui niño, chico —responde Valdimir—. La historia es larga y vos nunca tenéis tiempo para conversaciones tan extensas.

—Hoy tenemos tiempo, Salomeno bebió toda la noche con Marcelo. Está durmiendo como una roca. Dime, por favor.

—La verdad es que fui muchas cosas antes de ser un cavilán. Primero fui el hijo de un buen hombre. Su nombre era Sauán. Fue demasiado rígido conmigo; como dije, nunca fui niño. Así se vivía en Antica, mi aldea. Vivíamos una vida de campesinos y trabajábamos muy duro. Estábamos bien apartados del resto del mundo, tanto así, que apenas sabían que existíamos. Eso libró a mi pueblo por mucho tiempo del dominio de los pálidos.

—Pero no para siempre —intercede Arias.

—Hasta que llegó la era de la locura del tinolio. Todo Gálica visitó las tierras que rodeaban mi aldea. Explotaron las montañas para minar el preciado metal. Hasta el más bondadoso se convirtió en ladrón en esos tiempos. Mi padre intentó trabajar en las minas, pero eso no duró; era un trabajo peligroso y lo lisió en solo unos días. Así que nos quedamos en Antica, con la vida que teníamos. Debía cuidar de mis pequeños hermanos y de mi padre. El tinolio podía traer mucha riqueza a aquel que tuviera suerte, pero también traía consigo el colonialismo de los pálidos: ellos no tardaron en crear un asentamiento en mi aldea. Enviaron a los dairios a legislarla.

—¿Para qué le serviría a los dairios una aldea tan pequeña?

—No olvidéis que cuando los pálidos tomaron control de los dos continentes, hicieron acuerdos con los reinos caídos. A los dairios les ofrecieron una cierta cantidad de terrenos, a los gongoleses también, antes de que entraran en conflicto con ellos. Hicieron tratos similares con los marrocos, los poloñeses y otros. Les distribuyeron tierras para administrar. A los reinos caídos les convenía mantener algo de poder, de no ser erradicados. Y a los pálidos le convenía para poder controlar unos territorios tan amplios. Fue así como mi tierra de Antica padeció este dominio. Ya no importaba que mi padre estuviera incapacitado para trabajar en una mina; los dairios lo obligaron a hacerlo.

—¿Y qué pasó con usted? Era muy pequeño. ¿Lo forzaron a trabajar también?

—A los jóvenes diestros como yo nos tocaban otros destinos. Verás: para los dairios, que están bien inmiscuidos con la nobleza, cualquiera que viviese en nuestras tierras era considerado un salvaje, un inculto seguidor de dioses paganos. Recordad que los pálidos hicieron ilegal cualquier tipo de idolatría. Cualquier expresión cultural es mal vista por ellos, a menos que seas un dairio o de cualquier otra casta alta. Ellos gozan de poderes que pobres diablos como nosotros no tenemos. Os sorprendería saber que a mí, junto a otros niños, nos obligaron a tener poder.

—No conozco a nadie que se queje de tener algo de poder.

—Fue a cambio de algo.

—No entiendo. ¿Qué podría ofrecerle un niño a los dairios?

—Exactamente eso: un niño. Me trasladaron a Croya, la capital de Gálica, para convertirme en el hijo de un conde que no podía procrear hijos propios con su esposa.

—¿Te obligaron a separarte de tu padre y tus hermanos?

—Así pasaba con niños salvajes como yo. Nos cambiaron los nombres. Me dieron un apellido. Cambiaron mi forma de vestir, de comportarme, y me enseñaron a leer. Hablé su lengua y hasta me enseñaron a perder mi acento para adquirir el de ellos. Me convirtieron en un croyano. Un «mojo», como suelen llamarnos los que nos desprecian. Me dieron la mejor educación que podéis imaginar. Me enlistaron en una academia militar en donde me convertí en un oficial croyano.

—¿Así que no solo eres un cavilán, sino un oficial croyano? Guau, eso es increíble. ¿Sabías que Salomeno solía ser un croyano también?

Valdimir ríe, nada sorprendido.

—Creedme, lo sé muy bien.

—Todavía no entiendo por qué se molestan en buscar niños de otras tierras.

—Para librarse de los salvajes, convirtiendo a niños como yo en jóvenes increíbles, y de paso erradicarnos por medio de la asimilación. No me tomó mucho aceptarlo. Al principio los odié, pero la riqueza era suficiente como para comprar a cualquiera. Olvidé Antica, a mis hermanos y a mi padre de inmediato.

—Te veo arrepentido —interrumpe Arias, curioso—, no parece que los hayas olvidado.

—En ese entonces sí los había echado a un lado. Estaba completamente asimilado. Comí lo que los croyanos comían, leí sus libros, luché sus batallas. Pinté mi cara de blanco como suelen hacer aquellos fieles a los pálidos. No tenía razones para mirar atrás.

»Hasta que llegaron las rebeliones. Las fuerzas croyanas comenzaron a limpiar las aldeas. Vistieron a esas tierras de rojo. La idea era utilizar esclavos: las personas que han nacido bajo el yugo suelen ser más dóciles y menos propensas a la rebelión que los que alguna vez fueron libres. Las fuerzas croyanas se adentraron más en los territorios dominados y comenzaron a instalar campamentos para los esclavos. Fue entonces que escuché lo que pasó con Antica.

—¿Los croyanos la atacaron?

—La destruyeron. Masacraron a toda la aldea. Una campaña de dairios liderada por aquel que se hacía llamar «Baltazar el Terrible». Tan pronto me enteré, me enlisté como voluntario para trabajar en el área. Busqué a mi padre por todas partes. Solo encontré una fosa enorme en medio de lo que era mi aldea. No había tumbas, mucho menos nombres. Los enterraron junto al ganado, que también aniquilaron.

—Qué horror… Así que ¿nunca volviste a ver a tu padre?

—Lo volví a ver. Aunque no a mis hermanos. Ellos no sobrevivieron. Mi padre apenas lo hizo. Lo encontré en otra aldea en el sur, donde no había ánimos de rebelión.

—Debió haber estado emocionadísimo al volver a verte.

—No me reconoció —lamenta Valdimir—. Yo había crecido. No era un salvaje. Tenía la cara pintada y llevaba una armadura croyana color blanco. Le dije quien era. Él me contestó que su hijo no era un asesino. Que su hijo no se ocultaría tras máscaras de pintura. «Me lo mataron», lloró, antes de darse la vuelta e irse.

—No te reconoció porque te veías diferente —le asegura Arias al mojo, tratando de consolarlo.

—Nunca sabré con certeza. A veces pienso que me reconoció tan pronto me vio llegar. Mi padre podría ser inculto, pero no era un tonto. Esa misma noche apareció con el cuello apretado en un nudo. Colgaba de un ecebro, el mismo árbol que está en el emblema de la casa croyana. Se había quitado la vida. Creo que la esperanza de que su último hijo seguía vivo lo había mantenido con vida todo ese tiempo.

Arias se siente horrorizado. Se pone en el lugar de Valdimir: piensa en cómo se sentiría si un día llegara a Savana para encontrarse con la noticia de que Nira ha muerto y Salomeno está decepcionado de él al punto de quitarse la vida.

—Deserté de inmediato. Renuncié a Croya. No podía volver a ser un antico, pues mi tierra ya no existía, así que me dediqué a borrarme cada día más. Así fue como me convertí en un cavilán. Me uní a su gremio de asesinos. Maté a muchos croyanos y dairios, varios de ellos responsables de las masacres de mis tierras. Nunca pude matar a Baltazar el Terrible. No pasó mucho tiempo para que me dejara de importar también. La venganza perdió el sabor en mi paladar muy rápido. Matar ya no era un placer, así que lo hice para sobrevivir. A veces pienso que lo que buscaba era una excusa para morir. Y me expuse constantemente a la muerte. Pero hasta querer morir se volvió aburrido para mí. Quería abandonarlo todo.

—¿Querías también abandonar a los cavilanes?

—Por eso tomé el trabajo de La'Mourg. Algo en ese trabajo despertó el apetito en mí. Muchos lo hacían por la tonta recompensa de hacerse nobles. Yo valoro otras cosas.

—Esto es Savana —argumenta Arias—. Salomeno dice que esta es la tierra para los indignos. Savana le devuelve la dignidad a aquel que la busque.

—¿Salomeno un defensor de indignos? No me hagas reír. ¿Y Savana va a acoger a una sabandija como yo? ¿Después de que masacré a una gran parte de vuestro pueblo?

—Fue La'Mourg quién los masacró. No tú —dice Arias al recordar las palabras que le decía Salomeno en sus enseñanzas: «Aquel que obra el mal es víctima del mal que lo trajo al mundo»—. Savana ha acogido a mercenarios y asesinos antes. Si no te podemos perdonar cuando buscas redención, ¿cómo podemos explicar a los otros criminales que hemos acogido?

—No creo que Salomeno se tome tal riesgo conmigo. Yo no lo haría de ser él.

—No conoces a mi maestro. Él no es como cualquier otro líder que hayas conocido. Te devolveremos tu tiempo perdido.

7

MATAR UN PECADO

Después de varios meses de camino, la caravana ha llegado a Savana.

Ya en casa, Nira se vuelve más cooperativa con las tareas que le asigna Salomeno. El viaje le hizo ver que debe estar mejor preparada para lo que ve ya como algo inevitable. El peregrinaje podría seguir siendo una misión suicida para dos jóvenes, pero ella prefiere reducir el riesgo lo más posible.

—Nira, miradme —le pide Salomeno al verla callada mientras lee sin mucha atención un libro de política y ley. Nira suspira profundo y mantiene la mirada en la página para tratar de escapar de la conversación—. Mi niña, sé que estáis preocupada. No os culpo: recordad que yo tuve que vivir y aprender lo que os he enseñado en carne propia. —Salomeno se pone de pie y camina al fondo de la tienda a espaldas de la niña. Su mirada está enfocada en el mural de mosaico que tiene el rostro de mujer.

»El mundo puede ser tirano, pero lo sobreviví. Y construí Savana. No siempre favorecí a los dioses y mis intenciones no siempre fueron consistentes. En cambio vos, mi Nira, poseéis una cualidad que yo nunca tuve. Sois una persona propia, con una mente libre. Por alguien como vos, cualquiera lucha.

«Libre», bufa Nira por dentro, sabiendo que no es el caso.

—Pero *abba*, si yo no hago nada, solo me escapo de mis obligaciones, ¿cómo puedes decir eso?

—Estáis pasando por una etapa. Yo sé lo que realmente está dentro de vos; el tiempo se ocupara de cambiaros. No confundáis vuestra rebeldía con majadería. Vos tenéis vuestro propio norte y eso es muy valioso.

—Yo no soy una rebelde. Lo que tengo es miedo puro.

—Debéis tenerlo —ríe Salomeno—. El Éspides no es para tomarlo como un chiste, hacéis bien en temer. Él mismo se encargará de acabar con vuestro miedo, porque es la única manera de sobrevivirlo. Os ganaréis a sus habitantes antes de que os deis cuenta. Desde que teníais cinco revoluciones solares de edad, cautivabais a todos, poseíais una sabiduría a vuestra corta edad que sorprendía; algunos hasta le temían. Celes y Sulus nunca se equivocan.

Nira baja la cabeza y cierra los ojos.

—No siento nada de eso en mí. En realidad, no me interesa nadie.

—Sí os interesa. Lo vi en vos cuando presenciaste el estado de esos efinios allá en Nhur.

—No sé por dónde empezar.

—Solo hazlo, el punto de partida no importa. Lo que tiene importancia es dónde termines, y eso lo dictará el tiempo. Solo procurad ser siempre lo mejor que podáis ser.

Nira piensa que su maestro habla por hablar. Para él nunca ha existido tal cosa como «ser quien quiera que seas». Ella no se siente libre. Está segura de que su maestro solo trata de manipularla.

—¿Qué hay de Arias, acaso lo dejas ser como él quiere? —confronta Nira.

Salomeno medita un poco, se sienta frente a ella y le dice:

—Vuestro hermano me preocupa; tiene el corazón blando, es demasiado frágil. A veces me pregunto si lo contaminé con mi amor y lo suavicé como azúcar en agua. Celes y Sulus me pidieron hacer de él un guerrero, no un muchacho débil.

—Arias es fuerte, trabaja duro para ganar tu aprobación. Mucho más que yo. Y con todo eso, lo desprecias.

—Si no da el grado, no tiene importancia cuánto trabaje —protesta Salomeno con voz firme—. Podrá tener una mente brillante, pero no puede ser solo un estratega. Pasa demasiado tiempo con la cabeza en las nubes, pensando en sí mismo. Por eso necesito que hagáis vuestro trabajo como lo habéis hecho antes. Solo así podré dedicarle más tiempo a vuestro hermano para guiarlo por el buen camino. Tengo que endurecerle el corazón; no me deja otra alternativa.

Nira aprieta los puños y se planta frente a Salomeno, combativa.

—¡Si quieres mi juicio, aquí lo tienes! Me parece que lo subestimas. Me parece que eres cruel. ¡No te voy a permitir que rompas a mi hermano!

Salomeno ríe.

—Estáis hablando con las palabras de mi hermano Marcelo. Está bien que lo protejáis. Vosotros tenéis que cuidaros mutuamente y ninguno debe hacerse complaciente del otro. Si uno falta, el proyecto no funciona. Tened siempre presente que el continente debe ser conquistado por ambos.

—Yo no voy a conquistar a nadie, que lo hagan ellos solos.

—Pues eso es lo que lograréis —le replica Salomeno con una sonrisa cizañera.

Esto pone a Nira furiosa. Salomeno siempre sabe cómo torcer argumentos ajenos para validar sus propias ideas.

***

Una de las calles de Savana está alfombrada con pétalos. La gente grita y clama con algarabía mientras una carroza también adornada con flores pasa frente a ellos. Arbitán y Marcelo encabezan la escolta vestidos con unas lustrosas armaduras de garnito azul. Salomeno está en la carroza, saludando a la multitud. A su lado está Nira; su cabeza está cubierta por una corona de flores y la trenza de su cabello le roza las caderas. De sus hombros cuelga una capa de seda gris. En la parte delantera de la carroza está el hijo del sol rojo, Arias. Su armadura está sucia debido a que regresa de un combate. El joven posa triunfal, parecido a las estatuas que le dedicaban a los antiguos dioses guerreros. Su cabellera es tan radiante como Sulus, rebelde, bailando a favor del viento. Está adornada con los pétalos que le lanza la multitud. Contempla a su pueblo, al que ha protegido bien. Sus ojos grises se pasean por sus rostros. A sus pies, unas doncellas lo abrazan sensualmente.

—¡El legado de Celes y Sulus se ha cumplido! —grita alguien en la multitud, y todos aplauden.

Arias mira por encima de su hombro y ve que su maestro y Nira lo saludan sonrientes, orgullosos de su victoria. Salomeno se le acerca y le dice con dulzura:

—¡Arias, carajo, despiértate!

Arias abre los ojos de golpe. Ve que la rama de un árbol se precipita directo a su cara. Al agacharse, siente la brisa que pasa sobre su cabellera.

—¡Casi te arrancas la cabeza, muchacho! ¿En donde tienes la mente *metía*? —vocifera Marcelo, que cabalga en su cabao tras él. Arias va a trote sobre su icotea y frente a ellos corre una manada de jabaneros.

—Deja de estar fantaseando, que si perdemos a uno de estos jabaneros, Salomeno me va a guindar de culo en un palo —le advierte Marcelo a lo lejos.

—Perdona, tío —responde Arias, todavía aturdido por el susto. Ha estado distraído desde que llegaron de Nhur. Solo quedan once meses para que el peregrinaje comience, y al igual que a su hermana, el viaje lo hizo sentir inseguro.

Arias y Marcelo galopan junto el ganado a lo largo de las praderas. A su lado hay un enorme acantilado, en el fondo está el desierto y las cordilleras de los Nirta. Los dos siguen su recorrido hasta que guían a todo el ganado a una finca cercada. Marcelo se apea de su cabao y atrapa a los jabaneros al cerrar la empalizada. Arias hace brincar a su icotea sobre las vigas del corral y, con una vara larga, dirige a los animales. Los cuenta para asegurarse de que no falta ninguno.

—Listo, tío, ya están todos —dice mientras se balancea a lo largo de la viga.

—Claro que no, si yo estaba pendiente de que tú y ninguno de ellos se fueran rodando por el barranco.

—Ay, tío. Estoy bien.

—Y muchacho, ¡quítate esa armadura! ¡Uf! Con el calor que hace... ¿Por qué andas con esa cosa encima sofocándote?

Marcelo se refiere a la armadura soria que Salomeno le compró en Nhur. Se la pone todo el tiempo; de su maestro permitírselo, la usaría hasta para dormir.

—No hagas el ridículo, Arias. ¿Qué tipo de persona guía al ganado con esa cosa puesta?

—Es una armadura pesada, tío, y me gustaría acostumbrarme a usarla. Los guerreros legendarios dicen que uno debe sentirla como si fuera su propia piel. —Arias omite decirlo, pero esas son las palabras exactas de Valdimir el mercenario.

—Claro que es pesada, porque no se supone que se la ponga un mocoso de tu edad. Bah, ¿qué carajo importa? ¡Odot! ¡Ven acá muchacho! ¡Ven, chiquitín! —llama Marcelo a su mascota, que corre deprisa a su amo.

Arias se acerca a Odot y lo rasca detrás de las orejas mientras que el perro le lame la nariz a Marcelo. Los tres se sientan juntos a contemplar la grandeza del paisaje que tienen de frente: el majestuoso desierto del Nirta.

—¡Aaah! ¿No es esta la buena vida, muchachito? —Marcelo levanta los brazos mientras aprecia el panorama. Arias nunca deja de asombrarse por la hermosura de Savana. Desde donde están, pueden verlo completo.

—Llegará el día en que la gente de Jobos disfrute de esta tierra —asegura Arias mientras muerde un pedazo de caña dulce—. Yo les devolveré todo esto. Al continente entero.

—Yo sé que sí, muchachito. No espero menos de ti —dice Marcelo mientras envuelve el cuello de Arias con su pesado brazo, y le sacude la cabellera.

—Y bien, tío, ¿quieres jugar a mano a mano? —Arias se pone de pie y le proporciona varias palmadas juguetonas en uno de los rollos del brazo a su tío.

—Ay, ay, Arias, la última vez me dejaste lleno de moretones. ¡Apiádate de este viejo gordo!

—Si no te dejaras golpear, no te llenaría de moretones. ¡Vamos! —le insiste Arias, aún dándole manotazos.

—Tú sí que jodes. No es que te deje ganar, ja, ja, es que soy demasiado lento. Yo no soy Salomeno. Créeme, nene, ya no tengo más *na'* que enseñarte de pelea. Puedo darte consejos con las viejas, pero ya me gastaste todos los trucos con el rifle y la espada.

—¡Guácatela! Puedes guardarte los trucos de las viejas.

—¿Por qué no practicas con tu arco sorio? Anda, ve, sal por ahí. ¡*Chú*! Déjame tranquilo y busca qué cazar; cuanto más veloz el animal, mejor. Ey, ¿por qué no practicas a cazar a galope? ¡Solo procura no decapitarte con una rama!

—¿Sabes, tío?, eso no es una mala idea. ¡Voy a buscar a Nira! —Arias corre y monta a su icotea para desaparecer con ella en un instante.

Marcelo se succiona los labios y se queda pensativo.

—Ay, esto me va a ir muy mal.

***

Nira está en la casa estudiando uno de sus libros de texto. Sus párpados están pesados y su cerebro no absorbe nada de lo que lee. Ya harta de estudiar, reclina su cabeza y deja salir un escandaloso bostezo.

—¿Quieres despertar a la mitad de la aldea?

Nira grita, sobresaltada, al momento que ve un gigantesco ojo amarillo que la observa desde la ventana de la casa. Arias ríe a carcajadas con una fuerza que le causa dolor de estómago.

—¡Imbécil, deja que te agarre!

—Ya, no grites tanto, Nira. ¡Ven, asómate!

Nira se acerca a la ventana y trata de agarrarle la melena a Arias, pero este se le escapa.

—¿Qué haces con la icotea aquí?

—Berta.

—¡¿Qué?!

—Berta, la icotea se llama Berta.

—¿Por qué demonios llamaste a una icotea «Berta»?

—Porque es el nombre de la señora más fea de Savana y encontré a Marcelo besándola mientras le masajeaba las nalgas. Para fastidiarlo, llamé a la icotea Berta, en honor de su bella doncella.

—Pobrecita. Espero que no se entere, Arias. ¡Ey! ¿Qué haces con el arco sorio? ¿De dónde sacaste las flechas? —Nira se le acerca a su hermano y lo jala por el cuello de la armadura—. ¿Qué estás tramando?

—Ven conmigo. ¡Te cuento luego!

—Eh, ¿no se supone que estemos terminando los quehaceres para irnos a dormir?

—¿Desde cuando acá eres tú tan obediente? ¡Sal y súbete!

Nira mira a su hermano, suspicaz. Ha tratado de seguir las directrices de Salomeno al pie de la letra y ahora su hermano quiere descarrilarla.

—Ni modo. Debería aprovechar ahora que estás en las de ser divertido. Pero volvemos en una hora. No más.

—No tengas miedo; Berta es tan dulce como los besos que le dio Marcelo a la otra Berta —le asegura Arias al extenderle la mano.

Nira sonríe y se monta en la icotea con su hermano.

—¿Me piensas decir ahora qué es lo que estás tramando? —le pregunta mientras Arias galopa a lo largo de la aldea.

—¿Quieres aprender a usar el arco sorio?

—Hablas como si tú supieras usarlo.

—¡Es que así es! —asegura Arias con una sonrisa—. ¡Valdimir me enseñó!

—Vlade…mir. ¿Quién es ese?

—Val-di-mir, boba, el prisionero mojo.

—¡Arias! ¿Estás loco? ¿Estás hablando con ese asesino? Salomeno…

—… no se tiene que enterar. Además, no es como si lo fuera a soltar, tonta. ¿Qué crees que soy? Si tenemos a un cavilán con nosotros, ¿por qué no aprovecharlo?

Los hermanos salen de la aldea y Arias se adentra en un pastizal alto donde nadie los puede ver.

—No sé —duda Nira—, ese hombre pertenecía a un grupo que mató a muchos de nuestra aldea. No olvides a Aguín.

—*Abba* siempre nos enseñó que todos somos víctimas de los pálidos. Él solo hacía lo que le ordenó La'Mourg, a cambio de su libertad. Aquí ya le hemos dado hogar a gente como él, ¿por qué no?

—¿Eso fue lo que él te dijo? —El joven permanece callado—. *Abba* dice esto, *abba* dice lo otro. Arias, un día Salomeno dice que debemos hospedar y alimentar al necesitado. Luego te enseña que hay que matar de hambre al enemigo. Ya es hora de que te des cuenta que por más que amemos a Salomeno, el hombre es un hablador.

Arias detiene su icotea de golpe para clavarle una mirada furiosa a su hermana.

—No vuelvas a decir algo así de él, te lo advierto —le dice mientras presiona su dedo índice en el pecho de ella.

Nira, medio pasmada y la vez divertida, levanta las manos al aire como si estuviera desarmada.

—Nunca más, Arias —le dice ella con una seriedad falsa, escondiendo una sonrisa.

Arias le propina una patadita a la icotea y esta arranca a correr. Ahora Nira tiene curiosidad; se pregunta qué más le pudo haber dicho el tal Valdimir a su hermano. Teme por su seguridad y piensa que debe protegerlo.

Arias galopa veloz, hace todas las maniobras posibles con su icotea para impresionar a su hermana. Ella, aterrorizada, se aferra a él tan fuerte como puede. Arias aumenta la velocidad y comienza a zigzaguear entre unos bambúes.

—¡Bien, bien! Si me querías impresionar, ya lo lograste. ¿Puedes ir más despacito? ¿Hasta dónde me piensas llevar? —pregunta Nira.

—¡Bien adentro, detrás de ese cerro!

—¿Directo al bosque? ¿Estás loco? ¡Esa área ni siquiera se ha investigado!

—Ya me he dado varias escapadas por ahí. Es donde los mercenarios se ocultaron. No te imaginas las criaturas que podrás encontrar —dice Arias, sabiendo de la fascinación de Nira por clasificar animales y plantas. Tal vez con esto le cree el interés en involucrarse en su aventura.

Arias sube por el cerro. Esquiva matorrales, despojos, árboles y piedras con gran agilidad.

—A *abba* no le agrada que yo maneje a esta icotea, pero dime tú, ¿qué cabao se mueve tan ágil como Berta? —le pregunta Arias con mucho orgullo.

—Arias, me quiero regresar.

—Todavía no llegamos. ¡Confía en mí, que te va a encantar!

Arias llega a la cumbre del cerro y comienza a bajar del otro lado. A la lejanía escuchan unos cantos de pájaros.

—¡Guaaau! Nira, ¿los escuchas?

—¡Sí! ¿Esos son mardinales?

—No sabría decirte, nunca había escuchado a uno.

 Nira calla un momento para escuchar bien

—¡Qué bonito cantan!

Arias procede su rumbo cuesta abajo.

—¡Mira, Nira! ¡Un gazibo!

—¡Guau! Está bien bonito.

—¡Shh! Qué dices, ¿lo cazamos?

—¿Y cómo le piensas explicar a Salomeno cuando te vea llegar con un cuero de gazibo? ¿Que te lo encontraste en medio del desierto?

El animal los ve y huye de inmediato, perdiéndose entre el follaje.

—Ay, Nira, ¡lo espantaste! —Arias toma de la mano a su hermana y la lleva de regreso a Berta. Al estar montados los dos, van tras el gazibo, adentrándose más y más en el bosque. Ella está tan encantada con lo mágico que se ve todo, que el miedo se desvanece de su cabeza. Está asombrada por la altura de los árboles, que tienen troncos de un color amarillo intenso. Ve plantas, flores, aves e insectos que solo ha visto en libros. Arias se detiene sobre una roca y se queda tieso.

—¿Qué te pasa? —le pregunta Nira.

—Shhh, ahí está, parado —susurra Arias empuñando el arco sorio —. Toma, Nira. Y sigue bien mis instrucciones —le dice Arias al hacerle entrega del arco. Nira mira a su hermano, confundida.

—¿Quieres que yo le dispare? —pregunta ella.

—Recuerda que vine a enseñarte cómo usarlo. Pon tu hombro derecho en dirección del gazibo —Arias pone la mano en su hombro y la mueve como si fuera una muñeca—. ¡Tranquila, estás tiesa como un palo! Ahora agarra el arco así. Te voy a poner la flecha entre los dedos; cuidado, no la dejes caer, que traigo pocas. —Arias busca una flecha dentro de la aljaba que carga la icotea—. Ahora escucha bien: este arco no es como otros que conoces. Este se dispara horizontalmente. Tienes que apuntar a treinta grados sobre tu blanco para compensar por la caída. ¡No dispares todavía! Ahora, respira tres veces y profundo.

Nira trata de mantenerse firme. Los dedos le duelen de sostener la cuerda del arco. Arias toca la mejilla de su hermana con la suya.

—Aguanta la respiración —le musita al oído.

Nira toma una última inhalación. Sus ojos le tiemblan, las manos también. El gazibo está visible frente a la punta de su flecha, ajeno al peligro. Nira se prepara para dejar ir la flecha.

De pronto, una masa oscura cae con peso sobre el gazibo. Este chilla y patalea con terror mientras una muralla de hojas y polvo se levanta al aire. Los vellos de los gemelos se erizan con los gemidos desesperados del gazibo. Un rugido bestial se hace oír entre el caos. El polvo se dispersa y los gemelos ven, aterrorizados, a una fausna, un colosal felino de unos trescientos cincuenta kilos que continúa sacudiendo al gazibo; lo levanta al aire y lo avienta contra el suelo una y otra vez, como si no pesara nada. El chillido del animal se acorta y debilita con cada golpe. Trata de escapar, pero su cuello está atenazado en la mandíbula de la feroz bestia. Nira está petrificada. El arco aún está extendido. Arias está igual. Tieso.

El gazibo deja de llorar y los gemelos lo ven colgando de los colmillos del predador. El silencio es absoluto, salvo el jadeo asesino de la fausna. Su pelaje es suave y blanco con manchas negras; cubre un armazón de puro músculo. Los ojos son penetrantes, de un amarillo intenso. La cabeza es ancha y las patas del tamaño de la cabeza de los hermanos; su hocico, rojo ensangrentado.

El animal detecta la presencia de los jóvenes. Alza la testa, los examina con una mirada asesina, y comienza a dar pasos ligeros en su dirección.

—Nira… —le susurra Arias con voz trémula y los labios bien pegados al oído—: No… sueltes… la… flecha…

El proyectil echa vuelo de inmediato, pasando varios metros sobre la fausna. Se pierde en alguna parte del bosque.

—N-nnn… —trata de decir Arias, pero las palabras le fallan. La fausna avanza en su dirección—. ¡Nira, corre! —grita al fin.

Los gemelos avanzan tan rápido como sus piernas lo permiten. Berta había escapado mucho antes. Los jóvenes se escurren entre troncos derrumbados y saltan pequeños desfiladeros, pero la fausna es astuta y busca rutas alternas. Nunca habían corrido tan rápido.

—¡Arias! —llora Nira asustada.

—¡Separémonos! —le grita Arias con desespero—, ¡ve por la izquierda y yo iré por la derecha!

Nira sigue el consejo de su hermano, que trata de atraer al animal gritándole insultos. Todo es en vano, ya que la fausna sigue tras ella. Nira da un paso en falso y siente como si las tripas se le subieran al pecho, ya que su cuerpo está cayendo de una gran altura. Ve que bajo sus pies, a varios metros de distancia, hay una corriente de agua; en menos de tres segundos ya está sumergida en ella. El revoloteo de las burbujas entrando por sus oídos la desorienta. Todo es confuso y marrón, no se puede ubicar. Sus pies tocan fondo y se impulsa con todas sus fuerzas a la superficie. Al ver que no encuentra a la fausna ni a su hermano, trata de nadar a la orilla. Al acercarse a tierra firme, ve al felino aparecer entre las plantas, avanzando cuesta abajo en su dirección. Los pellejos se deslizan por su musculatura con el peso de las fuertes pisadas; la sangre del gazibo todavía le columpia de las comisuras de la boca. Nira se hunde en el agua del espanto y se regresa a nadar río adentro. Un golpe de agua se la lleva arrastrada con rapidez. Ella trata de aferrarse de lo que encuentra, pero sus manos se resbalan. La fausna la sigue desde tierra firme a gran velocidad.

Arias intenta seguir los pasos de su hermana, sin tener certeza de a dónde se dirigieron.

—¡Es mi culpa, siempre es mi culpa! —llora, corto de aliento.

De pronto, ve una luz de esperanza: su icotea, Berta, está parada junto a un árbol. Arias llama al pájaro y lo monta.

Nira sigue tratando de aferrarse a la pared de un desfiladero, pero la superficie es resbalosa y se desmorona con facilidad. Logra aguantarse de una raíz, pero un golpe de agua se la lleva sin piedad. Como si no le fueran suficientes las desdichas, un fuerte aguacero comienza a castigarla.

—¡Nira! ¡Nira! —grita Arias mientras galopa sin rumbo, con la voz más lastimada con cada llamada. Cuando está por pensar lo peor, escucha el grito de su hermana que le responde en la lejanía. El hijo de Sulus toma firme las riendas de Berta y se dispara en dirección de los llantos.

Finalmente la encuentra, pero para su horror, ve cómo se la lleva la corriente del río. Nira ya no tiene fuerzas para mantener su cuerpo a flote. Va tan rápido, que el animal tiene que correr para no perderla de vista. Todo es confuso para Nira; cuando está bajo el agua, es borroso y sucio; cuando está en la superficie, la lluvia no le permite ver y la neblina tiñe todo de blanco.

Una piedra le detiene el paso con un golpe, causándole un profundo dolor. Al menos tiene de qué aferrarse. Al agarrar la piedra, ve que está anclada a un pequeño islote en medio del río. Nira se arrastra hasta llegar a la superficie.

El animal se detiene a observarla; el agua es demasiado profunda para el felino. Arias se detiene también, pero la fausna lo presiente de inmediato y se percata de que el joven está a varios metros detrás de ella.

—¡No, no! —Arias toma su arco sorio y lo arma con una flecha.

El felino, furioso, se lanza hacia el joven. El pequeño arquero maniobra a su icotea en círculos para tratar de atinar una flecha, pero la icotea se asusta y Arias pierde el control. La fausna aprovecha y salta sobre Berta. Arias cae disparado al suelo. Ha perdido su flecha.

—¡Arias! —grita su hermana, desesperada por no poder ayudarle.

Su hermano trata de recuperar el proyectil, pero ve que la fausna se precipita hacia él y se ve obligado a correr al único lugar que ve seguro: el pequeño islote donde se encuentra Nira. El animal ya está cerca y Arias puede escuchar los pisotones que lo siguen. La monstruosa bestia abre las fauces y da un salto hacia él con las garras expuestas. La icotea salta sobre la fausna y la apuñala con sus espuelas mientras que Arias aprovecha la oportunidad para tirarse al río a nadar hacia su hermana.

—¡Toma mi mano! —le grita Nira. Arias la alcanza y ella lo jala al pequeño islote.

El aguacero sigue impetuoso, castigando a los gemelos; los topes de

los árboles se doblan y aúllan como animales, la neblina y el frío se hacen más intensos.

Berta muerde una de las orejas de la fausna con su pico, salta y la apuñala consecutivamente.

—¡Mira, Arias! ¡La gran Berta está ganando! —grita Nira emocionada.

—¡Guaaau! ¡Eso es, Berta! —aclama Arias—. ¿Ves eso, Nira? Yo le enseñé a ser así de valiente.

El felino se recompone y aparta a la icotea. En un momento fugaz, le abre el pecho con sus garras. La icotea llora adolorida, pero vuelve a brincar sobre la fausna y le entierra una espuela en el ojo, dejándola tuerta. La fiera sacude la cabeza con ímpetu, empeorando la herida ya que la espuela sigue atascada dentro.

Berta retrocede. La herida en el pecho la tiene debilitada. La fausna avanza hacia ella y aprieta su mandíbula en el cuello del pájaro. La suerte de Berta está echada. La fausna la desgarra con sus dientes y garras. Es una carnicería.

Arias y Nira miran con horror, se toman de las manos y lloran el cruel final de su amiga. Berta no tarda en morir; su sangre se derrama en la tierra y tiñe el río de rojo.

—Es mi culpa —lamenta Arias mientras entierra su cabeza entre sus rodillas para echarse a llorar. Nira lo abraza, aunque no puede articular ningún consuelo. Su hermano tiene razón: están en esa situación por su culpa.

La fausna posa intimidante sobre Berta, con la mirada fija en los gemelos.

—¿Por qué no acaba y se va? —pregunta Nira—, ¿qué tanta hambre puede tener? ¿Por qué no se come a Berta y se larga?

—Lo que quiere es matar. Es un animal. ¡Eso es lo que hacen!

Los gemelos pasan el resto de la noche varados en el islote. La lluvia no cesa; se intensifica. El agua está empezando a subírseles por el cuerpo. El animal sigue ahí, sin perderlos de vista y esperando con paciencia mientras lame de sus patas la sangre de Berta. El frío se pone peor. Los gemelos se acercan para buscar calor. El hambre, el miedo, el frío y una mirada asesina son lo único que los acompaña. Nira trata de calmar a su hermano, que no para de llorar. Le tararea una canción que Salomeno les solía cantar cuando los ponía a dormir de bebés.

Así pasan la noche entera. Con la muerte vigilándolos. Lo único que les queda por hacer, es morir.

***

Al dar comienzo el primer ciclo del día, la lluvia se detiene y Celes provee a los hermanos de algo de calor. Las aves vuelven a trinar y todo luce menos aterrador.

Sin embargo, otra amenaza muestra su fea cara: el nivel del agua ha bajado. La fausna se percata de esto y se mete al río hasta que siente que este le llega al cuello y retrocede una vez más. No se desanima; sigue merodeando en la orilla, esperando que la corriente baje. Esto sigue con el pasar de las horas: el nivel del agua baja más y más, y la fausna trata una y otra vez. Con cada intento se acerca más a los gemelos, que le avientan piedras, pero nada la escarmienta: es como si le tiraran rocas a una pared.

Pasan cinco horas y ahora es el segundo ciclo del día. El agua ha bajado. Arias ha dedicado todas esas horas a desarrollar un plan de escape. Tiene pocas alternativas y ninguna de ellas es fácil.

—Nira, llegó la hora. No podemos esperar más —le advierte Arias al apretar con fuerza las manos de su hermana.

—Arias, no-no-no me atrevo —llora Nira. Ella devuelve el apretón a la mano de su hermano para no dejarlo ir.

—Si te acobardas, nos morimos los dos —dice el joven al poner sus manos en la cara de su hermana, sujetándola firme.

Sus frentes se tocan y Nira le dice:

—Suerte.

Y lo deja ir.

Arias se acuesta en el piso boca arriba, arco en mano. Nira está pendiente del animal, que se acerca. El joven se arrastra despacio en el fango hasta que la corona de su cabeza toca el agua. Está helada. Flota con cautela, fuera de la visión periférica del animal. Arias podría estar muerto del miedo pero arriba, tras la copa de los árboles, ve a Páteras ahí para él, protegiéndolo como tantas otras veces. Esto lo arma de gallardía. Nira camina unos pasos fuera del islote en dirección a la fausna y comienza a darle patadas al agua para atraer su atención, mientras que su hermano se acerca más a la orilla.

—¡Aaaaaaaah! —grita Nira, como si fuera un animal salvaje.

Arias llega a la orilla. Ve lo cerca que está el depredador de su hermana. Corre a donde yace el cuerpo de Berta y busca las flechas que quedaban dentro de la aljaba que llevaba la icotea.

Nira continúa gritando hasta perder la voz.

Con el arco extendido, la flecha entre sus dedos, las cejas fruncidas y la pupila puesta en el animal, Arias clava un flechazo a través del pecho de la bestia, cruzándole un pulmón. La fausna se queja con un alarido; esto no la detiene. Se precipita hacia Arias. El joven toma otras dos flechas y las muerde con los dientes; la tercera la prepara en su arco al tiempo que corre en círculos alrededor de la fausna.

Una flecha cruza la tráquea. La puntería del joven es impecable. Arias continúa circulando a la fausna, que ahora tiene una gran dificultad para respirar.

La tercera flecha atraviesa el otro pulmón. La fausna jadea y corre con dificultad. Al preparar su último tiro, Arias se confía demasiado y se acerca más de lo debido; la fausna lo sorprende al tumbarlo al suelo. Arias cae de espaldas; una de las patas le aplasta el pecho y rompe dos de sus costillas.

Nira corre hacia ellos, aventándole piedras a la fausna. La lluvia regresa, acompañada de fuertes ráfagas de viento. La confusión es intensa; apenas pueden ver con claridad lo que está pasando. Arias escucha con horror los jadeos salvajes de su cazadora. El arco sorio está atrapado entre sus colmillos. La madera no aguantará por mucho tiempo. El animal agita la testa con fuerza, desplazando a Arias de lado a lado en el fango. El arco se resbala y se le escapa de las manos. Ahora Arias tiene las fauces de la bestia en la cara. Los colmillos le rasgan la frente. La peste es espantosa. Solo bastaría un bocado para que Arias pierda su cabeza.

Una filosa lengua de virilio emerge de la boca del animal, partiéndosela en dos. La hoja de virilio le besa la frente a Arias y se retira, dejándole marcado un punto de sangre. La fausna cae a su lado, inmóvil. La lluvia la golpea con fuerza y se desliza por su pelaje. Arias apenas puede divisar lo que ha pasado entre tanto aguacero. Un relámpago llena de luz el bosque y ahí lo ve, parado. Es Salomeno, con la espada de virilio en la mano y los ojos inyectados en sangre. A su lado llega Marcelo armado con un fusil.

Nira ve a su maestro enmarcado por el Arco de Páteras. La sangre de Salomeno chorrea de la mano empuñada. Tiene la carne abierta; el tercer filo de la espada lo corta por haber olvidado vendársela. Poco le importa esto al maestro de los gemelos, ya que su corazón estaba dedicado a protegerlos.

La lluvia cesa y Arias, con mucho dolor, trata de sentarse. Salomeno pone su pie en el pecho del joven y lo empuja con fuerza al fango.

—¿Sabéis la gravedad de lo que habéis hecho? —ruge.

Arias comienza a llorar sintiendo una culpa terrible.

—¡Debería dejaros aquí solos, para que os arrastréis hasta la casa! Llevo tres días siguiendo vuestro rastro —dice Salomeno al guardar el sable en su vaina de oro. Ahora se acerca a Arias—. ¿También vais a llorar? ¿O vais a enfrentar vuestra falta como un hombre?

Nira se acerca para intervenir, pero Marcelo la detiene.

Salomeno se inclina hacia Arias, lo aprieta del brazo maltrecho y tira de él para forzarlo a que se pare derecho. De pronto, todos escuchan unos maullidos tristes. Arias y Nira vuelven la mirada al cuerpo de la fausna y ven a cuatro cachorros que se acercan con timidez a llorar junto al cuerpo de su madre. Están entripados y hambrientos.

—Para que veáis que vuestras acciones tienen repercusiones; no solo atentasteis contra vuestra vida y la de vuestra hermana. Habéis afectado el rumbo del tiempo de estas criaturas.

Ahora los gemelos se sienten peor. Pensaban que la fausna quería matarlos por puro antojo, por el mero hecho de ser un animal, pero ella solo protegía a sus cachorros.

—Perdona, *abba* —implora Arias con dificultad al respirar.

—A mí no me pidáis disculpas. Fui un tonto al depositar mi confianza en vos. Es evidente que no la merecíais. Estoy decepcionado. Tantos años de trabajo perdidos en vos.

Arias siente como si Salomeno le hubiera clavado la espada de virilio.

—Fue mi culpa —interrumpe Nira, tratando de quitarle responsabilidad a su hermano—, yo le pedí a Arias que me enseñara el bosque y me mostrara cómo se usa el arco sorio.

—No vale la pena que mientas, Nira. Reconozco cuando lo haces —le responde su maestro. Luego camina hacia dos de los cachorros y los levanta—. Solo hay una forma real de revertir un pecado —señala Salomeno, mirándolos con seriedad.

—¿Cómo? —pregunta Arias, esforzándose por hablar sin llorar.

—Os haréis cargo de estos dos cachorros. Serán vuestra responsabilidad por el resto de vuestras vidas. No penséis que os estoy obsequiando a dos mascotas. Tenéis que entrenarlos, cazarles su propia comida y cargar con ellos para siempre. Con cada año que pase, necesitarán de presas más grandes.

—Pero, ¿qué hay de los otros dos? —inquiere Nira, mirando a los otros cachorros que se quedan solos maullando junto a su madre.

—Se las tendrán que jugar ellos mismos. Vosotros les habéis cambiado el destino, alterado sus tiempos. Después de alimentarse de la carne de su madre, posiblemente morirán de hambre. Vivid con eso también —concluye Salomeno, cortante.

Nadie dice otra palabra más por el resto del camino hasta Savana.

8

LA MARCA DE ARIAS

Las últimas dos semanas han sido muy diferentes para los gemelos. Para desgracia de ambos, Salomeno no bromeaba cuando les advirtió que tendrían un castigo severo por exponerse al peligro, y su decisión fue invertir sus lecciones. Arias tiene la obligación de clasificar plantas, hacer inventarios, estudiar libros de economía, política y religión, entre muchas otras materias que desconoce. Nada de esto le había interesado antes y tiene una gran dificultad en mantenerse enfocado. Su nuevo cachorro no se lo ha hecho más fácil, ya que requiere mucha atención y lo distrae. Cuando no lo molesta, se ocupa en destruir sus pertenencias.

Los pequeños fausnos han demostrado que necesitan de muchos cuidados: demandan leche constantemente, obligando a los gemelos a dar largos viajes a diario para ir a ordeñar a las jabaneras. Arias extraña sus viejas tareas, que de todas formas no podría hacer, ya que todavía se está recuperando de sus costillas rotas.

De Valdimir no ha sabido nada desde el incidente con la fausna; ya le ha ido demasiado mal como para darle a Salomeno razones nuevas para que lo castigue. En cambio, Nira sí ha mejorado su relación con su maestro, aunque eso no la ha absuelto de la obligación de hacer las tareas que Arias solía hacer y que, en su mayoría, no son de su agrado. Ha entrenado en artes marciales, esgrima, estrategias de batalla y montaje a cabao, además de hacer ejercicios físicos y dirigir el ganado con Marcelo, entre otros trabajos que requieren mucha fuerza.

Hoy Nira y Salomeno están en la plazoleta entrenando combate con unas largas cañas de ajoba. Tienen de público a los locales de Savana, que aclaman cada movida. Nira no recibe muchos aplausos, ya que no le va muy bien. Salomeno le ha pegado varias veces en los nudillos con la caña. En algunas ocasiones Nira ha sido tan torpe, que se golpea a sí misma. Para hacerle el trabajo más difícil, su «gatito» siempre está acompañándola, merodeando y metiéndose entre sus piernas, haciéndola tropezar.

—Bien, Nira. *¡Oang, eug, ium, muhn, weig!* —demanda Salomeno, contando en el lenguaje de los tiengs al levantar su caña en posición de ataque. Ella contesta con un golpe por palabra:

—¡Ui, mem, iuk, las, anyiog!

—¡Muy bien! Repetición. *¡Uaruk, paradu, meruh, gruk, hohrr!* —replica Salomeno, ahora en el lenguaje de los gongoleses, al tiempo que lanza una serie de ataques rápidos. Nira parea los primeros dos, pero los golpes son tan fuertes, que el último impacto en la caña le lastima la palma de las manos y deja caer su arma. El resto de los ataques caen en su costado, muñecas y espinillas. Sus piernas están llenas de moretones y cortaduras. De su rodilla corre un pequeño hilo de sangre.

—¡Aaaaauu! —llora, dejándose caer al suelo—. *Abba,* por favor. No puedo. ¡No puedo más!

—Vuestro enemigo no va a usar cañas, sino sables. ¡En pie! —ordena Salomeno. Nira hace un esfuerzo por levantarse, pero las piernas le duelen demasiado—. Bien, creo que habéis llegado a vuestro límite. A con vuestro tío Marcelo, que tiene una lección que enseñaros.

Salomeno se retira de la plazoleta mientras que Nira anda cojeando a buscar a Marcelo, quien para desgracia suya, está demasiado lejos.

***

A Arias no le va mejor que a su hermana. Sigue leyendo libros de texto, plantado en el escritorio con las nalgas entumecidas.

—¡Ay, ya! ¡Carajo! —grita hastiado, cerrando el libro de golpe—. Cómo quisiera estar engrasando rifles y mosquetes todo el día —se queja, refiriéndose a una de las tareas que más odiaba hacer—. ¡Au! —grita de pronto al sentir una punzada en el dedo gordo del pie. Arias mira debajo de la mesa y ve al pequeño fausno que lo observa entusiasmado con las patitas sobre sus pies. De repente, el cachorro lo vuelve a morder—. ¡Bah, quítate! —farfulla el joven al momento que sacude su pie para ahuyentar al gatito.

—¡Arias, llegamos! Ayúdanos aquí —anuncia Marcelo desde afuera de la casa.

Arias se precipita al exterior a ver qué quiere su tío. Ve que Nira lo acompaña y que traen una carreta de carga con unos cortes de carne.

—Le estaba dando una lección de carnicería a Nira con uno de los jabaneros —dice Marcelo—. Le enseñé a matarlos, destriparlos y cortarlos. ¿Nos ayudas a curarlos en sal?

Arias se aguanta las ganas de reír al ver a su hermana: su rostro no refleja mucha felicidad; está cubierta de polvo, sudor y sangre. Pero lo peor para él es la peste que tiene a berrinche. Arias toma un corte de lomo y lo lleva a un barril lleno de sal.

Salomeno llega de súbito a la casa con varios canastos llenos de frutas de mabí. No dice nada a nadie, solo sigue su paso en dirección a la cocina.

—¿Estás bien? —pregunta Nira al ver a su hermano con poco ánimo.

—Salomeno entró a la casa y ni siquiera me miró. Como si yo no existiera.

—Ya se le pasará, no te preocupes —responde Nira.

—Ella tiene razón, chiquito —añade Marcelo—, peores cosas le he

138

hecho y me las perdona. Nunca se me olvida la vez que escupí mis mascas de tabaco dentro de su yelmo. Cuando el pobre viejo se lo puso…

—¡Guácatela, tío! ¡Cállate! No creo que Arias quiera escuchar esto ahora —protesta la joven.

—Nira, venid —la llama Salomeno desde su recámara con un tono de voz tranquilo. Ella cojea en su dirección. Arias ve que su maestro recibe a su hermana con una sonrisa y lo resiente; hace mucho que Salomeno no le expresa ese mismo afecto.

Su maestro tiene consigo una vasija con hierbas medicinales y frutos de mabí. Las trata y las aplasta hasta que forma una pasta verdosa. Transcurrido esto, se las unta a Nira en las espinillas. Arias no puede entender lo que Salomeno le dice a Nira, y no está seguro de querer saberlo.

—Lo habéis hecho muy bien hoy, mi niña.

—¿Bien? Mi cuerpo me dice lo contrario… ¡Au! —se queja ella cuando Salomeno le unta la pasta caliente en la herida.

—Es normal: donde os duela hoy, os dolerá menos mañana. Así es como crecemos.

—Aunque no lo creas, lo disfruté, *abba*. Hacía tiempo que no pasaba un día contigo.

Arias ya vio suficiente. Al sentir un impulso de cólera, le propina un manotazo a una vasija y la rompe. Se arrepiente de inmediato.

—Espero que recojáis ese desastre; procurad no destruir el resto de la casa —le reclama Salomeno, a la vez que le clava una mirada amenazante.

—Ven, chiquito, yo te ayudo —le dice Marcelo, tratando de apoyarlo como puede.

Los fausnos entran a la casa, correteándose por todas partes entre maullidos y pequeños rugidos.

—¡Mira quiénes están buscando atención! —ríe Marcelo.

—Eso es todo lo que hacen, molestar, no saben hacer nada más —protesta Arias virando los ojos.

—Si quieres que hagan otra cosa, se las tienes que enseñar —bromea Marcelo al propinarle a Arias una palmada tan fuerte en la espalda, que lo deja sin aire—. Pero mira, ¡si son unos traviesos!, ¡como ustedes dos! —continúa el tío mientras uno de los pequeños fausnos le araña el pantalón.

Nira y Salomeno se acercan a Arias y Marcelo.

—¿Les habéis puesto nombres? —pregunta el maestro de los hermanos antes de sentarse entre los cachorros.

—No. No son mascotas —refuta Arias cabizbajo y resentido, citando lo que su maestro le dijo el día que los encontraron.

—Vivir con dignidad incluye tener nombre propio —indica Salomeno—. Recordad que La'Mourg ha privado al continente entero de sus apellidos. ¿Por qué hacer lo mismo a estas criaturas que no os han hecho nada?

—Si con no haberme hecho nada te refieres a que me ha masticado los tobillos todo el día, pues… ¡Ey! ¿Qué les parece «Aguja»? Así se siente cuando me muerde los pies. ¡Como agujas!

—¡Aguja! —ríe Marcelo—. Muy original, Arias. Me gusta ese nombre. Mientras que no la llames Berta, estamos de acuerdo. —Marcelo se traga la risa incauta al ver que ríe solo. Había olvidado la horrible muerte de la icotea.

Nira camina hacia su gatito blanco y lo toma en brazos.

—Raisa —dice, aliviando el silencio incómodo—. Llamaré a la mía Raisa. Es un anagrama de Arias, ¿qué les parece? —Nira le sonríe a su hermano y él le devuelve la sonrisa.

—Ana… grama… —repite Marcelo con dificultad—, no es el tipo de nombre que me gusta, pero me podría acostumbrar.

—¡Tío! ¡«Raisa»! ¡Es Raisa! ¡Presta atención! —dice Arias al reír.

Marcelo se encoge de hombros. Luego le echa a Salomeno una mirada de esas que solo un hermano podría entender, sugiriéndole que se ablande con Arias. Salomeno asiente con la cabeza y se levanta para acercarse a los gemelos.

—Hora de acostarse, descansad bien. Mañana os daré el día libre. Creo que sería una buena idea que pasemos tiempo juntos. Podemos cabalgar por la pradera y luego jugar en el lago. Si nos sobra tiempo, os mostraré la caverna. ¿Qué opináis?

A los gemelos les entra un cosquilleo de felicidad y corren a darse un baño para irse a dormir.

***

Salomeno y Marcelo salieron a beber con varios líderes de la comunidad mientras Arias y Nira ven a los cachorros jugar en la sala. Aguja le jala la oreja a Raisa y ella lo tira al suelo con sus patotas. Los dos comienzan a corretearse en el interior de la casa. Aguja, el macho, tiene el pelaje tan negro como el cabello de Nira. Raisa, en cambio, es blanca como su madre, con la excepción de que no tiene manchas en el cuerpo salvo una, justo en el hocico.

—¡Mi Aguja es más rápida que tu Raisa! —declara Arias orgulloso y en tono burlón.

—¡Bah! ¡Vamos, Raisa. No te dejes!

Los dos gatitos siguen persiguiéndose. En un abrir y cerrar de ojos, Raisa se escabulle fuera de la casa.

—¡Raisa, vuelve acá! —grita Nira, cuando de pronto, Aguja se va tras la fausna—. ¡Arias, se nos van, corre! —Los gemelos salen con prisa a detenerlos.

Los cachorros corren como relámpagos a lo largo del campamento. Arias apenas los alcanza y Nira, con su cojera, se queda atrás. Los cachorros entran en una choza.

—¡Oh, oh! —exclama Nira.

—Acaban de entrar en donde tienen encarcelado a Valdimir — indica Arias.

—Tenemos que recogerlos —responde Nira—. Si Salomeno se entera de que Raisa y Aguja están en la caseta con el mojo, va a pensar que nos escapamos para verlo.

—Pues ¿qué esperas? ¡Vamos! —afirma Arias. Nira detiene a su hermano, sujetándolo fuerte del brazo.

—¡Que no se te ocurra hablarle al Vlademir, ese!

—¡Val-di-mir! —la corrige Arias.

Los centinelas ven a los gemelos entrar y rápidamente intercambian miradas de preocupación. Ellos saben que esto solo puede traerles problemas. Arias nota que un tercer soldado trata de atrapar a los cachorros.

—Venimos a buscar a nuestros fausnos —explica Nira, tímida.

El soldado finalmente los atrapa y se los entrega.

—Listo, Arias. Ya nos podemos ir —demanda Nira sin querer pasar un segundo más ahí.

Arias mira por detrás de su hombro y ve a Valdimir sentado dentro de una jaula. El joven tiene muchos deseos de hablarle, pero decide seguir a su hermana.

—Esos son unos fausnos hermosos —dice Valdimir.

Arias y Nira lo ven asomar su cara entre los barrotes. Una sonrisa simpática se le dibuja en el rostro.

—Se llaman Aguja y Raisa —responde el joven.

—¡Arias! —protesta Nira.

—Ja, esos son unos nombres interesantes. Me imagino que el machito es de Arias, se ve feroz.

—¡Cállate, nadie pidió tu opinión! —repudia Nira, agresiva.

Uno de los centinelas golpea al mojo por el costado con un palo y Arias se le acerca al guardián y le presiona el pecho con un dedo.

—¡No lo vuelvas a golpear! Retírate —ordena Arias, amenazante.

Arias se dirige a su hermana y le dice en voz baja:

—Observa esto. —El muchacho vuelve al guardia con un ademán malicioso—. Soldado, quiero que os deis media vuelta, os paréis ante la pared y que pongáis vuestra nariz en ella. No os mováis hasta que nos vayamos —le ordena Arias, imitando la voz de Salomeno.

—Arias, ¿estás loco o qué? —le pregunta su hermana, alarmada.

—Pero, majestad, quiero evitarle un problema serio —suplica el soldado, esperando que el joven reconsidere su orden.

—¡Nada de majestades! ¡Haced lo que os ordeno! —bufa Arias aguantado una carcajada.

El soldado hace tal y como Arias le ha ordenado: se va a la pared y presiona su nariz contra ella.

—Arias, nos vamos a meter en un lío, ¡esto no es un chiste! —advierte su hermana.

—No te preocupes, Nira, ellos no le van a contar nada a Salomeno; también se los he ordenado. Llevo haciendo esto por meses y nada ha pasado. Vamos, es solo por un minuto.

Nira no se traga más cuentos su hermano. La última vez que lo escuchó, terminó varada en medio de un río con una bestia furibunda acechándola. La joven agarra con un apretón a su hermano para llevárselo de regreso a casa.

—Qué pena que os lleváis a Arias, él y yo teníamos una conversación pendiente. Sobre vuestro amado *abba*, «El Salomeno Traga Hombres» —dice Valdimir, burlón.

—¿Qué? Arias, vámonos. No escuches a este hombre, no puedes creer nada de lo que te dice —implora Nira, tirando de su brazo. Arias lleva meses esperando tener esta conversación con Valdimir y su hermana lo está echando todo a perder.

—Bien, chico. Siempre sabéis dónde encontrarme —le recuerda Vladimir en alta voz al verlos salir. Esta última solicitud del mercenario alarma a Nira. Su hermano podría estar en grave peligro. Al salir de la choza, tropiezan con Marcelo.

—Ahhh, t-tío, ¿cómo estás? Te hacíamos con *abba* —ríe Nira incómoda—. Qué bueno verte.

Marcelo no dice nada; solo los contempla con sospecha. Para él es evidente que lo están evadiendo.

—Vamos. ¿Qué hacían ahí *metíos* en la choza del prisionero? —les pregunta Marcelo—. ¿No ven que es peligroso?

—¡Se nos escaparon los cachorros y se escabulleron a la caseta del prisionero! Eh… solo fuimos a buscarlos… ¡y ya nos íbamos! ¡Adiós! —Nira ve que en los ojos de su tío no se vislumbra mucho convencimiento.

—¡Espérate ahí, porque no te creo ni una palabra! —responde Marcelo con coraje.

—¡Lo juro! —insiste la joven.

—Por favor, no le digas a *abba*, fue un accidente —suplica Arias.

Marcelo suspira.

—Bien, no diré nada, estoy demasiado de buen humor como *pa'* oírlo peleando hoy. Vamos, yo los regreso a su casa.

***

Ya de vuelta, Nira acompaña a su hermano a la cama.

—Mañana va a ser un día especial, Arias. Lo pasaremos los cuatro juntos, como en los viejos tiempos.

Nira besa a su hermano en la frente y se levanta.

—¿A dónde vas? —le pregunta con sospecha. Piensa que Nira tiene prisa y trama algo.

—Iré a acompañar al tío Marcelo a su casa, lo vi un poco borracho. No quiero que se vaya solo. Vuelvo pronto.

Nira apaga la lámpara y se retira de la caseta.

***

Al Celes salir por la madrugada, Arias, Nira, Marcelo y Salomeno se despiertan para ir de excursión. Hacía mucho tiempo que no compartían juntos. La primera parte de la mañana la pasan haciendo carreras en sus monturas y luego jugando a las escondidas, teniendo ellos toda la pradera para desaparecerse.

Al llegar el segundo ciclo del día, Salomeno le pide a los gemelos que atrapen unas luciérnagas.

—El color de la luz depende de la edad y el género —les instruye —. Atrapad las que podáis, nos ayudarán una vez lleguemos a la caverna.

Capturan cuantas luciérnagas pueden y las encierran en unos frascos de cerámica, tras lo cual hacen marcha en dirección a la caverna. La entrada tiene una garganta tan angosta, que todos se tienen que escurrir para pasar por ella. Las paredes se abren y revelan un túnel más amplio. Los gemelos sienten un zumbido en los oídos que proviene de una de las gargantas.

—¿Escuchan eso? —pregunta Marcelo—. Esas son sirenas. Sirenas malvadas y hambrientas que se alimentan de chiquitines como ustedes.

—No seáis necio —le responde Salomeno—. No los asustéis. Eso que escuchan, hijos, es el viento pasando por los túneles. Seguid el sonido, hijos míos.

Los hermanos hacen como su maestro indica y caminan por un túnel que va cuesta abajo. El suelo está húmedo y hay un olor a algo más antiguo que todo lo viejo que hayan antes presenciado. Salomeno apaga su antorcha.

—Llegamos a la recámara principal —indica el maestro—. Arias, Nira, abrid vuestras vasijas —les ordena Salomeno, sonriente.

Todos siguen su directriz. Los insectos luminosos vuelan alto. La luz le revela a los gemelos una gran recámara. Arias y Nira están maravillados ante la hermosura que presencian sus ojos. Las luciérnagas iluminan las paredes y hacen que los vitrales resplandezcan; parece que estuvieran en el interior de un templo.

—¡Guau! ¡Mira, Nira! ¡Las paredes tienen unas manos enormes pintadas!

—Son bien bonitas —dice Nira—. ¿Quién habrá pintado todo esto?

—Gigantes —replica Salomeno—. Esta zona de Savana fue poblada por gigantes, miles de años atrás.

—¿Cómo sabes? No existe historia escrita de esos tiempos —argumenta Nira.

—No en estas tierras —contesta Salomeno—, pero en las librerías de Croya tuve acceso a mucha información que pocos tienen la oportunidad de estudiar. Fue de esa forma que me enteré de la ubicación de Savana.

—¿Y que pasó con esos gigantes? —pregunta Arias.

—Emigraron. Ahora dominan ambos continentes.

—¿Los pálidos? —pregunta Arias asombrado.

—Los níveos —corrige Salomeno—, vos los conocéis como los pálidos. Su historia es compleja y muy dolorosa, tanto como la que nos han hecho vivir a nosotros. Pero eso es una historia para otra ocasión. No quiero deprimiros con cuentos de los antepasados de La'Mourg.

Arias se acerca a Salomeno.

—*Abba*, ¿podríamos hacer el ejercicio de batalla? Traje todas las piezas.

—No hay necesidad de eso hoy, Arias. No es día de trabajo —responde Salomeno.

—Llevo mucho tiempo preparándome para la jugada. No quiero esperar hasta mañana.

—Muy bien, salgamos de la caverna y preparad todo. Pero os advierto: si perdéis otra vez, no me cojáis rencor.

Al salir, Arias prepara una maqueta de madera rudimentaria. En ella se ve un campo de batalla con dos ejércitos. Cada uno tiene varias formaciones de soldados representados por tacos de madera, Salomeno siendo la facción enemiga. La tarea de Arias consiste en desarrollar, a lo largo de la semana, una estrategia que responda a los diferentes ataques que Salomeno le presentó en la semana anterior. Hoy es uno de esos días en que Salomeno revisa las tácticas de Arias para luego ejecutar su contraataque.

—Veo que dividisteis el ejército en dos flancos, dejando a varios grupos pequeños a cargo de la protección del área central en donde está vuestro general.

Salomeno hace una pausa.

Arias camina de lado a lado nervioso, aunque seguro y orgulloso de un plan que lleva urdiendo durante meses con la ayuda de Valdimir. Salomeno contempla a su pupilo por unos segundos, para luego volver la mirada a la maqueta. Arias ve cómo su maestro tuerce los bigotes y se succiona los labios. La frustración de su maestro es palpable y esto lo hace sonreír.

Salomeno suelta una carcajada, estupefacto.

—Me habéis pillado, Arias. No tengo opciones aquí.

El muchacho no siente otra cosa que alegría. Su preparación ha valido la pena. Arias ya conoce el orden analítico de Salomeno y por esa razón optó por concebir sus propias tácticas y olvidar las viejas que le enseñó su maestro. Cualquiera podría considerar las nuevas movidas de Arias suicidas; otros opinarían que son estrategias desesperadas y descabelladas. Pero es aquí donde Arias ingenió su trampa. No es hasta hoy que Salomeno se da cuenta de que sin duda alguna trata con un joven de mente prodigiosa.

—Esto hay que celebrarlo —le dice Salomeno orgulloso.

La satisfacción no le cabe a Arias en el pecho: por fin su maestro le reconoce un logro.

***

Al terminar el segundo ciclo del día, cuando Celes está por partir y Sulus se queda solo, los hermanos entran al lago de los Nirta para bañarse. Mientras que juegan y nadan, Salomeno y su hermano pescan la cena.

Marcelo le pide ayuda a los gemelos para preparar y cocinar los pescados. Así lo hacen. Llegada la noche, todos se sientan a comer.

—Ha sido un día hermoso —dice Nira entre mordiscos.

—No quiero que termine —agrega Arias.

Marcelo da varios golpes a su plato con su cucharón, dejando saber que quiere decir algo importante.

—Yo sé que Salomeno y yo no les decimos estas cosas a menudo; uno a veces toma todo por sentado y no dice las cosas porque parecen demasiado obvias. —Marcelo se toma un momento, su voz se quiebra un poco. De pronto su bigote se arquea en forma de una sonrisa—. Estamos muy orgullosos de ustedes, chiquillos. Esta vida dura, de escapar, vivir y escapar otra vez, se hace mucho más bonita y tolerable con ustedes dos. —Marcelo se emociona y lo ojos se le ponen fulgurantes como dos estrellas. Sus sobrinos lo abrazan.

—Quería evitar los sermones hoy, pero ayer Marcelo me recordó algo importante —interrumpe Salomeno—. ¿Recordáis cuando Amenoóh hablo del Amo de los Tiempos? Quería deciros que hay amos más simples. Amos que no buscan ser tan ambiciosos. Quien comparte su tiempo con otros en lugar de dominarlos.

Por lo regular, Nira encuentra hipocresías en muchas de las enseñanzas de Salomeno, y esta no es la excepción a la norma. Ella nunca ha sentido que él ha respetado su tiempo. Siempre ha vivido la vida que él escogió para ella. Sin embargo, prefiere callar y no ser combativa. Arias, contrario a todas las veces que suele estar de acuerdo con su maestro, lo contradice:

—¿Qué hay del tiempo del mercenario?

Se crea un silencio absoluto.

—¿El mercenario? No entiendo, Arias —responde Salomeno, confundido. Marcelo intercambia otra mirada nerviosa con Nira.

—Quiero decir, por lo que he oído, el mojo lleva tiempo con nosotros y ha cooperado con información, y con todo eso continúa preso y… —Arias muerde sus labios con nerviosismo, buscando la valentía para expresar lo que quiere decir—. ¿No es eso privarle del tiempo?

Salomeno se pone de pie de inmediato.

—Su grupo de mercenarios asesinó a quince de nuestra gente, vos casi termináis en las manos de La'Mourg. No entiendo por qué lo defendéis. ¿A qué viene esto? Habláis de que oíste ciertos rumores, ¿de qué labios han salido estos rumores? —inquiere Salomeno.

Arias está nervioso, no sabe qué más decirle. Nira solo quiere que se calle y Marcelo se está poniendo nervioso por el muchacho.

—¿Así que estará preso de por vida? —pregunta Arias.

—¿Y qué sugerencia tenéis? Estoy intrigado.

—No dejarlo ir, por supuesto —se excusa Arias tratando de desenredarse de la trampa en la que el mismo se colocó.

—No lo queréis liberar, pero tampoco lo queréis preso. Por lo visto tenéis otra brillante idea de qué hacer con él. ¿O me equivoco?

—¿Se puede convertir en nuestro… espía?

—Muy bien. ¡Ya es suficiente! —interrumpe Marcelo—. Creo que este chico tomó mucho calor de Celes y Sulus hoy. Meno, ¿podemos hablar en privado? Necesito decirte algo.

—¿No veis que estoy hablándole a Arias de algo?

Los gemelos ven cómo Marcelo se lleva a Salomeno. Se sienten aliviados de que les ha salvado el pellejo.

—¿Eres imbécil o qué, Arias? ¿Qué fue eso? —masculla Nira enojada, mientras sacude sus manos frente la cara de Arias—. ¿Es mucho pedir que te quedes callado? ¿Que no arruines un día perfecto?

—Perdona, Nira. Pensé que era una buena oportunidad para traer el tema.

—¿Qué tema? Ya te lo he dicho. Ese hombre es un asesino. Le pagan para matar. ¡Para engañar! ¿Cuál es tu obsesión?

—No sé, Nira —solloza Arias—, a veces creo que él es la única persona que me entiende.

—¿Que te entiende? Él te hace creer lo que quiere que creas.

—Sabe cosas… cosas sobre Salomeno que no sabemos.

—¿Sabes cuáles son?

—No.

—¿Sabes si pudiesen ser ciertas?

—Claro que… no.

—Ay, Arias —desiste Nira.

—…

—Oh, oh. Algo no está bien. Mira qué serios se ven. ¿Por qué *abba* y el tío hablan por allá tan apartados por tanto tiempo? —pregunta Nira, preocupada.

—Marcelo tiene esa cara que siempre pone cuando dice algo que no debe. Oye, ¿crees que le está diciendo a *abba* de que nos vio salir de la choza de Valdimir? ¡Él prometió que no iba a decir nada!

Nira se queda callada. Evasiva. Luego dice entre dientes:

—No tengo idea. Si pasa algo, es culpa tuya.

Nira se petrifica cuando ve que Salomeno se acerca. Está furioso. A su lado va Marcelo, disculpándose ante ellos con la mirada.

—¡Mierda! —murmulla Nira mientras esconde su cara para que Salomeno no se percate de que lo están observando.

—Gordo estúpido. Entrometido—farfulla Arias en voz baja, refiriéndose a su tío.

Salomeno se planta frente a los gemelos; parece una torre. Sin previo aviso, apaga la fogata.

—Recoged, es hora de partir —dice, frío y cortante. No hay escarmiento alguno, solo un silencio que se extiende hasta que llegan de regreso a la casa.

***

—Os quedáis aquí. No quiero un pie fuera de esta casa. ¿Entendido? —ordena Salomeno una vez llegan; firme, pero con la voz compuesta y tranquila. Arias y Nira asienten con la cabeza con timidez. Salomeno, sin decir otra cosa, se retira con Marcelo.

Nira mata el tiempo con un libro. Arias se queda sentado sin moverse. Esperando. Salomeno regresa cuatro horas más tarde, su ademán sigue siendo el mismo.

—Arias, venid.

El joven, dudoso, mira a Nira pidiéndole su opinión. Ella no tiene nada que decirle; está tan confundida como él y le contesta encogiendo los hombros.

—Regreso pronto —se despide Arias al momento de salir de la casa junto a Salomeno. Ambos caminan a lo largo del campamento de camino a las praderas—. Pensé que andabas con Marcelo —le dice Arias, buscando excusas para hacerlo hablar. Su maestro no le responde.

Arias siente una sensación de espanto hendida en el pecho, como cuando se le olvidaba hacer una tarea. Su maestro no le habla, pero tampoco parece o suena muy molesto. Solo está distante y seco. Salomeno siempre ha sido una persona difícil de leer. A Arias no le queda otra alternativa que caminar y caminar hasta que los pies le empiezan a doler.

Se acerca el crepúsculo y siguen andando, ahora monte arriba, trepando piedras, una tras otra. Sulus corona las montañas con un destello de luz resplandeciente color sangre.

El silencio es casi absoluto, Arias solo escucha los drapeados de Salomeno que se agitan en la brisa. Sus labios están secos y el sueño podría hacerlo caer en cualquier momento. Su maestro no le ha ofrecido comida ni agua.

Luego de bajar la loma, entran a una arboleda. Los árboles están desnudos, los troncos se alzan como espadas erguidas, el piso está alfombrado de hojas amarillas. La neblina se pone espesa y Arias procura caminar cerca de Salomeno para no perderlo de vista. Saliendo de la arboleda, Arias vislumbra a cuatro cabaos y, enseguida, a cuatro figuras entre la neblina. Ve el pelo rojo de Arbitán, que lleva un fusil en sus manos. Yázbet está armada a su lado; Arias la contempla. Hermosa, como siempre. Marcelo está con ellos, dándose un trago de vino que esconde una vez los ve llegar. Por último, para sorpresa de Arias, está Valdimir, con las manos y pies amarrados. Se ve sereno. Su cabello negro ondea con el viento.

Es evidente para él que Marcelo ha contado todo.

Yázbet se para frente al mercenario. Él no se resiste, coopera con cada instrucción que le dictan.

—Valdimir de Gálica, hijo de Sauán de Antica, mercenario de oficio, bajo el gremio de los cavilanes. Has cometido actos de conspiración, espionaje, asesinato y atentado contra el pueblo de Savana. También atentaste contra la vida de dos dioses, los hijos iluminados de Celes y Sulus.

—*Abba*, si esto se debe a que me he estado encontrando con él, yo...

—Callad. Esto no se trata de vos—replica Salomeno.

Arias muerde sus labios y pone su atención en el cavilán. Al terminar su discurso, Yázbet desenvaina una daga y la apunta en dirección del mercenario. «Lo va a matar», piensa Arias, horrorizado. Para su sorpresa, ella le corta las sogas de las muñecas y tobillos. Arbitán y Yázbet le hacen una reverencia de despedida a Salomeno y Arias y se retiran del área, dejándolos a solas con Valdimir. Arias, cofundido, observa al cavilán. Está ahí parado y desatado, tranquilo, sin intentar escapar. Salomeno se acerca al mojo y le dice:

—Vuestra cooperación ha sido satisfactoria y se os agradece. Nos habéis dado la certeza de que La'Mourg desconoce nuestra ubicación y el peligro no se avecina por nuestra puerta.

Arias se percata de que el tono de Salomeno es amistoso. El joven no tarda en formular sus propias teorías: Valdimir recibirá un perdón, se convertirá en un espía para Savana y él está ahí nada más para presenciar el momento, ya que había sido su idea.

—Celes y Sulus han hablado y nosotros debemos cumplir con su mandato. Valdimir de los cavilanes, estáis aquí presente ante nosotros para recibir vuestra ejecución.

Arias siente un apretón en el pecho. No puede ser cierto lo que está escuchando. El joven quiere interceder, pero no sabe cuáles palabras serían las más adecuadas.

Marcelo ayuda a Valdimir a ponerse de rodillas; este contempla el cielo y murmulla unas palabras que Arias no entiende. Está hablando la lengua que se hablaba en Antica, la que hablaba su padre. «¿Estará hablándole a él? ¿Le pide perdón?», se pregunta Arias.

Después de serenar su mente, el prisionero ladea su cuello y pone la cabeza sobre el taco de madera. El corazón de Arias palpita rápido.

El silbido frío que emite el sable de virilio de Salomeno al desenvainarse, deja a Arias petrificado. El maestro maneja el arma con elegancia y dibuja unas figuras invisibles sobre Valdimir en un acto ceremonioso. La hoja desciende y se devuelve al interior de su vaina.

Arias está confundido. Él esperaba un corte rápido de la hoja de virilio. Sin embargo, Salomeno se ha desarmado. Marcelo se acerca a Arias. Le presenta otra espada.

—¿Quie-quieres que yo lo haga? —pregunta horrorizado—. ¿Que ejecute a Valdimir?

—Es hora de que actúes no como un niño, sino como un dios; que obres según os demanda vuestra posición —le contesta Salomeno con firmeza.

—*Abba*, yo…

—¡Callad! ¿Vais a demostrar debilidad frente a vuestro enemigo? Todo hombre merece una muerte digna, por la espada de alguien que le tomará su vida con la mayor seriedad.

—¡Tiene que haber alternativas que no estás considerando! ¡Puede trabajar para nosotros, aquí le hemos dado cabida a mercenarios y asesinos antes!

—Tonterías. Aquí hemos agotado todas las posibilidades y Savana no puede tomar ese riesgo.

—Pero, ¿no has dicho antes que el peligro y el miedo no determinan nuestras acciones? ¿Que todo el mundo puede cambiar? Yo conversé con él. Valdimir me aseguró que no tenía intenciones personales con nosotros.

—Este hombre os ha llenado la cabeza de mentiras. Has sido débil, has permitido que te ciegue. Contestadme esta pregunta, Arias, ¿quién sigue a un débil?

—¡No! ¡No está bien! —refuta Arias, furioso.

Salomeno se infla de coraje y se acerca al joven.

—Colaboró en el asesinato de muchos de nuestra aldea, ¿o habéis olvidado? Recordad a vuestro amigo Aguín, sin vida, tirado en el suelo. —Salomeno extiende su brazo para señalar a Valdimir—. Él le disparó, ¿sabíais esto? ¿Os había confiado él ese detalle también?

Arias no lo sabía. Él nunca lo vio disparar; para él, Valdimir era solo un cavilán que hacía lo que hacía, pero que estaba dispuesto a cambiar. Pero pensar que ese mismo hombre terminó con la vida de su amigo, de un niño, es algo que no puede perdonar. Todavía tiene la imagen viva en su mente: el cuerpo de Aguín en los brazos de su madre. Aguín estaba vacío, sin vida.

La espada se le escapa a Arias de sus manos debido al sudor.

—¡Levantadla! —El grito de Salomeno truena por toda la llanura. Arias se siente confundido y aterrado y se echa a llorar.

—Meno —dice Marcelo, con la intención de pedirle a su hermano que reconsidere la manera en que está manejando la situación. Salomeno detiene a su hermano con una mirada llena de rabia.

Arias se siente pequeño. No puede evitar llorar. La espada está entre sus pies, puede ver su expresión de terror reflejada en la hoja. Su cara está sucia, patética. «Ese no es un dios», piensa. No ve al sol guerrero que pensaba ser. Se ve como un niño. Uno roto y débil.

Salomeno insiste con la mirada.

—N-n… —Arias tranca la mandíbula y trata de tragarse el llanto.

Finalmente, siente el valor de dejar salir lo que quería decir:

—No.

Arias ve la mano de Salomeno, que avanza hacia él como una roca. El joven cae sólido en el suelo. A pesar del terrible dolor que siente, Arias aguanta como puede el llanto y se incorpora ante su maestro, combativo. Su mejilla derecha tiene impresa la mano de Salomeno.

—De aquí no nos iremos hasta que hagáis vuestro cometido —le asegura Salomeno. Arias se mantiene de pie ante su maestro sin decir una palabra.

Pasan una, dos y tres horas, y siguen en la misma posición. Salomeno trata una vez más de empujar a Arias a tomar acción.

—¿Sabéis que si este hombre saliera en libertad os mataría y luego a vuestra hermana? ¿Podréis vivir con eso?

—Eso no lo sabes —le responde Arias.

—¿Por qué no le preguntáis?

Arias se vuelve en dirección al prisionero, que está de rodillas, contemplando los ojos llorosos del muchacho. La contestación del mojo toma a Arias por sorpresa.

—Haced lo que vuestro maestro os dice, chico. Él no os miente. Terminad lo que vuestro maestro ya ha comenzado. Conmigo cerraréis el último capítulo de mi familia. De no hacerlo, tened esto por seguro: llevaré vuestra cabeza y la de vuestra hermana a La'Mourg.

—¡Mientes! ¡Me habías dicho que abandonarías tu vida pasada y te unirías a Savana, a nuestra causa!

—Os decía lo que tenía que decir, chico. Para ver si lograba que me soltaras. Yo nunca dejo trabajos sin terminar.

—¡Decías que yo era un buen guerrero, que merecía encabezar un reino!

—¡Ja! ¿Con ese brazo deforme? No sé ni cómo Salomeno espera que sobreviváis una noche en ese peregrinaje. Vos no podéis ser un guerrero. Tenéis las pelotitas demasiado pequeñas. No os dan ni para matar a un hombre desarmado. ¿Quién ha oído de un guerrero que no puede agarrar una espada con ambas manos?

Arias está furioso. Le han manipulado, mentido y traicionado. Ya basta de quedarse corto. Ya basta de que lo vean como la mitad de un hombre. Esta y otras ideas venenosas poseen sus pensamientos.

Arias llena su mente de coraje y calla con odio las voces de compasión dentro de su cabeza. La espada está empuñada y en el aire. Valdimir sonríe y pone su cabeza sobre el taco de madera. La espada toca el sol y luego la carne.

—¡Ghaaaahhhh! —gargarea Valdimir al sentir la sangre subírsele por la boca. El corte no alcanzó a decapitarlo y su cabeza cuelga de la mitad del cuello. El mercenario agoniza y se ahoga con su propia sangre. Arias escucha con horror el burbujeo aterrador que sale efervescente de lo que queda de su garganta. La agonía tarda para él una eternidad, pero solo han transcurrido unos segundos y Valdimir sigue sufriendo. Arias siente la sangre caliente de Valdimir entrando por sus sandalias.

De pronto, Salomeno le propina un empujón a Arias para echarlo a un lado. El joven escucha la espada de virilio desenvainarse y, con un corte limpio, Salomeno acaba con la agonía del pobre hombre.

Arias está quieto. No dice nada. Como si ya no sintiese algo.

—Meno —dice Marcelo con un tono de voz confuso que se transforma en enojo. Examina la espada de Arias y desliza su dedo por el filo de la hoja—, ¿por qué le diste al muchacho una espada con mal filo?

—Arias tenía que endurecerse. Tenía que reconocer que la muerte duele desde bien hondo. Es así con el amigo y el enemigo. Era evidente que la pérdida de nuestra gente en Savana no fue suficiente para convencer al muchacho de esto. Tal vez cuando sea su espada la que da el golpe, le haga ver el peso de lo que conlleva tomar una vida.

—Salomeno, esto… ¡esto es una salvajada! —ruge Marcelo en voz baja, procurando que Arias no lo escuche.

—El pecado es mío y lo cometí por él, para que en un futuro no lo cometa. —Salomeno devuelve su espada a su vaina—. La vida eterna de los pecadores ya está asegurada para mí. Mis pecados son eternos; no hace diferencia alguna lo que haga o deje de hacer hoy, pero para Arias, es una valiosa lección.

Marcelo no deja de mirar a Salomeno con molestia y desprecio; su hermano puede ser cruel mientras aparenta ser sabio y justo.

Decide no perder más tiempo con él y se dirige a donde Arias para proveerle algo de consuelo.

—Vamos, Arias. Levántate. Ven, mi niño…

—¡Quítate! —le grita Arias, mientras empuja a su tío a un lado.

—Tómate tu tiempo, Arias. Ya sabes dónde encontrarme.

—Yo solo sé que no puedo contar contigo —refuta Arias con una voz calmada que toma por sorpresa a su tío. Lo aterra.

Salomeno se le acerca a su hermano con discreción y le dice:

—Marcelo, sé que es difícil estar de mi lado en esto. Pero creedme que esto fue lo mejor para Arias y Nira. Son los traumas los que nos marcan con los más profundos cambios.

—No todos tienen que compartir tu misma desdicha para repetir tu historia. Al carajo con tus profundos cambios. —Marcelo avienta la espada al suelo y se retira a trote.

Salomeno camina hacia el cuerpo de Valdimir para enterrarlo.

—Vuestra tarea no ha terminado, Arias. Venid. Hay que enterrarlo honrosamente.

A Arias ya le da lo mismo; enterrarlo o dejarlo ahí tirado para que las alimañas se lo coman. Sin expresar ningún sentimiento, Arias se pone en pie y hace lo que su maestro le ordena.

—Le haremos una ceremonia de entierro como lo hacían en Antica, donde nació Valdimir —le dice Salomeno a Arias con unas palabras que caen en oídos sordos.

Arias no sabe a quién entierra, si a Valdimir o a sí mismo. Un asesino en su infancia.

***

Al terminar el cuarto ciclo del día, Arias llega a su hogar. Está mugriento, sus lágrimas se han tornado en una costra seca; cosa del pasado.

—¡Arias! ¿Qué pasó? ¡Cuéntame! ¿Por qué tardaron tanto? —pregunta Nira, que llevaba esperando casi un día entero a que llegara—. ¿Arias?

Él hace caso omiso. Su rostro no articula ninguna emoción, como si estuviera sin vida. Solo arrastra sus pies hasta llegar a su cama. Sin decirle una sola palabra a Nira, se recuesta dándole la

155

espalda. Ella prefiere no insistir y también se acuesta. Trata de que su hermano no se percate de que lo está observando. Se pregunta si está llorando, pero no es el caso. Su hermano solo está ahí tirado, callado; nada de lágrimas, nada de sollozos, solo inmóvil. Pero sí ve algo diferente en él, como si el niño que ella una vez conoció ya no estuviese ahí.

9

ꟿALOS PRESAGIOS

Una luz verde revolotea frente a él. Al enfocarse en ella, ve una luciérnaga que aterriza entre sus pestañas; en un abrir y cerrar de ojos, el niño se queda en completa oscuridad.

Desorientado, se pone de pie y camina en busca de la salida. Las paredes súbitamente se iluminan por miles de estas criaturas que brillan en sincronía. Arias reconoce de inmediato la recámara de la caverna que visitó con Salomeno no hace mucho tiempo atrás. Al acercarse a las luciérnagas, estas se alzan en vuelo hacia una de las gargantas de la caverna.

Arias va tras ellas hasta que las criaturas lo dirigen al exterior. Las luciérnagas pierden su luz y caen al suelo muertas, como lluvia. El niño mira el cielo: está teñido de rojo y el Arco de Páteras es negro. A lo lejos se levanta una columna de humo detrás de una colina. Algo arde. Arias corre alarmado en esa dirección hasta llegar al tope de una loma. Ve el terreno donde acostumbra correr el ganado con su tío Marcelo, pero ya no es un pastoral dorado sino un campo de cenizas con cientos de miles de cuerpos tirados; unos podridos, otros hechos carbón y muchos de ellos aún en llamas. La peste a carne humana es intensa y Arias se cubre la boca para no vomitar.

Entre los cuerpos vislumbra una figura. Trata de entender su forma, le parece humana, pero tiene un aspecto sombrío y borroso. Avanza en su dirección, pasando entre los muertos y teniendo cuidado de no pisarlos. Al verla desde más cerca, nota que la criatura está hecha de sombras y que entre sus garras carga el cuerpo inconsciente de Salomeno. La criatura retracta la cabeza y revela una mandíbula masiva que se abre más, más y más. Con esta se comienza a tragar a Salomeno; lo devora lento, deslizándolo suave por su tráquea. Arias siente el cuerpo pesado. Da varios pasos, para no avanzar en lo absoluto. No le queda otra alternativa que ver con horror cómo la sombra se traga a su maestro.

Al terminar, la sombra se levanta en dos patas y torna su atención a Arias. El niño no puede distinguir si tiene ojos o nariz; su rostro es una mancha oscura.

Arias se pone lívido. La criatura tiene agarrada a Nira entre sus garras. Él intenta llamarla, pero su garganta no emite voz. El demonio arrastra a Nira sobre los cuerpos, dejando atrás a su hermano, que intenta seguirlos con su paso lento. Arias se siente incapacitado para ayudarla. Es demasiado lento, demasiado endeble, demasiado inútil.

Sus pies se humedecen y su cuerpo se hunde en la tierra como si esta se tragara a sí misma tornándose líquida, convirtiéndose en una masa de sangre. Los cadáveres son arrastrados al centro de la corriente, a donde Arias, que se entierra entre entrañas, tejidos y grasa humana. Toda impureza se le mete por la boca, atragantándolo. En la profundidad de la masa sangrienta puede escuchar los alaridos y los llantos de dolor que sintieron los hombres y mujeres antes de conocer su muerte. Entre ellos distingue los gritos de agonía de Marcelo y Salomeno. Arias teme que Nira sea la próxima voz que se una a esta horrífica sinfonía de la muerte.

La vida se le va desprendiendo a Arias, pero él no puede abandonar a su hermana y continúa luchando, así que nada a la superficie con premura. Los gritos son cada vez más estruendosos, la sangre más espesa y pesada. Esto no detiene al niño, que está determinado a salvar lo que más ama: su hermana.

Su cabeza emerge de la superficie del mar rojo. Hay un horrible hedor a hierro. A su alrededor ve flotando extremidades, ojos y cabellos de desconocidos. Encuentra a su hermana a lo lejos. Está sola, de pie. La sombra ya no está.

—¡Nira! —le grita, sin respuesta.

Ella se acerca despacio.

—¡Ayúdame! —grita Arias otra vez, ahogándose en mórbidos fluidos.

El niño ve que su hermana camina lento sobre la sangre, sin hundirse. Los pies de Nira se detienen frente a la cabeza sumergida de Arias. Él no comprende cómo ella puede estar ahí parada sin ayudarlo mientras se ahoga.

—¡Nira! —insiste.

No recibe ayuda, sino el pie de su hermana que le empuja la cabeza hundiéndolo más, hasta que queda enterrado en completa oscuridad.

***

Arias abre los ojos. El nombre de Nira reverbera por la recámara. La luciérnaga despega de sus pestañas y se retira. Él está solo, sentado todavía con las piernas cruzadas, a salvo dentro de la caverna. Su cuerpo está helado, repleto de sudor. Se levanta, alarmado, y corre a una de las gargantas de la caverna para buscar la salida.

Al salir, ve un cielo azul y fulgurante; Páteras luce normal. A su alrededor ve a los jabaneros comiendo. El aire es fresco. No hay cadáveres.

—¡Marcelo! —grita el niño de improviso, y sale corriendo por las praderas; sube y baja colinas, llamando con desesperación a su tío—. ¡Marcelo, Marcelo! —grita, hasta llegar a un punto alto. A lo lejos logra encontrar a su tío. Podría tenerle mucho rencor por lo que pasó con Valdimir, pero verlo con vida le hace sentir una felicidad inmensa.

—¡Mira, muchacho! ¿Piensas dejarme ordeñar a estas jabaneras solo? —le vocifera Marcelo al fondo de la colina.

—Esto significa algo —se dice Arias en voz alta, pensando que Sulus le ha revelado algo importante en sus sueños. Algo que debe descifrar. «Nira, Salomeno, Marcelo, ellos dependen de mí», se asegura él. «¿Es esto lo que pasaría si yo no tuviera la fuerza suficiente como para protegerlos?».

Al pensar esto, recuerda lo que le dijo Valdimir antes de morir bajo el filo de su espada: que era débil, que estaba roto. Arias aprieta los puños con ira y es en ese momento, después de ver aquel horrible pronóstico de muerte, que se hace una promesa: trabajará para ser mejor que cualquier otro hombre, luchará hasta que sus huesos se quiebren, hasta que su vista se nuble y hasta que sus ojos se cierren, porque de no hacerlo así, todo aquel a quien ama, morirá.

***

Salomeno, Nira y un anciano llamado Lares, caminan en la plaza ancha de Savana. Sobre ella se alza un enorme toldo de tela que protege a un grupo de personas de los soles. Estos son gente de todas las edades; hombres, mujeres y niños. Todos están escribiendo, tallando e imprimiendo escrituras para un proyecto de Salomeno que tiene gran importancia.

Nira se acerca a un grupo de mujeres y les hace entrega de varios escritos.

—Bueno sea, aquí tienen las revisiones para el dialecto vicebo —les indica Nira de forma cordial—. Estas que están marcadas ya fueron revisadas y finalizadas, listas para imprimir.

—Bueno sea, Nira, hija de Celes —responde una de las mujeres—, las agregaremos al compendio de inmediato.

Nira visita a otros grupos de trabajadores a lo largo de la plaza, cada uno encargado de trabajar con un idioma diferente. Al entregar las revisiones, Nira se reúne con Salomeno y Lares, quienes están visitando a unos tipógrafos. Este equipo de escribas y artesanos está imprimiendo unos manuales que Salomeno tiene intenciones de diseminar por Jobos.

—Estas son buenas hojas, ¿no crees, Lares? —pregunta Salomeno al poner uno de los papeles a contraluz de Celes para verificar la calidad.

—No podéis esperar mejor papel que el que se produce de los árboles de marfín —replica Lares.

—Un proyecto como este amerita tales atenciones —dice Salomeno —. Con estos manuales promoveremos las ideas que Celes y Sulus me confiaron. Les darán a los pueblos las herramientas necesarias para adiestrarse para la liberación. La pequeña Nira y yo hemos estado redactando estos manuales en nueve idiomas diferentes. Ella insiste en que estas cosas no le interesan, pero con el esmero que le ponía a la escritura, a veces pensaba que podía dejarla escribirlo todo por su cuenta.

—Sin duda, Celes le da su inspiración —dice Lares.

Nira se acerca un poco más para hacerles ver que ya estaba ahí.

—Hola, mi niña. ¿Habéis entregado las revisiones? —pregunta Salomeno al percatarse de su presencia.

—Sí, *abba*, todo parece que va en marcha como acordamos.

—Bien. Acompáñanos. Lares y yo tenemos unos asuntos que discutir y me gustaría que escucharais.

Nira sigue a los señores.

—Nira, como sabéis, Lares es uno de mis consultores y estrategas más importantes. Encabeza el consulado que determinará la estrategia que emplearemos en nuestra campaña en contra de La'Mourg. Nadie conoce a ese níveo mejor que él.

—Me da mucho gusto que Salomeno os haya incluido en nuestras conversaciones, hija de Celes —declara Lares—, quiere decir que habéis hecho un gran avance.

—A veces es un paso adelante y tres atrás con estos niños —ríe Salomeno, mientras tuerce sus bigotes.

—Es parte de la niñez, Salomeno —responde Lares—. Todos padecimos de lo mismo cuando nos tocó vivirla.

Lares se acerca a Nira y le dice:

—¿Sabéis que este viejo y yo llevamos cruzando el mundo juntos por décadas?

—Si no me equivoco, usted es uno de los primeros seguidores de mi maestro.

Lares ríe con una mirada burlona dirigida al maestro de la joven.

—Me insultáis —discrepa Lares, jocoso—. Yo diría que Salomeno es mi discípulo. ¿No es así, Traga Hombres?

—No, no es así —ríe Salomeno—. Pero no me hagáis deteneros. Seguid presumiendo.

—La verdad es que vuestro maestro y yo combatimos muchas batallas juntos. Fueron momentos intensos, de mucha pérdida y sacrificio. Pero la promesa más grande fue cuando vos y vuestro hermano nacieron. ¡Páteras bendiga ese día! Cambió a vuestro maestro para siempre.

—Eso nos contó Amenoóh —replica Nira.

—Fue un poco diferente a como Amenoóh lo contaba —ríe Lares —, pero sí. Vosotros sois dos niños transformadores.

Nira le dedica a Lares una media sonrisa.

—Yo diría que transformamos a Salomeno en un hombre canoso e histérico —bromea Nira, tratando de desviar la conversación de ella misma.

—La nena es humilde, Salomeno.

—No sé si diría que es humildad —discrepa el maestro—. A Nira no le gusta tener la atención en ella misma. A veces pienso que es para evadir sus responsabilidades. Su hermano es lo contrario; es vanidoso, siempre está pendiente de sí mismo. Tal vez ella se beneficiaría de una cuarta parte del ego de su hermano.

—Dejemos a Arias fuera de esto, ¿sí? —argumenta Nira.

—Ya veo que esta muchachita le hace tragar palabras al Traga Hombres —ríe Lares—. No me gustaría meterme en problemas con ella. ¡Que Páteras la guarde!

Lares dirige su atención a los manuales impresos.

—Es increíble que hayan logrado imprimir algo tan pequeño; he visitado las librerías en Croya y jamás vi cosa igual.

—Fue un reto, pero el esfuerzo valió la pena —indica Salomeno—. Literatura como esta resultaría peligrosa para todo aquel que la posea. Arias y Nira estarán distribuyendo estos manuales por el Éspides, y era esencial diseñarlo de forma que se les hiciera fácil ocultarlos. Así, la buena gente de Jobos no peligrará tanto al compartirlos.

Salomeno saca un rollo de piel de gazibo y se lo entrega a Lares.

—Observad este.

—A ver, me tenéis intrigado —contesta Lares mientras deshace el nudo del rollo.

Lares estudia el contenido en silencio por varios minutos. Salomeno y Nira ven cómo se le abren los ojos de asombro.

—¡Páteras! ¡Esto es brillante! —exclama el viejo.

—Fue idea de Arias; Nira lo ayudó a concebirlo y luego el niño dibujó las ilustraciones —contesta Salomeno con orgullo.

—No cabe la menor duda: esos dos son unos genios, Salomeno — señala Lares al examinar el pergamino una vez más.

A lo largo de la hoja están dibujados unos encasillados; dentro de ellos hay una serie de ilustraciones en secuencia, que en conjunto narran una historia. Es un manual ilustrado que instruye cómo llevar a cabo la liberación de un pueblo. Una guía para que los conquistados derroquen a sus conquistadores.

—Con esto aclaran la única duda que tenía de los manuscritos — menciona Lares todavía impresionado.

—¿Cómo podría leerlos la mayor parte de la población cuando casi nadie sabe leer? —pregunta Nira.

—Exacto. La escritura se ha pasado por tradición. Y La'Mourg ha acabado con ellas, confiscado toda la literatura que ha podido. Con el tiempo, la gente perdió la destreza de la lectura.

—¿Qué pasó con esos textos que La'Mourg confiscó?

—La mayoría terminó en la gran librería de la ciudad de Croya, la capital de los níveos. Su librería es tan masiva que podría ser una pequeña ciudad. Otros libros terminaron en algunas de las librerías de las colonias. Ahí está el conocimiento universal. Olvidado.

Nira se le acerca a Lares y le muestra otro rollo.

—Pero ¿cómo es posible?, no solo os habéis ocupado de hacer uno, ¡habéis hecho varios! —dice Lares anonadado.

—La idea es que sea una serie de historias que todos puedan seguir —explica Nira mientras abre el rollo—. Aquí esta ilustrado «El Baile de Salomeno» en su totalidad. Cuenta nuestra historia. Tal y como Amenoóh nos la enseñó.

—Están hermosos, simplemente hermosos —exclama Lares—. Arias tiene un buen don para trasmitir ideas por medio de sus trazos.

—No solo dibuja bien; Arias tiene el mejor corazón de nosotros —admite Nira mientras mira a Salomeno buscando provocarlo—. Señor Lares, *abba* mencionó que usted conoció a los pálidos de cerca. ¿Qué sabe de ellos?

Lares toma asiento en una piedra y respira profundo, este es un tema delicado para él. Uno que no disfruta recordar.

—Son unas criaturas interesantes, se les conoce formalmente como los níveos. Son una especie con una historia llena de misterios. Existen muchos rumores falsos y erróneas percepciones de ellos. Yo sé más allá de muchos de estos rumores. Me pregunto si sería mejor no saber tanto. Trabajé con ellos en mis años de juventud.

—Muchos aquí dicen que son demonios —dice Nira.

—Aquí dicen muchas cosas. El llamarles demonios no está muy lejos de la realidad, dependiendo de a qué níveo os referís. La'Mourg es peor que un demonio. Jobos no podría ser más desdichado de lo que es bajo su reinado. Está desquiciado. Sufre de demencia. Esto lo hace un ser irracional y peligroso.

—¿Es cierto que son enormes? —inquiere la joven.

—De ese hecho no os mienten —asegura Lares—. Son inmensos. En la antigüedad se les conocía como los «gigantes níveos». Pero no es su altura lo más escalofriante, sino sus ojos. Son negros y vacíos, muertos de expresión. Su piel es blanca como el diente de un bebé.

Son sumamente cultos y no hay que extrañarse: asimilaron nuestra cultura y conocimiento, nuestros dioses, nuestra música, mitos, historia, arte. Todo esto y más son suyos ahora.

—Si son tan cultos, ¿cómo pueden ser tan crueles?

—Las mentes elevadas pueden ser más eficientes y exitosas al momento de ser crueles.

—Suenan aterradores —opina Nira.

—Aterradoras fueron sus conquistas. Por más de mil revoluciones han controlado la totalidad de ambos continentes, pero este no siempre fue el caso. Hubo un tiempo en que los hombres controlaron estas tierras.

—Hasta que los níveos se alzaron y se revelaron —agrega Nira.

—No sin antes unirse a una legión de naciones, que luego traicionaron. Mientras fueron sus aliados, ganaron influencia económica y militar. Crearon ejércitos. Y de ahí todo se vino abajo. Tuvo que haber sido horroroso batallar contra un ejército de gigantes. Nadie sabe con certeza cómo pasó; la historia siempre corteja al que la escribe, y los níveos la han borrado. Solo existen los mitos y los cuentos. Lo que sí sabemos es que dominaron a Gálica y a Jobos, que derribaron a los antiguos reinos con sangrientas campañas. Expropiaron las tierras. A los perdedores que juraron lealtad, le concedieron un perdón y algo de poder, como es el caso de los dairios. Aquellos que fueron infieles conocieron su fin y esas civilizaciones han sido olvidadas para siempre. Lo único que queda del linaje real de aquellos tiempos es lo que se conoce como «los nobles», que administran las colonias.

—Aquí en Jobos se vive el peor trato —agrega Salomeno—. La'Mourg y el resto de los níveos han hecho retroceder el desarrollo de gran parte de las civilizaciones al uso de piedras y palos. Las tierras de Gálica y Jobos viven la prehistoria en la actualidad. No existe ningún tipo de registro histórico que recopile las hazañas y derrotas de todas estas civilizaciones. Se borran tan pronto ocurren.

—La amnesia histórica es la peor plaga de todas. Es la creadora de los peores tontos —comenta Lares.

—Amenoóh mencionó que Arias y yo estamos destinados a destronar a La'Mourg —argumenta Nira—. Él decía que eso se lo musitó el Tiempo.

—Esperemos que así sea —dice Lares—, no esperamos menos de vosotros.

Nira rogaba por escuchar otra contestación. Que Amenoóh estaba loco y que no sabía de lo que hablaba. Encuentra ridícula y aterradora la idea de que dos niños estén destinados a derrocar al terror más grande que haya existido en el continente de Jobos.

—Lares, quiero serle honesta —comienza a decir Nira, cabizbaja —. Yo todavía no estoy segura de que nosotros seamos las personas adecuadas para llevar a cabo este peregrinaje, ¿quién está interesado en escuchar lo que dos pequeños tienen que decir? De solo escuchar la palabra «pálidos», me tiemblan las piernas. ¿Cómo esperan que los enfrentemos?

—No podréis lograrlo si manifestáis vuestros miedos de tal forma —le asegura Lares en tono comprensivo—. Cuando la gente de Jobos vea que dos niños pequeños no le temen a lo que ellos sí, se sentirán abochornados. Y esos que no, tendrán que enfrentarse a dos dioses. Entonces sentirán temor y los seguirán también. La valentía y el temor son contagiosos. Son dos alas de un mismo diablo, muy útiles para cualquier conquistador. Creedlo o no, vuestro maestro Salomeno me inspiró con su bravura, y me conquistó con miedo.

—Yo siento miedo y este no me inspira a ser brava —responde Nira.

—Ese miedo vuestro es diferente —dice Lares—. Teméis ahora porque estáis aquí a salvo. Pero dentro de muy poco iniciarán el peregrinaje y estarán en peligro. El llamado a la acción cautivará vuestro corazón. Es inevitable.

Nada de esto convence a Nira. La bravura no es algo que vea en sí misma, y lanzarla directo al peligro no cambiaría eso. A ella tampoco le interesa sembrar miedo.

Había esperado encontrar respuestas por parte de Lares, pero lo único que ha logrado es reafirmar la idea de que Salomeno la conduce a un camino que ella no quiere recorrer. Una senda que no le pertenece.

***

Han transcurrido tres meses y hoy es un día agradable para los gemelos, ya que por fin tienen un tiempo libre para compartir juntos. Arias y Nira están más maduros; con cada mes que pasa, dejan más atrás las actitudes infantiles. Los fausnos también están más crecidos. Arias los entrenó para que fueran montados y hoy cabalgan juntos por las praderas con la idea de cazar para los felinos. Su dieta ha cambiado: ya no satisfacen el hambre con pequeños trozos de carne, ahora tienen que compartir un animal entero entre los dos.

—Estoy un poco arrepentido de haberme comido esas payagas —lamenta Arias, refiriéndose a unos frutos dulces. El niño está tirado bocabajo sobre el lomo de Aguja con la barriga llena.

—Me lo dices tú a mí. ¿Por qué tienen que ser tan sabrosas? —lamenta Nira, bocarriba sobre el lomo de Raisa.

Los fausnos proceden su rumbo hacia las praderas.

—En realidad no nos debemos quejar, nos queda poco tiempo en Savana y no sabemos cuándo volveremos a tener un día como este —le recuerda Nira a su hermano mientras se soba la panza. Lo nota distraído y algo distante—. ¿Y esa caretota que tienes, Arias? No me digas que no estás disfrutando el día. Te mereces un descanso, llevas meses entrenando sin parar. Apenas nos vemos, no estás durmiendo... ¿a qué viene eso?

—Las cosas han cambiado —replica Arias, seco. Luego se levanta del lomo de su fausno para sentarse a cabalgar con su espalda erguida, hombros en alto y la barbilla elevada. Su hermano ya no suena al adorable niño inmaduro que Nira solía fastidiar hace casi una revolución solar atrás. No solo su voz suena más madura, también actúa o finge actuar como un adulto. Un reflejo de lo que Salomeno quiere ver en él. Ella asume que tiene algo que ver con la muerte de Valdimir, el mercenario.

Su hermano nunca le habló del caso y mucho menos de cuál fue su papel en la ejecución. Ella ha tratado varias veces de preguntarle qué fue lo que ocurrió, pero Arias le ha prohibido que traiga el tema y le ha dicho que no sabe qué pasó con el cavilán. Nira sabía que no era cierto: Valdimir murió el mismo día que Salomeno se lo llevó a las afueras del campamento, y vio a Arias regresar de madrugada, mugriento y callado. Nira abandonó la idea de seguir insistiendo, ya que cada vez que lo hacía, su hermano se alejaba más, y si algo necesita en estos momentos, es tenerlo a su lado.

Arias se vuelve hacia Nira.

—Ya quedan dos meses para irnos de peregrinaje y no me voy a dar la libertad de no estar preparado.

—«No me voy a dar la libertad de no estar preparado» —bufa Nira, imitando la voz de su hermano—. Vamos, Arias, ¿en realidad tienes que entrenar día y noche? Pareces un jabanero de esos que usa Marcelo para arar los terrenos.

—Solo te digo que no me puedo dar ese lujo, no pretendo que lo entiendas —le reprocha Arias, distanciándose.

—¡Ey, ey! Cuidadito con la condescendencia. ¡Uuug! ¡Qué pedante eres! —exclama Nira—. Háblame. ¡No te me escapes! ¿Qué es lo que te preocupa tanto? No creo que «Arias el Grande» de improviso se sienta inseguro, que cogió miedo después de tanta valentía y deseo por hacer el peregrinaje.

—No tengo miedo, yo no soy tú, Nira. Nunca lo he tenido. Quiero saber lo suficiente como para poder protegerte.

—Oh... ¡Discúlpame! No sabía que estaba tan necesitada de tu ayuda. ¡Ay, pobre de mí! —dice Nira, haciendo gestos teatrales—. ¡Ayúdame, «Arias el Grande», hijo de Sulus! ¡Socorro!

—¿Acaso te levantaste odiosa esta mañana? Y me llamas inmaduro. Déjame tranquilo.

—Ay, Arias. Tú sí que estás sensible hoy, estaba bromeando. Perdóname, ¿sí? —Nira trata de hacerle cosquillas desde su fausno.

—Como quieras —dice Arias, desinteresado, sacudiéndosela de encima.

Los niños salen de la maleza y se detienen en el tope de una loma. Abajo ven a una manada de gazibos con sus crías. Arias desmonta a Aguja, luego lo rasca detrás de la oreja y le hace saber que se tiene que preparar. El fausno le contesta con un ronroneo.

—¿Lista, Raisa? —le murmulla Nira a su fausna en el oído al momento que se apea de su lomo. Los dos felinos bajan la loma con sigilo hasta que se detienen, inmóviles, casi invisibles. Cuando ven que los gazibos están distraídos, avanzan colina abajo. Los gazibos tratan de huir, Aguja y Raisa trabajan en equipo y se encaraman en uno de los más jóvenes. Una de las madres se pone agresiva con los felinos y los ataca a patadas.

Un disparo ahuyenta a la madre y a los otros gazibos, con excepción de la víctima de los fausnos, que gime y se retuerce entre sus garras y colmillos.

Arias va en marcha cuesta abajo con su fusil. Nira lo sigue.

—Bien hecho, Raisa y Aguja. Eso estuvo cerca ¡Ahora, a comer! —les ordena Arias con una sonrisa victoriosa.

Nira sorprende a Arias con un abrazo y lo besa en el entrecejo.

—Te quiero mucho, mi hermanito. ¿Me perdonas? —suplica Nira de nuevo, sonando esta vez más sincera—. Tengo que admitir que fui un poco insolente.

Arias mira los ojos grises de Nira; brillan con ternura. Él conoce bien a su hermana. Sabe que lo extraña y que desea pasar un buen tiempo con él. Aunque no quiera admitírselo, Arias se siente igual. También sabe que ella tenía razón cuando le decía de que tal vez no existiría otro día como este. Arias podría no sentirse de ánimos para jugar juegos tontos con su hermana, pero opta por fingir para alegrarla.

Arias le devuelve una sonrisa, seguido por un empujón que la deja tirada en el suelo.

—¡El último que llegue al campamento le va a cortar las uñas de los pies a Marcelo! —vocifera, mientras monta a Aguja para desaparecer rápido en la pradera.

—¡Guácatela! ¡Ven acá! —Nira monta a Raisa y sigue a su hermano. Los gemelos pasan el resto del día como si fuera su último. Alegres e inocentes, como en los viejos tiempos.

10
LA TRAVESÍA COMIENZA

Los últimos meses han sido los más intensos en la vida de Arias y Nira. El entrenamiento de Salomeno se ha vuelto más arduo y no es para menos: pronto partirán al Énibes en su peregrinaje, donde no encontrarán el ala protectora de su maestro. Arias, entendiendo esto, se ha obsesionado con sus tareas. No le basta con las propias; ha incluido dentro de su currículo muchas labores de su hermana, trabajando el doble por iniciativa propia.

Por su lado, Nira se ha obligado a estar más motivada, aunque el miedo no ha abandonado su corazón. Ya no ve la necesidad de resistirse a lo inevitable: su hermano y ella son los dioses de Savana y realizar el peregrinaje fue y siempre será su razón de existir. Toda su vida quiso desprenderse de esta responsabilidad, pero una parte suya reconoce que la prosperidad, no solo de Savana, sino del resto de las tierras del sur de Jobos, descansa sobre sus hombros.

Salomeno sigue haciendo preparativos para los gemelos, asegurándose de que todo esté perfecto antes de su partida; no quiere arriesgarse a que un error suyo le cueste la vida a sus discípulos, a los que impartió los últimos meses unos cursos intensivos para aprender a sobrevivir en el desierto abierto, uno de los mayores retos que les esperan en el Énibes. Arias dominó el arte estratégico de batalla; Nira absorbió tanto como pudo de diplomacia, política, negocios y lingüística. Ella podía hablar cinco de los nueve idiomas más comunes de Jobos, no todos a perfección, pero lo suficiente para poder comunicarse. Arias aprendió de Nira lo básico de dos de los lenguajes más usados.

***

Llegada la última noche antes de la partida, el pueblo se ha organizado para celebrar en grande el inicio del peregrinaje. Los dioses gemelos están vestidos con trajes ceremoniales: Arias lleva un camisón púrpura con delicados diseños bordados en oro, que delinean dos refulgentes soles cuyos rayos se extienden a lo largo de la pieza. Su pantalón lleva adheridos unos carapachos de escarabajos tornasol y su cabello está recogido en el tope de la cabeza con un nudo.

Las mujeres de Savana arreglan a su hermana. De su coronilla emergen varias trenzas que se entrecruzan por el cráneo, recordando las nervaduras de una hoja; de ellas cuelgan unos pequeños figurines blancos de madera, tallados con gran delicadeza, que representan a las tribus que conviven en Savana. En la nariz luce una perla pequeña del color del mar, de la que pende una cadena tan fina como un cabello que se une a un bello pendiente que lleva en el lóbulo, proveniente de las Medinas, en el continente de Gálica. Su traje color canario lleva, entretejida, una variedad de plantas y flores de los alrededores de

Savana, y de su cuello cuelgan varios collares elaborados con corales y caracoles de las islas Crestas.

Listos, los hermanos visitan a Salomeno en la casa. El maestro los nota ansiosos.

—Tranquilos, mis niños —les dice, calmado—. Hoy va a ser una noche de fiesta para vosotros. Habéis trabajado duro y no podría sentirme más orgulloso de vosotros.

—Hay demasiada gente allá afuera y todos nos van a estar mirando —se queja Nira, abochornada.

—Son vuestro pueblo. Y pronto habrá muchos otros a los que inspirará vuestra presencia; id acostumbrándoos a esta sensación de ser siempre observados.

Salomeno mira a sus pequeños con detenimiento. Esta podría ser la última vez que los ve; solo espera haberlos preparado bien para cruzar el Éspides. Siempre los trató como adultos, pero esta noche no puede evitar verlos como dos niños. Ya han pasado once revoluciones solares desde que llegaron a su vida; ahora, más crecidos, están por abandonarlo para marcharse a un mundo cruel y violento.

—Ey, *abba*, ¿estás bien? —le pregunta Nira, al notar que tiene la mirada perdida.

—Recordaba cuando erais solo unos bebés y os vi dar vuestros primeros pasos. Cuando vi a mis dos pequeños andando, pensé que eran los primeros pasos para nuestra prosperidad.

Nira le sonríe a su maestro, sintiéndose honrada. Arias se mantiene callado y distante; su relación con Salomeno ha tomado un mal rumbo desde la ejecución de Valdimir.

—No sabéis lo orgulloso que estoy de vos, Arias —dice el maestro al acoger a su pupilo, esperando ablandar algo del rencor en su corazón. Lo único que recibe es una sonrisa vaga. Camina entonces hasta una de las recámaras y se pone a rebuscar dentro de un cofre. Arias y Nira lo ven regresar con una pequeña caja de madera.

—Nira, esto es para vos.

La joven estudia la caja con curiosidad.

—¿Qué es, *abba*? Parece una caja cualquiera, pero juzgando por tu expresión, veo que hay algo especial en ella.

—No os equivocáis: es una reliquia bien especial para vosotros, pero quiero que cuidéis de ella —dice Salomeno dirigiéndose solo a Nira, dejando a Arias algo extrañado y sentido.

Al abrir la caja, Nira contempla una luz dorada que se refleja en su rostro. De pronto, comienza a sonar una melodía de naturaleza metálica.

—Parece la canción que solías cantarnos para ponernos a dormir —nota Nira.

—Mis dos estrellas. Esa canción es vuestra, al igual que esta caja. Le pedí a los artesanos de Savana que la confeccionaran. Atesoradla y cuidad bien de ella.

—Es hermosa. Gracias, *abba*.

Nira estudia el interior de la caja. En el centro hay un reloj expuesto, con todo su mecanismo visible, funcionando como si tuviera vida propia. Lo contempla y le parece hermoso, complejo, lleno de magia. Alrededor, unas menudas figuras de bronce danzan al tempo de la música. Entre ellas destaca una figura más grande que las demás: una mujer que exprime su cabello en la falda de un río. Nira recuerda de inmediato la constelación que lleva su nombre; está convencida de que la figura hace referencia a ella. Por el «río», gracias a un mecanismo interno, se desplazan varias estrellas de cristal. Sobre todo, está el arco de Páteras, elevado como un puente de un extremo al otro de la caja: de él penden de un hilo dos niños dormidos, sus cabezas rodeadas por dos coronas de fuego talladas también en madera. La melodía conmueve a los gemelos. Ambos lloran, Nira con largos sollozos y Arias por dentro.

—Esa canción proviene de la región de Realejo —indica Salomeno con los ojos húmedos—. Quedan pocos recuerdos de ese lugar y hoy en vuestras manos tenéis una de sus últimas memorias: esta canción. Escuchadla siempre que os sintáis solos y perdidos. Esta no será vuestra única canción, pues vosotros regresaréis del peregrinaje con muchas otras; vuestros hijos, los hijos de sus hijos y los de otros, las cantarán por generaciones para honrar la gran aventura que habrán sido vuestras vidas.

Arias está decepcionado de que Salomeno le haya confiado el obsequio a Nira en lugar de a él. Se siente menospreciado. Piensa que de nada le ha servido el arduo esfuerzo que ha puesto en sus tareas: no importa lo que haga, su maestro nunca se lo reconocerá.

—No penséis que os quedaréis sin nada, Arias —le asegura Salomeno mientras le agita el hombro para animarlo—. A ver, ¿qué tenemos para vos?

Salomeno regresa a su baúl y saca un estuche largo.

—Sentaos, Arias, y poneos en posición de reverencia, pues esta es una ocasión sagrada —indica Salomeno al sentarse junto al chico, cruzando también las piernas. Entonces pone el estuche entre ellos.

—Arias: Sulus os arma hoy con su fuego. Este día partiréis hecho un guerrero; que este fuego os premie con victorias.

Salomeno abre el estuche y Arias ve la empuñadura de un sable y otra más pequeña, perteneciente a una daga. Pero para su sorpresa, no puede ver ninguna hoja. El joven está decepcionado.

—¿Dos mangos? ¿Es acaso un mal chiste? ¡Lo menos que me podías obsequiar es una espada completa! —se queja Arias, furioso e ignorando el valor de la empuñadura, que está hecha de garnito rojo y lleva grabado un fausno; sobre el pomo está Sulus y unos rayos que se expanden por el contorno.

—No estáis prestando atención, Arias. Levantad la empuñadura. Tened mucho cuidado —le ordena Salomeno al ponerse de pie, para luego dirigirse a una ventana.

Arias, reacio, toma la empuñadura. Siente su balance un poco extraño para ser un simple mango. Al izarlo, escucha un silbido similar al del sable de virilio de Salomeno, pero más agudo.

—¿Qué…? —exclama Arias, confundido.

Salomeno abre las cortinas de la ventana y deja la luz del atardecer de Sulus entrar. Del mango emana un destello de luz refractada, revelando una hoja que se extiende.

—¿Cómo es posible? —le pregunta Arias a Salomeno—. ¿Esto es virilio?

—El más puro que han visto mis ojos, mi niño. Tan puro y fino que el ojo desnudo apenas lo puede percibir. Solo la luz lo hace visible.

—¡Wua! ¡Pero tu espada es diferente, no se ve igual! —responde Arias, emocionado.

—Por la pureza del diamante. La vuestra es de mejor calidad. Tiene un corte más fino que la mía. Fue forjada por el mejor alquimista que aún vive.

—Gracias por el obsequio, *abba* —agradece el joven, con lágrimas en sus ojos. Hacía tiempo que no lo llamaba «*abba*». Bastó un reconocimiento para ablandar, al menos por un momento, su rencor.

—Es hermosa, Arias. Te felicito —comenta Nira, encantada.

Una música festiva se escucha súbitamente fuera de la casa, alertando a Salomeno y a los gemelos.

—Parece que Savana está listo para despedirlos, hijos míos. Venid.

Salomeno toma a los hermanos de la mano y los lleva hasta el umbral. A las afueras de la casa está el pueblo entero, festejando y cantando.

—¡Arias, espera! —exclama Nira de improviso.

—¿Se os ha olvidado algo? —pregunta Salomeno.

—¿Nos puedes dejar a solas un momento, *abba*? —pregunta ella—. Ya te alcanzamos.

—Bien, pero procurad no tardar. Vuestro pueblo espera —responde Salomeno al salir de la casa.

—¿Qué sucede? —pregunta Arias.

—Solo quería compartir contigo este momento —responde Nira, sonriente. Sus ojos están llorosos, llenos de melancolía, ya que contempla su casa por última vez—. Arias, crecimos junto a estas reliquias, oliendo los olores de esta casa, leyendo muchos de estos libros. Jugamos con estas esculturas, nos escondimos debajo de estas alfombras. Es bien probable que no volvamos a ver nada de esto.

Nira recuesta su cabeza en el hombro de su hermano y lo toma de la mano. Arias nunca había pensado en dejar nada atrás, su mente siempre puesta en lo que venía delante: el peregrinaje. De pronto, escucha a su hermana sollozar y la acoge con fuerza.

—Te prometo que te traeré de regreso un día, hermana. ¿Estás lista?

—Sabes que no, bobo. Pero anda, iré detrás de ti —le dice Nira al besarlo.

—¡Bendecidos sean los hijos de las estrellas! ¡Que vivan por siempre! —Son algunas de las aclamaciones de la multitud al ver a los gemelos salir de la casa. El pueblo entero está presente para celebrar a los dos pequeños dioses.

—Bueno sea, mis sobrinos —los saluda Marcelo, mientras los

recibe con unas coronas de flores. Es la primera vez que Arias y Nira ven a su tío tan elegante: lleva un traje blanco con una capucha roja y calza unos zapatos amarillos de cuero, muy bien pulidos. Es evidente que ha puesto mucho esmero en lucir bien para ellos. Levanta las manos y dice en voz alta—: Hijos de Celes y Sulus, el día de su partida ha llegado. La honra que le dan a… no… nos llenan de honra al… ¡Ay, carajo! —Marcelo se rasca el bigote tratando de recordar lo que se suponía que iba a decir. Nira salva a su tío de una vergüenza y lo abraza—. ¡Ay, no! ¡Ahora van a poner a su tonto tío a llorar! —exclama con las lágrimas acumulándose en sus ojos—. Cómo quisiera no tener que dejarlos ir. Esto aquí no va a ser lo mismo sin ustedes.

—Te vamos a extrañar, tío —llora Nira.

—Bien, anden, ¡fuera, que la fiesta no es para mí! ¡Vayan y disfruten!

El pueblo aclama a los dos soles y les abren paso a una calle alfombrada con mosaicos hechos de pétalos confeccionados por los niños, jóvenes y ancianos de Savana. La partida de Arias y Nira es un evento esperado por todos durante años.

La algarabía y regocijo de la multitud llena a Arias de ánimos para partir. Nira, en cambio, se siente abrumada, y desea todo lo contrario. Su tiempo de infancia se ha visto forzado a terminar.

—¡Bendecidos sean los hijos de Celes y Sulus! ¡Bendecidas sean las estrellas de Savana! —aclama Salomeno. Luego levanta el barril de su mosquete al aire y detona un disparo. La gente aclama y comienzan a lanzar polvos de colores al aire.

Cinco niños con vasijas de pintura entre las manos se acercan a los gemelos. Tras un saludo reverente, proceden a pintarles las caras de colores brillantes: a Arias de rojo, a su hermana de azul. Al momento que los gemelos revelan sus rostros, la música se alborota con un arreglo jubiloso y festivo. Salomeno y los gemelos marchan al centro de la plaza y el pueblo entero les sigue el paso mientras bailan y cantan, hasta que terminan cercando a los gemelos y a su maestro.

—¡La noche esperada ha llegado! —anuncia Salomeno—. Las dos promesas de Celes y Sulus partirán hoy a revelar nuestro mensaje, para cortar las raíces del odio y romper las cadenas de los siervos. Quebrantarán el miedo de la gente indigna de Jobos. Dais, jóricos, vicebos, nurhs, kahrs, gongoleses, cáricos, abdules, ánticos, hombres de todas las tribus: estamos con vosotros. Derrocaremos a La'Mourg, derribaremos a sus ejércitos, a nuestros enemigos los convertiremos en amigos y a nuestros amigos los vestiremos de victoria. Nuestros soles, Arias y Nira, marchan hoy hacia el Énibes, pero no os preocupéis, porque ellos regresarán con una descendencia rica y próspera.

Al decir esto, el maestro acoge a los dioses y los presenta al pueblo. Arias, en un acto espontáneo, toma la palabra:

—¡Hoy, el norte tiembla! —ruge. Savana responde con un bramido furioso. Aplausos y gritos se hacen oír—. Por mucho tiempo se nos ha negado igualdad, se nos ha negado el progreso. ¡Les confieso algo, pueblo de Savana! ¡Hoy tenía miedo, pero vuestras bendiciones me han llenado de coraje! —El pueblo se levanta, enloquecido con el carisma de Arias—. No todos responderán a nuestro llamado; muchos nos enfrentarán y tratarán de apagar las llamas de nuestro gran sueño, pero ¡nadie podrá extinguirlas! ¡Porque se enfrentarán a dos soles ardientes!

Nira no puede creer que quien acaba de pronunciar aquel discurso es su hermano; nunca lo había oído hablar de esa forma. Ahora se siente obligada a decir algo y no preparó nada para la ocasión. Ofrece a la multitud una reverencia tímida y esto basta para que todos aplaudan.

—Ven y baila conmigo —le pide Arias, extendiéndole la mano.

—Qué baboso eres —bromea Nira, nerviosa—. ¿Hablas en serio?

Arias la toma de la mano y le da un jalón para atraerla. Los gemelos pasan una gran parte de la noche baileoteando y cantando con sus amigos de la comunidad. El baile termina con una danza ceremonial entre Salomeno y Arias. Ambos desenvainan sus sables de virilio y se enfrentan uno al otro. Las hojas de sus sables estallan y cantan con un timbre agudo al besarse. El estudiante y su maestro simulan luchar al ritmo de la música. La ceremonia termina con una estruendosa ovación.

Después, Salomeno invita a los asistentes a sentárse en la plaza para que cada uno pueda despedirse de sus dioses. Una mujer llamada Mubuti camina hacia los gemelos para dar inicio a una nueva ceremonia.

—Queridos hijos de los soles: Savana hoy los despide. Estamos aquí presentes para hacerles entrega de unas ofrendas que los ayudarán a realizar su peregrinaje. —Dicho esto, Mubiti se aparta dando paso a la primera persona. Un hombre sin piernas se columpia con sus brazos hasta llegar a los gemelos.

—Mi nombre es Arón de los Barraberos, original de Gálica. Bendecidos sean los dos brillantes soles. No tengo mucho que ofrecerles; la toma de mi pueblo por parte de las tropas de La'Mourg me lo arrebató todo, incluyendo mis piernas. Aquí les dejo el escudo de mi familia, que es lo único que me queda de ellos. Mi apellido sobrevivió la cruel destrucción del imperio níveo y sus fuerzas dairias. Que este los guarde y los proteja. Lleven mi apellido a la victoria con orgullo. —El hombre les hace entrega de un humilde escudo familiar diminuto, con cuatro hachas pintadas. En el centro tiene un yelmo plateado y en la parte superior lleva grabado el nombre de la familia de los Barraberos. Arias toma el escudo, lo besa y se lo entrega a Marcelo para que lo guarde. Otra persona se acerca. Una mujer con sus tres hijas.

—Bendecidos sean los dioses. Mi nombre es Estel. Estos son Mika, Nila y Anil. Venimos de la aldea de Una, al norte de la ciudad de Yera. Mi marido murió en las minas para asegurar nuestra libertad. Tampoco tenemos mucho, pero aquí les obsequiamos su brújula, que les sirva de guía para que se mantengan en el rumbo correcto.

Nira y Arias abrazan a cada una de las niñas. Una pareja joven se acerca a los gemelos, cargan con ellos unos drapeados.

—Queridos hijos de Celes y Sulus —dice la mujer—, nos honra formar parte de esta despedida que tanta bendición traerá a este pueblo. Virgilio y yo nunca pudimos tener hijos. El hecho de tenerlos a ustedes aquí nos ha llenado ese vacío. Acepten estos turbantes que los protegerán de las fuertes y crueles ráfagas de arena en el desierto de Yera.

Un anciano se dirige ahora a los dos jóvenes.

—Mi nombre es Aliúh —dice el viejo, hincándose—. Vengo de las montañas de los Jesem, le debo mi vida a su maestro Salomeno. Yo también trabajé en las peligrosas minas de Kever. Muchos de mis compañeros perdieron sus brazos y piernas extrayendo tinolio, solo para que los níveos usaran el metal para vestir. Tengo fe en que ustedes, hijos de las estrellas, detendrán esta corriente de sangre que escurre por todo el continente. Les obsequio estas cobijas para hacer más cómoda su travesía, e inciensos para la serenidad.

Aliúh le entrega su ofrenda a Nira, que se percata de que al hombre le faltan varios dedos. Lo toma de las manos, lo mira con ternura y le agradece.

—Gracias, mi niña, mereces el poder de Celes. Que Páteras los proteja —replica Aliúh al retirarse. Un hombre de media edad se acerca.

—Bendecidos sean, mis queridos Arias y Nira. Mi nombre es Ezequiel, soy el sastre y zapatero de Savana. Vengo de Judán, donde ya no gozamos de la dicha de expresar nuestro arte. Quiero que reciban estas sandalias y zapatos que les he construido. Que los protejan de los terrenos más perversos del desierto.

—Gracias, Ezequiel —responde Nira mientras recibe el obsequio. Tres criaturas con un aspecto que a los gemelos resulta extraño, se acercan. Parecen humanos, pero no lo son. Tienen el cabello fino, largo, amarillento y escaso. La piel es de color gris, repleta de marcas y golpes. Es evidente para Arias y Nira que han sufrido grandes penas. Los acompaña una mujer.

—Hijos de las estrellas, aquí les presento a los hermanos Rael, Emain y Wein. Son de la sufrida tribu de los dridas, provienen de la isla de Liris, en las islas Crestas. A estas pobres criaturas se les ha forzado a trabajar para los níveos en masa. A cada uno de ellos se les ha castrado la voz. Sus vidas han sido reducidas a usar su lomo, las manos y las piernas, en nombre de sus amos. Ellos no tienen nada que ofrecerles, pero querían conocer a los hijos prometidos.

Nira no puede evitar sentir empatía por las pobres criaturas y siente un impulso que la hace caminar en su dirección. La joven ignora su estatus de deidad y se hinca ante ellos.

—Les prometo que seré su voz —afirma Nira con dulzura. La mujer traduce las palabras de Nira. Las tres criaturas se lanzan de inmediato al suelo a venerarla. Nira los hace levantarse de inmediato.

Arias y su hermana continúan recibiendo ofrendas hasta que amanece y Celes se asoma por el horizonte, trayendo de vuelta la luz a Savana.

—Es hora de partir —les hace saber Salomeno—. Celes nos saluda, os ha traído la mañana y vosotros tened que partir hacia ella.

Arias y Nira sienten una ligera punzada en el pecho. Llevan esperando este día desde que tienen uso de razón y el momento al fin ha llegado. Ya no contarán con la ayuda de nadie. Se las verán solos en un mundo hostil.

Un grupo de individuos levanta el cofre que contiene las ofrendas y lo coloca dentro de un carromato que está siendo remolcado por un bisgón, el animal de carga que los ayudará a cruzar el Éspides. Salomeno se acerca a Nira y le pone algo en la mano. Se trata de un collar con una medalla del tamaño de su puño.

—Debéis poneros esto una vez lleguéis a la ciudad de Yera. No lo olvidéis. Es de suma importancia. Con esto los reconocerá el contacto que os ayudará en vuestro recorrido.

Nira estudia el medallón, que cuelga de su dedo en una cadena de plata. No ve nada especial en él; solo tiene grabado un mapa del sur con nueve estrellas que representan las tribus originales de la región. La joven guarda el medallón en su bolsillo.

Arias y Nira miran a Salomeno con dulzura. Por más difícil que su maestro les ha hecho vivir estos últimos años, ha sido una figura paternal para ellos. Cruzó mares, bosques, montañas y desiertos para mantenerlos con vida. Los gemelos sienten una gran responsabilidad y desean con el corazón no defraudarlo.

Arbitán y Salomeno suben a Aguja y Raisa al carromato de un segundo bisgón. Arias y Nira tendrán que cuidar de los fausnos a lo largo de su travesía, al igual que los felinos los protegerán a ellos.

—Recordad lo que os he enseñado. Que vuestra fuerza siempre emane de vuestro deseo. Que vuestros labios hablen la palabra de nuestro sueño y lo hagan realidad. Que vuestra columna os sostenga de toda adversidad. Hoy son dos gotas de lluvia, pero mañana seréis un río y el día siguiente un mar. —Con estas palabras Salomeno dirige a los hermanos al lomo del bisgón.

—Que Páteras me los proteja y me los favorezca, mis chiquitos —les llora el tío Marcelo mientras les besa los pies—. ¡Ah! ¡Lo olvidaba! Les horneé unos dulces. Recuerden no comérselos de una sentada; les pueden causar dolor de barriga.

—Adiós, tío, procura no molestar demasiado a *abba* —bromea Nira al despedirse. Arias se mantiene distante.

—Arias, ¿no le vas a decir nada al tío? —le susurra Nira.

—No tengo nada que decirle —responde Arias, todavía resentido.

—Lo vas a lamentar.

—Ya, váyanse, que están avergonzando a este viejo tonto otra vez. Los amo —dice Marcelo con lágrimas en sus mejillas.

Salomeno se para junto a Marcelo y lo acoge para consolarlo. El maestro torna su mirada a Arias y Nira, que al fin se marchan. La tristeza profunda se le ve clara. Arias y Nira nunca lo habían visto así. Salomeno finge serenidad, pero los gemelos lo notan destrozado por dentro y, con esa triste imagen, lo dejan atrás luego de despedirse tres veces con los labios; otras cinco con la mirada.

Celes tiñe de rosado la piel de Arias y Nira, que abandonan el pueblo de Savana con una sonrisa mientras emprenden la más peligrosa y anticipada aventura, una que marcará sus vidas y las de los hombres y mujeres indignos.

11

ENTRE LAS DOS BOCAS

La tierra de Savana queda atrás, dando inicio a la gran jornada de los hijos de los soles. A sus espaldas dejan las enseñanzas de Salomeno, los cuentos y las locuras de su tío Marcelo, las risas, las reprimendas, los libros, las carreras a cabao, las veladas en la noche, cuando veían las estrellas.

Sobre todo lo demás, a Nira le cuesta dejar la certeza de que, aunque estuviesen cerca de besar a la muerte en la boca, siempre podía cerrar los ojos y Salomeno estaría ahí para protegerlos. Ahora nadie los cuida de las hostilidades del mundo exterior.

Arias está confiado. Solo basta con tener a Páteras sobre ellos para que los proteja. Lo que sí le preocupa es fallar a su encomienda. A las casi doce revoluciones de edad, siente que su vida no se puede reducir a una pérdida de tiempo: este es su gran temor. El peregrinaje ha sido la razón de su existencia; hacerle justicia a su pasado está en las manos del presente mismo, y como bien les enseñó Salomeno, «no hay nada más incierto que el tiempo».

—No sé cómo puedes estar tan tranquilo, mucho menos tan emocionado —dice Nira al ver que su hermano no comparte sus temores.

—Este es nuestro momento, Nira. Al fin estamos fuera. Somos libres.

A Nira le toma por sorpresa su respuesta. Ella siempre se vio a sí misma escapando de todo, pero hasta ahora se da cuenta de que su hermano lo desea tanto como ella. Aunque fuera por motivos diferentes, ambos querían abandonar a Salomeno.

—Pero tú todavía quieres hacer esto, ¿o no? —indaga Nira.

—Más que nunca, pero al fin haremos las cosas a nuestra forma. Nira, ahí, detrás de nosotros. —Arias gesticula en dirección al carromato que carga el otro bisgón, en donde está el cofre que contiene las ofrendas—. No podemos defraudar a nuestra gente. Al menos yo no me lo perdonaría.

Nira permanece callada, no quiere darle la razón a su hermano. Se siente fatal al admitir que prefiere defraudarlos, porque de hacerlo, podría vivir feliz y ser libre de toda responsabilidad.

—Voy a extrañar a Marcelo —lamenta, tratando de desviar la conversación.

—El tío Marcelo —responde su hermano, como si le lastimara pronunciar el nombre. Nira ignora las quejas de su hermano y lo mira con ojos cargados de cizaña.

—Yo creo que más falta te va a hacer Yázbet, ¿eh, Arias? —dice jocosa, sabiendo que su hermano lleva un enamoramiento imperecedero con la joven guerrera. Arias le responde con una sonrisa sarcástica, mientras que ella lo molesta soplándole besos invisibles.

—No te culpo. Yázbet es bien guapa, pero no querría imaginar a un hombre teniendo una discusión de pareja con ella. De seguro el pobre saltaría de un precipicio para salvarse. Pero sin duda valdría la pena, ¿no, hermanito?

Arias finge que no le presta atención. Nira se le acerca al oído y le dice:

—Yo la he visto desnudita, bañándose en el río con sus amigas, entre cuchicheos y risas… ¿Y? ¿Quieres que te cuente?

Arias no puede ocultar la cara de intriga, hace la peor actuación posible para simular desinterés. De pronto, los dos estallan en carcajadas.

El bisgón que los lleva hace un esfuerzo por subir cuesta arriba en un área pedregosa, seguido del que lleva a los fausnos en un carromato. No cualquier animal es apto para estos terrenos, pero el bisgón es perfecto para soportar toda la carga que lleva a tan largas distancias. Sobre el lomo del primero descansa la howdah que lleva a los gemelos, y en el interior del remolque, los niños ocultan en unos compartimientos secretos reliquias, tesoros y rigales que Salomeno les dejó para que hicieran negocios en las diferentes regiones del Énibes. De agua y comida por el momento no se tienen que preocupar; Marcelo se encargó de proveerles reservas para varios días.

Pasadas las horas, Arias y Nira se quedan sin temas de conversación. Ambos se empiezan a sentir incómodos por tener que compartir un espacio tan reducido por tanto tiempo, hartos uno del otro.

Nira ha tratado de ocupar su tiempo leyendo; sin embargo, no soporta más el silencio.

—Arias.

—Mjm…

—¿Recuerdas lo que te había dicho el mojo? Valdi…

—Nira, te dije que no quiero hablar de ese hombre.

—¡Espera! ¡Escúchame antes de mandarme callar! Él te dijo que Salomeno ocultaba algo. ¿Qué crees que sea?

—No lo sé, nunca me dijo. Siempre tuvo esa carta bien apretada en su pecho, me imagino que la iba a jugar en el momento oportuno y ese momento nunca llegó. ¿Por qué de pronto te interesa tanto? Me habías dicho que Valdimir estaba mintiendo para manipularme.

—Quizá fue así, pero no me dejó de intrigar desde que lo dijo. ¿A qué se referiría? Puede que no se trate de algo tan grave, pero he estado pensando mucho desde entonces. Hasta traté de escuchar las conversaciones que Salomeno tenía con gente en el campamento. Hay veces que lo escuché hablando en códigos, como si ocultara algo.

—Él siempre habla en códigos, Nira. Por eso no se le entiende. Todo lo que sale de su boca es un enredo rebuscado que espera que uno descifre.

—Sí, pero esto parece diferente. ¿Qué tal si cometió un crimen grave? ¿En realidad crees que toda esta persecución se debe a dos niños que supuestamente son unos dioses? No sé, Arias.

—La'Mourg tiene grandes razones para temer a dos dioses. Sobre todo si están destinados a destronarlo. «El Amo de los Tiempos», ¿recuerdas?

—Aun si eso fuera cierto, ¿cómo esperas que esa gente nos crea? —pregunta Nira incrédula.

—*Abba* nos lo explicó cientos de veces. La gente tiene sed de creer. Si de pronto tienen la promesa de que se les devolverá lo que han perdido, nos seguirán de inmediato. Solo existen dos posibles amenazas para La'Mourg: tú y yo.

—¿Dos niños de casi doce revoluciones de edad? No me hagas reír.

—Enviados por Celes y Sulus —la corrige su hermano.

—También existe la posibilidad de que tenga algo que ver con la gente de Savana. Salomeno reclutó a todo tipo de personas, hasta prófugos y rebeldes. Con las rebeliones que se están alzando en todas partes, no me sorprendería que los pálidos estén algo paranoicos. —Nira se toma un tiempo para pensar un poco—. Oye, ¿crees que haya hecho un trato con algún otro grupo rebelde? ¿Tal vez alguien como los caratigineses o los gongoleses?

—Eso sería terrible, Nira. Esas gentes son monstruos. Ni lo pienses.

—O puede que persigan a Salomeno por las reliquias valiosas que se robó, sabrá Páteras de dónde.

—Yo solo sé que me voy a tomar una siesta. Si no te importa, hermana.

—Pues bien, ¡*chu*!, échate a dormir. Me quedaré aquí sola manejando al bisgón. Por favor, no te quedes dormido mucho tiempo.

—No lo haré.

Pero Arias duerme por varias horas y su hermana está furiosa y hambrienta.

—¿Así que decidiste levantarte y salir? —se queja Nira, agarrando fuerte las riendas—. Espero que hayas disfrutado de tu siesta —agrega con sarcasmo.

—No tengo que darte explicaciones.

—Guau, qué machazo. Espero que no tengas problema en manejar el resto de la noche.

—Está bien, pásame las riendas —replica Arias de mala gana.

—¿«Me pasas las riendas», así nada más?

—Por favor —masculla Arias.

—¡Ya para qué! Como quiera tengo que parar. Aguántalas aquí y detén al bisgón, tengo que bajar a orinar —gruñe Nira al pasarle las riendas a Arias, que detiene al bisgón con un jalón demasiado abrupto, casi provocándole una caída a su hermana. Ella le lanza una mirada de odio, pero prefiere no alargar la discusión. Una vez fuera, busca algo de privacidad.

—Está anocheciendo, creo que debemos parar a comer algo —propone Arias al verla volver.

—Por favor, dime que no estás pretendiendo que para colmo me ponga a cocinar para ti.

—Si quieres puedo instalar una fogata y cocino el pescado que Marcelo nos regaló. Puedo poner a prueba las especias que nos regalaron en Savana, ¿quieres? —sugiere Arias, tratando de ganarse el buen humor de Nira.

—Pues sí quiero —replica Nira de mala gana. «Si quieres, dice este. No es más que un piojoso recostado», se dice para sus adentros. De súbito, siente que algo se aproxima. Para su sorpresa, ve una manada de gacelas azules que galopan no muy lejos. Le asombra su belleza: el cuero sedoso, las melenas blancas que surgen de sus cabezas y lomos, tan brillantes como las medias lunas que iluminan la noche.

—¡Wuaaa! Mira, Nira, ¿las estás viendo? —exclama Arias emocionado, tronchándole el momento mágico.

—Sí, las estoy viendo, no soy ciega. —Nira se levanta y regresa a la caseta, molesta.

—Voy a preparar el pescado. No te quedes dormida —le advierte Arias.

—Ya te dije que ibas a cocinarlo tú solo, yo me voy a dormir. Me despiertas cuando lo tengas listo.

Arias prefiere no contestar; sabe que abusó de la buena voluntad de su hermana. Va a ser un viaje largo y Arias reconoce que necesita de Nira tanto como ella de él, y ambos están de acuerdo en que el éxito del peregrinaje depende de la relación que sostengan de ahora en adelante.

«Continúa arruinándolo todo, Arias», se reprocha el niño, «tal vez no eres lo suficientemente estúpido como para arruinar la cena también».

Nira se recuesta en su colchón y ve que el cuaderno de Arias está abierto y en él hay un dibujo realista de Yázbet bañándose desnuda en el río. Echa una carcajada silenciosa y se acuesta a dormir.

Arias enciende una fogata como su tío Marcelo una vez le enseñó, con rocas, paja y ramas. Sobre ella instala una varilla con un caldero donde cocina el caldo de pescado. A Nira la despierta el agradable aroma a especias, y aunque podría no estar de ánimos para señalar las virtudes de su hermano, no puede negar que Arias es un buen cocinero. El sabor no la decepciona y es suficiente para calmarle los ánimos. Los hermanos comparten el resto de la noche comiendo y riendo, recostados sobre fausnos en la arena, hasta que se quedan dormidos.

***

Una vez despiertos y desayunados, reanudan el camino a las afueras del oasis Nirta, que es una bendición para el campamento de Salomeno. Las cordilleras cercan el terreno con sus colosales montañas, razón por la que no ha sido habitada por ninguna tribu. Solo existen dos entradas: aquella por la que Valdimir cruzó a través del mar, y la que los gemelos tienen ahora de frente.

—La Garganta del Nirta —exclama Nira estupefacta. A su alrededor ve una muralla de piedra que se expande de norte a sur y parece no tener fin. Justo ante los gemelos hay una grieta que divide la montaña, creando un pasillo natural que se extiende desde su cimiento hasta el tope de la montaña en línea recta, cruzando la cordillera de un extremo al otro, del oasis del Nirta al desierto del Énibes. Marcelo solía decir que un dios gigantesco pasó su dedo a lo largo de las montañas para darle una probada como si fuera un bizcocho; en realidad, es un desfiladero creado por cambios tectónicos que ocurrieron millones de años atrás.

—Cuarenta millas de camino, Arias. ¿Estás listo?

—No la pasamos tan mal la primera vez que lo cruzamos para llegar a Nhur. No nos debería ir mal ahora.

—Se te olvida que estábamos con Salomeno —responde Nira, cínica, al no compartir el optimismo de su hermano—. Creo que entre todo lo que nos espera, la Garganta de Nirta va a ser la parte más segura de nuestra expedición. Nadie pasa por aquí ni conoce esta ruta. Cuando terminemos el canal, empezarán nuestros problemas.

—Entonces no esperemos más, van a ser dos días de no ver otra cosa que estas paredes de piedra —contesta Arias, tirando de las riendas para continuar el paso.

—No lo creas. Hay mucho que ver entre estas montañas. Sus paredes tienen millones de años de historia grabadas. No las menosprecies —replica Nira mientras se adentran a la boca del canal.

—Si te escuchara *abba…* Sonaste igualita a él.

—Solo obsérvalas bien. Si no te impresionan, es que no sabes mirar —concluye su hermana.

A Arias no le toma mucho tiempo entender: solo basta levantar la mirada para sentirse mareado. Las murallas se van juntando más y más con la altura, hasta que casi se tocan en la cima, dejando ver un hilillo de cielo que cruza, a veces recto y a veces serpentino. A lo largo de la roca ve tonalidades marrones, rojizas, amarillentas, púrpuras, negras y blancas.

—Cada tono de color en la piedra representa una era diferente —indica Nira—; se les llama estrato. Salomeno me decía que los seres humanos tenemos estratos también. Usó de ejemplo sus arrugas —recuerda con una sonrisa—. Me decía que si reías mucho en tu vida, se te formarían arrugas como las que tiene Marcelo en las esquinas de sus ojos, y si fruncías demasiado el ceño, se te marcaría el entrecejo, como a él. Decía que podía leer la personalidad de alguien con solo ver la topografía de su rostro. Siempre me pareció gracioso.

Nira pasa las yemas de sus dedos a lo largo de la piedra rojiza, que siente suave como el talco. Arias imita a su hermana en la pared del lado opuesto. El camino es tan estrecho que ambos pueden tocar ambas formaciones de piedra sin dificultad.

—Pensar que hubo una era en que estas paredes estaban juntas, y que con el pasar del tiempo se separaron… Es asombroso —comenta Nira.

—Así lo quisieron Celes y Sulus —asegura Arias, siempre tratando de incluir algún elemento divino a lo que acontece a su alrededor—. Nos abrieron la montaña del Nirta hace millones de años con el propósito de recibirnos algún día para que crucemos.

Nira se pone de pie y camina hacia la parte delantera de la howdah. Cierra los ojos, levanta la barbilla y, con las manos arqueadas sobre su boca, grita:

—¡Cri, crum, cri crum, cri crum, cacaraquea la cucolía en la bahíaaaa!

«Cri, crum, crum, cri, crum, cri, crum caca-caca-raque-caraque-ala-ala-cuco-laraquea-lacuco-lacucolía-enla-enla-cucolia-enlabahía-híaaaaa-bahíaaa-enlabahía-iiia», le responde la Garganta con una voz que reverbera por sus paredes.

—¡Wuaaao! —grita Arias.

«¡Wuaaaaao! ¡Wuaaaao! ¡Wuaaao!».

—¡Parece que el Nirta nos respondió, Arias! —exclama Nira, emocionada.

—¡Fo, fo, fo, fooo, Nira lleva cuatro días sin bañarseee! —canta Arias con fuerza.

«Foof, foo, fooo, fo, niralleva-niralleva-eva-cuatrodías-días-cuatrodías-trodías-cuatro-días-sinbañarseeee-arse-arse», responde la garganta de forma imprudente.

Nira le responde a Arias con una mueca burlona.

—Vamos a ver qué nos espera al salir de aquí —dice al abrir un libro que contiene el mapa de la región—. En esta ruta existen varios pueblos que podemos visitar. Tenemos a Dai, Una, Tar, Doh y Yera. También esta Nhur, a donde si me preguntas, no tengo nada de interés en volver.

—Créeme que no te voy a insistir —afirma su hermano mientras se inclina a ver el mapa.

—Deberíamos empezar con las villas pequeñas. Creo que las ciudades van a estar mejor vigiladas, y por lo tanto más peligrosas. ¿Qué crees, hermanito?

—¿No te interesaría empezar por Yera?

—Arias, carajo. ¿No me estás escuchando? Te dije que las ciudades por ahora no, ¿y me hablas de la más grande para comenzar? ¡Esa ciudad está repleta de nobles y soldados dairios!

—Pensé que podríamos ir solo a curiosear un rato. No tenemos que empezar a trabajar de inmediato. Ya tendremos tiempo para eso. ¡Es la gran ciudad de Yera! —insiste Arias, sabiendo que fue una ciudad de grandes conquistadores y fabulosas historias.

—Lo de grande es cosa de leyenda, bobo. Esa ciudad es una sombra de lo que era. Aunque me imagino que la sombra sigue siendo impresionante —admite Nira, tentada.

—¿Esa no es la ciudad en que Salomeno nos pidió que usáramos el medallón? Podemos ver qué suerte nos da eso.

—Arias, a veces odio admitir que me sorprendes. ¡El contacto! El medallón nos llevaría a un contacto que podría ayudarnos.

—Y es mejor empezar con ayuda que sin ella, ¿no crees?

—No puedo decirle que no a eso —concede Nira—. Lo pensaré un poco y lo discutiremos luego.

Después de dos horas de viaje entre las dos bocas del canal Nirta, los gemelos se topan con una cascada que cae desde el tope de la montaña hasta caer a un pozo natural.

—Parece como si cayera del cielo —dice Arias, asombrado.

—¡Estaba que mataba por un baño! —exclama Nira.

Arias se desviste y entra al agua primero. Nira ya no se siente cómoda frente a su hermano como cuando eran niños; su cuerpo ha cambiado desde entonces. Así que, por modestia, usa varios de los drapeados que le regalaron en Savana para cubrirse.

—¿Crees que puedas hacer espacio? La poza no es para ti solito, ¿sabes?

—Tú siempre dando órdenes. ¿Por qué no entras y te refrescas un poco?

Nira entra al agua, que está tibia y refrescante. No se habían bañado desde que partieron de Savana, y todavía tienen las caras pintadas de la ceremonia de despedida.

—Debo decir que esto no ha empezado nada mal —admite Arias mientras recuesta su espalda en la pared de piedra. Se relaja y cierra los ojos.

—¡Aaagh! —gritan los hermanos cuando los fausnos se lanzan al agua sin avisar. Apenas caben en la poza, pero esto no evita que Raisa y Aguja naden entre los chicos. Todos se empujan de aquí para allá hasta que cada cual encuentra su espacio. Arias sube al lomo de Aguja y le rasca fuerte el costado; a pesar de que su fausno es el más bravo de los dos, siempre está buscando su cariño. Raisa, en cambio, actúa como una madre protectora. Recuesta su cabezota sobre el pecho de Nira, quien le besa la nariz y la soba entre las orejas.

—Oye, Nira, ¿qué es eso?

—¿A qué te refieres? ¿Qué ves?

—¡Ahí, sobre la cascada! —Arias levanta su dedo al aire y señala una figura que sobresale de la enorme pared de piedra.

—Parecen unas… ¿personas? —A Nira le cuesta describir lo que tienen de frente: a lo largo de la piedra distingue la figura de dos hombres algo maltratados por el tiempo; apenas puede entender su forma.

—Pensé que habías dicho que nadie había pasado por este canal —dice Arias extrañado.

—Esto parece llevar mucho tiempo aquí. Es increíble. Parecen dos personas vertiendo un jarro justo donde cae la cascada. Estas estatuas tienen que llevar cientos o miles de años aquí.

—¡Son espectaculares! —exclama Arias—. ¿Cómo podría alguien construir algo así? Esto parece obra de gigantes. Wuaa… ¿crees que lo hayan esculpido los níveos? Ellos pintaron aquella caverna en Savana, ¿recuerdas?

—Sí —asiente Nira—. *Abba* nos dijo que los pálidos fueron los únicos que poblaron esta área. Yo solo sé que cuanto más miro estas esculturas, menos tiempo quiero seguir aquí. Sigamos adelante.

***

Los niños reanudan la caminata a lo largo del canal. El tajo entre las montañas revela un cielo estrellado que brilla como el vidrio y los gemelos pasan el tiempo haciendo apuestas sobre cuál de los dos logrará ver la próxima estrella fugaz que se asome por la ranura. A lo largo de las dos noches, solo alcanzan a ver dos.

—Salomeno seguro habría comentado algo sobre el hecho de que vimos dos estrellas fugaces en dos noches —comenta Nira—. Él habría dicho que tú eres una y yo la otra. O una babosada así.

Arias no responde.

—¿Arias? —Su hermano se ha quedado dormido. Parece incómodo y balbucea como si algo lo lastimara.

—Arias, ¿estás bien? ¡Despierta, algo te pasa!

Arias se levanta de golpe. Está frío y empapado de sudor.

—¡Mírame! ¿Qué te pasó?

Él se queda callado por un rato, mientras organiza sus pensamientos.

«Soñé que mi cuerpo estaba helado, tieso. No tenía aliento. Estaba aquí, en este mismo lugar, pero las murallas del Nirta no estaban, sino Salomeno y tú. Me estaban mirando con una tristeza profunda. Pensaban que yo estaba muerto. Así que bañaron mi cuerpo; tú me peinaste el cabello, luego me perfumaste y me besaste la cabeza. Te estabas despidiendo de mí. Pero estaba vivo, Nira, ¡estaba vivo! No podía moverme. Solo flotaba, y no te sabría decir si ustedes flotaban conmigo. Solo sé que luego me hundía, y ya no tenía frío. No sentía nada. Traté de gritar y dejarles saber que aún vivía, pero me dieron por muerto y se marcharon. Vivieron sus vidas sin mí. Vivieron como si mi ausencia no cambiara nada», se dice Arias, ensayando las palabras que consideraba decirle a su hermana.

—No pasó nada, sólo tuve un sueño.

***

A varias horas de camino, el terreno y las paredes comienzan a tornarse de un color rojizo brillante. El viento sopla con fuerza y los deja cubiertos de arena rojiza.

—Lo que daría por comer algo de la cocina de Marcelo —dice Nira—. Nadie cocina tan sabroso como él… Oye, ¿recuerdas que nos dejó unos dulces que él mismo horneó? Podemos comérnoslos cuando salgamos de este túnel maldito.

Arias no dice nada.

—¡Aaaaah! —grita Nira, causándole un sobresalto—. No puedo esperar a llegar a Yera para comerme algo bien rico y descansar

193

con propiedad.

—¿Yera? —pregunta Arias, confundido—. ¿Así que te decidiste por la ciudad de Yera después de todo?

—Después de haber pasado dos días en este canal, no pienso irme a una aldea cochina para ser devorada por mosquitos. ¡Quiero una ciudad donde pueda descansar un poco! —dice Nira, hastiada—. Además, queda más cerca que muchos de los otros pueblos.

—Pues Yera será. —Arias sonríe.

—¿Cuánto tiempo crees que demoraremos en llegar ahí una vez salgamos del Nirta? —pregunta Nira mientras se frota los ojos.

—Según el mapa... ¡van a ser tres días! ¿Cómo es posible? —se queja Arias, alarmado.

—¡Carajo! Te juro que estoy a punto de quitarme de todo esto, yo...

—Nira, por favor: acabamos de empezar el peregrinaje, puedes estar segura de que se pondrá peor.

—¿Así que estos tramos largos van a ser así de ciudad en ciudad? Mira el calor que hace ahora mismo, ¡no estaba así la última vez que vinimos!

—Era otra época del año —contesta Arias, ya algo cansado del pesimismo de Nira.

Ella inspira hondo y se queda con los ojos cerrados por un buen rato.

—¿Estás bien?

—¿Bien?... Estoy bien... ¿cómo no he de estarlo? ¡Esto es perfecto!... ¡perfecto! —grita.

Arias se precipita a la parte delantera de la howdah. Algo le ha llamado la atención.

—¡Mira esto, Nira! Creo que llegamos al final del túnel.

Nira chasquea las riendas del bisgón. El animal avanza por el canal. A lo lejos ven una luz que se asoma por el interior del desfiladero. Al llegar a la salida, quedan ante un vasto desierto: el gran desierto del Énibes.

Arias mira a su hermana, nervioso.

—¿Nada? ¡Aquí no hay nada! —grita Nira decepcionada.

—No sé qué estabas esperando —replica Arias, encogiendo los hombros—. ¿No son estos los escenarios de tus novelas de aventura? Yo pensaba que los conocías, que querías visitarlos.

—Visitarlos sí, ¡en mi imaginación! —Nira hace otra pausa para tratar de calmarse—. Creo que es hora de tomar un descanso, ¿no crees, hermanito?

Arias asiente para complacer a su hermana, aunque preferiría seguir andando. Le alegra ver una sonrisa en el rostro de Nira.

—¡Oh, Arias, los dulces de Marcelo! Búscalos —dice ella con entusiasmo, imaginando que ya está saboreando la mermelada explotando fuera de la comisura de sus labios, más la sensación crujiente de la galleta de hojaldre al morderla.

Nira se percata de que Arias no se ha molestado en buscar los dulces.

—¿Y? ¿Acaso no me escuchaste? ¡Búscalos!

—Nira… lo… lo siento… —dice Arias cabizbajo, con la voz tan queda que ella apenas lo escucha.

—Que sientes ¿qué? ¿Los perdiste? —escupe Nira, con los ojos tan abiertos que parecen a punto de saltar de sus cuencas para apuñalarlo.

—Me los comí… aquella noche que estaba molesta contigo.

—¡¿Qué?! ¿Cómo pudiste ser tan egoísta? ¡Tan desconsiderado! ¡Eso era el último recuerdo que tenía de Marcelo y tú me lo robaste! —Nira se pone a llorar y le da un puñetazo en el pecho a su hermano—. ¡Tú, que ni siquiera te despediste de él!

Arias no llora porque se prometió no volverlo a hacer frente a Salomeno, Marcelo y su hermana, pero ganas no le faltan. Nira detiene su bisgón y mira a su hermano, amenazante.

—Arias, lárgate.

—¿Nira? —pregunta el joven, confundido.

—¡Que te vayas!

—¿A dónde quieres que vaya?

Las lágrimas ahora son casi imposibles de aguantar, pero Arias hace su mejor esfuerzo.

—No sé. Yo solo sé que no te quiero aquí —dice Nira, mordiéndose las muelas para no volver a gritar. Arias no dice nada más. Prepara un saco con sus cosas y desmonta.

—Ven, Aguja —llama a su fausno mientras solloza y camina hacia el desierto.

—Arias… —llama Nira con un tono más calmado. Su hermano sigue caminando—. Arias, no seas tonto, no voy a dejar que vayas solo por el desierto. Regresa.

Arias gira hacia su hermana y se dirige de regreso al bisgón.

—¡Ah, no! ¡Pero aquí no te quiero! Te vas al otro bisgón.

—¿Con los fausnos? ¡Apesta mucho ahí adentro!

—Ese será tu problema. Ya te dije, aquí no te quiero. Traidor.

En esos malos ánimos cabalgan los siguientes tres días de camino a Yera, cada uno en un bisgón diferente. Nira, que conoce el área gracias a sus libros, sabe que se están acercando. La arena se ha tornado negruzca como el carbón. Yera se conoce por sus murallas blancas y enormes, rodeadas por un desierto negro y árido. Nira leyó en su libro de exploradores que era como un pequeño grano de azúcar sobre el lomo de un cuervo.

Los hermanos no hablan en lo que resta del camino, hasta que finalmente ven algo que les apacigua el rencor:

—¡Arias! ¡La ciudad de Yera!

12

LAUREL

Las monumentales murallas de Yera dejan sin aliento a los hijos de los soles, con sus veinte metros de altura y cinco de grosor. Estas resistieron los ataques de los áridos, niberos y jóricos. Nira observa, extrañada.

—¿Qué pasó con todo el color, las enredaderas de plantas exóticas, los murales, los mosaicos…? —se pregunta en voz alta mientras se acerca más a la ciudad en su bisgón. Había leído que la ciudad en su época de esplendor tenía los muros pintados de color hueso, con brillantes detalles dorados y azules. El blanco de sus paredes ha desaparecido, dejando desnudas a las murallas de piedra sobre un vasto desierto negro. La ciudad es un vestigio de lo que describían sus libros.

—Yo la encuentro inmensa —responde Arias.

—Sigue siendo enorme, pero es como si alguien le hubiera

arrancado el alma a este lugar. —Nira detiene a su bisgón y prepara los materiales que necesitarán al entrar a la ciudad.

—Yera está bajo la custodia de los dairios, ¿no es así? —pregunta Arias—. No veo la bandera de la casa por ninguna parte.

—Los níveos le otorgaron esta ciudad a los dairios hace más de mil años, si la memoria no me falla. Esta ciudad está repleta de nobles. Tengo mucha curiosidad de ver cómo son —dice Nira al desmontar. Raisa baja del carromato para seguirla y su ama le ata una cadena al cuello.

—¿Cómo les llamaba Marcelo a los nobles? ¿Los flamboyanes? —ríe Arias—. Decía que siempre estaban sobrevestidos, con atuendos extravagantes y maquillaje blanco en la cara.

—Esos maquillajes los usan para aparentar que tienen la piel lechosa, como los pálidos —explica su hermana.

—Qué asco, quererse parecer a los níveos. Esos nobles son unos cabizbajos. Con el fin de tener una pequeña porción de las riquezas de los pálidos, están dispuestos a vender a su propia gente —escupe el niño, rabioso.

Un grupo de tres hombres a cabao pasa cerca de los gemelos. Miran a Arias y Nira con unas caras que no denotan buenas intenciones.

—Creo que es mejor que dejemos a los fausnos aquí amarrados —interrumpe Nira—. No queremos que nadie se acerque a los bisgones y nos robe nuestras pertenencias.

Al percatarse de los fausnos, los extraños deciden seguir su camino sin importunar a los niños.

—¿Listo? —pregunta Nira. Arias asiente y ambos parten a la entrada de la ciudad.

Un gran tráfico de personas les pasa por el lado, en su gran mayoría gente que escapa de la ciudad. Arias y Nira desconocen la razón; esperaban que alguien los detuviera en algún momento para pedir sus credenciales antes de permitirles el paso, como es costumbre en cualquier otra ciudad; de hecho, Salomeno puso mucho empeño en conseguirles unos pasaportes que adquirió de forma ilegal, pero nadie les pide nada, como si la ciudad no estuviese vigilada. Está abierta y expuesta para cualquiera que desee entrar, una bendición para los hermanos, que se adentran como si fuera su casa.

—¡Yera es enorme! —exclama Arias.

Nira no responde de inmediato: su atención está depositada en lo que antes fueron las gigantescas puertas de Yera, que ahora están hechas añicos, con gruesas astillas de madera regadas por todas partes.

«Algo terrible pasó en este lugar», se dice la niña al recordar una ilustración de la puerta en su libro. Llevaba el emblema de los dairios: la testa de un fausno con las fauces abiertas, mostrando sus colmillos. Estaba grabada en madera y bañada en oro. El fausno era venerado en estas regiones del Énibes, antes de que la gente olvidara venerar a los dioses.

Finalmente, Nira presta atención a lo que hay en el interior de la ciudad. La encuentra vasta y hermosa, aunque no tanto como debió serlo más de mil revoluciones solares atrás. Ante ellos hay una fuente que cubre una gran parte de la plaza y que solía darle la bienvenida a aquel que visitara lo que antes era una ciudad deslumbrante. Ahora la fuente es una sombra de lo que era: está ennegrecida por la mugre que le ha dejado el tiempo y en lugar de agua tiene hojas secas. Solía estar coronada con una lustre estatua de un rey antiguo que dirigía a su ejercito a una conquista bélica; ahora solo queda su cabao, con el jinete desaparecido del torso para arriba. Así luce el resto de Yera: donde debería haber algo, siempre falta. Donde estaban los templos para adorar a los dioses, solo quedan mercados y talleres de trabajo. Donde estaba la librería, que era la más grande del Énibes, ahora solo hay un establo repleto de mierda de animal. Donde había oro en las paredes, ahora solo existe piedra negra desgastada. Los frescos han sido fracturados, destruidos o extraídos. Todas las estatuas descritas en las leyendas que leía Nira han desaparecido.

De todas las estatuas de Yera, la más impresionante fue la de Stafórd Aurtemio Séptimo, que era inmensa, del tamaño de un edificio, y solo sobrevive su pie derecho. Sobre el corte del tobillo está parado un hombre semidesnudo, no de piedra sino de carne y hueso, cubierto con una sucia sábana. Es tan delgado como una caña, de barbas canosas y encrespadas, ojos dementes y embriagados de terror.

—¡Ya se había escrito! —grita el viejo, agitando sus brazos—, ¡los dioses están echando su furia ante ustedes! ¡El fuego quemará sus hogares, los gigantes níveos tomarán a sus mujeres y sacarán a sus hijos de sus vientres para devorarlos! ¡Humíllense ante Sulus, porque solo él enviará a su hijo! ¡El hijo del sol, que hará ceniza todo este pecado! ¡La nueva gestación llegará!

El hombre alza las manos al cielo, su sábana se revuelve con el viento, revelando sus genitales por accidente.

—¡Cállate, viejo loco! —grita un hombre al lanzarle una piedra que le da en el costado, dejándole una marca de sangre—, ¡nos vas a matar con tus disparates!

—¡Páteras te juzgará! ¡Vendrán los trece demonios del Énibes y te llevarán directo al sol! ¡Arderás hasta que te hagas polvo!

—¡Bájate de ahí, bellaco! —grita una señora, y tira del hombre por su sábana. El viejo le responde con una patada en la cara.

—¡Sulus enviará a su hijo! ¡Y los dejará morir por infieles! —grita.

Otras personas se juntan para bajarlo del tobillo de Stafórd Aurtemio. Al tirarlo al suelo, le dan una paliza. Los niños solo alcanzan a ver puños, patadas, piedras y garrotes por parte de la muchedumbre, que se amontona alrededor del loco profeta.

—El hijo de Sulus —repite Arias, paralizado—. ¿Cómo voy a decirles que soy el hijo de Sulus? ¿Sulus mismo hecho carne? Este pobre ha pagado caro por profetizar. Solo hizo mención de mí y ve lo que pasó, Nira. A nosotros nos descuartizarían.

—Eso no va a pasar, ¿sabes por qué? ¡Porque no vas a decir nada de eso! —ordena Nira—. Y él no estaba hablando de ti, bobo. Lo que sea que este viejo estuviese diciendo, no parte de la misma idea que Salomeno fomenta. Existen muchos profetas, y varias versiones de lo mismo por todas partes. Queda claro que lo que venimos a ofrecer aquí no es nada nuevo. No somos especiales para esta gente. Es hora de que te acostumbres a la idea de que no eres tan especial como lo eras en Savana.

—Yo pensaba que íbamos a ser una novedad —lamenta Arias.

—¿Pensabas que se iban a lanzar a tus pies con tan solo llegar aquí? ¿Que levantarían un templo en tu nombre? ¡Qué vanidoso eres! —señala Nira riendo.

—Puede que seamos la excepción —refuta Arias—. A pesar de todo, esos falsos profetas son solo unos charlatanes, unos intrusos. No como nosotros.

—¿Ellos, tú dices? ¿Estás seguro? Ese viejo se veía bastante convencido. Más de lo que te veo a ti. Él estaba dispuesto a morir por lo que cree; eso no lo hace más ni menos cierto de lo que crees tú. Yo no estoy de ánimos para recibir el mismo trato que él, y me imagino que tú tampoco.

Nira cree que nada quebranta el optimismo de su hermano, aunque a veces duda que se trate de optimismo: él tiene demasiados complejos como para ser un optimista. A Nira no le deja de impresionar que a pesar de que Arias se reproche tanto a sí mismo y reciba pérdida tras pérdida en su vida, su resiliencia no le permita rendirse ante el fracaso. Todo lo contrario. Lo fortalece. Como si cada dolor le reafirmara su propósito. Ella no puede comprender esto, pues cada pérdida le provoca lo opuesto: un deseo profundo de abandonarlo todo.

—Nira, el medallón —le recuerda Arias—. ¿No crees que debes ponértelo?

—Ah, sí. Lo tengo aquí conmigo, guardadito. —Rebusca dentro del bolsillo, saca la medalla y la examina. Pasa la yema de sus dedos sobre el relieve en forma de mapa del continente de Jobos y por el borde, que tiene nueve estrellas representativas de las nueve tribus originales de Énibes y Óspides y un grabado en letras desgastadas: Aleiú Ameá, o «tierra de Amaáh».

—Nos sería bien útil encontrar a ese contacto —dice Nira al tiempo que se pone el collar—. En especial después de presenciar lo que le hicieron a aquel viejo loco.

—Me pregunto cómo será ese contacto… ¿Quién será? —pregunta Arias, mirando con disimulo a las personas a su alrededor—. Podría ser cualquiera, ¿qué te parece ese?

—Muy bajito —bromea Nira.

—¿Qué tal ese otro?

—Demasiado feo.

—¿Y ese?

—Muy bruto. A Salomeno no le agrada la gente bruta.

—¡Ja! Pues yo creo que va a ser un guerrero —asegura Arias—. Sí, definitivamente es un guerrero. Con él podríamos cruzar muchas de las aldeas, luchar muchas batallas.

—Yo creo que va a ser otro viejo —discrepa Nira—, alguien como Lares. A Salomeno le gusta andar con personas más inteligentes que él.

—Podría ser un espía —añade Arias con entonación siniestra.

—O un pirata… Salomeno decía que merodean muchos por aquí, traficando tesoros de las islas Crestas.

—¿Te imaginas, Nira? ¡Un pirata! —exclama Arias, emocionado y volteando a todos lados para ver si logra ver uno.

—Lo lamento, hermanito, pero la vida suele ser mucho más aburrida. No creo que sea un pirata ni un espía. Será un viejo soso como Salomeno, alto y sabio, bien arreglado y perfumado. Sí, eso es compatible con abba. Un viajero bien conectado con el mundo, con una barba bien peinada, rodeado de oro y reliquias.

—Sin duda suena a lo que podría ser el mejor amigo de Salomeno —ríe Arias.

De pronto, Nira nota un edificio a las espaldas de Arias.

—Me interesa ver qué hay en ese templo —comenta, señalando las columnas que sostienen la edificación. Los techos tienen unas bóvedas de garnito deslumbrantes. Mil revoluciones solares atrás, el templo lucía un sinnúmero de estatuas dedicadas a los dioses que la civilización en poder de ese momento veneraba. Ya no queda recuerdo de ellas. El edificio ha estado vacío por tanto tiempo, que no existe memoria en Yera que recuerde su esplendor.

Arias sube las escalinatas con el cuello erguido, contemplando la altura del techo. Cada pisada resuena por las paredes, atrayendo la atención de los presentes, cosa que Arias y Nira preferirían evitar.

—Parece que han convertido este templo en un taller de sastrería —susurra Nira al ver gente transitando con herramientas de confección y rollos textiles tan pesados, que requieren de tres personas para transportarlos. Al fondo del edificio, donde antes descansó un ostentoso altar, hay decenas de sastres laborando encorvados, tejiendo una sola pieza color sangre. Desde la perspectiva de los niños, es como si se derramara por las escalinatas a una larga distancia. Sus diseños están tejidos minuciosamente y entre las costuras cuelgan lo que parecen ser diamantes.

—¡Es un vestido para los pálidos! —exclama Arias con un tono más alto de lo debido. Nira le pellizca el brazo para callarlo.

—¡Shh! ¿No te dije que tenías que ser discreto?

Arias se acerca a la cola del vestido para apreciarlo mejor.

—A primera vista pensé que esas piedras preciosas eran diamantes... ¿Son lo que creo que son?

—Dientes, miles de ellos, posiblemente cientos de miles —dice Nira con horror—. ¿Qué clase de criatura usaría partes del cuerpo de una persona para adornarse?

—Me dan asco —sisea Arias, con un sabor amargo en la garganta. Ve a uno de los sastres que lleva dos cubetas con más dientes que chasquean en el interior a cada paso. Están pulidos de tal forma, que parecen piedras preciosas—. ¿Por qué vestirían a esos monstruos? Mira el tamaño de esa cosa... Por lo visto es cierto: esos níveos son gigantescos.

—¿Qué alternativas tienen, Arias? Deben estar obligados a hacerlo —replica Nira en voz baja.

—Pues parece que lo están disfrutando. Vámonos de aquí —dice Arias retorciendo el rostro, como si se aguantara las ganas de salir a toda velocidad.

Al bajar la escalinata, los gemelos se topan con tres individuos que miran con detenimiento el medallón que pende del cuello de Nira. El semblante de ellos no proyecta nada de confianza. Arias y Nira deciden proseguir con cautela mientras que los extraños se susurran cosas siniestras al oído, sin dejar de seguir con la mirada a los gemelos.

—Procura tener cuidado, Arias. Observa todo como si tu vida dependiese de ello. Pero no mires a nadie a los ojos.

Ya es demasiado tarde para Arias. Sus ojos están fijos, sin intención de cambiar de dirección, mas no en los hombres siniestros que podrían atentar contra ellos, sino en una chica de trece revoluciones de edad. Su piel es clara, en contraste al resto de habitantes de Yera; su cabello es de un brillante color cobre y está dividido por la mitad, sujeto en dos trenzas. Las puntas están desgreñadas. Sus pestañas largas y curvas enmarcan sus ojos de un amarillo intenso, grandes y caídos, pero también los más hermosos que Arias haya visto, llenos de vivacidad. El chico encuentra irresistible la gran cantidad de lunares en ese rostro, puestos todos en los lugares más perfectos. Tan pronto logra estudiar su sonrisa, que está dirigida a él, la muchacha desaparece entre la multitud.

—¿Y a esa qué le pasó? ¿La espantaste? —bromea Nira mientras abraza a su hermano por la espalda.

—Ay, ya. ¡Quítate! —remolonea Arias, abochornado.

—Anda, Arias, te doy permiso de que te enamores si así no abres la bocota y provocas que nos maten, ¿eh? ¿Sabes?, ya tengo hambre, sobre todo porque te comiste los dulces de Marcelo —acusa Nira a su hermano, que evita mirarla de regreso, avergonzado—. Bueno. Ya pasó. ¿Qué te parece si compramos algo y nos lo comemos ahí, con ese grupo de personas? Podemos escuchar lo que hablan y así nos enteramos de qué cosas piensan los locales. Si es que piensan algo en absoluto.

—No es mala idea.

Al llegar al mercado, compran cuanta comida les cabe entre las manos: carnes, panes, dulces, frutas y verduras, y se sientan entre un grupo de hombres que come sobre unas alfombras.

—¿Dónde estarán las mujeres de aquí? —observa Nira.

—Supongo que cocinando la comida que ellos comen —contesta Arias mientras pone su plato en el piso, pasando juicio no de los hombres, sino de cuál bocado se va a meter primero en la boca.

—Este lugar no es como Savana, eso seguro —dice Nira, recordando que Salomeno había hecho de su tierra un lugar mucho más inclusivo.

Arias nota que uno de los hombres mira con obsesión el medallón de su hermana. Se pregunta si este individuo podría ser el contacto, lo cual resultaría decepcionante: se ve demasiado ordinario, no como él y su hermana lo imaginaron. Pero Arias no tarda en darse cuenta de que esa no es la persona a quien buscan, ya que se pone nervioso y tembloroso, como si el medallón lo espantara. De súbito, el susodicho se incorpora de un salto y se retira, abandonando su comida.

—¿Qué le ha pasado a Marcieiro? —pregunta uno de los hombres. Arias y Nira prestan atención—. Parece que lo espantó un demonio.

—Déjalo ir. Ese lo que trae son problemas —contesta otro—. A ver, ¿cómo ha seguido tu mujer?

—Mal, acaba de perder a su cuñado. Es la tercera persona que perdemos en la familia por la fiebre.

—¡Qué horror! Cielos. Esa fiebre no ha perdonado a nadie que trabaje en los establos con los esclavos. Ese es el precio a pagar por traer tanto esclavo enfermo y barato.

—Los dairios deberían hacer algo para proteger a sus trabajadores, no exponerlos de tal forma.

—No deberían tener esclavos en primer lugar —interrumpe Arias. Nira se queda paralizada: le aterra lo que pueda hacer su hermano.

—¿Y qué pretendes que hagamos, duende? ¿Que rehusemos el pan y el agua? —brama el hombre—. Todos tienen que trabajar, en especial los esclavos. Aquí, el que no trabaja pierde sus manos, para que estas terminen siendo trofeos para La'Mourg. Yo preferiría ofrecerle a un mocoso como tú, que se entromete en lo que no le importa.

Arias se pone de pie y se retira del grupo para evitar el escarmiento de su hermana, que viene, seguro. Aunque no deja de estar atento a lo que hablan los hombres.

—Como te decía, esos eran los dairios. A ver cómo nos va con los gongoleses; solo Páteras sabe.

«¿Gongoleses?», piensa Nira, extrañada. Sabe que estos no provienen del Énibes; son un grupo de clanes rebeldes distribuidos por el Óspides, al este del continente de Jobos.

—Los gongoleses no van a durar aquí —añade el hombre—. Ninguna de esas rebeliones lo hará. Son unos alborotados que buscan problemas. La'Mourg los aplastará antes de que se pongan cómodos aquí. Yo solo temo por lo que harán entre ahora y el momento en que les toque ser aniquilados.

—Disculpen, ¿acaso han mencionado a los gongoleses? —interrumpe Nira, tímida—. ¿Qué ha pasado con los dairios? Ellos gobiernan Yera, ¿o no?

—Ahora la chiquilla habla. ¡Al menos esta tiene modales! —bromea el hombre—. Mira hacia allá, entre la sastrería y el burdel. Esos son los gongoleses. Al menos esos son sus superiores. Entre ellos está Remo, su líder. Tomaron la ciudad hace unos días. Aquí hay mucha incertidumbre: nadie sabe quién se queda y quién se va. Y el que se va, se va dentro de una caja, si entiendes lo que digo. Aquí somos todos salvajes, pero ellos son un tipo de salvaje especial. Dicen por ahí que alimentan a sus cabaos con piedras.

Arias interrumpe la conversación con una carcajada, sabiendo que es un mito ridículo.

—Anda, búrlate, muchachito. No te veo durando mucho en esta ciudad con esa actitud. Aquí tienes que permanecer tranquilo o te mueres.

—¿Tranquilo o sumiso? Me parece que valoras más al que te oprime que a ti mismo —lo desafía Arias.

—Lo que mi tonto hermano quiere decir es que la relación del amo con el siervo no es equitativa, y que ya sean los dairios o los gongoleses los que reinen, los tendrán siempre subyugados. El esclavo no reconoce su valor propio.

Arias siente vergüenza ajena. Odia cuando su hermana habla como un libro que escupe palabras.

—¿Tú entiendes lo que dice esta jovencita, Truco? —pregunta el hombre.

—No. Lo que escuché fue un enredo. Pero si insinúas que somos esclavos, no es así. Nosotros trabajamos demasiado duro para ganar lo que tenemos —le responde Truco.

—Trabajan duro para sobrevivir, no para vivir. Porque de no hacerlo perderían sus manos, ¿no habías dicho? —refuta Arias—. Eso no es dedicación, ni trabajar duro. Eso es laborar para escaparle a la muerte. Creo que deben ser libres sin temer al día a día. Las oportunidades se están abriendo a lo largo de Jobos con las rebeliones —argumenta Arias con un tono más respetuoso y compasivo, buscando la oportunidad de empezar a hablarles del proyecto de Salomeno—. Los dairios no deben ponerlos de rodillas; los gongoleses no deben rompérselas. Sus piernas son para sostener su cuerpo, para erguirlo como el tronco de un árbol orgulloso. Solo así podrán enfrentarlos.

Nira no reconoce a su hermano. Es como si su lengua ardiera en fuego y hablara palabras que no son suyas. Podría pensar que son las de Salomeno, pero ella sabe que no es así, que vienen de una parte de su hermano que ella desconoce. Esas palabras las podría producir cualquiera y no causar ningún tipo de efecto; sin embargo, él habla con un carisma magnético que Nira no puede describir.

—Debo admitir que me equivoqué contigo —responde Truco algo asombrado—. Estás loco, muchacho. Pero hablas con una locura que me gusta escuchar.

Arias observa a los gongoleses. Todos están envenenados con licor, gritan en vez de hablar; unos se orinan en las calles, otros agarran a las mujeres de los burdeles como si fueran dulces gratis en una repostería. Su líder, Remo, es el peor del grupo. A Arias le irrita ver cómo trata a sus hombres. Es irrespetuoso y vulgar. Apenas tiene el decoro de aprenderse sus nombres; los tutea o llama con nombres ofensivos.

—Jamás trataría a uno de mis hombres de esa forma —dice Arias, con un sabor amargo en la boca—. Los soldados mueren por su líder, merecen ser tratados con respeto.

Remo podría ser intimidante para cualquier persona, pero no para él. La falta de respeto es tal, que siente que no se trata de alguien que merezca su temor. «Remo el Carnicero», le llaman en el Óspides. Su cuerpo, velludo por todas partes, es de la estatura de un hombre y medio, diría un exagerado de Yera; pura fibra y músculo. Su dentadura perfecta es víctima de una sonrisa grotesca que nunca se le aparta de la cara. Lleva en cada una de sus colosales manos a una prostituta, que atrae de la cintura a su cuerpo sudoroso, tan musculado, que Nira lo encuentra grotesco. Remo envenena los oídos de las prostitutas con groserías.

La atención que Arias le prestaba a Remo no dura mucho, ya que por ahí pasa de nuevo ella, con su cabello de cobre y su mirada flechada en los gemelos, coqueta y juguetona. De pronto, una persona cruza frente a ella y la chica se desvanece.

—Esa muchacha nos está siguiendo —dice Nira.

Arias iba a responder, cuando un horrible chillido los hace pegar un respingo: es uno de los gongoleses, que se ahoga entre alaridos. El resto de soldados se revuelve cual avispero, desenvainando sus armas con una confusión que es compartida por todos los presentes. Otro de los gongoleses cae de rodillas con el pecho empapado en sangre, sobre él está encaramado un hombre que le perfora la espalda con una cuchilla. Llegan uno, tres, seis atacantes armados también con cuchillas; cada uno se encarga de una víctima. Las apuñalan sin piedad. Atacan a soldados, nobles y cualquier otra persona que por mala suerte se encuentre en su camino. Otro grupo asesina a un montón de nobles que salía de uno de los mercados, y ese grupo es liquidado al poco tiempo por los gongoleses. Remo mata a uno de los asesinos a puñetazo limpio, magullándole el rostro y dejándoselo irreconocible.

—¿Qué demonios está pasando, Arias? —pregunta Nira, aterrorizada.

Arias empuña su sable de virilio, pero antes de que haga algún gesto violento, su hermana lo toma del brazo y se lo lleva corriendo.

—¡Corre, Arias, por ahí! —demanda azorada, corta de aliento.

Los gemelos se adentran por una calle estrecha entre dos edificios solitarios. Nira esconde el medallón dentro de su camisa, siendo este un mal momento para llamar la atención.

—Pero, ¿qué tenemos aquí? —dice una voz con tono áspero que de pronto se materializa en la figura de un hombre que sale detrás de un muro. Junto a él viene otro. No son del mismo grupo de los hombres con cuchillas; llevan estoques en las manos. Nira los reconoce como algunos de los primeros extraños que los andaban espiando antes de entrar a la ciudad.

—¿De dónde han sacado ese medallón?

Los hermanos no responden, solo dan pasos torpes hacia atrás. Arias trata de proteger a su hermana con su pequeño cuerpo, empuñando de nuevo la espada de virilio, esta vez con la intención de usarla.

—Arias, si los matas no saldremos vivos de aquí —le advierte Nira mientras recoge rocas para ahuyentar a los agresores.

—Si no los mato, vendrán por nosotros.

—¿Escuchas eso, Bou? Hablan de matarnos —bufa uno de los hombres mientras se limpia la mugre de sus uñas con la punta de su estoque.

—¡Atrás! ¡No dudaré en usarla! —ruge Arias.

—A ver, a ver. Puedo dejarlos ir si me dicen de dónde sacaron ese medallón. O si nos dicen qué llevan escondido dentro de esas howdahs que cargan los bisgones.

—¡Lárguense! ¡No les voy a advertir una vez más! —demanda

Arias, recordando con su agresividad a la de un fausno. Aprieta el mango de su sable con fuerza; está a punto de revelarlo.

La sonrisa de los hombres se disipa en un instante, y con las caras atontadas, se retiran acobardados, sin dar explicación.

—Pero, ¿qué ha pasado? —pregunta Nira, confundida.

—Estoy tan sorprendido como tú. ¿Acaso me cogieron miedo? Aquí la gente actúa de un modo tan raro... Desaparecen tan pronto como aparecen.

Arias y Nira se dan la vuelta para regresar al casco de la ciudad, ya que los gritos se han calmado. De improviso, como si no fueran ya demasiadas sorpresas, allí está ella otra vez, no a lo lejos, observándolos para luego perderse entre la muchedumbre, sino de frente, demasiado cerca. Tanto, que podían oler su perfume de flor.

—¡Hola! Me llamo Laurel.

13

LA INDOMABLE

—Tú debes ser Arias —dice Laurel al presionarle el pecho con su dedo índice, dejándolo perplejo.

—¿Cómo sabes…? —preguntan los gemelos al unísono.

La pelirroja ríe como si le hicieran cosquillas.

—Tu hermana te estaba llamando «Arias» hace un momento. No sé, me pareció un poco obvio.

—Claro… —admite Nira, sin saber qué más decir.

Laurel esboza una sonrisa que embelesa a Arias. Es magnética; no puede entender por qué le resulta tan poderosa. No es una sonrisa simpática, ni de esas que buscan aprobación. Es simple, graciosa y juguetona, una que deja ver todos los dientes.

—Deberían tener más cuidado. Al parecer yo no soy la única persona que los ha estado observando. Esta ciudad no es acogedora con los turistas. Es decir: es bien atenta con ellos, pero de la forma más mortífera posible —aclara Laurel, agravando su tono de voz para aterrarlos.

—¿Sabes por qué nos han estado observando tanto? —pregunta Nira.

Laurel arquea las cejas y la mira de reojo, como si le hubiera hecho la pregunta más tonta del mundo.

—¿Cómo empezar? Porque la lista es bastante larga. —La muchacha empieza a gesticular con la boca y los dedos como si contara en silencio—. A ver. Dos chiquillos solos, con un aspecto que, si ustedes me disculpan, no es de alguien de aquí. Nosotros en Yera somos más elegantones, ¿ven? —pregunta Laurel con sarcasmo, señalando su caótico atuendo de colores brillantes y chocantes, con un mango de una camisa y el torso de otra; los pantalones son de dos diferentes piezas y dentro de ellas están sus piernas flacas, mugrientas y llenas de moretones.

»¡Ah! Y cómo olvidar a los bisgones gigantes con la howdah y ese carromato enorme. ¡Esos sí que me tienen intrigada! Pero no se preocupen, que ejecutaron su plan a la perfección; esos bisgones no le llamarían la atención a nadie en absoluto, sobre todo con esos dos fausnos hermosos, que parecería que… ¿protegieran algo valioso? —Laurel rompe a reír, burlona—. Debo darles crédito. Es una idea excelente: nadie se les va a acercar con esas bestias sirviendo de guardianas, a menos que lleven consigo un rifle para matarlas.

Los hermanos se sienten estúpidos.

—En realidad, les miento. Nada de eso me interesa. Lo que sí me llamó la atención fue este joven varón tan guapo. Este hombrecito —ríe Laurel, y toca con el índice la punta de la nariz de Arias, congelándolo como si su tacto convirtiera todo lo que toca en hielo—. Creo que mentí otra vez. Me parece que lo que más me atrajo fue esa medallita que tiene tu hermana en el cuello.

—Mi medallón, ¿lo reconoces? —inquiere Nira con los ojos bien abiertos.

—No. Pero se ve muy bonito —replica la pelirroja, encogiéndose de hombros.

—¿Y tú, Laurel? —pregunta Nira—. ¿Quién eres? ¿Qué haces aquí?

—¿Qué hago aquí, preguntas? ¡Esta es mi casa! ¿Qué hacen ustedes aquí?

—Hum… venimos a… vender mercancía —miente Nira.

—¿Y de dónde vienen?

—… ¡Ach!... La aldea de Ach.

—¿Y sus padres?

—Ennn… ¿Nnnnhur? —improvisa Nira—. ¡Nos separamos en Nhur! Ellos están vendiendo víveres allá. No deberían demorarse en regresar.

—Y ustedes están aquí solitos, muy lejos de Nhur, vendiendo algo también, supongo. ¿Qué venden ustedes?

—¡Icoteas! —miente Arias, finalmente aportando algo en la discusión. Nira hubiera preferido que se quedara callado. Era obvio que no llevaban ninguna icotea con ellos—. Son… son bien pequeñitas… —dice Arias con el rostro avergonzado.

Laurel disfruta ver cómo los gemelos se enredan entre sus excusas y mentiras. Salomeno les había explicado cómo contestar a preguntas como esas, pero por alguna razón, se ven incapacitados de decirle algo útil a la muchacha.

—¡Ahora me toca a mí! —dice Laurel—. Yo vengo de ese castillo que ven allá arriba. —La muchacha señala un edificio piramidal en medio de la ciudad—. Ese solía ser el hogar oficial de los reyes en la antigüedad; ahora es la residencia de los nobles. Sé que no lo parece, pero tengo sangre noble —asegura con el pecho inflado y un orgullo fingido.

—¿Y por qué ya no vives ahí? —pregunta Arias—. ¿Qué ocurrió?

—Allí no me quieren desde hace tiempo. Me solía escapar de vez en cuando hasta que llegó el día en que ya no me quisieron más. Decían que yo les daba mucha vergüenza, que los hacía quedar mal con mis fechorías.

—Y tus padres, ¿qué pasó con ellos? ¿Dónde están? —pregunta Nira.

—Ellos eran nobles también.

—¿Eran? —pregunta Arias, extrañado.

—Los gongoleses los acaban de ejecutar a ambos.

—¡Qué horror! —exclaman los gemelos.

—Bah… No me hacen falta. De hecho, es algo emocionante. Eso me ha convertido en una huérfana. Siempre quise tener un título propio: «Laurel la Huérfana». ¿Qué les parece?

Arias nota que cada vez que la muchacha sonríe, lo hace con una mueca diferente, cada una de ellas transmite una sensación distinta.

—Te hemos visto dando vueltas por todo Yera —indica Nira—. ¿Qué andabas haciendo?

—¡Vendiendo secretos! Eso es lo que hago, ¡vender secretos! Ahora mismo podría decirle a cualquier interesado que ustedes son de la aldea de Ach, que sus padres están en Nhur vendiendo víveres, y que ustedes venden icoteas… oh, perdón. Quise decir: «unas icoteas bien pequeñitas» —bromea mirando a Arias—. Podría venderle a todo el que pague unos buenos rigales por todos sus secretos. Ustedes me lo hicieron demasiado fácil. Los chismosos aquí pagan bien y esta ciudad, amigos míos, es la ciudad de los chismes.

Arias y Nira se quedan paralizados otra vez. Ahora están aterrados de lo que pueda decir Laurel.

—Pero sin duda se burlarían de ustedes —continúa la muchacha—. Esas mentiras no los convencerían de nada.

—Por favor, no digas nada. No queremos problemas —suplica Arias.

—Lo pensaré.

Laurel hace una pausa y torna su atención a la espada de Arias.

—A ver, hombrecito, ¿qué es eso?

El impulso de Arias actúa antes que su intuición, y sin pensarlo, toma la espada de virilio y se la acerca a Laurel.

—Es mi espada de virilio, un arma muy peligrosa. Solo debe usarla un espadachín profesional —indica con suma seriedad, tratando de impresionarla. Nira, en cambio, no sabe si matar a su hermano o salir corriendo.

—¿Me la alcanzas? —le pide Laurel—. ¡Guau! ¡Qué liviana!

—¡Arias! —regaña Nira.

—¡Shh! El hombrecito tiene algo importante que enseñarme.

Arias, con una sonrisa coqueta, sabiendo que sorprendería a Laurel, empieza a desvestir al sable de la vaina.

—Pero ¡esa cosa está hecha de cristal! —bufa Laurel—. Esta porquería se rompería del primer golpe que des con ella, hombrecito.

—Esto es virilio, no cristal —corrige Arias con altivez—. Es una especie de diamante. Más duro que cualquier metal en el mundo entero.

—¡Carajo, Arias! ¡Ya es suficiente! —interrumpe Nira, pero Laurel le impide el paso con su cuerpo.

—Nah… ¡Me las estás jugando! Ja, ¿me ves cara de pendeja, hombrecito? A ver, desde más cerca. —Laurel ve cómo la hoja de virilio centellea una luz que se refleja en sus ojos—. Al menos te puedo admitir algo: tu espadita podrá ser una porquería, pero está bien bonita —dice al pasar los dedos sobre la superficie plana de la espada.

—Corta… —advierte Arias, nervioso.

Los dedos de Laurel se deslizan a lo largo de la hoja hasta que roza la superficie del mango, haciendo contacto con los dedos de Arias. El corazón del niño se detiene y vuelve a hacer marcha a toda velocidad. Laurel, de improviso le muerde la punta de la nariz a Arias, dejándole una marca morada.

—¡Auch!

—¡Ja! ¡Demasiado lento! —ríe la muchacha tras arrebatarle la espada de las manos y blandirla frente a los niños para apartarlos; el bello silbido que provoca la hoja de virilio al cortar el viento la toma por sorpresa y la impresiona. En menos de dos segundos, la chica se esfuma por la ciudad, corriendo con la espada empuñada.

—¡Corre, imbécil! —le grita Nira a su hermano, lanzándose ella misma en persecución. Arias sigue atontado, parado donde Laurel lo dejó. Al fin espabila y echa a correr tras la andrajosa ladrona.

Laurel cruza la ciudad cual celaje. Con gran dominio y gracia se agacha, salta y se escabulle por todo recoveco que se le presenta. Los gemelos, por el contrario, se tambalean y tropiezan hasta con ellos mismos; tumban y rompen cuanta cosa la chica ya evadió con destreza, ganándose los gritos e insultos de los vendedores de la calle. A Laurel le resulta gracioso escuchar a sus espaldas el golpeteo de las sandalias de los gemelos chocando contra sus talones al correr.

—¡Atrás, forasteros! —grita Laurel, enmascarando una cándida sonrisa. Agita el sable de Arias de todas las formas posibles, menos como un buen espadachín lo haría—. ¡Un paso más y os degollaré el pescuezo!

—¡Laurel, ten cuidado! —exclama Arias, nervioso—. Es bien filosa y podrías picarte un brazo. Ya te dije que esa espada solo la debe manejar un profesional.

—¿Un profesional? —pregunta Laurel apartándose, y finge que se siente ofendida—. Yo soy «Marcedor de los Mamabrachos». ¡No temo a vuestra merced y mucho menos a una espada!

Laurel blande la hoja de nuevo sin ningún tipo de cuidado, cortando columnas, vasijas y trastes a su alrededor. Un estruendoso golpe se escucha cuando el techo de un quiosco se desploma a sus espaldas.

—¡Guau! ¡¿Vieron eso?! —ríe la chica, agitada por la emoción. Arias y Nira están espantados—. Oigan, ¿quieren ver algo? —inquiere Laurel mientras devuelve la espada a su dueño de forma descuidada para luego retirarse, dejando detrás su ligero aroma a flores y grama recién cortada.

Para alivio de los gemelos, Laurel decide caminar en vez de correr.

—Arias, no sé si debemos confiar en ella —le musita Nira al oído.

—Yo tampoco sé, pero ya estamos aquí. Pienso que nos podría ayudar a conocer más a este lugar.

—Me encantaría creerle. Fuera de que está un poco loca, me cae muy bien. Solo estate pendiente y no le des más información sobre nosotros, ¿sí?

Laurel se pone entre los niños, fingiendo que está furiosa.

—¿Acaso han escuchado alguna palabra de lo que les he dicho? ¿Qué están tramando? ¿Están pensando traicionarme o algo así? No se los recomendaría.

Arias y Nira no saben si Laurel bromea o habla en serio.

—Perdona, Laurel. Estábamos hablando de nuestros padres —miente Nira—, tememos que lleguen a Yera y no nos encuentren por estar merodeando por ahí.

—Bien, pues si se quieren ir, váyanse —replica Laurel cortante, tomando a los gemelos por sorpresa.

—No, no te preocupes —dice Arias, mirando de reojo a Nira con disgusto—. ¡Podemos acompañarte! Ellos pueden esperar, ¿verdad,

Nira?

—Sí, que más da —contesta Nira con falso desinterés, ya que le interesa de gran manera seguir compartiendo con la muchacha. La mueca disgustada de Laurel se transforma de súbito en una sonrisa que se extiende de lóbulo a lóbulo.

—¡Pues sigamos! —exclama, contenta.

—Hemos notado que los gongoleses tomaron la ciudad —dice Nira—. ¿Están estableciendo un reinado en Yera?

Laurel se acomoda entre los chicos y posa los brazos alrededor de sus nucas.

—Los gongoleses nunca han tenido un reino, por lo que sé. Están todos separados en pequeños clanes que no están bien organizados. Es un milagro que hayan tomado la ciudad.

—Pero ¿quién gobierna Yera mientras están aquí? —inquiere Nira.

—¿Quién sabe? —ríe Laurel, encogiendo los hombros—. Esos tipos no son buenos administradores, son brutísimos para manejar algo tan complicado como una ciudad tan grande como esta. Por eso prefieren que otros lleven sus ciudades, así que supongo que algunos nobles, bajo amenaza, lo hacen por ellos.

—Eso es una estupidez —desaprueba Arias agitando la cabeza.

—Podría decirse que sí; aquellos nobles que abandonaron la ciudad seguro piensan igual que tú. Todos sabemos que esta invasión no durará mucho, Yera pronto regresará a ser de los dairios y de La'Mourg.

—Sabes bastante, Laurel —dice Nira, suspicaz—. No esperaría algo así de alguien de tu edad.

—Lo mismo podría decir yo de ustedes, que son aún mas pequeños.

Nira prefiere no decir nada más para no seguir exponiéndose.

—¿Qué les hace pensar que debería saber poquito? Qué, ¿acaso piensan que soy bruta porque me veo así de sucia, corriendo por la ciudad con mis zapatos rotos? —reclama Laurel, tomando distancia.

—¡No, para nada! —asegura Arias, casi suplicando; un poco patético en la opinión de Nira—. No le hagas caso a mi hermana. Ella lee demasiado y eso le hace creer que tiene permiso de sentirse superior a todo el mundo. Yo encuentro que… que estás bien.

—¿Qué me encuentras «bien»? ¿Insinúas que soy bonita? —

pregunta Laurel juguetona, acercando su rostro al de Arias, tanto, que él puede sentir su respiración en la punta de la nariz.

—¡No! —grita Arias nervioso, y al instante se abochorna por haber respondido tan alto.

—Ah, ¿así que ahora soy fea? ¡¿Horrible?! —inquiere Laurel, fingiendo, mal, que llora.

—¡No! Quise decir... que sí... ¡Claro que eres bonita! O quiero decir...

—Mejor no le hagas caso —interrumpe Nira con vergüenza ajena.

—Ya no importa, hombrecito. Mira, ¡hemos llegado! —exclama Laurel, extendiendo sus brazos al aire con orgullo—, bienvenidos a mi pequeño rinconcito en la ciudad.

En una esquina poco transitada se encuentra la pequeña tienda, confeccionada con diferentes trozos de telas de colores brillantes. Al entrar, los gemelos se topan con la pequeña recámara, en la que hay cobijas, almohadas, papeles, vestuarios y bisutería por todas partes. Al fondo ven una mesa humilde y desgastada; sobre ella hay un espejo pequeño y un estuche de maquillaje. De un tenderete cuelgan varios peluquines. Arias y Nira están encantados.

—¡Wua! Dibujas muy bien —comenta Arias al contemplar unos diseños plasmados en los papeles regados en la recámara.

—Pues no está terminado aún —responde Laurel, arrebatándole el dibujo de la mano—. ¡Nunca muestres una obra sin terminar! —le indica la muchacha, guiñándole el ojo—. Los invité porque quiero que vengan a mi función. —Laurel saca una pequeña cajuela debajo del escritorio—. Ahora permítanme, tengo que sumergirme en la piel de mi personaje.

Arias y Nira intercambian miradas; la muchacha los ha dejado muy intrigados.

—¡Ey, cierren los ojos! —increpa Laurel de improviso—. Tengo que cambiarme de ropa. ¡No hagas trampa, hombrecito!

Los gemelos obedecen y escuchan a Laurel hacer un reguero. Oyen drapeados revolcándose, cosas que caen al suelo y uno que otro gruñido. De pronto, Arias siente un golpe en el estómago, que lo obliga abrir los ojos.

—¡Au! —grita, y por un instante, ve a Laurel desnuda frente a él, riéndose. Cierra los ojos más rápido de lo que los abrió.

Laurel suelta una carcajada; la reacción de Arias le parece adorable.

—Ya casi… —advierte—. ¿Listos? ¡Ya!

Los gemelos abren los ojos. Si antes estaban confundidos, ahora están completamente perplejos. Ante ellos está Laurel vestida con unos pantalones de hombre holgados y un camisón ostentoso. Esto no es lo más extraño: gana el bigote que lleva puesto, retorcido, alargado y con las puntas apuntando hacia sus ojos. Su cara está torpemente pintada de blanco y sus mejillas tienen dos ridículos círculos rojos. Lleva el cabello suelto, salvaje, dando vueltas en todas direcciones, brillante como la miel. Al ver a Laurel sonreír, Arias y Nira estallan con una carcajada tonta, adecuada a su edad, actitud que hacía tiempo no asumían.

Arias la mira, atontado: puede tratar de verse fea y grotesca, pero por más maquillaje que se ponga, él nunca la verá de tal forma. Puede ponerse una rana en la cara y, para él, siempre se verá hermosa.

—No se rían tanto y díganme, ¿qué opinan? —pregunta Laurel, torciendo sus bigotes.

—No sabemos qué demonios estás haciendo, Laurel —replica Nira, sonriente—. ¡Pero está encantador el señor!

—Nirilla, esto no es un «señor». —Laurel se recoge el pelo y lo acomoda dentro de un sombrero que los gemelos encuentran tan ostentoso y recargado que resulta absurdo y no pueden evitar reírse.

—¿No reconocéis a un noble cuando lo veis? —pregunta Laurel, exagerando el tono.

—Estaba por decirte que eras uno —miente Arias.

—Claro que sí, hombrecito —ríe Laurel con sarcasmo, al momento que se le acerca y le remueve el cabello—. Este es mi más reciente acto, estoy estudiando a mi personaje. Varios amigos y yo solemos hacer espectáculos y obras de teatro callejeras.

—Pensé que habías dicho que te dedicabas a vender secretos —señala Nira, de nuevo suspicaz.

—Ah-ah-ah… te me estás adelantando, Nirilla —le deja saber Laurel, chasqueando la lengua.

—¿Acaso nos has dicho algo que sea cierto? —pregunta Nira, risueña.

—Pero ¿qué insinúa vuestra merced? ¿Que soy una mentirosa? ¡Oh! —contesta Laurel, indignada.

—Y bien, ¿tenías algo que enseñarnos? —interrumpe Arias, buscando que su anfitriona vaya al grano.

—Seguid mi trayecto, pequeños plebeyos. —Laurel sale de su pequeño estudio y emprende la caminata con una falsa elegancia. Los hermanos la siguen de vuelta a la ciudad y notan cómo la gente en la calle ríe con disimulo al verla pasar.

—Pero ¡qué cochinada de lugar! —comenta Laurel, como parte de su acto—, ¡La'Mourg debe venir pronto a decorar esta pocilga!

Laurel los dirige al templo convertido en sastrería donde Arias y Nira entraron al llegar a Yera. Sube los escalones con un bailecito tonto que les causa gracia.

—¿Qué se trae esta? —le pregunta Nira a su hermano.

—No lo sé, pero es graciosísimo.

—¡No, no, no! —grita Laurel de súbito, con un tono despectivo; su voz retumba por el interior de todo el edificio—. ¿A esto llamáis un vestido? Mirad estas costuras, qué horror. Y los patrones, ¡ni decir! ¡Este traje parece que lo ha cagado un dinosaurio! La'Mourg estará furioso —vocifera Laurel burlona, frente al majestuoso vestido rojo que habían visto los gemelos con anterioridad.

—¡Lárguense de aquí, mocosos! —grita el sastre a cargo del taller mientras agita las manos; tiene los labios torcidos del coraje.

—¡Oh! Pero, ¡qué poco gusto! —exclama Laurel sin titubeo alguno —. Con el aspecto que tenéis, no es de sorprenderse que vuestra obra sea tan… tan… atroz como esta. —Ella gesticula hacia el atuendo que lleva puesto el sastre—. ¿Estáis haciendo un vestido para el gran rey La'Mourg el Cuerdo? ¿O estáis vistiendo a su suegra?

El sastre intenta sacar a empujones a Laurel, pero ella se le escabulle entre las manos como si fuera mantequilla. A nadie en el lugar le resulta gracioso. El chiste es solo para ella. Es en ese momento que se aparece en el templo el hombre al que mofa Laurel: un noble de verdad, que viene a revisar el mismísimo vestido que ella criticaba. Es bajo y obeso, va vestido de negro con gran lujo. Su cara está pintada de blanco y sus labios de negro. Dos soldados dairios, bien armados con armaduras de garnito amarillo, se plantan frente a los tres jóvenes.

—Matad a estos niños. Lo menos que necesitamos es que Remo se entere de que estamos trabajando la ofrenda de La'Mourg aquí —ruge el noble—. ¡A ver cuánto reís cuando reguemos vuestras extremidades a lo largo de la ciudad!

Los soldados se acercan con sus alabardas.

—Queridos amigos, ¡esta es la parte en que todos corremos! —anuncia Laurel, rompiendo con su personaje pero con una sonrisa que no se le borra de la cara.

Arias y Nira no corrían tan rápido desde que escaparon de aquel fausno hambriento, pero esta vez la adrenalina es explosiva y jubilosa. En la delantera anda Laurel con su gracioso bigote, corriendo como la reina de la ciudad de Yera, volando como el viento, con una libertad que ambos gemelos envidian, pero que ahora casi pueden tocar. El día es joven y el mundo solo existe para que ellos tres lo conquisten y lo hagan suyo. El peregrinaje, Salomeno y La'Mourg, se queman hoy en el olvido como cera ante el sol ardiente que es su juventud.

Los tres pasan el resto del día haciendo fechorías por la ciudad; recorren lugares prohibidos, husmean en conversaciones ajenas y crean una que otra desdicha a los habitantes de Yera, en especial a los nobles. Pero nada es más emocionante que jugar a los espías con Laurel, saltando de techo en techo y escuchando las conversaciones secretas de los gongoleses. Algo escuchan de que refuerzos gongoleses llegarían pronto a poner orden en la ciudad para así prevenir otros atentados como el del centro de la ciudad esa tarde. Cosas como esta no le preocupan al trío: su mente está puesta en la próxima aventura. Nira está alegre por su hermano; no lo veía así de contento hacía muchísimo tiempo. Sin duda, Laurel revivió algo del niño que había muerto dentro de él después de la ejecución de Valdimir. Ella también se siente gozosa, siendo la primera vez que vive en carne propia la libertad con la que siempre soñó. A pesar de que está en una ciudad llena de peligros, el hecho de poder obrar a su antojo, le hace perderle respeto al miedo con el que ha vivido toda su vida. Arias no se ha detenido a pensar en sus obligaciones, como suele hacer con obsesión: su enfoque está en divertirse con Laurel y Nira. No es hasta que se pasean a las

afueras de la ciudad, que Arias se topa con el desierto abierto, recordándole el peregrinaje.

—¿Qué le pasa a tu hermano? —le pregunta Laurel a Nira al ver que el ánimo de Arias se ensombrece.

—No tengo la menor idea.

—¿Arias?

—Hemos olvidado alimentar a Raisa y Aguja —se lamenta Arias al ver a los fausnos en la lejanía, y recuerda la gran responsabilidad que lleva sobre los hombros. Una que traicionó el día de hoy—. Voy a buscarles algo de comer.

Los jóvenes se acercan a los bisgones y los hermanos aprovechan para presentar a Raisa y Aguja a Laurel. Ella está encantada: nunca había convivido directamente con un fausno.

—No tienes de qué temer —le dice Arias—, siempre y cuando estés con nosotros, no te atacarán.

—No tengo miedo —replica Laurel, mintiendo un poco—, ¡si me están dando la bienvenida!

Aguja se tira en la tierra a revolcarse con Raisa, poniéndose panza arriba. Nira la abraza y le rasca el pecho, casi perdiéndose entre su pelaje.

—Bien, vamos. Basta de juegos —dice Arias mientras cae del bisgón al suelo, con un rifle colgando del hombro—. ¡Hora de comer!

—Monta a Aguja y galopa como un relámpago. Raisa los sigue.

—¡Ja! Creo que Arias está tratando de impresionarte —le indica Nira a Laurel.

Las muchachas se sientan en las howdahs para ver cazar a Arias. El joven pasa el último ciclo del día galopando en busca de una presa, hasta que ve una gacela dando saltos por el desierto. Apresura el paso y se pone de pie en el lomo del fausno con un balance increíble; extiende su rifle, y cuando el momento perfecto se acerca, dispara, expulsando un humo dorado que emana de la boca de su arma. Si Arias buscaba impresionar a Laurel, sin duda lo ha logrado. Ella lo encuentra majestuoso, corriendo veloz sobre su fausno. Si Arias le revela que es un dios, ella le creería ahí mismo sin titubear.

Mientras observan, Laurel recuesta la cabeza de Nira en su pecho para peinarle el cabello. Nira cierra los ojos y siente un cosquilleo en la corona de la cabeza. Al haber vivido con tanto hombre en su vida, nunca la habían peinado.

—Dime, Laurel, ¿como se siente tener una madre?

Nira se acaba de contradecir al declararse huérfana cuando horas atrás había mencionado a sus padres. Laurel lo nota, pero decide no decir nada; de todos modos siempre supo que Arias y Nira le mentían.

—¿Qué le ha pasado a tu hermano en el brazo? —pregunta al fin, después de haber pasado todo el día curiosa.

—Verás… Arias no sabe esto, así que sé bien discreta —dice Nira mordiéndose los labios, dudando si debería decir lo que tiene en la cabeza—. Mi tío me lo mencionó una noche y me hizo prometerle que nunca le contaría.

—¿Y? —pregunta Laurel impaciente por las largas pausas que hace Nira al explicar.

—Arias y yo nacimos unidos… uno al otro.

—¿Me estás jodiendo? ¿Cómo así?

Nira levanta su camisa y le revela una cicatriz en su costado.

—Mi tío Marcelo me dijo que compartíamos un mismo cuerpo,

pero que gracias a Páteras, solo estábamos pegados en una superficie pequeña. Salomeno nos llevó a un alquimista, que nos logró separar tras un procedimiento complicado. Yo salí intacta. Arias tuvo… esas complicaciones.

—¿Un alquimista? ¿Cómo?

Nira se queda muda por un momento.

—No sabría explicarte… —replica, evasiva.

—No entiendo por qué no le han dicho esto a Arias. Me parece una traición —objeta Laurel.

—Es complicado —contesta Nira entristecida—, sobre todo cuando en toda su vida ha escuchado otra explicación. Pero, ¿quién sabe? Nuestro tío solía inventar cosas cuando bebía, y nunca más lo volvió a mencionar. Hasta me lo negó cuando le pregunté si era cierto.

—Deberías decírselo.

—Eso no me toca a mí.

Laurel retira las manos del cabello de Nira y extiende sus brazos al aire con admiración.

—¡Lista! —exclama, orgullosa del trabajo que hizo con su cabello.

Nira mira su peinado en un espejo. Nunca se había visto a sí misma tan adorable. Laurel le hizo las mismas trenzas que ella llevaba cuando los gemelos la conocieron.

—Gracias, Laurel —dice Nira con ojos brillantes.

—Por nada —replica Laurel con una dulce sonrisa.

Nira se siente tan conmovida por su nueva amiga, que por un momento quiere confiarle toda su historia.

—¡Laurel, Nira! ¡Tengo la cena! —irrumpe Arias, con varias cocolías muertas en la mano.

—Muy bien, hombrecito. No nos decepcionas. ¡Estamos hambrientas! —exclama Laurel, asomando su rostro sonriente por la cortina de la howdah.

—Hum… ¿de qué estaban hablando? —pregunta Arias, suspicaz. Suele creer que la gente hace comentarios despectivos sobre él a sus espaldas. Laurel se le acerca y le aprieta las mejillas, dejando dos moretones.

—De que te veías guapísimo galopando sobre ese gatito. Que parecías parte del fausno —bromea Laurel con las manos arriba.

—Vamos a cocinar las cocolías, Arias —interrumpe Nira—. Ya veo que Raisa y Aguja están ocupados comiéndose una gacela.

Con las barrigas llenas, se tiran sobre la arena, usando a los fausnos de almohadas. Están algo alejados de la ciudad, donde solo se ven las dunas de arena negra y las estrellas. Laurel enciende un puro que llevaba dentro de su camisón. Arias la encuentra extraordinaria y hermosa, no puede dejar de ver cómo sus labios muerden la hoja del cigarro, y cómo este se pega en la suave carne.

—¿Y qué piensan hacer cuando lleguen sus padres? —pregunta ella.

—Se pueden demorar todo lo que quieran. Yo no haría otra cosa que estar aquí. ¡Esto es perfecto! —exclama Nira, sin dar más detalles. No quiere revelarle a Laurel que quisiera escapar con ella y seguir sus aventuras. Que la llevaría a hacer expediciones y viajar por todo el continente, buscando las maravillas que ha leído en sus libros de exploradores.

De pronto, Nira ve el puro en su cara y la mano de Laurel que lo agita, insistiéndole en que le dé una probada. Titubea.

—¿Qué es? —pregunta al tomarlo. El aroma es dulce.

—Chabache. Prueba —ríe Laurel con los ojos idos, soñolientos y risueños.

Nira le da una calada. Después de toser, se lo pasa a su hermano.

—A ver si el hombrecito puede aguantarlo —bromea Laurel alargando las palabras, como si estas se fueran flotando de su lengua.

Arias da una probada. Los ojos se le ponen grandes y llorosos. Nira se echa a reír como una tonta, sintiendo ya los efectos de la droga.

—¿Y tú, hombrecito? No has dicho nada —indica Laurel, coqueta y juguetona—. ¿Qué piensas hacer con tu vida? —La muchacha se inclina bien cerca de Arias y toma con delicadeza el puro de la boca del niño. Arias siente los dedos de Laurel tocando sus labios. Ella retira el puro de su boca y lo devuelve a la propia. Su rostro todavía está cerca. Arias siente un cosquilleo en la cara: el cabello cobrizo que cae de la cabeza de la muchacha. Su presencia lo tiene más drogado que la droga misma. Es la combinación del perfume de Laurel con el aroma del chabache, los lunares de la chica y sus ojos color miel que, cuando pestañean, Arias siente como si se detuviera el tiempo. La sonrisa, sobre todo, lo tiene atontado; los labios carnosos expulsan un humo que arropa el rostro de Arias, como si lo acariciara.

«Me va a besar», piensa él. Pero Laurel se retira de súbito.

—¿Y qué, Arias? ¿Le piensas decir a Laurel que quieres crear tres niños con ella o qué? —suelta Nira entre carcajadas. Laurel salta sobre ella, sofocándola con su cuerpo para hacerla callar.

—Acaba y dime, hombrecito —insiste Laurel—. No te quedes pasmado. ¿Qué es lo que más quieres? Imagina que concederé tu deseo.

Arias piensa por un tiempo, agotando la paciencia de ambas.

—Vamos, nene. ¿Vas a decir algo? —reclama Nira, arrastrando la lengua como si estuviera borracha.

—Es que... Ay, olvídenlo —se interrumpe Arias, seguro de que lo van a ridiculizar.

—Vamos, hombrecito. No le hagas caso a tu hermana. Imagina que estás solito aquí conmigo.

Arias frunce el ceño, inspira hondo y dice, serio:

—Ganarme al mundo. Ganármelo todo.

—Eso es un poco ambicioso, ¿no crees? —argumenta Laurel, al tiempo que le da un codazo a Nira para que deje de reírse.

—¿El qué? ¿Ganármelo? ¿Querer el mundo entero? Tal vez esté siendo ambicioso. Por eso dije que me lo ganaría. No pido nada gratis.

—¿Sabes qué, hombrecito? Creo que lo harás. Porque ya empezaste conmigo —revela Laurel con una sonrisa melosa que hace del estómago de Arias un nudo. Nira se levanta y se acuesta entre ellos, interrumpiendo el momento. Todos quedan bien apretados.

—¿Qué dices, Arias? —dice Nira—. ¿Le buscamos una constelación a Laurel?

—Nira y yo tenemos una —agrega Arias—, sin duda hay una para ti.

—Las putas no tienen estrellas —contesta Laurel cortante, haciendo desaparecer la sonrisa en el rostro de los gemelos.

—¿Cómo vas a insinuar que eres una puta? —pregunta Nira—, ¡eres solo una niña!

Laurel ríe.

—No lo digo por mí, tonta. «Las putas no tienen estrellas. Solo las lloran»; es algo que mi madre suele decir.

—¡Ajá! —exclama Nira—, ¿suele decir? ¿No habías dicho que tu madre había muerto? ¿Y que era una noble?

—Pues… ¿qué puedo decir? Te mentí —admite Laurel sonriendo y encogiéndose de hombros—. ¿Y qué hay de mi estrella? ¿Me la van a enseñar o qué?

Arias junta su mejilla con la de Laurel; la toma de la mano, le extiende el dedo índice y se lo dirige por el manto estrellado, de aquí para allá, alargando el momento para tocarla por más tiempo. Hasta que se detiene.

—¿Ves esa estrella bien brillante? El grupo de estrellas que la acompaña forma tu constelación.

—No jodas conmigo, hombrecito. ¡Te la acabas de inventar!

—Tómala como un regalo de mi parte.

—«La constelación Laurel» —bautizó la muchacha—. Me gusta.

Nira ríe con un «ji-ji-ji-ji» descontrolado, como si alguien le hiciera cosquillas.

—Creo que te perdimos al más allá, Nirilla. ¿Qué te pasa? —pregunta Laurel.

—Estaba pensando en aquel hombre. El noble en la sastrería. Estaba bien furioso. Parece que se ofendió con tu atuendo.

—Pues misión cumplida, diría yo —responde Laurel, mientras se da otro pase de chabache.

—Espero que no te cause problemas —dice Nira.

—Bah. Esa gente no se atrevería a tocarme así porque sí. Yo sé como escabullirme. Por mí no se preocupen —responde mientras le pasa el puro a Nira.

—¿Y cómo piensas hacer eso? —pregunta Arias, ahora también riendo como un tonto.

—Pues tendré que matarlo, supongo —contesta Laurel, encogiéndose de hombros. Como si hablara de algo casual. La risa de los hermanos se desvanece—. O puede que no. No he decidido todavía —continúa con desdén. Arias y Nira ríen con una risa incómoda e insegura, ya que ignoran si la muchacha habla en serio.

Los tres ríen y comparten el resto de la noche, hasta que se quedan dormidos. Nira queda acurrucada con la pata delantera de Raisa en su costado; la cabeza de Laurel queda sobre la falda de Nira y los pies de Laurel descansan en el pecho de Arias, quien tiene la cabeza sobre el estómago de Aguja. Esa noche, Arias se la pasa buscando en sus sueños la imagen que duró tan solo un segundo: aquella de Laurel desvestida ante él.

***

—¿Laurel? —llama Arias agitado, tras despertar en medio de la noche—. ¡Nira, despierta! —grita con urgencia.

—Arias, si me das un jalón más, te juro que...

—¡Es Laurel! ¡No está!

—¿Laurel? ¿Desde hace cuánto?

—No lo sé, me acabo de dar cuenta.

Nira se queda pensativa y tras unos segundos se muestra preocupada.

—¿Crees que le hayamos dicho demasiado? ¿Y si nos traiciona?

—No creo que le hayamos dicho algo importante. Al menos que yo recuerde.

—Que tú recuerdes, precisamente. ¡Estuvimos desatados toda la noche! ¡Quién sabe lo que dijimos!

—Yo solo espero volverla a ver.

—Te mentiría si te dijera lo contrario —lamenta Nira, admitiendo que está decepcionada—. Volvamos a dormir. Mañana partiremos de Yera en dirección a alguna de las comarcas. Este contacto de Salomeno nunca aparecerá.

***

Los gemelos madrugan lo más posible para partir, aunque parece que no es el mejor de los días para retomar el peregrinaje. La noche anterior fue larga, consumieron demasiado chabache, y esto los ha dejado con un terrible dolor de cabeza.

—La próxima vez que se me ocurra fumar una de esas cosas, por favor, abofetéame —lamenta Nira, frotándose el ceño.

—Debo admitir que no es tan divertido como ayer en la noche. ¿Crees que Laurel estaba tratando de distraernos?

—Sin duda —admite Nira. De pronto pega un respingo y se pone a

227

rebuscar por todos sus bolsillos con desesperación.

—¡El medallón! ¡Arias, Laurel se ha llevado nuestro medallón!

—¿Estás segura?

—¡Siempre lo cargaba conmigo! —contesta Nira nerviosa, buscando en todas partes, dos y tres veces en el mismo lugar.

—Hay que entrar a Yera a buscarla, ¡sin ese medallón estaremos solos!

—¿Cómo pudimos ser tan tontos?

***

Los hermanos buscan a Laurel por toda la ciudad, en especial en lugares donde la vieron el día anterior. Es como si se la hubiese tragado la tierra. Ayer se la toparon por todas partes sin intención, y ahora que la buscan, no está por ninguna parte.

—¡Ya me estoy dando por vencida! —llora Nira, derrotada.

—Creo que la perdimos —admite Arias—. No la volveremos a ver.

—«Volverla a ver», ¿a ella o al medallón? ¡Eres increíble, Arias!

—Eh... sí, eso es lo que quería decir. Pero creo que deberíamos seguir buscándola, hemos tratado de encontrarla en los lugares que paseamos con ella excepto... —Arias lanza un grito de dolor; a sus pies ve una fruta rodar por el suelo. Mira en todas direcciones mientras se frota el punto de impacto en su cabeza.

—¿Excepto los techos? —sugiere una voz familiar desde algún lugar en lo alto.

—¡Laurel! ¡Bájate enseguida! —ordena Arias. La ladrona está sentada en el borde de un tejado de donde cuelgan sus piernas, que mece de forma juguetona.

—¡Sabemos que nos robaste nuestro medallón! Devuélvelo en este instante —demanda Nira—. ¡Nuestra vida corre peligro sin él!

—A ver, a ver. ¿Se refieren a esta chapa? —dice Laurel, con la cadena del medallón colgando de su dedo índice—. Si no me equivoco, esto se los ha dado el gran Salomeno, la Serpiente Traga Hombres, ¿no es así?

Laurel muestra una de sus mil sonrisas y desaparece en un abrir y cerrar de ojos. Arias y Nira están perplejos. La chica supo sus identidades desde el principio; podría venderles con facilidad a algún mercenario que los anduviera buscando y se podría descubrir así la ubicación de Savana.

Sin perder más tiempo, echan a correr tras ella, que salta de techo en techo. Nira queda atrapada en un toldo pero Arias no interrumpe su ritmo, sigue a la ladrona con una agilidad que la iguala. Laurel salta del techo a un barril y de este aterriza en tierra firme para luego perderse entre la muchedumbre. Arias recuerda que la chica usó esa ruta cuando pasearon juntos, por lo que decide tomar un atajo y sorprenderla por el otro lado. Nira sigue de lejos las pisadas de su hermano, que salta al interior de una residencia por una ventana y aterriza en una cocina. Trepa la mesa, tumbando varios platos y vasijas, y sale por otra ventana, dejando atrás los gritos e insultos de los residentes.

Arias vislumbra a Laurel un poco más allá. Tras pasar por varios callejones, se escurre entre unos barrotes que pertenecen a un sistema de alcantarillados. Una vez dentro, la muchacha agita en el aire el medallón como si fuera un trofeo, mostrándole a Arias una sonrisa que él encuentra odiosa y adorable al mismo tiempo. Sin más, se pierde en la oscuridad. Arias se mete entre los barrotes con dificultad y continúa su persecución ignorando a Nira, que los sigue. Pasa por unos estrechos túneles de forma cilíndrica y ve que Laurel sube por una ventana. Sigue tras ella y descubre otro túnel más angosto al otro lado de la ventana. Arias puede oler el perfume de Laurel, lo cual le da esperanzas de alcanzarla, aunque no tiene idea de lo que hará si lo logra. A sus espaldas escucha a su hermana gritándole insultos a la ladrona.

—¡Detente, cabrona, confiamos en ti! ¡Regresa!

Aria preferiría que se quedara atrás y callada; está concentrado en no perder a Laurel y piensa que su hermana se lo está complicando todo.

Al salir del túnel, Arias se encuentra en un camino que se divide en cinco y escucha las pisadas de la ladrona eligiendo uno. «Esto parece inmenso», piensa, corriendo sin idea de a dónde va, y mucho menos de cómo regresar. Se empieza a sentir frustrado: el peregrinaje apenas comienza y ya es un desastre.

El chico sigue por una escalinata en forma de caracol que desciende profundo. Escucha el eco de las risas de Laurel retumbando en las paredes y llega a la conclusión de que la chica está jugando algún juego con ellos, idea que se desvanece cuando, al llegar a un cuarto, se topa con un cadáver fresco. «¡Es el noble del que Laurel se burló en el templo!», se percata Arias, recordando que la chica bromeó con la idea de asesinarlo. El hombre está crucificado como algún tipo de advertencia para todo aquel que decidiera acercarse por esos lares. «¿Habrá sido ella?», se pregunta Arias, aterrado. Por suerte, Nira, que corre sin prestar atención, no alcanza a ver al muerto; Arias temió que se diera la media vuelta sin pensarlo. Pero ya están aquí y tienen que atrapar a Laurel; sin embargo, la muchacha de cabellera cobriza no se los pone fácil: escapa entre túnel y túnel, descendiendo cada vez más, perdiéndose en lo que parece un sistema circulatorio subterráneo.

El pasillo los lleva a una recámara enorme. Arias no puede creer lo que ven sus ojos: una comunidad que vive en una ciudad subterránea; una ciudad en el interior del estómago de la otra. Pero esta no es tan estéril como la de la superficie; tiene mucha personalidad. Está decorada con obras de arte y colores vivos por todas partes. Nada falta, desde mercados, templos y zonas de recreo: todo está aquí. Arias no pierde tiempo estudiándola y continúa su persecución para capturar a la ratera, que se sigue perdiendo entre el bullicio.

El recorrido lleva a los hermanos a varias salas: unas tienen colmados; otras, capillas donde ven gente rindiéndole culto a dioses que ellos desconocen. Algunos de estos dioses están representados por estatuas, muchas rotas e incompletas, sobrevivientes de los saqueos de la ciudad en la superficie.

Laurel emerge de la muchedumbre y llega a otras escaleras que terminan en un callejón sin salida. Arias se siente satisfecho: la ha atrapado. Laurel está parada ante los gemelos, a cuatro metros de distancia; el medallón pende de su cuello. Los hermanos se le acercan poco a poco hasta que notan que la ladrona tiene una vieja puerta de madera a sus espaldas.

—Aunque no lo crean, les he hecho un gran favor —les dice Laurel, críptica y corta de aliento—. Me temo que les acabo de dar lo que tanto andaban buscando. Pero creo que este medallón me pertenece.

Laurel levanta su mano y extiende su dedo sobre su cabeza, revelándoles un escudo que descansa sobre el marco de la puerta; en él está grabado el mismo diseño del medallón. Laurel abre la puerta, que hace un terrible chirrido, y escapa dentro sin cerrar tras de sí, como si invitara a los niños.

Arias y Nira no pueden creer que tienen ese escudo frente a ellos. Mucho menos que Laurel los llevó hasta él. Tras la puerta podría estar la peor de las traiciones, o el contacto que tanto anhelan.

14

LA OTRA CIUDAD DE YERA

—Bravo, Laurel. Veo que has traído a los niños de Salomeno. Pasen, pasen —dice una voz masculina. Arias y Nira entran con cautela a la habitación, que está poco iluminada en unas áreas y en completa oscuridad en otras. Primero, solo alcanzan a ver una serie de estatuas femeninas y, ante ellas, a un hombre fornido y ancho que les da la espalda. A su lado pasa Laurel, con el medallón todavía colgándole del cuello. El hombre levanta su puño al aire, revelando varios anillos de oro centelleante en los dedos, que sostienen un pequeño bolso que le entrega a Laurel. En su interior chasquean unas monedas. Tras obtener su recompensa, la chica se recuesta en un sofá de terciopelo. Si las serpientes sonrieran, lo harían como Laurel en este momento.

Los gemelos continúan avanzando por la habitación. Es tan oscura, que no distinguen las paredes. Perciben una mezcla de aromas y perfumes intensos. Al acercarse a la luz, ven que el cuarto no está circundado por estatuas, sino por mujeres de carne y hueso, las más hermosas que los niños jamás hubieran visto. Sus cuerpos están tatuados y aceitados, con los pechos desnudos. De sus caderas guindan unas faldas coloridas y traslúcidas. Arias, impresionado, olvida el peligro y siente como si flotara en lugar de caminar. En cambio, Nira está comenzando a arrepentirse de haber abierto aquella puerta.

—Ya que he asegurado la custodia de los pequeños, creo que podemos comenzar —continúa el hombre, dirigiéndose a alguien que los gemelos no pueden ver; se acerca a una vieja mesa redonda de madera. Sobre ella pende un candelabro de plata, los chorros de cera se derraman en cada una de sus velas. Las flamas llamean de forma irregular, suave y gentil, revelando detalles de la figura misteriosa.

—No tengo mucho tiempo —contesta la voz de una mujer que está sentada del otro lado de la mesa. Su rostro está en penumbra, pero sus pechos están a la luz, descubiertos. Tiene unas serpientes tatuadas que se enroscan alrededor de sus pezones y se extienden por el contorno de su cuerpo hasta llegar al interior de su ombligo.

—Nunca tienes tiempo para tu querido Barrabás, Marajade. Me ofendes —responde el hombre, dejándose ver por la luz. Los gemelos se sorprenden al ver lo mucho que su aspecto recuerda a Salomeno.

—¿Ves, Arias? ¿Qué te dije? ¡Es el contacto! —susurra Nira—. Tal como te lo describí: regio, bien vestido y perfumado. Hasta su barba se parece a la de Salomeno. Aunque todavía no tan blanca.

—Sabes que siempre estoy ocupándome de muchos asuntos, Barrabás —responde Marajade—, pero siempre tengo mis atenciones dispuestas, si sabes dónde buscar.

Las mujeres estatua se acercan a Barrabás. Le acarician la barba y deslizan con suavidad las yemas de sus dedos por sus hombros anchos; bajan hasta llegar adentro de su túnica, para ponerse a jugar con los vellos de su pecho.

—Arias, ¿qué está pasando aquí? —le susurra Nira al oído, pensando que han llegado a la mitad de un evento lujurioso. Arias no responde; para él no podría haber un mejor momento que este.

Barrabás frunce el ceño y agita las manos con desprecio, como si estuviera ahuyentando a una jauría de perros sarnosos. Los anillos chasquean y las mujeres se dispersan.

—Verás, Marajade, yo tampoco tengo mucho tiempo. Como sabes, vengo desde lejos y no me gusta pasar malos ratos en mis estadías. —El hombre toma asiento en una silla laminada en cuero de gazibo y deja caer sus pesadas manos en el tope de la mesa. Arias y Nira escuchan el golpe de los anillos al caer—. Los últimos días han estado llenos de acontecimientos. Demasiado misteriosos para mi gusto. —Barrabás acerca su rostro a la lumbre, revelando unos furiosos ojos verdes—. He pasado las últimas tres revoluciones en caravana, mercadeando de aquí para allá con mis hombres, gente que traigo desde muy lejos, de lo mejor que se puede encontrar. Es fácil conseguirlos buenos, pero es bien costoso conseguirlos leales. A mí no me gustan las sorpresas, Marajade. —Al reclinarse en su asiento, produce un escalofriante chirrido.

—Barrabás, querido —responde la mujer a quien llama Marajade —. Mi trabajo es entretener, y tus hombres fueron bien entretenidos.

—Lo fueron —acepta Barrabás, mientras juega con los pequeños anillos de garnito que cuelgan de sus barbas—. Pero verás: al pobre Aramelo se le extraviaron sus prendas de Neferiti; no sabes cuánto trabajo le costó hallar tal tesoro. A Carlo de repente se le desaparecieron sus armas; todas estaban bañadas en oro. A Peleo se le extraviaron sus almohadas de pluma de coaxeal; no ha dormido cómodo desde entonces.

—¿Acusas a mis chicas de rateras?

—No me hubiera molestado tanto, si solo se tratara de joyas y almohadas —declara el hombre barbudo—. Me inquieta en cambio que poco después desapareciera Sirio sin dejar rastro. Luego le siguió Rufo, después Nizam. Un buen líder estima a sus hombres. —Marajade está a punto de argumentar, pero Barrabás continúa—: A mí me llenó de curiosidad: ¿cómo es que tanto hombre se desaparece? Algo deben tener ellos en común, porque se esfumaron de la misma forma. Así que me puse a pensar un poquito.

Nira mira a Arias de reojo y le dice:

—Esto no pinta nada bien.

—Yo diría que Páteras está de nuestro lado —asegura Arias—, ha traído a este hombre para ayudarnos. No quisiera estar en la posición de esta pobre mujer.

—¡Ya sé qué es lo que tienen en común! —exclama Barrabás con sarcasmo—. ¡Es que cada uno de ellos se estaba «entreteniendo» con tus chicas antes de desaparecer! —Golpea de súbito la mesa, haciendo saltar a los gemelos. Laurel, en cambio, permanece recostada en el sofá, comiéndose unas uvas con desinterés.

Marajade se acerca a la lumbre, dejándose ver el rostro. Arias y Nira la encuentran tan hermosa que piensan que su belleza podría tener el poder suficiente para convencer a Barrabás de cualquier cosa.

—¿Ahora acusas a mis mujeres de ser asesinas?

—En esta parte del cuento todavía no, mi querida. Me gusta darle el beneficio de la duda a las personas, es una de mis mejores cualidades. Así que decidí llegar al fondo del asunto yo mismo y solicité los servicios de Helenia, una de tus chicas. En la cama no me defraudó; sin embargo, en todo lo demás se podría decir que sí. —Barrabás se levanta de la mesa y su silla cae al suelo. A pesar de que su voz es suave y serena, sus gestos son bruscos, violentos—. Corrí la misma suerte que mis hombres. Perdí algo preciado. Tu mujer no me había robado mis joyas, ni había desaparecido alguno de mis pasaportes. Lo que desapareció fue una carta. Una carta enviada por Salomeno, la Serpiente Traga Hombres.

Arias y Nira se quedan perplejos, se miran el uno al otro como dos tontos, extasiados. Ahora están seguros de que han hallado a su contacto.

—En esa carta Salomeno me hacía una encomienda: cuidar de estos dos niños en caso de que aparecieran por estos lares. —Barrabás mira a los gemelos y les guiña un ojo—. Y aquí están. Me pregunto, ¿por qué no me quitó Helenia los anillos de mis dedos mientras dormía? ¿Por qué no robó mis joyas? Pero sí esta carta. Una simple carta que podría ser cualquier cosa para aquel que sabe poco. Pero al parecer ella sí sabía lo que era, ¿o me equivoco?

Marajade mira a los niños y los examina. Esta vez permanece callada.

—Decidí ir más a fondo aún —continúa Barrabás—, y contacté a esta chica, Laurel, que se me acercó para ofrecerme sus servicios de vender y comprar secretos. Una señorita muy sorprendente.

La aludida le sonríe a Barrabás, maliciosa.

—Laurel descubrió muchos secretos. Entre estos, que hay otra ciudad de Yera, una que tiene pasadizos y túneles que conectan a toda la ciudad y que se extienden millas más allá de Yera —Barrabás lanza una carcajada—. Por supuesto, mis hombres desaparecían y al mismo tiempo lo hacían las arpías que los eliminaban. Helenia también desapareció, antes de que tuviera la oportunidad de dejarle el cuello helado entre mis manos. Laurel es muy astuta. Me daba migajas de información como si yo fuera un pajarito. Me comentó que le ordenarías a tus mujeres que tomaran posesión de los niños de Salomeno con el fin de entregárselos a La'Mourg. Y eso no lo puedo permitir.

Arias y Nira sienten que el pecho se les pone helado al pensar que estuvieron a pocos pasos de convertirse en víctimas de La'Mourg.

—Laurel se tomó su tiempo para averiguarme tus secretos. Poco a poco me trajo aquí. Y permíteme decirte que tengo varios hombres detrás de esa puerta, y bien armados —asegura Barrabás mientras señala una puerta con el dedo que tiene el anillo más grande—. Quiero a mis hombres y ruega que estén con vida, porque de no ser así, correrá sangre. Yo no discrimino cuando de matar se trata; hombre o mujer, me vale poco. Sobre todo cuando se trata de alguien que me ha engatusado.

Marajade cierra los ojos y baja la cabeza. Sus hombros se sacuden como si estuviera sollozando, pero para sorpresa de Barrabás, a la mujer se le forma de pronto una sonrisa en el rostro. Se levanta, provocando también un chirrido con la silla. Sin decir nada más, se retira en la oscuridad.

Barrabás se muerde los labios con rabia al sentir que le están faltando al respeto.

—¿Cómo te atreves a dejarme así, con la palabra en la boca? —brama—. ¡Regresa de una vez!

El silencio se ve interrumpido por el tintineo de unos metales que se escuchan más allá de la negrura de la sala. Los ojos de Barrabás se ajustan a una cintura que se revela ante la lumbre. No pertenece a la misma mujer, esta tiene una cicatriz vertical que corre desde el pubis hasta su ombligo. Su pecho está cubierto: sobre él penden unas cadenas con pequeñas medallas de plata que centellean a la lumbre de las velas.

—¿Quién eres tú? ¿A dónde se ha ido, la puta? ¡Marajade, regresa, carajo! ¡No he terminado contigo! —ruge Barrabás mientras gira a todas partes. No ve más que el negro de la oscuridad.

A su lado derecho, como si fuera un espectro, se le aparece la mujer a la que llamaba Marajade. Luego se acerca otra; esta lleva cubierta la cara desde desde los pómulos con una máscara de cadenas de plata que cuelgan hasta llegar a su clavícula. Otras dos mujeres, enmascaradas de la misma forma, se revelan detrás de él.

El silencio se traga toda palabra en la habitación. Y el filo de unas navajas abre las muñecas de Barrabás. La sangre chorrea en el suelo; el hombre se queda aterrado, con un hilo de alambre enroscado en la garganta, casi cortándolo.

Nira siente un terror insoportable que la priva de actuar. Arias, en cambio, mantiene la compostura: el haber visto a alguien morir de forma atroz en el pasado lo ha dotado de una gran resistencia. Esto no significa que no sienta miedo; está aterrado porque la única salvación

que tenían se está desangrando.

—¡Guardias! —grita Barrabás ahogado de espanto—, ¡necesito ayuda cuanto antes, necesito un médico!

—Yo no contaría con tus hombres, Barrabás —responde la mujer en las sombras—, su sangre yace fría en la gravilla, pintando de rojo los tobillos de mis mujeres.

Los ojos de Barrabás se abren tanto que por poco se salen de su cráneo.

—¡Marajade! ¡Eres una diabla! ¡Solo una cobarde se esconde tras impostores!

—Juzgando por tus cortaduras, diría que te quedan unos diez minutos, Barrabás —dice la mujer, desafiante y juguetona como un animal salvaje que juega con su presa antes de comérsela—. Queda tiempo suficiente para que yo te haga un cuento también. Y si tienes suerte, lo suficiente como para que me contestes unas preguntas. De hacerlo así, sanaremos tus heridas y cabe la posibilidad de que sobrevivas. ¿Obedecerás?

—Di lo que tengas que decir, puta. ¡Y apresúrate! —replica Barrabás, desesperado.

Arias empuña la espada de virilio, pero es interrumpido con un apretón en el brazo. Una de las mujeres levanta su dedo índice y lo coloca sobre los labios de Arias. Sus ojos amenazantes convencen al joven de soltar el arma.

—Mis oídos escuchan muchas cosas —comienza Marajade—. Algunas interesantes, otras sin ninguna importancia. Otras son muy vergonzosas para gente con poder, esas son de las más útiles. Pero un día llegó a mis oídos algo sobre un mercante que venía de las islas Crestas y que compartía favores con un tal Salomeno. Habrás pensado que llegaste a Yera para hacer tu trabajo, pero en realidad has llegado con tus hombres a mi ciudad a morir, Barrabás.

El hombre trata de soltarse, pero las mujeres de Marajade lo mantienen firme en su posición. La mujer tarda demasiado y él sabe que solo está matando el tiempo. Matándolo a él.

Marajade se le acerca armada con una daga. La sangre de Barrabás baña la planta de sus pies. El hombre ve el aspecto seductor de su asesina con horror. Su cintura es fina y las caderas son anchas, el cabello oscuro y rizado le baja hasta los hombros. En su cabeza tiene una menuda diadema adornada con perlas. De ella penden unas finas cadenas que caen como lágrimas por un rostro que Barrabás encuentra monstruosamente hermoso. A pesar de duplicarle la edad a las otras mujeres, ninguna se acerca a su belleza, una belleza rara e inusual para todo aquel que la ve.

—Mis oídos escuchan todo lo que la ciudad de Yera deja entrar. Y sabrás que no fue difícil saber tus secretos, como no lo es con ningún hombre. —Marajade empuja la punta de su daga en el miembro de Barrabás, que gime aterrorizado y le ruega en silencio a los dioses no ser castrado—. Solo basta con endurecerlos a ustedes para conseguir cualquier cosa. Así es como averigüé tus intenciones reales. Mis chicas escucharon, de tus guardias, que provenías de Hildogar, que te habías reunido con La'Mourg el Demente junto con muchos otros mercenarios.

Arias y Nira se miran, confundidos.

—Cada uno de ellos fue asignado a una sola misión. —Marajade retira su daga, endereza la silla que Barrabás derribó y se sienta en ella de forma intimidante—. Ahí terminaron los detalles que soltaban las lenguas de tus hombres, ya que empezaron a sospechar de mis chicas, y ellas se vieron obligadas a hacerles la vida demasiado corta. —Marajade hace un gesto con su mano, como si llamara a alguien. Sus pulseras de oro producen un sonido agudo al entrechocar—. Fue entonces que envié a mi hija Laurel para que me diera información más concreta. Una que viniera de tus labios.

Laurel se acerca a su madre con la misma sonrisa venenosa. Los gemelos se quedan perplejos; el parentesco es imposible de negar, sobre todo en los ojos caídos color miel.

—Cabrona —dice Nira entre dientes.

—Mi niña escuchó que buscaste a Salomeno, y que lo conociste en las cercanías de Nhur. Luego le ofreciste tus servicios y le proveíste unos pasaportes.

Los gemelos recordaron entonces a Barrabás ese día que visitaron Nhur: un hombre que se sentó con Salomeno en privado para hablar en una lengua desconocida por varias horas.

—Mientras los niños de Salomeno dormían, confirmé que tenían con ellos esos mismos pasaportes —agrega Laurel mientras sigue con la mirada a los gemelos, que la observan, furiosos.

—Querías a estos jovencitos, Barrabás —señala Marajade—, pero no para protegerlos, sino para traicionar a Salomeno, entregándoselos a La'Mourg. Tú podrás sentirte en libertad de traicionar la confianza de la Serpiente Traga Hombres, pero yo le tengo una deuda de por vida —señala Marajade mientras pasa sus dedos a lo largo de la cicatriz en su barriga.

—Arias, ¿podría ser? —le pregunta Nira a su hermano—. ¿Crees que Marajade sea el contacto después de todo?

—Es aquí cuando contestas mis preguntas. Y recuerda que te queda poco tiempo —dice Marajade a Barrabás, que ya tiene el rostro pálido.

—Apúrate, bruja —gime.

—¿Cuántos hombres más andan buscando a estos niños?

—Para este momento los rumores se deben haber hecho voces por todo Jobos —escupe Barrabás—. Los peores bastardos de estas tierras deben estar compitiendo para matar a Salomeno y a los autoproclamados hijos de los dioses. La'Mourg quiere sus cabezas antes de que lleguen a la pubertad. Yo tendría cuidado, de ser tú. Suéltame y compartiremos la recompensa. La'Mourg te hará condesa. No tendremos que trabajar más en nuestras vidas.

—No me estás prestando atención —responde Marajade desinteresada—. Mi deuda es de por vida, ¿y para qué ser una condesa cuando los mismos nobles tiemblan cuando escuchan mi nombre?

—¿Ya acabaste con tus preguntas, bruja? —llora Barrabás, moribundo.

—No. Aquí está la última. ¿Cuánto tiempo crees que te queda?

—¡Puta! ¡Me dijiste que me curarías! ¡No tengo tiempo! —implora Barrabás, cayendo de rodillas y perdiendo las fuerzas; lágrimas bajan por sus mejillas.

—Es la única verdad que has dicho: no te queda tiempo —sisea Marajade al acercársele con lentitud.

Arias y Nira no pueden moverse, y no lo harían aunque pudieran. Laurel sale de las sombras y les rodea las nucas con los brazos, dándoles un sobresalto. A ambos sorprende que ella se comporte como si ningún evento extraordinario estuviera ocurriendo.

—Les dije que Yera no trataba bien a los turistas —bromea Laurel.

—¿Qué quieres, Marajade? ¡Tengo muchos secretos, puedo dártelos todos! —llora Barrabás, cual perro a punto de ser sacrificado.

—Tus chismes te trajeron aquí, a un bache de sangre —declara Marajade—, no creo que me sirvan de mucho.

—¡Hay al menos tres cazadores que buscan a los gemelos en Yera! —jadea Barrabás—. ¡Puedo darte sus nombres!

Marajade ríe.

—Querido. Ya están muertos. Yo siempre guardo lo mejor para el final.

Barrabás jadea y pone los ojos en blanco. Tan pronto echa la cabeza hacia atrás, cae desmayado. Muriendo en su sueño.

Marajade se inclina sobre el muerto y desliza las sortijas fuera de sus dedos.

—Háganle llegar estos anillos a Salomeno —le ordena Marajade a una de sus mujeres—. Díganle que no se fíe de la gente tan fácilmente.

Las mujeres se llevan el cuerpo pesado de Barrabás. Unos hombres delgados entran con trapos y sábanas para limpiar la sangre.

—Bendecidos sean los hijos de Celes y Sulus —dice Marajade, dirigiéndose sonriente a Arias y Nira. Ellos desconocen si les rinde pleitesía o los mofa—. ¿Es así como se supone que los llame?

—Ella se llama Nira. El hombrecito es Arias —dice Laurel—. Ellos buscaban…

—Puedo continuar yo sola. Gracias, querida.

Laurel besa a los gemelos en la mejilla y se retira a esperar en el umbral.

—Así que ustedes son los niños de Salomeno —dice Marajade con una voz calmada que no corresponde a la de alguien que acaba de matar a una persona a sangre fría—. No sé si son dioses, pero sí puedo decir que son hermosos, los dos. —Marajade escudriña a los niños, les toca las barbillas y juega con sus cabellos—. Debo admitir que no me los esperaba tan jóvenes.

La mujer pone su atención en Arias para revisarlo de arriba abajo, y deja escapar un bufido airado al notar su brazo mal formado.

—«El futuro líder de un ejército» —ríe, repitiendo las palabras que Salomeno le confió alguna vez—. Traga Hombres, estás loco.

—Mamá, deberías verlo galopar —sugiere Laurel, tratando de aliviar la vergüenza que siente Arias—. Lo vi cazar gacelas con su rifle, montando de pie sobre el lomo de un fausno por las dunas del desierto.

—Laurel, no quiero repetirme.

—Sí, mamá.

—Usted mencionó que tenía una deuda con nuestro maestro —interrumpe Nira—. ¿Podría compartir con nosotros qué fue lo que ocurrió?

—Niña, yo no contesto preguntas —responde Marajade, seca—. ¿Qué planes tenían? Porque supongo que no quieren quedarse en Yera. No lo recomendaría.

—Pensábamos partir a las minas de Kever.

—A las minas de Kever pueden ir si desean convertirse en esclavos para pasar el resto de sus vidas moliendo piedras. ¿Qué Salomeno no les enseñó nada?

—Debo admitir que estábamos improvisando nuestra estrategia —indica Arias—, Salomeno tenía la intención de que visitáramos Yera luego de ir a las aldeas más pequeñas. Pero Nira dijo que eso sería demasiado aburrido, así que decidimos venir aquí.

—¡Ey, cállate! —espeta Nira.

—Tienen que ir a las aldeas a darse a conocer —recomienda Marajade—. Estas ciudades están demasiado calientes para ustedes. Ya ven que los andan buscando. Salomeno tendrá sus razones. Si él quiere hacerlos recorrer el Énibes hasta que mueran, pues bien, los detalles no me interesan. Yo solo puedo limitarme a decirles lo que mis paredes escuchan y ven, detalles que podrían mantenerlos con vida. Y mi primer consejo es que no vayan a Kever por ahora. ¿Tienen dinero y comida?

—Estamos bien provistos, de eso no se tiene que preocupar —replica Nira.

—Por supuesto —sonríe Marajade—. Con las riquezas de Salomeno no se podría esperar menos. —Marajade hace una pausa para pensar un poco—. Vengan conmigo.

Laurel pasa frente a los gemelos y nota que ambos la miran, furiosos.

—¿Qué? Querían su contacto, aquí se los traje. —Hace un gesto de bienvenida con los brazos y les abre el paso a los gemelos para que sigan a Marajade, que los lleva por un pasillo angosto con una gran cantidad de puertas a ambos lados. Entre ellos pasan otras mujeres con los pechos descubiertos, atendiendo sus propios asuntos. Marajade entra a una puerta sin invitar a Arias y Nira, que asumen que deben seguirla.

Al entrar se encuentran con una recámara amplia, humo, y una mezcla de fragancias provocadas por perfumes y el chabache que fuman unas mujeres que descansan sobre unos cojines de gran valor. Una lee, otras dos ensayan un baile, y la más hermosa canta una canción mientras toca un instrumento de cuerdas.

—¿Y estos niños tan adorables? —pregunta una de las chicas, que leía un libro de poesía permitido solo a los nobles.

—Cuidado con lo que dices, Helenia, podrían hechizarte y dejarte muda —bromea Marajade—. Escuché que son dioses.

—Oh, ¿es eso cierto? Supongo que estos son los gemelos que andaba buscando el gran Barrabás.

—Ese hombre le está rindiendo cuenta a otros dioses ahora mismo —responde Marajade sonriente—. Ellos nos han bendecido privándonos de su presencia en este mundo.

—¿Y tienen nombre? ¿O acaso sus nombres son tan sagrados que no se pueden mencionar? —bromea otra mujer.

—Ella se llama Nira y el varoncito se llama Arias —responde Laurel—. A ese no me le pongas un dedo encima, yo me lo he ganado. —Laurel abraza a Arias y lo besa torpemente en la sien, dejándolo sonrojado.

—Los traje para tatuarles unos títulos —indica Marajade.

—¿Tatuarnos? No le pedimos tal cosa —protesta Nira.

Marajade toma a los hermanos de las muñecas y los sienta en unas cobijas en el suelo.

—Esto les permitirá paso en muchos lugares. Esos pasaportes de Barrabás les permitirán entrar a ciudades, pero no los protegerán de rufianes. Si en algún momento se ven en peligro, solo muestren sus tatuajes. Representan a nuestro gremio. Si tienen suerte les causarán un escarmiento y los dejarán en paz. Muchos hacen bien en no meterse con nosotras —indica Marajade mientras pone el antebrazo de los niños sobre una mesa de madera.

—No te preocupes, hombrecito, no te dolerá mucho. Yo tengo uno, ¿ves? —intercede Laurel, y le muestra su tatuaje.

Una mujer trae unas agujas y tinta, y sin ningún tipo de ritual o aviso empieza a hacer punzadas en las muñecas de los niños.

Marajade pone un mapa en la mesa. En él está ilustrado el continente de Jobos.

—Van a cabalgar durante tres días al este. Ahí deberán encontrar el gran río Arenales, podrán refrescarse y tomar un descanso. Este río abastece a un sinnúmero de aldeas a lo largo de su recorrido. Pueden pasar por Tar, Enas, Marach, Masud, Kanep, Dai, Una. En ese orden, si van de sur a norte. Háganse de nombre y procuren impresionarlos. Siembren rumores, porque de lograrlo, harán que sus nombres vuelen a otras aldeas, y deberán tener más cuidado aún, porque atraerán con facilidad a los cazadores que los andan buscando. Y permítanme advertirles que esas zonas siguen bajo el dominio dairio, y estas tierras todavía no conocen el metal de los gongoleses. Es solo cuestión de tiempo para que Remo llegue a ellas con sus hombres. Podrían encontrarse en medio de una sangrienta batalla.

Arias y Nira se miran, preocupados y algo abrumados.

—No les voy a mentir. Vinieron en momentos inciertos —admite Marajade.

—Cuánto quisiera que Salomeno estuviera aquí para ayudarnos —lamenta Nira, deseando nunca haber menospreciado su amparo.

Marajade ríe.

—Salomeno nunca se ha ido, niña. Ese hombre está en todas partes sembrando semillas, esperando el momento perfecto para que germinen. —Marajade acerca su rostro a los gemelos con una sonrisa—. No creo que ustedes conozcan muy bien a ese hombre. Él y yo nos hemos cruzado por varias revoluciones solares y no podría decir que lo comprendo aún. No hay mente que yo no pueda descifrar, fuera de él.

—El único que lo entiende es nuestro tío, así que no se preocupe —dice Nira.

—Marcelo… ese hombre vive enamorado de mí —ríe Marajade.

—¿De quién no se enamora Marcelo…? —responde Arias imprudente—. Oh… Perdón.

Marajade ignora al joven y se vuelve hacia Nira.

—Laurel mencionó que ustedes presenciaron el ataque que sufrieron los gongoleses en la ciudad de la superficie.

—No solo murieron gongoleses, también asesinaron a nobles y ciudadanos —responde Nira, con tono combativo—. ¿Has sido responsable de eso también?

Marajade vuelve a reír.

—Contestaré a esa pregunta porque yo misma sembré la duda. No te mentía cuando te dije que Salomeno siembra semillas en todo lugar. Esto incluye a Yera.

—¿Salomeno? —pregunta Arias aludido—. ¿Él fue responsable de ese ataque?

Nira se siente enferma. No puede evitar comparar el ataque en Yera con el ataque de los mercenarios en Savana, donde perdieron muchos de sus seres queridos.

—A Salomeno siempre le ha gustado operar con el caos y el terror.

—«El lío, la confusión y el caos son la mejor arma del hombre insidioso» —dice Arias, citando las palabras que le repetía Salomeno en sus lecciones de batalla.

—«Confusión y sabotaje» —añade Nira recordando también las enseñanzas de su maestro—. Esto es terrible. Nunca lo vi capaz de hacer algo así.

—He oído a Salomeno decirlo, creo que lo aprendí también de él —dice Marajade—. Volviendo al tema de su peregrinaje: cuando ganen experiencia en las aldeas, hagan camino hacia las minas de Kever, conocida por muchos como: «El Culo del Demonio».

—¿«El Culo del Demonio»? —ríe Nira.

—Sabrán de inmediato cuando lleguen allí, va a ser un poco obvio. No me gustaría arruinarles la horrible sorpresa.

—Eso no suena muy consolador —lamenta Nira.

—Mi trabajo no es hacerlos sentir bien.

—Ya, listo —indica la mujer que dibujaba los tatuajes.

Arias y Nira contemplan los diseños en sus muñecas: cuatro sencillos símbolos entintados en negro.

—¿Ya terminaste de aterrorizar a mis amigos, mamá? —interrumpe Laurel—. Pienso llevármelos por un momento, si puedo.

—Claro que sí, querida. Hemos terminado aquí. Recuerden esto: si se encuentran en alguna encrucijada, no duden en regresar. Vuelvan por donde mismo entraron. Solo muestren sus tatuajes y nos veremos de nuevo. Espero no tener que recibirlos, pues eso significaría que han salido victoriosos y enorgullecido a Salomeno.

***

Laurel lleva a los gemelos por más túneles dentro de la ciudad

246

subterránea. A los alrededores les pasan personas de todo tipo: bandidos, matones, familias, sacerdotes, vendedores, escritores y filósofos. Al entrar a las amplias salas, los gemelos ven lo que podría tener una ciudad en desarrollo. Lo que hace falta en la ciudad de Yera en la superficie, lo tiene de sobra la ciudad subterránea: música, arte, poesía, literatura, baile, risas y enamorados. Las personas no visten de colores sobrios, sino de colores llamativos y brillantes. Hasta llevan prendas bien elaboradas. Las mujeres se arreglan el cabello y se maquillan; los hombres se perfuman y usan trajes distintivos.

—Esto es increíble —dice Nira—. Se ven liberados. ¡Jamás había visto cosa igual! Ni siquiera en Savana.

—Eso es porque no hay cosa igual en ningún otro lugar —contesta Laurel—. Mi madre se refugió aquí varias revoluciones solares atrás. En la antigüedad, este lugar era una catacumba. A lo largo de los años se fue expandiendo en un sistema de caminos que usaba todo aquel que obrara de forma ilegal. Hasta que los dairios subieron al poder y lo sellaron. Así fue hasta que mi madre llegó y lo volvió a abrir, cuando ya había sido olvidado. Mi madre era una prófuga. Tenía tras ella varias de las casas que están bajo el dominio de los pálidos, incluyendo los dairios. Poco a poco, con el pasar de los años, mamá expandió su influencia, formando lazos fuertes con otros perseguidos, otros rufianes. Hasta que formó una red de criminales que a pesar de tener poco poder, en conjunto tenía una fuerza extraordinaria.

—¿Cómo es posible que estuvieran aquí por tanto tiempo sin que los descubrieran y disolvieran? —pregunta Arias.

—El que fueran descubiertos nunca fue un problema —responde Laurel—, aunque como pudieron ver, es raro que mi mamá se presente usando su propia persona. Esta pequeña ciudad subterránea prevalece porque mantiene a las personas poderosas atrapadas. Mi madre tiene oídos por todas partes y una palabra suya acaba con cualquiera. Nadie quiere estar en su contra. Solo pobres tontos como Barrabás.

—Y no terminó muy bien —agrega Arias.

—Correcto —ríe la muchacha.

Laurel se precipita a una puerta cerrada y la abraza con su espalda, manteniéndose de frente a los gemelos.

—Y bien, ¿listos? —pregunta con ojos llenos de emoción.

—¿Listos para…? —pregunta Nira.

Laurel abre las puertas y un estruendo musical se precipita al exterior. Se trata de una gran sala con músicos tocando música jovial. Arias y Nira nunca habían visto tanto caos. Los presentes son un poco mayores que Laurel y parecen intoxicados o ebrios.

—¿Quiénes son estos, Laurel? —le pregunta Alés, uno de los jóvenes más populares y apuestos de todo el lugar.

—Ellos son Arias y Nira, mis nuevos amigos —responde la chica, dándole un trago a la copa de vino que lleva el muchacho—. Son mis «parejos» de esta noche, así que hazte a un lado.

Laurel camina al centro del salón, donde está el resto de sus amigos, y comienza a bailar entre ellos. Muchos de los chicos se acercan a bailar con ella. Los celos de Arias son palpables.

—Laurel es muy bonita, ¿no crees, Arias? —comenta Nira.

—Ella está bien —responde con desdén—. Aquí veo a otras más mucho más lindas.

—Hay algo en ella, no sé cómo explicarlo —dice Nira reflexiva—. Es como si no le importara nada. Como si nada le afectara. Solo vive.

—Pues debería tomar las cosas más en serio —discrepa Arias—. Los gongoleses acaban de tomar su ciudad. Yo estaría preocupado.

—A eso me refiero, Arias —dice Nira discreta, hablándole al oído—. Salomeno nos ha hecho vivir toda nuestra vida preocupándonos por todo. No hacíamos nada para darnos un buen gusto, de hacer cosas por placer. Todo era una tarea. ¿Acaso no quieres esto?

—Quiero regresar a lo que vinimos. Deseo volver al peregrinaje.

Arias mira al muchacho que habla con Laurel con envidia. Está bailando demasiado cerca de ella para su gusto. De pronto, el muchacho se adelanta y pega sus labios al cuello de Laurel, que lo escarmienta con un alegre empujón y luego parte de regreso a los gemelos. El corazón de Arias se pone a trotar a toda velocidad al verla llegar.

—¿Qué me dices, hombrecito? La gente aquí me tiene un poco aburrida. ¿Me acompañas a bailar?

Laurel toma la mano del joven, luego de golpe agarra también la de Nira, y tira de ambos, obligándolos a ser parte de la fiesta.

La energía del baile es intensa. Los tres desisten de hablar, ya que cada palabra se pierde en el estruendo de la música. Laurel baila como si el mundo se le hiciera pequeño; menea sus caderas y agita los brazos al ritmo de la música. De su cabello se desprenden gotas de sudor que caen frías en el cuerpo caliente de Arias, que permanece tieso ante ella, sin tener idea de cómo hacer un acercamiento. En cambio, Nira baila como puede, bamboleándose con una torpeza que le tiene sin cuidado. Se siente liberada, contagia a su hermano de su alegría y lo pone a bailar. Los tres bailotean hasta que sus pies no pueden más. De pronto, Arias se percata de que Laurel está muy cerca. No puede creer su suerte, ¡que una chica tan bella esté tan interesada en él…!

Laurel toma a ambos de las manos.

—Ya estoy aburrida otra vez —dice—. ¿Qué me dicen si los invito a otra fiesta? ¿A la de los adultos?

***

Laurel los guía por más pasillos y escalinatas que los llevan fuera de las catacumbas, al interior de una gran mansión.

—¿Qué es esto? —pregunta Arias, al ver que no es una mansión regular. Ve gente entrando y saliendo, por lo general hombres acompañados de alguna mujer, a veces de dos o tres. Se nota que son personas adineradas, de casta noble. El olor a licor es intenso, el aire se siente pesado, cubierto por humo de cigarro.

—No quiero arruinar la sorpresa aún, hombrecito —advierte Laurel—, veremos si el apodo que te di te hace justicia.

—No sé si tengo el estómago para más sorpresas —responde Nira, y ambos siguen a Laurel todavía agarrados de sus manos, corriendo entre salas y pasillos que, a pesar de ser lujosos, están añejados por el tiempo y han perdido su lustre.

—¡Hola, Laurel!

—¿A dónde vas con tanta prisa?

—Oye, Laurel, ¿quienes son tus amigos?

—¡Adiós, Laurel!

Las mujeres, llevando vestidos sensuales o nada en absoluto, saludan al cruzarse con ellos.

—¡Ojos al frente, hombrecito! —exclama la muchacha—. ¡Ya llegamos!

Laurel entra por una puerta de madera que los lleva a un ático que funciona como almacén. Está oscuro y cubierto de polvo.

—¡No veo nada! —susurra Nira.

—¡Shh! —la calla Laurel—, solo síganme, que me sé el camino hasta con los ojos cerrados.

Los gemelos se dejan llevar a un cuarto saturado de negro. No tan lejos, escuchan silbidos, aplausos y gritos con música de piano de fondo.

—Por aquí. Pisen por donde yo piso.

Los gemelos se ven sobre unas vigas; la luz que proviene de abajo se dispersa alrededor. En el fondo, a unos veinte pies de altura, hay una sala de eventos enorme y llena a capacidad. El alboroto es salvaje, contrario a las salas y pasillos que vieron antes. Este cuarto no está lleno de nobles, sino de Remo y sus hombres.

—¿Qué hacen los gongoleses aquí? —pregunta Arias repugnado.

—No hacen otra cosa desde que tomaron Yera. Seguro Remo sacó al público a la fuerza para que sus hombres llenaran el lugar.

Arias y Nira escuchan a Remo gritar groserías como si fuera un animal en celo. Una banda musical comienza a tocar un número nuevo y unas mujeres bailan mientras avanzan a la tarima.

—¿No les parecen diosas? Son tan bellas… —dice Laurel risueña.

—Esos atuendos parecen de otro mundo —agrega Nira—. Resplandecen como el oro.

—Pues yo los diseñé toditos —revela Laurel, orgullosa.

—¡Wua! ¡Están increíbles! —comenta Arias.

—¿Recuerdan que les mencioné que las putas no tienen estrellas? Ellas son las estrellas en ese escenario. Mamá no me deja entrar aquí, pero yo siempre me escapo y las observo desde acá arriba por horas. Esos hombres creen que estas estrellas les pertenecen, pero caerán uno a uno, como siempre caen. Muertos a manos de cada una de ellas después de haberles sacado sus secretos. Hasta que no quede ninguno.

—Laurel, quería preguntarte… —interrumpe Arias—. Ese hombre noble que vimos muerto al entrar a las catacumbas… tú…

Laurel ríe.

—¿Qué crees tú? ¿Piensas que lo hice?

—Un momento... ¿Cuál muerto? —pregunta Nira, poniéndose lívida.

—Creo que sí lo hiciste —responde Arias, sin estar seguro de si preferiría una respuesta negativa o una positiva.

—Digamos que me enteré al mismo tiempo que tú. Así que la respuesta es no —replica Laurel, riendo—. Yera es una telaraña y yo lo que hago es traerles carnada a las arañas, hombrecito. Matar no es algo que yo diría que me apetece. Además, mi madre solo deja que intervenga en sus asuntos de forma indirecta. Y solo porque le insisto. Puedo ser muy, pero que muy jodona cuando insisto.

Arias mira a Laurel y desea que su hermana no estuviese. Se pregunta si se atrevería a besarla de ser así. La encuentra perfecta, cada parte de ella; hasta la mugre entre las uñas y los moretones en sus espinillas lo tienen hechizado.

—A ver, ¿y tú, hombrecito? —dice Laurel, sacándolo del trance—. Vamos a invertir la pregunta: ¿a cuántos hombres has matado con tu espadita de cristal?

Arias piensa en Valdimir, el mercenario, y quiere decir: «uno, aunque no con esta espada», pero al recordar que Nira está presente, opta por retirarse. Se sienta en otra viga a ver el espectáculo.

—Oh, guau. Ahora ofendí a este de nuevo —se lamenta Laurel.

—No le hagas caso —responde Nira—. Solo busca atención.

Las chicas se quedan calladas un rato, escuchando la música y viendo la función, hasta que Laurel interrumpe el silencio:

—Así que mañana temprano parten en dirección del río Arenales. Quería decirte que disfruté mucho de su compañía.

Nira observa a Laurel con ganas de encontrar la valentía para decirle algo que tiene en sus pensamientos desde hace un tiempo. Al abrir los labios para revelarle su intención, Laurel se le adelanta:

—Cuando acaben con todo lo que tengan que hacer, vengan por mí, ¿sí?

Nira se queda sin palabras. Quería decirle que deseaba quedarse con ella en Yera, para que juntas crearan su propia historia, disfrutando del mundo lejos de La'Mourg, Salomeno y de cualquier otro peligro.

—¿Qué pasa, Nira? —pregunta Laurel, viendo una tristeza profunda en su amiga.

—Me daba la impresión de que te gustaba este lugar —responde

Nira desanimada.

—Yera se me está quedando pequeña y parece que ustedes están al comienzo de una gran aventura. Mi mamá no me quiere aquí. No quiere esta vida para mí.

—Ja, te tengo envidia. Tienes a una guardiana que te protege, en lugar de una que desea tirarte a una jauría de lobos por capricho propio.

—¿Volverán por mí? —insiste Laurel.

Nira calla. No quiere hacer una promesa que no puede cumplir, ¿cómo lo haría?, si es bien probable que pierdan la vida a lo largo del peregrinaje. Se encoge de hombros y baja la mirada.

—Quieres quedarte —se percata Laurel, leyéndola como un libro —, lo que quieres es quedarte aquí conmigo.

Nira contempla los ojos amarillos de Laurel y suspira; ambas permanecen calladas por un momento. Arias se percata de que algo pasa, pero asume que se trata de él y prefiere no interrumpir para evitar sentirse avergonzado.

—¡Hagamos una cosa, Nira! —exclama Laurel, cambiando el tono melancólico a uno jovial—. En la madrugada, nos encontramos frente a la fuente de Aurelio. Yo sé a dónde podría esconderlos hasta que podamos planificar un escape en otro lugar.

—Arias no va a venir con nosotras.

—¿Piensas abandonarlo?

—Él nunca abandonaría a Salomeno, a nuestra misión. Arias debe tener la libertad de hacer lo que él quiera. Y eso es el peregrinaje. Ese es su norte. Siempre lo ha sido, y por siempre lo será. Mi norte es otro. Yo debo hacer lo que siempre quise también.

—El Éspides no es un lugar para un niño solo —argumenta Laurel —. ¿Cómo puedes hacerle eso a tu hermano?

Nira se siente decepcionada; pensó que una persona como Laurel, con un alma libre, la entendería y le daría el empujón necesario para hacer lo que su instinto le dice.

—¿Por qué le harías eso a tu madre? —se defiende Nira—. El Éspides no es un lugar para un pequeño, ni dos ni tres. ¿Qué diferencia haría si está solo? Estaremos siempre igual de indefensos, sin importar cuántos seamos. Yo solo sé que quiero hacer esto. Te voy a ser franca

—Nira se le acerca a Laurel y la mira con intensidad—: no vamos a regresar por ti. Nuestra misión es de por vida, ¿entiendes?

Laurel medita un momento. Nunca había visto a Nira tan seria. Finalmente le dice:

—Mañana antes del amanecer, mientras el hombrecito duerme. Te despides en silencio y nos vemos frente a la fuente de Aurelio.

15

HACIA TIERRAS DESCONOCIDAS

Arias se despierta al sentir las paredes de su howdah tambalearse con fuerza. Aguja está a su lado jadeando, nervioso. El joven se asoma al exterior y la arena se le viene encima con ímpetu, tiñendo todo de negro. Arias se cubre con un turbante y se apea de su bisgón.

«Una tormenta. ¿Por qué tenía que pasar hoy?», se lamenta; este es el día que retomarían el peregrinaje. Va a buscar a su hermana, pero el viento apenas le permite andar. A lo lejos ve al bisgón de Nira: es tan solo una mancha oscura entre la bruma de tierra. Llega hasta él, se aferra fuerte de su pelaje y lo escala hasta llegar al tope con mucha dificultad. Nira no está en su howdah. Sus pertenencias tampoco, ni

Raisa.

«¿A dónde se habrá ido? Ella nunca desaparece sin avisar». Arias baja del animal y mira al horizonte; apenas puede distinguir a Yera, sus murallas se vislumbran abstractas e indefinidas.

—¡Nira! —grita. No puede escucharse ni a sí mismo.

En el cielo avista a Sulus. Su luminiscencia está atenuada por la bruma negruzca, puede ver al sol como un círculo perfecto. Celes no está.

—Nira me ha abandonado —dice, no creyéndose a sí mismo al decir las palabras. «Debo estar soñando de nuevo. Ella jamás me dejaría». Podría consolarse con la idea de que sueña, pero no logra sacudirse el miedo. Con una pena que lo ahoga, continúa la búsqueda. Solo queda buscarla en Yera. «Tal vez fue a despedirse de Laurel». De nuevo está equivocado. Ella sí está aquí.

—Nira… ¡Nira!

No está lejos. Arias la ve difusa, ida, luciendo casi como un espectro. Su cabello está cubierto con la arena negra del desierto. Raisa está a su lado cargando varios motetes en el lomo. No contesta al llamado de su hermano; su mirada está puesta en Yera.

—¿Qué haces? ¿A dónde vas? —grita Arias, tragándose el llanto.

Nira se da la vuelta hacia su hermano. Bajo sus ojos almendrados se dibujan dos hilillos de cristal que bajan sucios por sus mejillas. Lo mira afligida, y vuelve a mirar la ciudad negra con melancolía.

—¿Vino Laurel a despedirse? —pregunta Arias, tratando de adivinar lo que la entristece.

Ella no responde. Muchos sentimientos en conflicto se confrontan en su interior: ir a encontrarse con Laurel en Yera y escapar, o abandonar sus deseos más íntimos para siempre.

—Ella no va a venir —le contesta a su hermano al fin, ya convencida—. Vámonos.

Arias decide no presionarla y retrocede para montar su bisgón. A él también le duele no despedirse de Laurel. Algo le dice que la volverá a ver.

Nira se vuelve una tercera vez para mirar la ciudad.

Laurel ha llegado. Está sola ante las puertas de Yera. Quieta, espera.

Nira no vuelve a pensar. Le da la espalda y vuelve donde su hermano con la seguridad de que no volverá a verla, e intenta aceptar de una vez que nunca vivirá la vida que siempre quiso.

***

Luego de tres días de camino hasta al río Arenales, el desierto ha quedado atrás. Ahora abren paso a las praderas, de camino al primer poblado. El cielo está despejado con un azul intenso. Es el primer ciclo del día y Sulus no está castigándolos con su fuego despiadado; está Celes, con su llama gentil.

Se han encontrado en el camino con muchas maravillas que los deslumbraron, pero una que tienen de frente les parece especial: un majestuoso árbol de hebro. Salomeno les había contado que suelen vivir miles de revoluciones, y que al llegar a la última etapa de sus vidas, pierden sus hojas. Pero este que ven está frondoso, luce un vestido de hojas multicolores y parece que canta con miles de voces. Sin embargo, no es hasta que los hermanos se acercan para verlo de cerca, que se percatan de que la copa del árbol de hebro ha echado vuelo a lo alto: eran miles de pájaros de todos tipos. Las aves se agrupan por especies, cada una formando una bestia singular que se desplaza por el aire. Los gemelos cuentan cuatro de estas parvadas volando en sincronía, aunque nunca mezclándose entre sí. Trazan varios círculos y regresan al árbol.

Arias recuerda que Salomeno dijo una vez que las tribus de Jobos podrían ser diferentes e incompatibles, pero que una vez llegara el momento justo, cuando ya no existiera el peligro, podrían serenarse y compartir un momento en comunidad.

***

Lo próximo que encuentran no es una sorpresa tan placentera. Hacia ellos se aproxima una comitiva de soldados dairios, que se detienen e interrogan a los hermanos. De pronto, Nira recuerda el consejo de Marajade: mostrar los tatuajes. Así lo hace, y así de fácil los dejan ir, dejándolos perplejos al ver que funcionó. Lo que ellos no saben es que los dairios tienen una relación complicada con el mundo subterráneo de Yera y ahora ambos tienen un enemigo en común: los gongoleses.

—¿Ves que Páteras nos protege? —comenta Arias—. Siempre te he dicho que le des tu confianza.

—Le doy mi confianza a la palabra de Marajade, que nos tatuó estas insignias que nos han salvado la vida.

Arias se pone serio y dice:

—Agradece que Salomeno nos diera el medallón, que Laurel nos descubriera gracias a él, y eso nos llevara a Marajade. Si nada de esto pasaba, no nos hubiera protegido con estos tatuajes. Es una línea de eventos que Páteras crea para protegernos.

Nira desea con todo su corazón que Arias esté en lo correcto. Le gustaría pensar que existe un ente divino en el cielo que vela por ellos y los hace inmunes a toda tragedia. Ella nunca ha sido una persona de mucha fe, siempre pensó que Salomeno usaba esos cuentos para engatusarlos en sus planes.

—El hecho de que los dairios estén merodeando por aquí, me pone nerviosa —dice.

—Deben estar estudiando los movimientos de los gongoleses para iniciar un contraataque —sugiere Arias—. La pérdida de Yera ha sido un golpe fuerte para ellos.

—Sigamos adelante. No quisiera encontrarme con ninguno de los dos. Puede que no corramos con la misma suerte la próxima vez.

***

Tras varias horas del encuentro con los dairios, Arias y Nira llegan al primer poblado; un letrero indica que se llama Tar. No es nada comparable a Yera. No existen murallas que lo protejan, ni grandes templos o mercados, nada de fuentes o palacios. Solo hay chozas, muchas de barro y paja, algunas otras de piedra. El terreno está enfangado, por lo que en muchas áreas hay tablas elevadas con planchas de madera. El pueblo es pequeño, humilde y cabizbajo, con solo un par de decenas de casas y unos trescientos habitantes. La gran mayoría se dedica a la ganadería y a la obtención de lana. Como todos los demás pueblos del Énibes, no producen para ellos mismos, sino para las tierras de Gálica en el norte, en donde viven los níveos y los nobles más adinerados.

—No sé cómo empezar, ¿qué se supone que hagamos ahora? —admite Nira mientras se adentran en el pueblo y ven a los locales ocupados con sus quehaceres.

—Yo no me preocuparía por eso —replica Arias sonriente mientras detiene su bisgón y se apea—. Chuck, chuck —le ordena al animal, que se inclina y se recuesta en el suelo—. Aguja, ven.

El fausno salta de la howdah y aterriza con las cuatro patas. Los presentes contemplan con estupor al impresionante animal.

—Oh, claro. Cómo no iba a esperar que hicieras un espectáculo con tu entrada —comenta Nira, sacudiendo su cabeza.

—Bueno sea, viajeros. ¿Podrían decirnos quiénes son y de dónde vienen? —pregunta un hombre que lleva un sombrero de paja. El resto de la gente se comienza a amontonar frente a los gemelos y sus fausnos.

—Venimos de la lejana tierra de Savana —responde Arias—, a darles buenas noticias.

—¡Buenas noticias! —ríe el hombre—. Aquí no existe tal cosa. Un buen día es cuando todo sigue igual y nada pasa.

—¡Venimos de la tierra de Savana, una tierra rica en promesas! —repite más alto, al ver que más personas se acercan. Saca un bolso y revela unas reliquias, regalos de Salomeno. Se levanta una cacofonía de murmullos y expresiones de asombro entre la multitud.

—¡No queremos tesoros robados aquí! —escupe una mujer, rabiosa—. Quedarse con algo hurtado es como atraer una maldición. Nos traerá desdicha y muerte.

—Nada de esto es robado —asegura Arias—. Todo lo que ven ha sido siempre de ustedes, pero se los han quitado.

—Yo nunca he tenido tal cosa. ¡Mientes! —rechaza la misma aldeana.

Arias monta su fausno y se pasea entre la multitud. Ellos se apartan, temerosos.

—No teman, no les hará daño —asegura Nira al apearse de su bisgón, seguida por Raisa.

La multitud vuelve a levantar los aires con estupor y miedo. Ambos hermanos cabalgan a sus fausnos con gentileza, tratando de demostrar a los espectadores que no tienen de qué temer.

—Háblanos de esta tierra de Savana —pide el primer hombre que les habló—. Nunca había escuchado de ese lugar.

—Es una tierra que nos fue entregada por los dioses, nuestros dos padres, que nos ven desde allá en el cielo desde el principio de los días.

—Así que ustedes son qué, ¿hijos de unos dioses? —ríe otro local.

—Somos sus hijos, y al mismo tiempo somos ellos hechos carne.

—Todos somos hijos de Celes y Sulus —interrumpe Nira, tratando de apaciguar lo que para ella es una vanidosa e ilusa introducción—. Solo somos viajeros. Venimos a conocerlos y a ofrecerles un nuevo hogar.

Nira baja de su fausno y, al igual que su hermano, desenvuelve lo que lleva dentro de su bolso.

—Aquí nadie sabe leer, niña. Eso no nos sirve de nada —farfulla una mujer con los dientes dañados, al ver que Nira estira un pergamino en el suelo.

—Para eso estamos aquí —responde Nira con ternura, y empieza a leer—: «En las sangrientas tierras de la Medina, un general de nombre Salomeno conquistó, mató y hurtó en nombre del último rey que tuvo la especie humana: el rey Osorio de Medina. Así fue hasta que el corazón de Salomeno cambió de ambiciones y decidió dirigir a sus hombres a una nueva causa, en la que liberarían en vez de castigar, harían vivir en vez de matar. Levantó un gran ejército, que se alzó en contra del reinado de Osorio, y prosiguió con una gran campaña de victorias donde humilló a los ejércitos de las otras provincias hasta que el amo del sur, La'Mourg, junto con su familia, los níveos, amos de Gálica, emprendieron otra campaña que agotó las fuerzas de Salomeno hasta que el número de sus hombres fue menos de cien, obligándolo a aventurarse a las islas Crestas.

»Salomeno recolectó los tesoros obtenidos en sus viejas campañas y con ellos logró renovar su ejército, no tan solo de guerreros, sino también de hombres y mujeres de todo tipo y casta. Con ellos emigró por las aguas del océano Ala'ti hasta llegar al continente de Jobos, en el sur. Así lo hicieron durante varias revoluciones solares en pequeños grupos, dándole vida a una nueva tierra, la tierra de Savana, un lugar que acoge a toda persona; tierra de aquellos que se hacen ricos, porque el que no es dueño de su propio destino, es pobre. Savana no es un pedazo de tierra, sino una comunidad, y esta ha llegado a su pueblo hoy, junto con estos dos emisarios, que conquistarán para ustedes todo lugar que los soles tocan.

Nira cierra el manuscrito y un silencio arropa al pueblo de Tar.

—¡Esas son tonterías! —exclama un viejo—. Yo no he escuchado de tal hombre y su ejército.

—¿Por quiénes nos tomas, niña? —responde otro.

—¿Y si es cierto? Un lugar como Savana no suena tan mal —sugiere una mujer.

—No suena tan mal porque es demasiado bueno para ser real —replica el viejo con sombrero de paja—. Seguro obtuvieron esas reliquias estafando a gente como nosotros.

—Ustedes no tienen nada que podamos robar, pero en Savana estarían agradecidos de contar con sus habilidades —contesta Nira.

—Por favor, déjanos en paz trabajando. Ya hemos perdido gran parte del día con ustedes y vamos a perder nuestra cuota.

—No veo ningún dairio aquí —responde Arias—. ¿A qué le temen? ¿Quién podría enterarse?

—Ellos vienen una vez por semana —explica la mujer que estaba interesada en ir a Savana—. Ellos recogen lo que producimos y se marchan después.

—De no alcanzar tu cuota, te hacen sufrir un castigo —revela otro hombre, señalándole a un señor huesudo a su lado. Tiene dos muñones donde estuvieron sus manos, de las que se han preservado los huesos, que penden del cuello del hombre como un collar, hiladas de manera que preservan su forma original, descansando sobre las clavículas y con las falanges abiertas como si estrangularan a su dueño—. Así le hicieron pasar el resto de su vida a Gemaro —continua el viejo—, porque de no llevar sus manos como prendas, lo matarían. Su única función en Tar es servir de ejemplo para no fallar con nuestras cuotas. Así que, si me disculpan, tenemos mucho por hacer.

—¿Los dairios les cortan las manos por fallar una estúpida cuota? —pregunta Arias, furioso.

—Por órdenes de La'Mourg —asegura el hombre—. Como ya les supliqué: déjenos en paz. Y váyanse lo más lejos que puedan.

Al escuchar estas palabras, los locales se sienten convencidos de que lo mejor que pueden hacer es irse, y así lo hacen. Nira suspira, frustrada pero no sorprendida. «¿Quién le va a creer a dos críos?» se dice, como muchas veces se lo dijo a Salomeno.

—Me parece que obviaste una parte importante en el relato, ¿no crees, Nira? —la confronta Arias.

—¿Que Celes y Sulus nos enviaron en una gran bola de fuego desde el cielo? —se burla Nira—, ¿que somos sus hijos y, para hacerlo más complicado aún, que somos los dioses mismos? ¿Que nos enviaron a salvarles la vida? Es evidente que querías hacer de una ya ridícula proposición, algo mucho más inverosímil.

—«Inverosímil»… —mofa Arias—. Si usaras menos esas palabrotas y hablaras más convencida, podrías vender la idea.

—No creo que te iba bien desde un principio.

—Disculpen —interrumpe una anciana—. Me pareció escuchar que ustedes habían sido enviados por Celes y Sulus, que son sus hijos…

Nira se retira, ya que no quiere escuchar más burlas, pero su hermano la toma del brazo para detenerla.

—Eso somos —responde con sencillez.

La mujer se arrodilla y le besa los pies a los gemelos. Nira la levanta del suelo deprisa, sintiéndose avergonzada.

—No se tiene que arrodillar por nadie. Nunca más.

—Vengan conmigo, deben tener hambre. Disculpen, que nunca he tenido a un dios de huésped. Los dioses comen, ¿cierto?

—Que si comemos… ¡Estamos hambrientos! —exclama Arias—. ¡Nira, ven!

La mujer los dirige a una humilde choza de paja y madera con muchos hoyos en el techo, por los que se cuela el agua de la lluvia aquella mañana.

—Aquí producimos mucha carne de ganado, pero no se nos permite comer más que lo que queda pegado a los huesos. ¡Pero no se preocupen, que de esos huesos puedo hacer un delicioso caldo! Siéntense, mis soles.

Arias y Nira no ven dónde sentarse, nada en la casa parece cómodo, así que optan por el suelo.

—Esos animales que traen con ustedes son hermosos —comenta su anfitriona, señalando a los fausnos que hacen guardia en el umbral.

—Son nuestros protectores —contesta Nira—, y mientras estemos aquí, serán los suyos también. Mi nombre es Nira, él es mi hermano Arias, ¿podría honrarnos con el suyo?

—Mi nombre en Ach era Elea; en Bar me llamaban Aliana; en Coram me conocían como Atria y aquí en Tar me conocen como Julea.

—¿Por qué tantos nombres? —inquiere Nira.

—Los dairios no nos permiten vivir en un mismo lugar por mucho tiempo, así que nos mueven como les place. Un nuevo pueblo, una nueva tarea, y un nuevo nombre.

—Así que no perteneces a ningún lugar —lamenta Nira—. No solo les han quitado sus apellidos, sino todo lo demás.

—Mis padres me llamaron Raquiel —responde la mujer—, eso lo recuerdo bien.

—Pues de ahora en adelante serás llamada Raquiel —afirma Arias, a lo que ella sonríe agradecida. Luego se levanta para servirles el caldo que le queda. Nira no entiende cómo es posible que huela y sepa tan sabroso con los pocos ingredientes que la señora tiene a su disposición.

—¿Hace cuánto que no pasan los dairios por aquí? —pregunta Nira, sospechando que ha transcurrido mucho tiempo.

—Ya han pasado tres cuotas desde la última vez que los vimos. Pero a nadie aquí le gusta tomar riesgos.

—No vendrán —asegura Arias, mientras se mete tanto caldo como puede en la boca—. Un clan de rebeldes los ha expulsado de estas tierras, pero al parecer los dairios se están reagrupando para contraatacar. Nira y yo nos encontramos con varios de ellos bien armados camino acá.

—En otro momento estaría aterrada. Ahora que ustedes y Páteras nos protegen, no siento miedo —dice Raquiel, esbozando una sonrisa mellada—. La última ocasión que me sentí así de segura fue antes de que murieran mis padres. Verán, mi nombre no es lo único que recuerdo de ellos. También recuerdo las historias que me contaban, que se las contaron sus padres y los padres de sus padres. Cuentos prohibidos, unos que yo creía con una fe que era tan fuerte como el amor que les tenía. Una de ellas hablaba del hijo del sol rojo y la hija del sol azul. Dos soles que se harían de carne y hueso para cambiar al mundo. Siempre creí en esa historia, y me aferré a ella a lo largo de todas las revoluciones solares de mi vida, manteniéndola siempre en mis recuerdos, soñando que algún día los conocería finalmente.

Nira se queda perpleja: la señora suena tan convencida, que pone a la joven a cuestionar su incredulidad.

—¿Tienen dónde dormir?, pueden quedarse aquí cuanto deseen, mis soles.

—Se lo agradecemos, y no se preocupe, que mientras estemos aquí ayudaremos en cuanto podamos, ¿verdad, Arias?

—Oh, sí. Claro —dice su hermano con la boca llena de comida—. Gracias por el caldo, Raquiel. Estaba sabroso.

Arias le entrega un plato vacío.

—Me honraría si compartimos del mismo plato, Raquiel —le dice Nira, sabiendo que la señora se había quedado sin comer, y que esa sería la única manera en que accedería a probar bocado.

—¡La honra es mía! Benditos sean. ¡Comer del mismo plato que la hija del sol azul debe ser una bendición!

***

Pasan la noche conversando y compartiendo historias. Los gemelos le cuentan de Salomeno, Marcelo, y de cómo obtuvieron los fausnos. Raquiel les cuenta de sus innumerables vidas en el Énibes, tantas, que muchas ni las recuerda, como si su existencia estuviera quebrada en pedazos.

Esa noche, Raquiel duerme en paz, como no lo había hecho desde que sus padres la mecían en sus brazos, cuando el mundo tenía sentido. Y tal como lo hicieron sus padres, Arias la adormece con una historia sobre los hijos de los soles, no en la versión que Raquiel conocía, sino como Amenoóh se la enseñó a los gemelos: el poema El baile de Salomeno.

Justo cuando se están quedando dormidos, los cascos de unos cabaos se escuchan a la entrada del pueblo, seguidos por un alarido que levanta a Raquiel y a los gemelos.

—¡Estos desgraciados! —gruñe la vieja al levantarse y precipitarse hacia la ventana para observar—. ¡Esto ya está pasando demasiado seguido!

Los gritos continúan, sonando cada vez más dolorosos.

—¿Qué sucede? —pregunta Arias alarmado. En otra choza hay una lumbre encendida y varias siluetas que se mueven con violencia.

—¡Ladrones! Es la tercera ocasión que sucede —explica Raquiel.

Tres hombres salen de la choza riendo como demonios, uno de ellos lleva a una joven en los hombros; esta patalea y grita con fuerza.

—Esos hombres van y vienen cuando les place, siempre llevándose una mujer con ellos. Ellas nunca regresan —lamenta Raquiel, furiosa.

—¡Son gongoleses! ¡Tenemos que ayudarla! —ruge Arias mientras busca su espada de virilio.

—¿Estás loco, Arias? —exclama Nira en susurros—. ¡No vas a hacer tal cosa! Son tres hombres armados.

—¡Y nosotros tenemos dos fausnos!

Arias anda deprisa a la salida, y con su espada, corta la cadena que tiene Aguja en su cuello.

—¡Alúh, alúh! —le ordena Arias al fausno, que acelera veloz en dirección de los gongoleses, pisoteando el fango y saltando con agilidad por los tablones que cruzan entre las chozas. Los gongoleses galopan hacia las afueras de Tar. Podrían haber escapado, de no ser por Aguja, que entierra sus colmillos en el hombro del gongolés que lleva a la joven y lo lanza al fango, donde caen enseguida su cabao y la prisionera; los otros dos jinetes giran, con las espadas al aire. Tratan de detener a Aguja, pero el caos es tal, que apenas pueden seguirlo. El fausno agita al hombre en el lodo y el cabao se retuerce para tratar de levantarse. El gongolés gruñe mientras su sangre se mezcla con el lodo. Confundido, trata de dar puñetazos ciegos al hocico de Aguja, que no lo suelta: lo tiene atenazado con el potente agarre de su mandíbula.

—¡Degüéllalo, Aguja! ¡Hazlo pagar! —grita Arias al llegar al lugar con su sable de virilio empuñado, brillando con la luz de las cuatro lunas. La mujer, libre, intenta correr hacia Arias, tropezando con sus propios pies y cayendo en el fango.

El cabao logra reincorporarse y le asesta a Aguja una patada que le hace retroceder. El gongolés queda en libertad y se encarama rápido sobre su montura, apenas teniendo energías para sentarse. Su sangre corre por el muslo tenso de su cabao.

—¡Regresaremos por la bestia! —escupe uno de los gongoleses mientras le da vueltas bruscas a su animal para ahuyentar al fausno, que a pesar de estar herido, lo continúa mirando con furia, mostrándole los colmillos.

—No olvidaremos esto, ¡pueden irse despidiendo de este mugroso pueblo y de sus mujeres! —El gongolés escupe en el suelo y los tres jinetes se pierden entre la oscuridad y la maleza.

—¡Aquí estaremos esperando! —grita Arias crispado, mientras les lanza piedras.

Cuando ya se han ido, Nira se le acerca a su hermano y le da un empujón.

—Veo que lograste destruir el primer pueblo que visitamos —exclama—. ¡Te felicito!

—No si trabajamos juntos —contesta Arias.

El pueblo entero se ha despertado por el alboroto y rodean al muchacho, su hermana, el fausno herido y la joven rescatada.

—¡Qué horror! —solloza uno de los locales—, ¿qué vamos a hacer ahora?

—Luchar —responde Arias con bravura—. ¿O piensan esperar el pasar de los días mientras se roban a cada una de las mujeres de este pueblo hasta que no quede ninguna?

El pueblo responde con silencio.

—Ellos no son guerreros —le susurra Nira entre dientes cerca del oído.

Ignorando lo que le dice su hermana, Arias se dirige a las decenas de personas que tiene de frente.

—Mientras estemos aquí, Páteras los protegerá —asegura Arias con gran optimismo—. Pero tienen que hacer exactamente lo que les indique.

***

Nadie duerme; el pueblo de Tar trabaja en el exterior con Arias y Nira, preparándose por si los gongoleses vuelven. El hijo de Sulus ordena a un grupo que cave trincheras a lo largo de la entrada principal del pueblo; usan palas, pedazos de madera y hasta las manos para cavar una zanja de la altura de media persona.

En la mañana, Arias escoge a los hombres más fuertes que estén dispuestos a luchar y los arma como puede, dagas, palos, clavos, metal;

todo vale para crear su pequeño ejército. Nira se dedica a organizar el plan de salida para cerciorarse de que todos entienden las instrucciones de su hermano. La joven organiza turnos de vigía donde varias personas treparían los árboles más altos de Tar para avisar en caso de ataque; incluso ingenia un sistema de códigos que consiste en simular cánticos de aves que les dejarán saber la cantidad y ubicación de los invasores.

En el segundo ciclo del día, Arias galopa a Aguja para llevarse el ganado lejos del pueblo, previniendo que los gongoleses mataran a los animales por capricho y venganza. Los niños del pueblo siguen a su nuevo líder. Para entretenerlos y despreocuparlos, Arias les enseña a montar a su fausno.

Al volver, el joven dios ve que la trinchera está bastante avanzada y se siente optimista de que tienen una buena oportunidad de resultar victoriosos.

—Recuerden que siempre que estemos aquí con ustedes, el anillo de Páteras, que esta allá en el cielo, nos protegerá —insiste Arias a los locales de Tar, como si fuera una plegaria que debieran repetirse en la mente una y otra vez. Al escudriñar sus rostros, Arias nota que no se ven muy convencidos.

—¿Protegernos? —dice un hombre cubierto de fango de pies a cabeza—, ¡ustedes nos han traído esta desdicha! Hacemos lo que nos pides porque no tenemos alternativa.

Arias monta a Aguja y da círculos alrededor de todos. Con un gesto, le ordena a Nira que haga lo mismo. Al entender lo que ingenia Arias, Nira hace lo que le pide y monta a su fausno. La imagen de los hijos de los soles montando a unas bestias que los locales de Tar jamás habían visto, es demasiado poderosa.

Arias se va a dirigir al pueblo, pero su hermana lo interrumpe:

—Mi hermano es un gran guerrero. Sulus se posa radiante sobre él hoy. Les aseguro, en el nombre de esa gran estrella, que la victoria es nuestra. He visto a Arias liderar batallas y derrotar al mejor estratega que se haya jamás visto en todo Ilusonia.

Por un momento, Arias pensó que su hermana se había vuelto loca. «¿De quién rayos está hablando? Yo nunca he luchado y mucho menos derrotado a alguien en una batalla», piensa, pero es ahí cuando el recuerdo le llega de repente: hablaba de Salomeno, de cuando lo derrotó en el juego de batallas y estrategias.

—No les pido que se salven a ustedes mismos, sino a aquel que esté a su lado. Ármense de empatía, porque así es como serán libres. Acepten nuestra mano —continúa Nira—, no tienen nada que perder. Los gongoleses han expulsado a los dairios y es solo cuestión de tiempo para que destierren a los hijos de Tar. —Nira galopa a Raisa entorno al pueblo, los rayos de Celes se posan sobre sus hombros—. Cuando tengamos sobre nuestras cabezas la corona de la victoria, marcharemos a Savana y haremos de ustedes hombres y mujeres libres y dignos. ¡Acepten nuestra mano!

—¡Acepten nuestra mano! —repite Arias con poder.

Nira de repente se da cuenta de lo que ha dicho. No es normal para ella comportarse así; sintió desde bien adentro que necesitaba hacerlo porque el pueblo de Tar necesitaba la bravura para sobrevivir. Tampoco quiere defraudar a Raquiel.

Ella es la primera que se acerca y le toca la mano a Nira, luego a Arias. Luego otro hombre hace lo mismo, y a él se une una mujer, y otro, y otro, hasta que una gran mayoría se ha unido al grito de batalla. El último en hacerlo es Gemaro, el hombre manco. Arias besa donde ya no están sus manos y le promete que él se convertirá en sus puños.

—¡Ya he visto suficiente! —exclama furioso uno de los hombres que decidió no unirse al llamado de Nira—. Esto es una tontería. Si hacen lo que les piden, terminaremos enterrados en el fango de esta horrible aldea. —El hombre toma a su pareja y a su hija para llevárselos a su casa.

—Preferiríamos contar con un hombre fuerte como tú —le pide Arias—. Te ruego que no se queden solos en sus casas. Correrán peligro.

—Peligro es lo que ustedes han traído con ustedes. He sobrevivido todo este tiempo. ¡Puedo cuidar a mi familia yo solo!

—Hoy pueden ser los gongoleses —dice Arias—. Mañana serán los dairios. Sea quien sea, seguirán atormentándolos.

—Si vienen los gongoleses o los dairios, les entregaré tu cabeza. Es posible que seas valioso. Piénselo. ¿Cuánto pagaría La'Mourg por un dios? —grita el hombre, suelta una risa y desaparece dentro de su casa azotando la su puerta.

***

Ese día lo gongoleses no atacan, ni el día siguiente, tampoco el que siguió. La gente de Tar empieza a pensar que el Arco de Páteras de verdad los protegerá mientras los gemelos los acompañen.

Mientras tanto, Arias y Nira se ganan la confianza y cariño de muchos en el pueblo. Arias continuá entrenándolos para defenderse mientras Nira les enseña a escribir sus nombres. La tercera noche en Tar, hacen una hoguera en medio del pueblo y cuentan historias. Arias y Nira les relatan con un espectáculo su historia con Salomeno. Luego reparten los manuales ilustrados que crearon con su maestro en Savana y los discuten con los locales.

Con cada día que pasa se sienten más seguros, pero ahora que ha llegado la cuarta noche, todo está demasiado callado. Nira les ordena hacer vigilia sobre la copa de los árboles. Siente un retorcijón en el estómago, como esos que siempre siente cuando está nerviosa y espera lo peor.

Empieza a lloviznar y un trino se hace oír en Tar:

—Cuuuuk, chriii-chriii-chiriii-chiriii-chriii, caaaak, chriii-chriii-chiriii-chiriii-chriii —trina uno de los guardias, indicando que hay un grupo de cinco hombres acercándose por el este, y otros cinco del sur.

Arias y Nira se apresuran al centro para calmar los ánimos del pueblo, que está alborotado. Los gemelos contemplan sus rostros. Están aterrados.

—Recuerden lo que les dije —advierte Arias con voz calmada—, si se dejan llevar por la emoción, lo perderán todo. Tengan fe en mí… y en mi hermana.

Los hombres, mujeres y niños tocan a los dos dioses como si tocaran un amuleto de la buena suerte. Solo basta con una señal de Arias para que los aldeanos echen partida a sus posiciones asignadas.

—¡Nira! —le dice Arias a su hermana con firmeza, y le lanza un rifle—. Por favor no dudes en usarlo.

Nira se le acerca a su hermano para pedirle que se cuide, pero en ese momento decide dejar de tratarlo como un niño. Lo atrae de la camisa y le da un fuerte abrazo. Él alcanza a besarle la mejilla; no sabe si la siente húmeda por la llovizna o por el llanto. Sin decir nada más, Arias desaparece llevándose a los dos fausnos.

Nira pasa con su rifle por varias de las chozas para asegurarse de que todas las personas están fuera.

—Caracá, calú-calió —trina uno de los guardias, indicando que los invasores están a unos noventa metros de Tar.

Nira ve que una de las casas todavía está habitada y toca la puerta. Esta se abre de golpe y de ella sale un hombre armado con un mosquete desgastado: se trata del hombre que amenazó con entregar a Arias a los gongoleses.

—Me parece que fui claro cuando dije que no necesito nada de ustedes —le gruñe a Nira mientras le apunta con su arma.

—Serás bienvenido a acompañarnos en las trincheras si cambias de parecer —responde Nira nerviosa, pues a pesar de estar armada, no tiene la menor intención de intentar un acto heroico.

—Lárgate —repite el hombre, azotando la puerta tras ella.

—Caracá, celiú-calió. —Sesenta metros.

Nira corre despavorida y recoge a un niño que está solo, mojado y lleno de lodo, en medio del pueblo. Le aprieta la boca con fuerza para enmudecer su lloriqueo.

Arias se acerca a una de las trincheras con los fausnos. El aguacero se torna más intenso.

—¡Vamos! ¡Apresúrense! ¡Chuck-chuck! —les ordena Arias a los fausnos para que entren a una de las trincheras, que están ya abarrotadas de gente. Nira y el pequeño niño se deslizan dentro de otra.

—Cacaracá, culiu-calió. —Treinta metros.

Arias corre a un lugar de encuentro donde se reúne con varios de los recién bautizados guerreros. Les indica con urgencia y poco aliento qué posiciones tomar; ellos hacen tal como Arias ordena.

El joven apresura el paso a la casa de Raquiel para buscar su espada de virilio y su arco sorio. No esperaba llevarse la sorpresa de que la mujer estaba ahí.

—¡Chruii! —El trino anuncia que los gongoleses han llegado.

«Mierda», se dice Arias al verse atrapado con la señora en la casa, fuera de la posición que le tocaba. Ella está horrorizada, incapacitada para moverse.

Cada sonido vivo en Tar enmudece; solo se escucha el encuentro de la lluvia contra el fango.

Al menos veinte gongoleses entran con armaduras rojas a Tar, provistos de lanzas y rifles. Se separan y dan paseos alrededor del pueblo. No toma mucho para que tengan la impresión de que los aldeanos de Tar han huido.

Raquiel gime descontrolada. Arias no encuentra forma de calmarla.

La puerta de una casa se abre con brusquedad.

—¡Escuchen! —grita a los gongoleses el hombre que amenazó a los gemelos—. Se han escondido, permítanme ayudarles y decirles don…

A sus palabras se las traga el plomo del fusil de uno de los gongoleses, que lo lanza con ímpetu de vuelta al interior de su casa.

«¿Qué está pasando?», piensa Arias nervioso.

—Oh, ¿qué tenemos aquí? —dice uno de los gongoleses en su idioma—. ¡Creo que he encontrado a nuestro primer dulce, muchachos! —Los llantos de la viuda se hacen oír en todo Tar. El líder entra a la casa y cierra la puerta.

Los hombres asignados para proteger al pueblo no encuentran a Arias por ninguna parte; esperan con ansias alguna instrucción. El joven está ansioso por llegar a ellos y abandonar a Raquiel, pero teme que ella se convierta en presa fácil para los invasores.

Nira no ha visto a su hermano salir de la casa y el miedo la envenena con pensamientos nefastos. De momento, siente el agua fría que se empoza dentro de la trinchera y le sube por las piernas.

—Por favor, encárguese del niño y no permita que lo escuchen llorar —le indica Nira a la persona que tiene a su lado. La joven abandona al pequeño y sale de la trinchera agachada, rifle en mano. Nira se deja ver por los aldeanos que debían asistir a Arias y les hace señas, indicándoles a dónde deben ir. A uno le asigna ir a ayudar a su hermano.

—¡Socorro! —grita la viuda dentro de su casa. Cacharros y vasijas se escuchan estallar a las afueras.

Los otros gongoleses revisan choza por choza por si encuentran a otra persona escondida. Siempre que encuentran a alguien, lo saludan con un disparo, seguido por un silencio sepulcral.

Arias escucha algo de metal que cae en el suelo fuera de la choza. El joven aprieta su arco sorio y prepara una de sus flechas. Su respiración es irregular; queda poco tiempo. Lo único que ve es un juego de sombras junto a la puerta. La madera de la casa cruje cuando la primera pisada toca el interior. Arias inspira profundo y prepara una flecha.

El gemido de Raquiel se convierte en un grito; el hombre vuelve su cabeza en su dirección y la flecha atraviesa el cráneo del gongolés, que cae desplomado en el suelo.

Arias se pone de pie y corre a la puerta. En la salida se encuentra a uno de sus hombres, al cual ordena cuidar de Raquiel. Al salir, ve que varias chozas están en llamas, así que se ajusta el arco a la espalda y, sin esperar más, desenvaina su espada de virilio. El hijo de Sulus se dirige a un gongolés que intenta entrar a una choza en la que hay varias personas y le hace un corte profundo que empieza en el costado derecho y culmina en el hombro izquierdo. Al dejarlo en el suelo, Arias busca a quien más hacer sangrar.

Nira se esconde detrás de un arbusto, esperando el mejor momento para usar su rifle. Todo está en silencio y no quiere alertar a los gongoleses con un disparo. No demasiado lejos, ve a uno de los hombres de Tar acuchillar a uno de los gongoleses. Ambos ruedan en el fango y el hombre de Tar hunde la cara del invasor en el lodo, ahogando su grito, hasta que este no se mueve más. Nira baja su rifle al ver que el hombre está a salvo, pero en ese instante, un gongolés se le va encima al aldeano con una lanza, y lo empala en el suelo. Nira levanta su arma; apenas puede ver con la lluvia dándole en la cara. Las manos le tiemblan y solo distingue vagas siluetas que se mueven con violencia.

Tira del gatillo y ve a la mancha desaparecer, para luego reaparecer estremeciéndose en el fango, cubriendo una herida con su mano; esta escupe mugre roja y brillante. El hombre que rescató está malherido, pero aún con vida.

Otros gongoleses son alertados por el disparo y corren en dirección de Nira. Ella vuelve a disparar y alcanza a matar a uno de ellos, pero no acierta al segundo; ellos ya avanzan hacia ella con sus lanzas, que cortan la niebla con sus filosas cuchillas. La joven se tira al suelo, resignada; el miedo la hace soltar el arma.

Dos sombras masivas saltan por encima de Nira y caen sobre los gongoleses, descuartizando cada extremidad de sus cuerpos. Ante la luz del fuego de una de las chozas, Nira ve a Raisa y Aguja con las fauces abiertas, expulsando sangre como si fueran la boca de una quebrada.

El líder de los gongoleses sale de la casa vestido solo de la cintura para arriba, dejando a sus espaldas a la viuda sollozando en el suelo, semidesnuda. El gongolés levanta su rifle y apunta a los fausnos, pero lo próximo que ve son sus propios brazos en el suelo, desprendidos de su cuerpo y aún con el arma empuñada. Sus ojos aterrorizados se vuelven para descubrir a un pequeño joven que sostiene un sable que centellea con la luz del fuego. Sus ojos parecen endemoniados.

El gongolés retrocede, se tropieza y cae sumergido en el fango. El hijo del sol rojo lo persigue mientras envaina su espada y saca el arco sorio. El hombre se pone de pie con dificultad e intenta correr; Arias le clava una flecha bajo la axila. El hombre cae al suelo y trata de reincorporarse cuando Arias vuelve a disparar, en esta ocasión cruzando su abdomen, atravesándole un riñón. El gongolés vuelve a levantarse y recibe una tercera flecha entre la espalda y su tetilla derecha. Otro proyectil entra por su trapecio izquierdo y sale por la manzanilla del cuello. El hombre cae al fin, con las puntas de las flechas sosteniendo su cuerpo en el suelo, como si su caída permaneciese suspendida en el tiempo.

El pueblo entero ve el fin de la vida del gongolés que por tanto tiempo trajo el tormento a Tar y, ante él, a un joven guerrero: el hijo de Sulus, con su arco sorio, desafiante y sin miedo. A sus espaldas está el fuego ardiendo, que quema la ciudad de Tar no para destruirla, sino para crear algo nuevo.

Arias mira al cielo para agradecer a Páteras, que luce plateado ante la oscuridad de la noche, ordenándole a la lluvia que calle y deje de llorar.

—¡Bendecidos sean los hijos de Celes y Sulus! —clama la gente de Tar, poniéndose de rodillas con las manos en alto. En el nombre de los dioses gemelos, Arias y Nira.

16

NUEVOS CAMINOS NUEVAS CARAS

La victoria de Tar no pudo ser tímás exitosa. Sus habitantes pensaron que se trataba de un acto milagroso: este era un pueblo que nunca había ganado nada y hoy los locales pueden saborear el triunfo sin haber perdido más vidas humanas que las de aquellos que rehusaron el amparo de los hijos de los soles.

—Páteras no nos abandonó —le asegura Arias a su hermana con aire de victoria.

—Nunca debí dudar —admite Nira, reconociendo al fin que existe una fuerza divina que los protege a ellos y a quienes acompañan—. Páteras salvó la vida de Marcelo después del ataque de los mercenarios. Nos protegió del ataque del fausno y acudió en más de una ocasión en Yera. Ahora salvó a un pueblo entero. Creo que he sido una ingrata todo este tiempo.

—No te lamentes, Nira. Hemos ganado. Este no es un día en que nos despiden de un pueblo; hoy somos nosotros los que le decimos adiós.

Nira le sonríe. Se siente orgullosa de él y de sí misma. Hoy Tar deja de ser un pueblo; se ha transformado en una comunidad que se exilia al desierto del Énibes para dirigirse a la tierra de Savana.

Arias y Nira les explican que antes de formar parte de Savana tienen que llegar a un punto de encuentro donde conocerán un guía al que deben revelar la frase: «la esperanza es muerte» para que los conduzca el resto del camino.

Tras despedir a los pobladores de Tar, Arias y Nira reanudan su ruta al norte siguiendo el cuerpo serpentino del río Arenales, hasta que llegan a unas praderas donde el clima es más fresco y agradable. Después de sufrir tantos percances, la tranquilidad es bienvenida para ellos. A lo largo del camino cabalgan sobre colinas, valles, cerros y llanuras. En ocasiones, los bisgones bajan con cuidado por declives entre las masivas montañas que bordean el río. Las alucinantes vistas los tienen deslumbrados, no solo por la geografía del territorio, que es nueva para ellos, sino por las criaturas extrañas que los rodean. Arias pasa una gran parte del tiempo dibujando y escribiendo sobre todo lo que ven.

—¿Algo te molesta, Nira? —pregunta Arias al verla callada y pensativa. Su hermana se toma su tiempo para ordenar sus pensamientos, y con un poco de reserva contesta:

—No puedo creer que maté a una persona. No quería hacerlo. El miedo y el frío eran tales, que las manos me temblaban. No podía sentir mis dedos. Solo vi una mancha y disparé. Quise engañarme con la idea de que solo había matado a una sombra. —La chica suspira y comprueba que las manos le vuelven a temblar—. Era un hombre. Se estremecía de dolor. La vida se le iba poco a poco. Gimió, lloró y murió. No tuve la nobleza de disparar por segunda vez y terminar con su agonía. —Nira observa a su hermano con curiosidad—. En ti no vi esa inseguridad: le clavaste todas esas flechas a ese hombre como si fuera algo casual… ¿cómo es que no te afecta?

Arias se queda en silencio. Su hermana detiene su bisgón y lo acerca al de su hermano hasta que van hombro con hombro.

—¿Pasa algo, Arias?

Su hermano le dirige una mirada parecida a la que él ponía cuando Salomeno lo regañaba.

—No fue mi primera vez… —admite al fin.

—No entiendo.

—Valdimir fue el primero. Abba me obligó a hacerlo. Fue…

«…terrible», completa Nira. Siente un vacío frío que se le mete dentro de los huesos, no solo por la experiencia a la que fue sometido su hermano, sino por un secreto que le ha ocultado desde la muerte del mercenario y que decide callar de nuevo, ya que no es el momento más oportuno. Cruza de un bisgón a otro y se sienta junto a su hermano. No hace comentario alguno; solo recuesta su cabeza en el hombro de su hermano. Los gemelos cabalgan el resto de la tarde sin necesidad de compartir palabras. Se tienen el uno al otro, y esto es lo único que les importa.

***

A lo largo de los siguientes meses, Arias y Nira se detienen en varias de las aldeas que bordean el río Arenales. Primero visitan Enas, donde no hay mucho interés en lo que dos jóvenes tienen que decir, por lo que que prueban suerte en Marach, donde les va mucho mejor: la historia de Tar había llegado hasta ahí y los habitantes los reciben con los brazos abiertos.

Después vienen Masud y Kanep, donde los jóvenes cuentan de Salomeno y la historia de los soles. Unos les creen; otros se burlan y se van, pero esto ya no les molesta: han probado en Tar que pueden ser victoriosos, que es solo cuestión de tiempo para que esa victoria se expanda a todas las regiones de Jobos.

En cada pueblo que visitan se sienten más observados, en especial cuando cabalgan por campo abierto. Siempre ven en la lejanía una figura o dos que los observan desde alguna loma para luego retirarse sin hacer nada. En una ocasión se topan con varios individuos muertos, con sus armas en el suelo. Sus cuerpos están frescos. Arias sugiere que Páteras los asesinó para facilitarles el paso.

El próximo pueblo en su lista es Dai, que queda a una distancia más larga: unos cuatro días. Arias y Nira aprovechan para descansar dentro de sus howdahs.

***

El tiempo de descanso no dura mucho: los jóvenes avistan a dos jinetes a lo alto de una colina; estos los observan con detenimiento. Pronto se avecinan tres, cuatro, cinco, hasta que no les sirve contar, ya que la colina está cubierta de hombres de un lado a otro.

—Oh-oh… ¿quiénes serán?

El joven busca entre sus herramientas hasta que encuentra un telescopio.

—Al menos no parecen gongoleses. Tampoco llevan armaduras. No creo que sean dairios —replica Arias. En eso, una nube de polvo se levanta en el campo de visión del lente de su telescopio. Al retirarlo, comprueba con el ojo desnudo que los jinetes galopan colina abajo, directo hacia ellos.

—¡Jop, jop! —le ordena Arias a los bisgones para que hagan marcha, pero estos, para desgracia de los hermanos, no se conocen por ser veloces; diez de los jinetes se aproximan—. ¡Jop! —repite, agitado. Su hermana ve a los hombres cerrando distancia en la retaguardia.

—¿No puedes ir más deprisa? —demanda, pero es demasiado tarde: uno de los jinetes los tiene encañonados y los otros no tardan en cercarlos y detener al segundo bisgón.

Uno de los extraños se acerca, desarmado.

—No estamos aquí para hacerle daño a na…

El jinete es interrumpido por Raisa, que salta por encima de Nira, rugiendo y manoteando con sus garras a uno de los rifles.

—Tranquila, Raisa —le ordena Nira tratando de calmarla—. No hay nada que podamos hacer.

276

Los jinetes escudriñan a los gemelos y sus pertenencias al pasear a sus cabaos en torno a los bisgones. Aunque la piel de los individuos es del mismo tono marrón, Arias no reconoce sus atuendos color mar; no parecen de Jobos.

—Vengan con nosotros y controlen a ese animal —ordena uno de ellos, con un fuerte acento de las islas Crestas.

—Aquí hay otra de esas criaturas —grita otro cuando trata de controlar a Aguja para que no salte de su bisgón.

—¡Siet, siet! —ordena Arias al fausno para que vuelva a su lugar—. ¿Quiénes son? ¿A dónde nos llevan? —pregunta enfurecido.

—Solo síguenos y no hagas preguntas —responde el jinete.

Arias y Nira cabalgan colina arriba hacia la hilera de hombres que espera. Solo logran ver unas siluetas, ya que Sulus está elevado a sus espaldas. Sin embargo, distinguen el brillo de sus rifles y el metal de sus espadas. Llevan alzados unos estandartes verdes que ondean con el viento.

—¿Crees que los tatuajes de Marajade nos salven de esta? —susurra Nira.

—Esta gente no parece de aquí. No creo que los tatuajes sirvan de algo. Parece que ese es el líder —señala Arias la silueta de un hombre que sobresale de los otros, ancho de hombros y con una barba blanca que revolotea con el viento al mismo ritmo que los estandartes. Pero el estandarte de ese hombre es azul.

—Bendecidos seáis, mis dos soles —enuncia el hombre, con una voz inconfundible.

—¡Salomeno! —grita Nira aliviada.

Arias no dice nada, solo se apea de su bisgón para abrazar a su maestro, ignorando cualquier rencor que le quedara en el corazón. Los tres se abrazan con fuerza.

—Me han honrado y llenado de orgullo —dice Salomeno al besar el tope de sus cabezas.

—¿Dónde está Marcelo? —pregunta Nira.

—Atendiendo otros asuntos. Les envía su amor.

Arias ve a Yázbet y Arbitán, que desmontan y hacen una reverencia a los hijos de los soles.

—Y qué, ¿no piensas besar a tu princesa? —le susurra Nira a su hermano.

—Ah, había olvidado lo odiosa que puedes ser. Cállate.

—Han llegado a mis oídos las noticias de Barrabás —dice Salomeno, mostrando que de su collar penden los anillos del mencionado—. Mis disculpas. No debí fiarme de él. Tengo entendido que manejaron bien la situación.

—¿Barrabás? ¿Qué le ha pasado a ese pobre diablo? —pregunta una voz que los gemelos no reconocen.

—Se lo ha tragado una víbora —responde Salomeno con una carcajada—. Nada más y nada menos que la hermosa Marajade.

—¡Marajade! ¡Cuernos! —responde el hombre—, ese es un nombre del que me han recomendado huir a toda costa.

—Fue de gran ayuda para nosotros —replica Arias al extraño—. Ella y su hija Laurel nos ayudaron a sobrevivir la ciudad de Yera.

—Siempre que tengáis a Marajade de vuestro lado, no habrá nada de qué preocuparse —responde Salomeno—. El problema es mantenerse en su gracia. Un paso en falso y la mujer os desaparece.

—No, gracias —discrepa el hombre—. Si esa víbora desgració al pobre de Barrabás, no me interesa en absoluto. Créanme: una mujer más en mi vida me mataría de los nervios. Y Barrabás, ¿qué coño hizo ese tonto para merecer eso?

—Pensaba traicionarme: quería venderle mis niños a La'Mourg.

—¡Barrabás! Qué imbécil eres… —lamenta el extraño, para después cambiar la expresión a una de reproche—. ¿A quién se le puede ocurrir la estúpida idea de meterse con el Traga Hombres, ah, Salomeno? —exclama, dándole al maestro una fuerte y amistosa palmada en el hombro—¡Por Barrabás el tonto! —concluye al sacar un cuerno de ballena que levanta al aire para luego llevárselo a la boca y beber. El licor baja caliente y espumoso por su barba.

—Abba, ¿quién es este señor? —pregunta Nira con discreción.

—Perdonad mi desconsideración, hijos. Este hombre es Iestyn, primo de Barrabás.

—¡¿Qué?! —exclaman los gemelos al unísono.

—¡Bah! Ese loco era un dolor de cabeza. La verdad no sé como te fiaste de él, Salomeno. Créanme cuando les digo que el mundo se regocija de su ausencia. Mi tía se alegraría mucho si se enterase de que se murió su hijo.

Salomeno se vuelve a los gemelos, ignorando al hombre que continúa hablando solo y les dice:

—Como veis, casi ninguno de estos hombres me pertenece. Es el ejército marino de Iestyn. Provienen de Cervos, en las islas Crestas. Me han servido de escolta por estos terrenos mientras atiendo otros asuntos. Sus hombres han sido muy fieles.

—¡Fieles ni mierda! —bufa Iestyn escupiendo vino—. Solo falta que estos cagados sufran el más mínimo percance en altamar para que me lancen por la borda sin pensarlo.

—Veo que vienen desde el sur, cabalgando a lo largo del Arenales. Me han llegado informes de varias aldeas que han visitado, ¿tenéis algo que reportar? —pregunta Salomeno. Arias se le acerca, emocionado e impaciente por revelarle el relato de lo acontecido, sabiendo muy bien que sorprendería a su maestro.

—Comenzamos con un pequeño poblado llamado Tar, que estaba siendo emboscado por los gongoleses. Nira y yo tomamos el liderazgo y armamos a los locales. Luchamos junto a ellos y fuimos victoriosos. Los hemos enviado en caravana en dirección de Savana para unirse al campamento. Esperen unas trescientas bocas nuevas que alimentar.

—Espero que no me estéis recibiendo con mentiras, Arias —le advierte Salomeno.

—Arias no miente, abba —asegura Nira—. Él luchó valerosamente y dio buen uso a la espada de virilio.

—¡Uno de los gongoleses terminó en dos pedazos! —exclama Arias.

—¡Que me trague una ballena! ¡Si no es a Marajade a quien le tengo que temer, si no a este muchacho tuyo, Salomeno! —ríe Iestyn, escupiendo el vino con sus carcajadas.

—¡No miento! —asegura Arias, bravo.

—No miente —reafirma Salomeno—, conozco a mis niños. Han hecho bien. Y recibiremos a la gente de Tar con los brazos abiertos.

Salomeno se encorva hacia los gemelos y les da un caluroso abrazo.

—¡Qué maravilla habéis logrado! Los soles no se equivocan. Mis pequeños, estamos aquí porque tengo una nueva encomienda para ustedes.

Nira frunce el ceño, extrañada.

—¿Encomienda? Pensábamos visitar los pueblos restantes.

—Esos pueblos tendrán que esperar; vuestros planes cambiarán hoy. Estamos concibiendo algo más ambicioso para vosotros. Después de haber escuchado lo que lograron en Tar, no me cabe la menor duda de que no me defraudaréis.

A Nira se le borra la sonrisa de los labios. Justo cuando comenzaba a sentirse en control de sus decisiones y más cómoda con el peregrinaje, se aparece Salomeno para cambiarlo todo.

—¡Me tienes intrigado, abba! —dice Arias, emocionado.

—Lo sabrán a su tiempo. Aquí os dejo en buenas manos. Y no os preocupéis, que Iestyn no es como su primo. Al contrario de Barrabás, este hombre y yo nos conocemos desde hace décadas.

—¿Ya nos vas a abandonar? —pregunta Nira, resentida—. Nos vas a enviar a una misión más difícil que la que ya teníamos, ¿y así nada más te vas a desaparecer?

—Estáis más a salvo caminando el Éspides sin mí. Aquí me andan buscando. Y a pesar de que a vosotros también, nadie os reconocería. Además, mi papel en este plan es otro, y le sigue al vuestro.

Salomeno llega hasta Iestyn y le hace un gesto con la mano. Dos de sus acompañantes se acercan con un cofre lleno de joyas y rigales.

—Esto será suficiente para que compres a todos los hombres que necesites. Procura no bebértelo —bromea Salomeno.

Iestyn escupe una carcajada y replica:

—Vete al carajo, viejo loco, que estos muchachos ya no te quieren aquí. —Toma una gema rojiza y la escudriña a contraluz de Celes. Después de sonreír y darle un beso, la guarda en el interior de su camisa.

Salomeno se acerca a su cabao. Arias y Nira no se habían percatado que sobre su lomo se posa un águila del Nirta. Salomeno la trepa en su antebrazo y se la entrega a Iestyn.

—Podéis contactarme con ella una vez lleguéis a Orotava. —Salomeno saca una bandera azul y se la entrega también a su amigo —. Procurad que esto esté en vuestro ventanal; el águila enviará mis mensajes a cualquier lugar donde la localice.

—Así mismo lo haré, Traga Hombres. Que tengas buen viaje —replica Iestyn—. Cuidaré de tus pequeños como si fueran mis hijos.

Salomeno lo mira serio, como si hubiera hecho un mal chiste, uno que Arias y Nira no pueden comprender.

—¡Ah! ¡No te preocupes, viejo! —reafirma Iestyn, dándole un fuerte abrazo, tras el cual Salomeno se aproxima a los jóvenes.

—Nos volveremos a ver, mis soles —dice al poner sus manos con firmeza sobre sus hombros—. No me cabe la menor duda de que cuando esto ocurra, lucirán sobre vuestras cabezas las coronas de la victoria. Esa noche escribiremos una canción sobre su hazaña. Que los soles os bendigan, y que Páteras me los cuide y me los favorezca.

Arias estrecha a Salomeno con fuerza, pero procura soltarlo pronto para no mostrar debilidad. Nira, en cambio, no puede evitar ver a su maestro con resentimiento. Piensa que se debió ahorrar la molestia de aparecerse. Salomeno se acerca con la intención de abrazarla pero alla ataja con tono seco:

—Que disfrutes tu viaje, Salomeno.

Entonces su maestro retrocede y se retira para montar su cabao, desde el cual percibe aún la mirada de desprecio de la chica.

—Nunca olvidéis lo malo. Siempre debéis recordarlo —le dice Salomeno al marcharse, pero ella tiene poco interés en descifrar el mensaje.

—Créanme que la mitad de las cosas que dice ese Salomeno ni las entiendo —comenta Iestyn, encogiéndose de hombros—. ¡Bah!

Venid… digo… vengan, que hay mucho por hacer.

Arias y Nira siguen a Iestyn, que junto a sus hombres se dirige al grupo de súbditos que espera al otro lado de la colina.

—¡Wua! ¡Más guerreros! Qué increíble, Nira; este Iestyn está bien organizado.

—Maravilloso —responde Nira sin interés.

—Conozcan a mi esposa número setenta y siete, Nuria —dice Iestyn al señalar a una mujer que está entre sus soldados. Ella recibe a los gemelos con una sonrisa tímida, pero dulce. Tiene cuarenta y cinco revoluciones de edad. Sus manos descansan delicadamente sobre su vientre—. Ese que lleva adentro es Ciro, «Ciro el Grande» —ríe Iestyn.

—Recuerda que podría ser «Cira la Grande» —interrumpe Nuria.

—Calla, mujer, ¡porque sé que va a ser un varón! —ruge su esposo.

—¿Y por qué lo llamas «el Grande»? —pregunta Arias.

—No crean que ustedes son los únicos destinados a una misión extraordinaria —señala Iestyn—. El pequeño Ciro aún no ha nacido y ya tiene encomendada una gran tarea.

Nira siente lástima por el bebé; ella sabe lo que es vivir una vida que no es suya, dejándola a la merced de otros para malgastarla sin su consentimiento.

—¡Ah! Pero, ¿qué hay de mis modales? Perdonen, es que me entusiasmo con el chiquitín y se me ha olvidado presentarles al resto de mi familia —dice Iestyn mientras extiende los brazos.

Los gemelos se quedan callados y confusos, anticipando alguna explicación.

—¿Y? ¿Nos la piensas presentar? —pregunta Arias al fin.

—¿No estás viendo, muchacho? ¡Esta es mi familia! —exclama el hombre—. Todos ellos son hijos míos.

—Humm… Hablas metafóricamente, ¿cierto? —dice Nira, esperando que sea así.

—Metafóri… ¡por un cuerno! ¡Hablo en serio! Cada uno de estos hombres es hijo mío. Y ni hablar de las hembras, que les doblan en cantidad. Esas están regadas por las islas Crestas, lejos de mi presencia; les arreglo matrimonio más rápido que ligero y hago buena moneda.

—¿Y cuáles son sus nombres? —pregunta Nuria a los gemelos.

—Mi nombre es Nira y mi hermano es Arias. Venimos de la tierra de Savana.

—Bueno sea, Arias y Nira. Me gustaría disfrutar de su compañía. Nosotros también hemos hecho un gran recorrido y los días se han vuelto solitarios para mí.

—Mujer, estos chiquillos no son comadronas. ¡Son guerreros de Salomeno! —corrige Iestyn.

—Hacerle compañía nos honraría, mi señora —contesta Nira respetuosa, ignorando al marido.

—Me tiene sin cuidado lo que hagan con su tiempo, siempre y cuando cumplan con su labor —indica Iestyn al subir a su cabao. El resto de sus hijos lo sigue.

—¿Y se podría saber qué labor es esa? —inquiere Nira—. Salomeno mencionó que partiremos a Orotava. ¿Qué esperas de nosotros allá?

—Les aclararé sus preguntas. Primero debemos hacer una parada importante en las minas de Kever.

—Marajade nos advirtió que era demasiado peligroso —refuta Nira.

—No si el gran Iestyn está con ustedes. Créanme que mientras estén conmigo no hay nada de qué preocuparse. Yo me encargaré de todo. Solo tendremos problemas si ustedes toman alguna que otra iniciativa idiota. Así que limítense a hacer lo que yo diga.

***

La caravana cruza la pradera pasando por un terreno que va en continuo declive durante millas, hasta que llegan a una zona rocosa y seca que recuerda a los gemelos los desiertos que ya habían abandonado.

A lo largo del camino, la relación entre Nuria y los chicos crece hasta convertirse en afecto. Ella les cuenta cómo conoció a su esposo, un hombre más casado con el mar que con cualquiera de sus esposas y que hizo su fortuna en las Crestas, que son ochenta y siete islas; a cada una de ellas la conoce mejor que a cualquiera de sus hijos. Por su parte, los gemelos le cuentan que pasaron la mayor parte de su infancia en las islas, viajando de una a otra cuando Salomeno se ocultaba de las fuerzas de La'Mourg.

Iestyn acerca su cabao a los niños y, al escuchar que hablan de Salomeno, interrumpe:

—El Traga Hombres tiene planes bien ambiciosos para ustedes. —Se riza la barba con los dedos y mira a los niños con incredulidad —. Pero son demasiado jóvenes y no tienen experiencia. De donde vengo, las mujeres parían dentro del mar y tan pronto caminábamos, se nos entregaba al mar abierto para entrenarnos. No todos sobrevivíamos, pero quien no lo hacía, no merecía vivir. A aquel que demostrara que podía domar al agua, como un jinete a su cabao, se le daba la confianza de tener un barco y una tripulación. Créanme lo que les digo. ¿Qué tienen que ofrecer dos pequeños como ustedes? ¿Qué edad tienen?

—Acabamos de cumplir trece revoluciones solares. Tenemos el entrenamiento de diez personas de nuestra edad —argumenta Arias, buscando callar las despectivas palabras del viejo marino—. Acabamos de liderar una batalla donde eliminamos a un batallón de gongoleses, con hombres que no eran guerreros. Nosotros dos solos. Si yo fuera usted, no nos subestimaría.

—¡Ja! Me estás ofendiendo, muchacho. Tu experiencia no se compara con la mía, que equivale a las de treinta de mis hijos —exagera Iestyn—. Cada uno de ellos tiene diez veces la experiencia de ustedes. Salomeno los habrá entrenado bien, pero sus cuerpos no tienen tajos, sus cabellos no tiene canas y su corazón no se ha roto con derrotas y victorias que valga la pena cantar. He vivido penurias que no se podrían imaginar. Salomeno ha vivido las propias. Y me parece que quiere arreglar todo lo malo que ha hecho, con unas vidas jóvenes como las suyas. Me apena decirles esto, créanme que sí, pero dos vidas no son suficientes para que Salomeno corrija sus pecados; necesitaría un ejército para hacerlo, ¡ja!

—Haremos uno —asegura Arias.

—Claro, claro, tan grande como el que tenía Salomeno en su tiempo de esplendor, supongo. Cuando no se le conocía por ese nombre.

—Él nunca mencionó tal cosa. ¿De qué nombre hablas? —inquiere Arias.

—¡Ja! Ese nombre no se dice, chico. No si quieres terminar una conversación con algo de histeria o rabia, dependiendo de con quién estés hablando; los que estaban detrás de su espada, o lo que estaban de frente a ella. Pero no les digo más, porque es evidente que Salomeno no quiere que sepan. Él es un hombre al que le gusta controlar la información; suele decir que «uno es amo de sus propios secretos».

«Las verdades se callan», piensa Nira, recordando las palabras de Amenoóh.

Iestyn vuelve su mirada a la niña y aplaude con fuerza para despertarla de sus pensamientos.

—¿Y tú, muchacha? ¿Nunca dices nada?

—Lo siento. Solo sigo ese consejo de Salomeno. No querrías saber mi opinión sobre todo lo que dices. Es un secreto —ríe Nira maliciosa.

—¡Ja, ja! Es bravita, la chiquilla. Hasta me parece más interesante que tú, muchacho.

—Te recomendaría que siguieras el consejo de Salomeno —advierte Arias, amenazante.

—No habrá más por decir, porque hemos llegado. ¡Las minas de Kever! —señala el viejo marino.

Arias y Nira miran a su alrededor. No ven nada notable, fuera de un edificio en medio de un llano desértico.

—Aquí no hay nada, solo una casita —dice Nira burlona—, ¿acaso te has perdido?

—Solo sigan adelante, y procuren ver por dónde pisan, porque no pienso bajar a recogerlos si se despistan y caen —ríe Iestyn.

Al acercarse, los miembros de la caravana escuchan un estruendo de picotas y piedras, pero aún no hay mina a la vista, solo la escuchan. Unos soldados dairios, vestidos con armaduras de garnito amarillo, los reciben.

—Cuidado con lo que dicen —advierte Iestyn a los chicos en voz baja—. Estos son soldados dairios. Unos soldados de mierda, pero no queremos atraer problemas—. ¡Saludos, amigos míos! —exclama dirigiéndose a los soldados con voz de mercante barato—. Venimos desde las islas Crestas para hacer negocios. Tenemos mucha plata para comprar algunos de sus hombres más fuertes.

—A ver, a ver. ¿Qué tenemos aquí? —dice el administrador del lugar mientras baja por unas escaleras del edificio.

—No entiendo qué está pasando, Nira —pregunta Arias—. ¿De qué hombres habla Iestyn?

—Arias, ven conmigo —le responde su hermana al tomarlo de la mano—, creo que el ruido proviene de allá abajo.

Los gemelos caminan hacia una columna de polvo plateado. De pronto, se detienen al borde de lo que creen que es un precipicio, pero al asomarse se topan con un panorama que les vuelca el corazón.

—Arias… ¿qué… demonios… es… eso?

—Lo que nos advirtió Marajade, «el Culo del Demonio» —dice su hermano boquiabierto.

Por debajo de los gemelos se encuentra un agujero de media milla de diámetro y una profundidad que sus ojos no alcanzan a distinguir. A lo largo de la bajada hay cientos de anillos y en cada uno laboran decenas de miles de obreros. Parecería que la mitad del Énibes está metida ahí, trabajando en las peores condiciones. Desde donde están parados los gemelos, les parecen un enjambre de hormigas. Una campana se escucha a sus espaldas.

—¡Suban a los esclavos del primer nivel! ¡Tenemos una compra! —grita el administrador.

Iestyn se para al borde del boquete, expectante. Arias y Nira creen que alucinan la peor pesadilla que podrían concebir. Sin embargo, lo que ven es real. Debajo, a unos treinta metros, está recostada una escalera de madera con veinte filas de escalones, una al lado de la otra, doblándose contra la pared por el peso de los cientos de personas que suben, hombres, mujeres y niños. Están desnudos, sus cuerpos están cubiertos de un polvo plateado.

—¡Qué abominable! —chilla Nira con horror—. ¡Si una de estas personas cae, se van con ella decenas al abismo!

—Eso pasa bien pocas veces —responde el dairio—, subir y bajar escaleras para ellos es como caminar. Lo hacen todo el día. Aquel que cae, muere, seguro. No vale la pena traerlo a la superficie. Sus propios compañeros los entierran en la mina. Estos hombres ya son parte de estas piedras: la mayoría nació aquí y no han visto otra cosa que no sea este hoyo. No te dé lástima: para ellos es la normalidad.

—¿Normal? —repite la niña con lágrimas en las mejillas.

—Cálmate, Nira —le ordena Arias, tratando de contenerla al no encontrar prudente que muestre empatía—. Volveremos por ellos. Por cada uno de ellos —le susurra.

Iestyn aplaude con emoción y dice:

—¡Es cierto lo que me decían! «Si quieres hombres fuertes, a las minas de Kever es a donde debes ir».

Los esclavos se alinean ante Iestyn mientras que otras filas interminables de ellos continúan subiendo por las escaleras.

—¡Hasta parece que llevan armaduras puestas, aunque estén desnudos! —exclama el viejo marino, gozoso.

—Es el polvo de tinolio —indica el administrador de la mina—. Aquí hay suministros interminables de ese metal tal preciado. En esta fosa se ha trabajado por miles y miles de revoluciones solares, por incontables imperios diferentes.

El dairio se para frente a Iestyn, lo mira fijo y le dice:

—Debo recordarle que estos hombres deberán ser usados solo para laborar. No para formar ejércitos. ¿Entendido?

—Sí, sí, claro, entendido —replica Iestyn mientras pone un saco lleno de rigales en el bolsillo del dairio—. Pues me llevo este y este…, este…, también este.

Un soldado dairio escolta a los esclavos que escoge Iestyn para agruparlos.

—Este parece que está enfermo —señala Iestyn.

—Abdié, abdié —le dice el administrador de la mina en el idioma creó a uno de sus hombres armados, que no es dairio sino un exesclavo que ahora trabaja de centinela—. Edebidé ani uem bila nahuém.

El guardia retira del grupo al obrero enfermo, que está frágil y mocoso, y lo escolta al borde de la fosa. El esclavo ruega porque le perdonen la vida solo para ser ignorado. Una bala en la cabeza lo empuja directo al vacío.

Los gemelos lanzan un grito ahogado.

—No había necesidad de eso —se queja Iestyn, aturdido.

—No quiero que enferme a los demás. Eso sería una tragedia, y un desperdicio de balas. ¿Piensas llevarte a tus animales? No tenemos todo el día.

Iestyn cesa de ser tan meticuloso en su selección y empieza a contar cabezas sin apenas revisar a los esclavos, queriéndose ir cuanto antes.

—Nira, tienes que calmarte, nos vas a meter en un lío —suplica Arias, al ver a Nira inconsolable.

—Con eso está bien —le dice el dairio a Iestyn—, los rigales que me diste solo alcanzan para trescientos.

—Más que suficiente —contesta Iestyn deprisa, buscando al mismo tiempo la salida—. Muchacho, levanta a tu hermana. Nos vamos de aquí, ¡ándate!

—Esclavos, ¿tú crees que Salomeno aprobaría esto? —protesta Nira.

—Calla, muchacha, y camina deprisa. Estos hombres ya eran esclavos. Y si me preguntas, corren mejor suerte siendo míos que de este miserable lugar.

***

Iestyn, su caravana, los niños y una larga fila de esclavos hacen un recorrido de varios días dirección norte, hasta que llegan a la región donde se encuentra la ciudad de Orotava. El camino es ligero y más llevadero que la travesía que habían tenido hasta entonces. Iestyn informa a los gemelos que no entrarían directo a la ciudad, ya que necesitan tiempo para organizar sus planes y establecer una línea de comunicación con Salomeno.

Al quinto día de camino, se acercan a la guarida de Iestyn y sus hombres.

—Por aquí. Les mostraré una de las bellezas naturales más espectaculares que encontrarán en las costas del Énibes.

La caravana cruza por unas altas formaciones rocosas cerca de la costa, pasando por unos caminos naturales rodeados de plantas y animales tropicales.

—Los llevaré a conocer a mi tripulación, que espera en un área recluida que no está ni muy lejos, ni muy cerca de Orotava. Donde ningún dairio nos podría encontrar. Vengan, por aquí. No teman —indica Iestyn encabezando la caravana.

—¿Piensas meter a todo tu batallón y a trescientos esclavos en ese agujero? —pregunta Arias incrédulo, como si el hombre se hubiera vuelto loco.

Iestyn asiente y se mete al interior de una montaña por medio de una ranura. Apenas cabe con su cabao.

—Me temo que sus bisgones no cabrán, así que tendrán que dejarlos afuera —les dice el marino en voz alta desde dentro de la montaña.

Arias y Nira dejan a los bisgones y montan a sus fausnos. Nuria ordena a varios de los hijos de Iestyn cargar las pertenencias de los gemelos y estos pasan el mandato a los esclavos.

—¿Estás seguro de esto, Arias? —pregunta Nira. Ambos siguen frente a la entrada de lo que parece una caverna.

—Salomeno confía en Iestyn. Veremos de qué se trata esto.

Entran con los fausnos a una garganta oscura y estrecha. Al cruzar, otro agujero los lleva en dirección a una recámara. Los gemelos se quedan extasiados por la enormidad de la estructura de piedra: les recuerda la bóveda de un templo, pero tres veces más grande que las que habían presenciado en Yera. Las colosales paredes de piedra que se arquean sorprenderían más aún a los niños de no ser por la vista, que encuentran alucinante: desde donde están parados, el océano Ala'ti luce como un manto azul, enmarcado por la formación de la caverna. Sobre el mar, en la boca de la caverna, hay tres barcos de madera anclados. Iestyn y sus hombres se dieron a la tarea de confeccionar un muelle para facilitar la entrada y la salida de la guarida.

—Les doy la bienvenida a lo que será su hogar por los próximos días —dice Iestyn mientras varios de sus hombres lo reciben—. Bien, veo que han abastecido a la caverna de comida como les indiqué. ¡Tenemos muchas personas que alimentar!

Los esclavos entran a la bóveda y son guiados por los hijos de Iestyn.

—Denle de comer a cada hombre y mujer. Asegúrense de que se den un buen baño, que en esta caverna hay tanto agua dulce como salada. Así que quítense esa mugre de tinolio, que los necesito acicalados. Nira, Arias, vengan conmigo; tengo algo que mostrarles.

Los gemelos siguen al hombre por un camino empinado y rocoso; sobre el hombro de Iestyn se posa el águila de Salomeno. Al llegar al tope de la cuesta ven una pequeña ventana que les permite ver al exterior.

—¡Waaa! —exclama Arias con estupor— ¿Eso es…?

—La ciudad de Orotava, muchacho. Nuestra ciudad de Orotava. Donde nos espera una audiencia con La'Mourg.

17

LA VENTANA AL MAR

Arias desenvaina su sable de virilio.

—¡La'Mourg! —le recrimina a Iestyn mientras pone la punta de su espada en el esternón del marino—. Debí saber que nos traicionarías. Cometiste un error al traernos hasta aquí, tan apartado de tus hijos. Para cuando encuentren tu cuerpo, ya habremos escapado.

—Calma, muchacho, que no tengo intenciones de entregarlos —ríe Iestyn—. Es parte del plan de Salomeno. Miren, le voy a enviar un mensaje a su maestro para dejarle saber que llegamos a Orotava —explica al momento que echa a volar el águila mensajera—. Ahora es solo cuestión de esperar por sus nuevas instrucciones.

—Mientes, dices que conoceremos a La'Mourg. Él no vive en esa ciudad —refuta Arias.

—Es cierto —admite Iestyn—. Por esa misma razón no se encuentra ahí ahora mismo. Pero lo estará dentro de poco.

—No creo que a Salomeno se le ocurriría algo tan descabellado como enviarnos directo a La'Mourg —difiere Nira.

—Porque eso no es lo que él está haciendo. No es así de simple. Por eso tienen que esperar sus instrucciones. Traga Hombres me pagó una buena cantidad de rigales para mantenerlos a salvo. Cuando les digo que todos tendremos una audiencia con La'Mourg, me refiero a todos nosotros. No se preocupen. Créanme, siempre y cuando sigamos el plan, todo saldrá bien.

—¿Y cuál es ese plan, si se puede saber? —inquiere la joven.

—Para serte franco, todavía no estoy seguro —admite Iestyn con una sonrisa burlona que Nira encuentra grotesca.

—No estás vendiendo esto muy bien que digamos —recrimina Arias, acercando más el sable.

—Vamos, muchacho, dejemos de jugar juegos. Baja esa espada. Los planes cambian al mismo tiempo que los contratiempos, y de ellos está hecha la vida. Así que tengan un poco de paciencia. Ahora mismo son mis invitados. Dejen de ser tan majaderos y escuchen.

Arias retira la hoja y se acerca a Iestyn frente al ventanal.

—Desde aquí podemos ver lo que entra y sale de Orotava. Lo mejor del caso es que nadie en Orotava nos puede ver a nosotros. —Iestyn saca un telescopio y se lo pasa a los gemelos—. Mis padres me contaron historias sobre mis abuelos, de cuando vivían en Orotava, antes de que los dairios dominaran por completo. La ciudad era compartida por varias comunidades. A la comunidad de mis abuelos se le conocía como los hereos.

»Poco a poco, los dairios ocuparon más de su territorio. Primero trataron de forzar a que todos se asimilaran, ordenándoles que abandonaran a sus dioses por las deidades dairias, pero los hereos se resistieron. Al ver que no había cooperación, los dairios comenzaron a segregarlos. Cuando vieron que esto tardaba demasiado, se pusieron impacientes, y ahí comenzaron las desapariciones. Hurtaron sus tierras, los desplazaron. Arrestaban a la gente en medio de la noche, sin razón. Era una operación de terror para obligarlos a que se movieran fuera del centro de la ciudad. Poco a poco empujaron a cualquier comunidad que no fuera dairia al borde de Orotava, como si fueran ratas que huyen del fuego.

»Mis padres no pudieron soportarlo y huyeron en un barco junto a la madre de Barrabás, que para ese tiempo era solo un bebé. Yo fui el primero de mi familia que nació en el mar. Mi madre enfermó y no sobrevivió mucho tiempo después de que nací. Mi padre no pudo soportar su pérdida y se tiró por la borda. Yo sobreviví y crecí entre la gente de los mares. Los dairios desaparecieron al resto de mi familia.

»¡Ja! Los pobres cabrones no saben lo que les espera. No contaban con que un bellaco como yo crearía un ejército con esa misma sangre que ellos derramaron en Orotava.

—¿Y Salomeno te está ayudando a hacer eso? —pregunta Nira con cinismo.

—Sí. Con la condición de que ustedes estén involucrados y se lleven el crédito. —Iestyn ríe con estruendo—. Eso a mí nunca me ha interesado. Lo que me atrae es la venganza poética, además de una buena recompensa. Pero no nos adelantemos, que estamos cansados. Quiero que vengan conmigo. Voy a presentarles a mi barco: la Mayéstica. Mi hogar.

****

No tardan en llegar. El barco es más modesto de lo que Iestyn quisiera admitir: al hombre se le conoce por engrandecerse más de lo que merece. Sin embargo, al estar a bordo los gemelos se asombran: los mástiles se elevan alto, cargando unas masivas velas azules que ayudan a la embarcación a ocultarse cuando están mar adentro. La madera cruje como un árbol viejo.

—¿Qué es esa peste? —pregunta Arias al percibir un terrible olor a berrinche de pez en la cubierta.

—Sirenas —responde Iestyn, mientras señala a unos de sus hijos, que forcejea con una criatura extraña. La sirena tiene la piel más blanca que la espuma del mar en unas partes, rosada y tornasol en otras. Su cara resulta aterradora para los gemelos: los ojos son enormes, escalofriantes y blancuzcos. No tienen pupilas ni expresión alguna. El interior de la boca está lleno de colmillos que parecen alfileres, uno detrás del otro. De ella escapa un chillido que vibra en los oídos de los presentes. Uno de los hijos de Iestyn logra taparle la boca, pero le cuesta combatir contra su cola poderosa, que otro de los marinos ase con fuerza mientras un tercero extrae con mucho cuidado una espina gruesa que sale de una aleta trasera. La espina es tan negra como venenosa.

—¿Qué le hacen a ese pobre animal? ¡Déjenlo en paz! —recrimina Nira.

Iestyn ríe con reproche.

—Te entristecería saber que en la bóveda de este barco llevamos una cantidad grande de estas sirenas —contesta Iestyn—. Resultan útiles para muchos tipos de operaciones. Mis hijos le están extirpando las espinas de la cola; su veneno mataría a cualquier persona en tan solo unos minutos. Se propaga y multiplica una vez entra a tu cuerpo hasta que llega a tu corazón. Y así nada más, todo acaba para ti.

—Solo espero que no la uses contra nosotros —dice Arias.

—¿Acaso me ven cara de que acostumbro matar a mis huéspedes? —dice Iestyn al exhibir una sonrisa hipócrita—. ¡No se preocupen!

El viejo marino conduce a los gemelos a una recámara en la parte trasera de la borda. En el centro hay una mesa con mapas, compases, cartas y otros instrumentos de navegación.

—Toquen con los ojos —advierte—. Este es mi cuarto de operaciones, mi hogar. He pasado más tiempo en este lugar que en cualquier otro en este mundo. Sin duda alguna, Salomeno tendrá su propia recámara también.

—Por supuesto. Aunque está abastecida de riquezas que tu imaginación jamás podría soñar —suelta Nira, buscando herir el orgullo del marino.

Iestyn se muerde los labios.

—Estos ojos han visto tierras que tu maestro Salomeno jamás podría creer. Estas manos han matado bestias marinas más terribles que cualquier ejército al que él se haya enfrentado; algunas de ellas de hasta dos veces el tamaño de este barco. Créanme: Salomeno podrá tener riquezas interminables, que le pueden comprar lo que quiera, pero las mías no me las quita nadie, porque están metidas en mi memoria.

—Deja de fastidiar a los pequeños, Iestyn —dice una voz que proviene de una pequeña recámara a sus espaldas.

—¡Nuria! ¡Cuernos, mujer, estamos hablando de cosas importantes!

—Hay cosas más importantes que tus cuentos. ¿Quieren venir, pequeños? Les agradecería que pasaran la noche conmigo, haciéndome compañía en mi recámara. La cama es cómoda, teniendo en consideración el lugar.

—¿«Teniendo en consideración el lugar»? —repite Iestyn—. ¡Esto es un barco, no un hostal! Agradece que te instalé una cama en la recámara donde se supone que duerman mis hombres. Les digo, Arias y Nira, que estas mujeres terminarán por matarme algún día. Váyanse con ella, prefiero seguir con mis asuntos que cuidando mocosos. Mañana visitaremos la ciudad de Orotava para que la conozcan.

Los gemelos entran a la habitación de Nuria; junto a ella hay tres mujeres que la bañan con aloes perfumados. Otra de ellas le da un masaje en los pies.

—A este Iestyn parece que le gusta tener esclavos —le musita Nira a Arias—. Me pregunto cómo es que Salomeno puede ignorar algo así. Él no me inspira confianza, Arias. No encuentro mucha diferencia entre él y Barrabás.

—Pueden marcharse —dice Nuria a sus súbditas, que se retiran en silencio.

Arias y Nira se quedan parados ante la mujer, que los recibe con una sonrisa amistosa. No se habían fijado en lo hermosa que es, ya que cuando la conocieron estaba cubierta por turbantes y drapeados. Su piel es negra como el chocolate, impecable y tersa como una estatua de mármol. Su cabello también es negro como el lomo de una pantera; cae como una cascada por sus hombros y yace en la superficie de la cama como un manantial. Brilla más que la seda de las cobijas.

—¿Dónde quiere la señora que deje las pertenencias de los jóvenes? —pregunta uno de los marinos, que carga el cofre que contiene las posesiones de los gemelos.

—Puedes dejarlo junto a la entrada. Los niños de Salomeno se quedarán conmigo esta noche —indica Nuria—. Cierra la puerta al salir.

Nira da un paso adelante.

—¿Cómo se ha sentido, señora Nuria? Si desea algo, puedo hacer que Iestyn se lo haga llegar.

—Deja a ese cerebro de molusco atender sus asuntos. Siéntense aquí conmigo.

—¡Pst! Ven, Arias —le pide Nira mientras lo trae con un jalón a la cama.

—Díganme con honestidad, ¿qué los trae por aquí? —Nuria acaricia su barriga.

—Nira y yo somos alumnos del gran Salomeno. Él nos ha preparado desde que llegamos a este mundo para que emprendiéramos un peregrinaje, con el fin de promover su proyecto de liberar las tierras de Jobos.

—Y tras ser liberadas, ¿qué? —inquiere Nuria.

—No entiendo —responde Arias.

—Dices que liberarás las tierras. ¿Qué pasa luego?

—No había pensado en nada después de eso…

—¿Conquistarlas? ¿Gobernarlas? —pregunta la mujer.

Arias hace una pausa y vuelve la mirada a Nira, buscando alguna respuesta.

—No contestaste mi pregunta, jovencito. ¿Qué los trae por aquí realmente?

—Me parece que fui claro.

—Arias, por favor —dice Nira—. Discúlpelo, Nuria. Mi hermano puede ser un poco arisco. En realidad, a eso hemos venido desde tan lejos. Con la encomienda de traerle libertad a las personas vivas en el continente. Con la intención de que Arias y yo gobernemos, bajo las indicaciones de Salomeno.

Nuria se reclina cerca de los gemelos, los contempla intensamente con unos ojos verde primavera. En un tono de voz bajo y dulce les dice:

—Me cuentan que vienen a cuidar de un gran pueblo de desconocidos. Pero me parece que vienen a cuidar de las ideas y avaricias de un guerrero tacaño que no puede vivir con sus viejos tormentos. ¿Vienen a ganar la libertad de estas tierras, o a ganarse la aprobación de su padre?

—Salomeno no es nuestro padre —refuta Arias.

—Iestyn no es mi padre tampoco, pero actúa como tal. Busquen bien qué es lo que realmente quieren hacer, y cuando sepan, tomen la decisión por ustedes mismos y no miren atrás. Gente como Iestyn y Salomeno escogieron cómo vivir sus vidas. Ustedes escojan las suyas.

¡Oh!

—¿Está bien? —pregunta Nira.

—El bebé acaba de patear. ¿Quieren sentirlo?

Arias y Nira la miran con ojos tímidos y Nuria les sonríe con una expresión que Nira asocia con la de una madre que nunca tuvo. Nuria toma las manos de los gemelos y las pone sobre su barriga.

—¡Wa! ¡El pequeño Ciro es bravo! —exclama Arias, al sentir el empujón del codo del bebé.

Nira, contenta, se pone de pie y se retira hacia el cofre de sus pertenencias.

—¿Qué andas buscando? —pregunta Arias.

Nira regresa con una caja en las manos.

—Salomeno me obsequió esta caja de música el día que partimos de nuestro hogar. Me gustaría compartirla con la bebé, si me lo permite —dice Nira.

—Claro. Ven, acércate —replica Nuria sonriente.

Nira pone la caja sobre los muslos de la mujer. Al abrir la caja, se levantan unos figurines que giran con el ritmo de la música. Sobre ellos se alza un pequeño arco de Páteras.

Nira se sienta cerca de Nuria. Cualquiera que los viera podría pensar que son madre e hija. La joven le dice con dulzura:

—Salomeno y Marcelo nos solían cantar esta canción cuando éramos pequeñitos:

Mis dos estrellas

se me fueron a bailar al río,

mis dos estrellas

han abandonado el nido,

dulce canta la noche,

con canciones de miel,

para que mis dos estrellas

bailen hasta que duerman bien.

Mis dos estrellas,

regresen a mi pecho a beber de mi miel,

ya que la de la noche los hará marchar en pie,

mis dos estrellas,
que ya lejos palpitan brillantes,
adiós, mis queridas,
a ustedes mi corazón les cantará constante.

—Su madre debió ser hermosa —le dice Nuria a los gemelos, mientras los mira con detenimiento—. Ustedes no tienen facciones usuales. Jamás había visto unos ojos grises como esos tan bellos que tienen.

—Nunca tuvimos madre —corrige Nira con tristeza.

—A nosotros nos concibieron los…

—Arias —lo interrumpe Nira—, creo que es mejor que nos acostemos a dormir. Mañana partiremos a Orotava.

***

Iestyn levanta a los gemelos antes del amanecer. Sin perder mucho tiempo, hacen marcha a Orotava. La primera impresión sacude a Arias y Nira, ya que las murallas que los reciben no son de piedra como las de Yera, sino de miles de hombres con escudos, rifles largos y armaduras de garnito amarillo, haciendo ejercicios de batalla con los rostros pintados de blanco.

—Cuernos. Parece que los dairios se están preparando para algo grande.

—Los hemos visto merodear en el sur —comenta Arias—, pero en pequeños grupos. Nunca en cantidades como estas.

—Continuemos antes de que a alguno se le ocurra hacernos preguntas.

Si la ciudad de Yera estaba empobrecida de lujos y riqueza, Orotava es lo opuesto: las puertas de la ciudad reciben a sus visitantes con dos colosales fausnos moldeados en oro y las gruesas murallas de piedra caliza blanca, de las que cuelgan jardines floridos que caen como cabellos, se levantan cual montañas a una altura absurda. Sobre ellas corren ductos que proveen de agua a los habitantes. El tumulto se hace ver tan pronto entran, con un alboroto constànte en todos los rincones: mercaderes, pescadores, carniceros, músicos y artesanos; si algo tienen todos en común, es que llevan la cara pintada de blanco,

298

sin excepción.

—Ah, carajo, vengan para acá —les dice de improviso Iestyn a los gemelos, atrayéndolos con brusquedad—. No podemos tomar ningún riesgo.

El hombre procede a pintar con torpeza su cara y la de los gemelos de blanco.

—¡Guácatela! ¿Por qué apesta tanto? —pregunta Nira.

—Porque es mierda de pájaro. ¡Quédate quieta! —ordena el marino mientras unta sus manos de excrementos pegados a una estatua.

Arias mira hacia arriba, trata de contemplar la estatua en su totalidad: se trata de un hombre erguido de unos cincuenta metros de altura. Sus colosales brazos terminan en unas manos abiertas con dedos alargados y huesudos. Su gesto transmite protección y refugio para la ciudad de Orotava.

—Créanlo o no, ese que ven ahí es La'Mourg —indica Iestyn.

A Nira le vino de improviso el recuerdo de aquella imagen que había visto en las paredes de las Dos Bocas del Nirta, junto a la cascada.

—No debería extrañarles. Los dairios le rinden pleitesía a los pálidos, sobre todo al loco de La'Mourg. Están bajo su poder junto a todos ustedes en Jobos y gran parte de las islas Crestas. Por eso es que esa víbora viene de visita a Orotava: la ciudad le va a hacer una gran ceremonia, en la que tienen la costumbre de proveerle los más caros obsequios que cada región tenga la capacidad de ofrecer.

—Me parece que Nira y yo vimos uno de esos obsequios en la ciudad de Yera —dice Arias.

—El traje en el templo. Tienes razón —exclama Nira—. Juzgando por los detalles que tenía, debieron tardar meses en confeccionarlo.

—¡Ja! Eso explica lo mucho que aquel señor se enfureció cuando Laurel se burló de su obra —recuerda Arias.

—Pues volverán a ver la famosa obra, si todo sale como tengo planeado —asegura Iestyn—. Vengan, que debemos llegar al mercado, así podrán ver el gran puerto de Orotava; corre por toda la costa.

Iestyn los lleva a lo largo de los callejones de la ciudad, que están llenos de vida. Para los gemelos es difícil pensar que apenas hace unos días venían de las minas de Kever, donde masas de miles de personas se amontonaban trabajando hasta la muerte sin recompensa alguna, mientras que aquí, y a pesar de provenir de los mismos territorios, viven una vida ostentosa y de grandes lujos. En Yera era raro ver nobles debido a la conquista gongolesa; Orotava está llena de ellos.

Sin embargo, no todas las barriadas de la ciudad tienen la misma suerte.

—Madre que los parió. Qué viles desgraciados —escupe Iestyn con los puños bien apretados al acercarse al barrio de los hereos, a lo largo de la región oeste del puerto de Orotava—. ¡Esto es lo que debe quedar de los hereos!

Las casas lucen empobrecidas y en mal estado; una marea alta podría llevarse a gran parte de ellas. Los habitantes se ven desnutridos y maltratados, ya que los dairios también les racionan la comida y los privan de la pesca en los mejores lugares. Los dairios podrían haberlos expulsado, de no ser porque el liderato de los hereos consiguió hacer varios acuerdos que les permitieron tener hospedaje a cambio de producir para la ciudad. Los hereos se dedican a extraer garnito amarillo del mar, el cual usan los dairios para crear armamentos y armadura.

—Esto es humillante —comenta Nira con repulsión.

—No puedo esperar a que llegue el día en que estos hijos de puta perfumen los cuerpos de mis hermanos hereos y los vistan de oro —gruñe Iestyn al escupir en el suelo.

—No sé si sería sabio dejarlos vivir solo para satisfacer tu venganza —contesta Arias, seco.

—Humm, parece que te gusta la sangre, muchachito —ríe Iestyn —. Me gusta cómo piensas. Es como escuchar al gran Salomeno en sus viejos tiempos y sin los sermoneos que tanto me empalagan.

—No solo a ti —concuerda Nira.

El marino y los gemelos pasan por un puerto donde están anclados unos barcos que son tan enormes, que ponen en vergüenza a los de Iestyn.

—¡Puaj! ¿Para qué quieren barcos tan pesados? —truena él—. Eso se hundiría al momento de zarpar a los mares salvajes que suelo navegar con ojos cerrados. —Iestyn avanza al interior de una tienda balbuceando palabras grotescas, y al instante un mercader los recibe.

—Que las alas de la gran Quetzal los protejan. ¿En qué puedo…?

—Sí, sí, sí. Solo escucha lo que necesito, que ando con prisa —interrumpe Iestyn, evitando las bendiciones de dioses dairios.

Arias y Nira hacen caso omiso a lo que habla el marino, distraídos por la mercancía tan inusual del local: líquidos, yerbajos, polvos apestosos y partes de diferentes animales. De pronto, escuchan un alarido proveniente de los muelles.

—¿Qué fue eso, Nira? —pregunta Arias.

—No tengo idea. Parece que viene de afuera.

Iestyn no se distrae con los ruidos y se queda enfocado en su tarea.

—Estoy buscando leche de cachalote, una nuez de arraba, un frasco de néctar de viuda blanca y… un poco de información —agrega Iestyn, al momento que le desliza una moneda de plata por encima de la mesa—. Aquellos soldados dairios en la entrada de la ciudad, ¿qué se traen?

El mercader toma la moneda y le responde al marino con una sonrisa maliciosa:

—El gran Le'Ferrat los está entrenando para levantar una gran campaña militar en contra de los gongoleses. A ver si así los eliminan del Éspides de una vez y por todas.

—¡Cuernos, Le'Ferrat! La'Mourg sí va en serio con esto de los gongoleses —exclama Iestyn, impresionado al escuchar que La'Mourg ha traído a un estratega del continente de Gálica para dirigir a un ejército dairio.

—Se avecina una guerra grande y sangrienta —agrega el mercante—. Que Le'Ferrat decore las calles de Orotava con los cuerpos de los gongoleses, para que sirva de escarmiento. Aquí no queremos a esa peste de salvajes.

A Iestyn casi se le escapa decir que no quisiera la peste ni de uno ni del otro, pero desiste y vuelve la mirada a los gemelos para dejarles saber que es hora de marcharse. Para su sopresa, solo Nira está ahí.

—¿Qué se ha hecho el tonto de tu hermano?

—Salió a husmear una discusión en los muelles.

—¡Mierda! ¿Qué acaso no los puedo dejar solos un segundo? —se queja Iestyn. A lo lejos escucha gritos y llantos.

—Les recomiendo que no se le acerquen a esas escorias —dice el mercader sobre los hereos—. No traen nada más que problemas. Son una horda de holgazanes.

Iestyn aprieta los dientes para evitar gritarle al hombre. Lo logra, pero no puede contener el impulso de escupirle la mesa.

—Tranquilo, tranquilo —dice el dueño de la tienda—, bah, estos marinos no saben cómo comportarse. Váyanse, que no quiero problemas aquí.

Iestyn sale de la tienda con Nira, furioso. A la distancia ven a Arias frente a un soldado dairio armado y un pescador hereo de rodillas, este último suplica al soldado entre llantos.

—¡Por favor, se lo ruego! Le juro que lo pesqué en una zona legal. Se lo ruego, mi señor. ¡No me lo confisque, que alimentaré a mi familia con él!

El dairio no se inmuta y procede al barco humilde del pescador hereo. De la proa cuelga de un gancho un pequeño tiburón.

—No me mientas, hereo. Los tiburones no visitan tu zona, voy a tener que confiscártelo.

El soldado corta la soga y el tiburón cae al agua. El pescador levanta sus manos al cielo y solloza. De improviso, Arias salta al agua también.

—¡Cuernos! ¡Me lleva el coño de los diablos! —brama Iestyn—. ¡Tu hermano está loco!

El marino corre al puerto, despavorido y vislumbrando lo peor.

El soldado se detiene al borde del muelle y busca a Arias para arrestarlo tan pronto salga, pero no hay señal de él por ninguna parte. Iestyn también trata de encontrarlo; tiene los nervios de punta.

—No hacemos más que llegar aquí y este mocoso ya lo ha arruinado todo —se queja el marino—. ¡Por las ninfas de Sancremano!

Arias emerge del agua y trepa el muelle por unos troncos de madera; sobre sus hombros lleva al menudo tiburón.

—¡Detente en este instante! —reclama el centinela mientras le apunta con su rifle.

El joven hace caso omiso y camina en dirección del pescador, que clama con los brazos al aire:

—Gracias, mi señor, ¡que los dioses del mar lo bendigan!

Arias permanece de pie con el tiburón sobre sus hombros por un momento, solo para burlar al soldado. Luego deja caer al animal frente al hereo y este lo recoge, agradecido.

—¡Dije que te detuvieras! Qué, ¿estás sordo, muchacho? —brama el centinela mientras agarra a Arias del brazo.

—¡Oh, disculpe, creo que se ha escapado mi nieto! —exclama Iestyn, colocándose entre Arias y el soldado—. El pobre no sabe dónde tiene la cabeza, ¡discúlpelo!

—Me alegro de que el pequeño va a tener compañía en su celda, a ver qué tanto les gustará sentir sus rodillas quebrarse cuando las magullemos con mazos.

—No hay necesidad de tal cosa, mi señor —suplica Iestyn, haciéndose el tonto—, ya nos marchábamos a atender otros asuntos, no lo molestaremos más.

Iestyn toma a Arias del brazo maltrecho; el soldado jala en su dirección.

—Creo que vendrán los dos conmigo, y le recomiendo que no se resista, si no quiere mostrar sus tripas a todo Orotava.

—Mierda, muchacho, las cosas que me obligas a hacer —le susurra Iestyn a Arias al oído en tono amargo—. Me parece que podemos llegar a algún arreglo, mi buen señor —insiste Iestyn al guardia, y le muestra la pequeña gema rojiza que le había dado Salomeno. El soldado le arrebata la piedra de golpe.

—Lárguense, no los quiero volver a ver por aquí —les susurra al dejarlos ir.

—Vamos, mocoso, y no mires atrás —musita Iestyn con urgencia, sacudiendo a Arias con agresividad—. ¡En solo unos segundos me has hecho perder una fortuna! ¿Qué coño creías que hacías?

—No pude evitarlo, estaba abusando de ese pobre hombre. No debí ser yo el que acudiese, es uno de los tuyos, ¿por qué no lo hiciste tú?

Iestyn se frota la barba, pensando en la bravura del joven.

—¡Como quiera me hiciste perder una fortuna! —contesta, para evitar darle la razón.

Las campanas de las torres del gran templo de Elipo suenan en Orotava, seguidas por el estruendo de un cuerno de defante, que es acompañado por otros que le siguen en secuencia a lo largo de las otras torres que miran al mar.

—Oh, cuernos. ¿Y ahora qué? Algo importante está por pasar —se lamenta Iestyn. No quiere otra sorpresa en un mismo día.

Las personas de la ciudad abandonan sus quehaceres. Los mercantes cierran sus tiendas y se dirigen a los puertos. No pasa mucho hasta que las calles quedan atascadas de gente. Iestyn brinca de puntitas para ver.

—¿Qué carajo está pasando aquí? ¡Ah! ¿A dónde se me han ido estos mocosos ahora? ¡Arias, Nira!

Iestyn calla al recordar que no debe mencionar sus nombres en voz alta. No le toma mucho avistarlos; los gemelos están subiendo un poste que les permite ver por encima de la multitud.

De los balcones empiezan a caer pétalos de flores. El jolgorio se hace oír en Orotava.

—¡Mierda, mierda, ahora no! ¡Es demasiado temprano! —farfulla Iestyn.

Arias y Nira se sientan en una viga sobre el tope del poste y sienten la brisa en sus rostros. Ven cómo en el horizonte asoman unos barcos de un tamaño demasiado increíble para creerlo. Son color carbón y sus velas blancas podrían confundirse con nubes. Aparcan poco a poco en el puerto, a distancia considerable.

Unos instrumentos de viento se oyen en la distancia, seguidos por las campanas que suenan en las torres a lo largo de la ciudad. Del primer barco desembarcan cientos de personas vestidas de blanco; del siguiente otros tantos con trajes color púrpura. Avanzan en procesión, solemnes, hasta que desaparecen de la vista de los gemelos, que escuchan un grito de guerra por parte del ejército, que comienza un espectáculo de piruetas con sus armas al tiempo que un despampanante barco negro se detiene en el muelle. De él salen unos cien hombres vestidos con armaduras de garnito negro.

—¿No son esos los soldados que vimos en Nhur, Nira? —pregunta Arias.

—Los que se bajaron de aquel ferrocarril que Salomeno tanto temía. Son los mismos, seguro.

Los de armadura negra se unen a la formación de los dairios, que llevan sus armaduras de garnito amarillo.

El pueblo de Orotava de pronto parece estar poseído por un ensordecedor silencio; solo se escuchan las aves en el cielo, las olas del mar y el crujir de la madera de los botes. Los corazones de los gemelos se agitan con la anticipación.

Nira no dice nada.

Arias apenas se mueve.

Finalmente él se hace ver. La'Mourg.

Nadie aplaude. Nadie celebra. Los locales están anonadados, en éxtasis. El gigante emerge de su barco, sombrío, vistiendo un traje color plata bañado con tinolio. De su espalda cuelga una capa de piel de elmita, la raza a la que pertenecía Amenoóh; es sedosa, traslúcida y tornasolada; se desplaza por el suelo y es de una longitud que parece interminable. Un total de noventa y siete elmitas murieron solo para producir la prenda. El cuerpo de La'Mourg dobla la altura del soldado más alto. Su caminar es suave y elegante. La multitud no aclama porque es bien sabido que La'Mourg no aprecia el ruido.

Entonces, la monstruosa criatura se detiene y comienza a agitar su cuerpo, moviendo sus manos largas con violencia. Los ciudadanos se ponen nerviosos. La'Mourg alza la barbilla y emite una serie de mugidos cortos y espeluznantes que hace eco en cada callejón. Tras el sobresalto, todos en la ciudad se ponen tiesos.

—¿Qué diablos fue eso? —pregunta Arias, horrorizado.

—Lares me comentó que La'Mourg está loco, que sufre de demencia.

—¿Quién puede razonar con alguien así?

—Supongo que lidiar con él es justamente el gran problema de todos. Incluyendo al resto de los níveos.

La'Mourg vuelve a asumir su postura y continúa como si nada hubiera pasado, hasta que unos pasos más adelante se detiene y se encorva, reverente.

—¿Qué está pasando ahora? ¡No alcanzo a ver! —les pregunta Iestyn, que tras escurrirse entre la multitud, ha llegado hasta la base del poste desde el que los gemelos observan.

—No lo sé —susurra Nira de regreso—. Le está haciendo una reverencia a alguien. Está inmóvil… espera… ¡No puede ser!

—¿Qué? ¿Qué pasa? ¡Hablen! —exige Iestyn, ansioso.

Ante La'Mourg aparece otra criatura de la misma especie. Aún más delgada. Hembra. Con un vestido blanco hueso, pero no tanto como su piel. Su cabello está hecho un nudo, también blanco, casi transparente; este se le enreda por el torso como si fuera parte de su vestido. Los dos níveos tocan sus frentes con delicadeza y continúan su desfile en dirección del castillo con las manos entrelazadas.

—Acabamos de ver a otra pálida salir del castillo —narra Nira—, y se retiró con La'Mourg.

—¡Mierda! Qué suerte la mía. Esto lo cambia todo. ¡Bájense de una vez! —exige Iestyn, malhumorado.

—¿Quién es ella? —inquiere Arias mientras aterriza en el suelo.

Iestyn no deja de agitar la cabeza con un nerviosismo palpable. Tras pasarse la lengua por los labios resecos, dice:

—Esa es Nie'Nefer. Su hermana. —Gotas de sudor brotan de sus poros—. Aquel que sabe que La'Mourg está demente y desquiciado, sabe que su hermana es mucho peor. No contaba con que tuviéramos que lidiar con los dos. ¡Cuernos!

Iestyn camina con ligereza para escoltar a los gemelos fuera de Orotava cuanto antes.

—La'Mourg es persona no grata en la familia de los níveos. Es un monstruo tan terrible, tan desquiciado y cruel, que hasta los suyos lo han exiliado de Gálica. Lo dejaron lejos, a cargo de la frontera de Jobos, contando con que un demente como él podría contener al continente de una revuelta. La'Mourg se llevó consigo a su hermana. No se trata de una enternecedora historia de hermanos: se la trajo a la fuerza, podría argumentarse que la raptó. La drogó por muchas revoluciones solares hasta que le incineró la mente dejándola casi como una muñeca.

—Qué horror... ¿acaso está enamorado de su propia hermana? —pregunta Nira, asqueada.

—No. Solamente son inseparables. ¡Cuernos! ¿Cómo voy a decirle a Salomeno? Ya le envié un mensaje con su águila, ¡anunciándole que ya estábamos listos para proceder! —Iestyn patea la tierra con fuerza—. El tiempo es corto y creo que vamos a tener que seguir el plan de alguna forma o de otra. Vamos a tener que improvisar.

Arias y Nira ven a Iestyn caminar de aquí para allá nervioso, diciendo cosas imposibles de entender.

—Lárguense. Aquí los despido. Regresen a la caverna y cuiden bien a Nuria. Yo debo quedarme en Orotava atendiendo unas gestiones importantes para desenredar este enredo.

Sin decir nada más, Arias y Nira caminan de regreso a la guarida de Iestyn, con una confusión mayor a la que tenían antes de haber salido de ella.

***

Arias, Nira y Nuria deciden compartir lo que queda del día y salen a una playa cercana, cubierta de caracoles. Los gemelos se distraen recogiendo los más hermosos y se los entregan a Nuria, que ofreció confeccionar unos collares con ellos; luego juegan a las carreras en sus fausnos. El agua de la orilla salpica alto bajo sus pisadas y las melenas de los felinos ondean libres con el viento. Nuria los contempla sentada en la arena con las manos llenas de caracoles. Así disfrutan libres el día, hasta que Celes se despide en el horizonte y le permite a la noche llegar.

La mujer les cuenta de su vida en las islas Crestas con la familia de Iestyn. Relata que su marido navegó con regularidad con varias de sus esposas de isla en isla, yendo en busca de lo que siempre le interesó al marino: la aventura en el mar y el dinero. Arias y Nira no escuchan nada de monstruos marinos o hazañas extraordinarias, como Iestyn presumía. Nuria es honesta y los gemelos sienten que pueden contar con ella.

De regreso en la caverna, ven que los esclavos de las minas de Kever ya están acicalados; casi es imposible reconocerlos sin aquel polvo plateado en sus cuerpos.

—Qué desgraciadas han sido sus vidas —dice Nuria—. Apenas conocen un vocabulario fuera de órdenes y comandos. ¿Podrían imaginar una vida que solo se base en seguir órdenes? ¿Que apenas puedas entender otra cosa que no sea: «levanta eso, ponlo ahí, duerme, despierta y come»? Piénsenlo: entregarte por completo hasta que te desgastes, hasta que no quede más de ti. Viniste y te fuiste y nadie te recordará.

—Y ahora les pertenecen a Iestyn y a Salomeno. Eso es lo que no puedo entender —responde Nira.

—Somos una especie de muchas contradicciones, mi niña.

De regreso en el barco, los gemelos le dan a Nuria un té caliente de flores de irilena, conocidas por su eficacia para bajar las hinchazones de los pies.

—Ustedes son bien dulces —agradece ella—. Estoy contenta de haberlos conocido. Viajar con estos marinos le hace la vida amarga a cualquiera.

—Nuria, no quisiera ser imprudente —se excusa Nira, mientras la mira con timidez—, pero hace mucho tiempo que me hago una pregunta: ¿por qué se molestó Iestyn en traerla hasta acá? Han hecho viajes largos y demasiado peligrosos para una embarazada.

—Debo admitirte que no es usual en él, así que desconozco. Siempre quise conocer el Éspides, así que no me costó decirle que sí. Supongo que no quiere perderse el nacimiento de su hijo más reciente.

—Pensaría que la emoción ya se le habría pasado tras decenas de hijos —comenta Arias.

—Es cierto —admite Nuria—. Pero Iestyn no para de hablar de lo especial que es Ciro para él, ¡sin siquiera conocerlo! Uno nunca sabe: puede que sea la gran hazaña del pequeño Ciro cambiar el duro corazón de mi esposo.

—Uf, no he conocido a un viejo más terco y embustero —protesta Arias riendo. Nuria y Nira ríen con él hasta llegar de regreso a la recámara.

***

Están los tres al borde del sueño cuando escuchan a Iestyn llegar. Está discutiendo con varios de sus hombres.

—No me interesa escuchar excusas. No tengo la más puta idea de cómo lo harán, no me importa si tienen que estar despiertos toda la noche, pero quiero esos vestidos listos para mañana, ¡ya sea por obra de un milagro o porque les sangren las manos! ¡No tenemos tiempo!

Los gemelos escuchan los zapatos del viejo marino ir y venir por su recámara.

—Maldito Salomeno, ¿en qué me has metido? Ya casi me gasté tu dinero y apenas me ha dado abasto para todo lo que necesito.

Los gemelos saben que Salomeno no está y que Iestyn habla solo y deciden visitarlo para ver qué lo atribula. El marino está frente a su escritorio, escribiendo deprisa una carta. Sobre su hombro está el águila de Salomeno. De pronto, se gira hacia los hermanos.

—Espero que ustedes decidan cooperar de ahora en adelante. No quiero más eventos como el de hoy, ¿entendido? —ruge el marino con ojos que parecen a punto de salírsele de las cuencas.

Las asistentas de Nuria se presentan en la recámara de Iestyn con una taza caliente.

—Espero que hayan usado las medidas exactas, porque no pienso volver a Orotava a buscar estos ingredientes —les advierte el marino.

—Sí, mi señor. Se lo haremos llegar a nuestra señora —dicen las mujeres al retirarse en dirección de la habitación de Nuria. Ella las recibe con una sonrisa y las sirvientas cierran la puerta a sus espaldas, dejando a los gemelos a solas con el marino de nuevo.

—Vengan conmigo. Discutiremos el plan de mañana —dice Iestyn al bajar las escaleras en dirección a la borda.

—Este anda un poco histérico hoy, ¿no, Nira?

—Shh, calla. A ver de qué se trata.

—Mañana asistiremos a una ceremonia dedicada a La'Mourg —comienza Iestyn.

—¿Así nada más? ¡No sabemos ni lo que tenemos que hacer! —replica Nira, frustrada.

—Por ahora no tienen que hacer nada. Solo sigan lo que mis hijos hacen. Con la hermana de La'Mourg presente, se nos complican los planes.

—¿Qué hace ella aquí?

—Según me contaron en Orotava, La'Mourg le ofreció la ciudad como un obsequio. Ella reina la ciudad ahora. Para desdicha de todos. Ahora, escuchen bien: mañana se convertirán en mis súbditos y le daremos unas ofrendas a La'Mourg y a la loca esa de su hermana. Les regalaremos los esclavos que compramos en Kever.

—No entiendo, ¿los compraste para regalárselos a La'Mourg? —discute Arias.

—Ay, ¿por qué no se callan y me dejan terminar? —escupe Iestyn, mientras se planta las manos en la cara, desesperado—. Esperemos que no sea permanente, ¿sí? La suerte de estos esclavos depende de ustedes y de muchas otras cosas.

—Todavía no entendemos qué quieres que hagamos —vuelve a recalcar Nira.

—Vamos a hacer lo siguiente. No van a hacer más preguntas hasta que yo les dé una nueva orden, ¿entendido? Mañana, uno de mis costureros les hará entrega de unos uniformes. Eso es lo que tienen que saber. Quédense callados, que yo me encargo del resto. Todo fluirá sin problemas.

Iestyn llega a la ventana de la caverna que mira a la costa. Deja el águila ir con un nuevo mensaje para Salomeno.

—¡Salomeno ha escrito! ¿Qué dijo? —exclama Arias con alegría.

—Lo que les acabo de decir —responde Iestyn, seco—. Y si me disculpan, hoy quiero dormir con mi mujer. Así que ustedes pueden dormir solos en la borda. Instruiré a mis hombres a que saquen sus pertenencias fuera de mi recámara para que tomen lo que necesiten durante la noche. Aprovechen, porque no tendrán acceso a su equipaje una vez partamos. ¡Ah! Y traten de no agarrar la peste del mar, que mañana los necesito limpios.

18

LA'MOURG
-EL AMO DEL TIEMPO-

Por orden de Iestyn, sus hombres despiertan a los gemelos antes de que se asome Celes por la puerta de la caverna. Su campamento está ocupado con los preparativos para la reunión con La'Mourg; los sirvientes de Iestyn confeccionaron atuendos para todos sus hijos y taparrabos para los esclavos.

—¡Raisa, Aguja! ¿Dónde están? —le pregunta Arias a Nira, alarmado.

—No sé. Durmieron con nosotros toda la noche —asegura Nira, nerviosa.

Los gemelos corren alrededor de la borda por si los encuentran merodeando por la caverna.

—¡Ahí, Arias! Están ahí —señala Nira.

—¡Ey! —grita Arias—, ¿qué le hacen a nuestros fausnos? ¡Déjenlos ir, o le haré saber a Iestyn!

—¡Es por instrucciones suyas que hacemos esto! —grita uno de los hijos de Iestyn mientras intenta apartar a los fausnos con una vara—. ¿Qué tal si bajan y nos echan una mano? Son sus bestias, ¿no?

—Nuestro padre nos ordenó que les diéramos un baño —explica otro de los marinos—. Tratamos de convencerlos con pescados, pero parece que somos nosotros lo que quieren.

Arias y Nira corren para auxiliar a los marinos; el baño no le viene mal a los fausnos ni a los gemelos, que terminan también enjabonados. Los hombres de Iestyn visten a Raisa y a Aguja con unos mantos de colores brillantes que ponen sobre sus lomos y adornan sus toscos cuellos con collares de lujo de los que penden campanillas de metal.

—Bien, me alegra ver que ya están poniéndose listos —dice Iestyn desde la cubierta del barco. Él va de blanco, con telas delicadas. Sobre sus hombros cae una capucha amarilla que le regaló Salomeno, cuyo textil está decorado con minuciosos detalles. Sobre la cabeza lleva una tiara de bronce. La barba está bien peinada y atada en un nudo—. Suban, pediré que los perfumen y vistan.

Los gemelos son recibidos por unas sirvientas que los visten también de blanco y les atan el cabello en un moño. Luego perforan sus narices para adornarlas con una pequeña piedra preciosa. A sus orejas les ponen pequeños aros dorados. Las caras se las pintan de blanco y sus cejas son delineadas a pincel con tinta negra. A Nira le pintan el labio superior de azul y el inferior de negro; su hermano lleva el superior negro y el inferior rojo.

—Ahora saldremos a esperar al resto de mis hombres. Haremos una procesión rumbo a Orotava dentro de poco —le indica Iestyn a los gemelos—. Recuerden: solo sigan lo que hago y estarán bien. Y no se preocupen por sus fausnos, que yo me quedaré con ellos. De hoy en adelante me pertenecerán y serán mis protectores. Ustedes dos serán mis súbditos más allegados. ¿Entendido?

Arias y Nira se miran con resignación.

—Entendido —responden con desdén al sentir que no tienen alternativa. Los gemelos se acercan a Aguja y Raisa y les ordenan seguir a Iestyn con confianza.

—Como cualquier súbdito, no tendrán nombres —añade el marino—. No quiero escuchar nada de: «Arias y Nira» mientras estemos en Orotava, ¿entendido?

—Entendido —repiten los dos.

—Oh, antes de que lo olvide. También cuidaré de tu hermosa espada de virilio —le advierte Iestyn a Arias mientras busca la espada entre sus pertenencias y la guarda en una vaina que lleva Aguja atada en su costado.

—Esa espada se queda conmigo —replica Arias.

—¿Creerías que un súbdito ande con uno de los artefactos más raros del mundo?

—No —replica el joven, enojado.

—Entonces, no hay nada más que discutir —concluye Iestyn.

El hombre hace marcha con los fausnos, seguido de varios de sus hombres que, al salir de la borda, dejan a los gemelos solos.

—¿Has visto a Nuria? —pregunta Nira.

—Es probable que esté en su recámara reposando, ayer la hicimos caminar demasiado —indica Arias mientras se ajusta un cinturón dorado.

—La puerta está cerrada, no vamos a poder entrar a despedirnos —lamenta Nira—. ¿Qué haces?

El joven está de rodillas frente a su cofre de pertenencias y toma la pequeña daga de virilio que le había regalado Salomeno el día que partieron de Savana.

—No confío en Iestyn. No creo que debamos ir desarmados.

El hijo de Sulus se guarda la daga a la espalda.

***

La caravana de soldados, marinos, sirvientes y esclavos marcha por la costa hacia Orotava. Celes asoma por el agua cristalina y los alrededores se tiñen del color del vino tinto. El mar está inquieto esta mañana y las olas rompen furiosas contra las piedras. Los jóvenes van temerosos, sin idea de lo que está por venir. Arias trata de calmar a su hermana al mostrarle el arco de Páteras, que hoy luce de color negro.

—Él nos protegerá, y a todo aquel que ande con nosotros —

asegura.

Nira no tiene por qué dudar ahora: nunca durante sus vidas alguien que los acompañara había perdido la vida.

—Páteras nos protegerá —dice al fin. Unas palabras que nunca habían escapado de sus labios, pero que hoy tiene que creer con todo su corazón. Porque ya están en la puerta de Orotava y no hay marcha atrás.

—Deténganse, ¿quiénes son y qué buscan en Orotava? —exige un centinela dairio que hace guardia en la entrada de la ciudad.

—Mi nombre es Iestyn, señor de los mares de las islas Crestas. Vengo a rendir mi pleitesía a su excelencia, el gran La'Mourg… y a su bella hermana.

El dairio observa a Iestyn con desprecio, ya que piensa que el marino se ha excedido en sus intentos por impresionarlo.

—Aquí está mi permiso. He sido certificado por la casa dairia.

El soldado revisa los papeles. Son auténticos.

—Bien. Pueden entrar.

Iestyn hace paso con su procesión a lo largo de Orotava. Frente a su grupo hay otros, todos forman una fila que llega hasta la plaza en donde se lleva a cabo el evento para La'Mourg. Las calles están alborotadas y adornadas, rebosantes de espíritu festivo.

—Esto es una locura —le susurra Nira a su hermano—. Mira a toda esta gente celebrando a este demonio; esas caras tontas llenas de esperanza. Como si La'Mourg los fuera a salvar de algo.

—«La esperanza es muerte» —musita Arias, recordando el refrán de Salomeno.

Caminan por los dos primeros ciclos del día, hasta que pasan por el gran arco que da entrada a la plaza del gran palacio de Orotava. Nira alza la cabeza y ve el arco extenderse: el monumento está esculpido en mármol, tiene grabada en ella una gran cantidad de estampas históricas de la historia dairia, cada una de ellas protagonizada por monstruosos gigantes.

La plaza está llena de gente, todos listos para celebrar la llegada de La'Mourg, quien está al frente del palacio, sentado en un trono que parece estar suspendido en el aire. Unas treinta personas lo cargan sobre unas cañas. Junto a él está su hermana, sostenida en otro trono del mismo modo.

Desfilan representantes de las grandes ciudades de Éspides: Ach, Nhur, Doh, Haima, Cuoran, Cres, Mitera, Antica, Nibis y Yera, llegan a donde los hermanos níveos, les rinden pleitesía, les obsequian algo y se marchan. Todo ocurre a gran distancia de Arias y Nira, que todavía no pueden ver con claridad el aspecto de los níveos.

En cualquier ceremonia de este tipo se oirían los aplausos y las ovaciones de la multitud, pero a La'Mourg solo le gusta escucharse a sí mismo aplaudir. Esto crea una fuerte sensación de incomodidad para aquel que no haya estado presente en alguno de sus eventos.

Con el pasar de las ofrendas, Arias y Nira se acercan lo suficiente para poder escuchar los saludos y veneraciones que le ofrecen al palidecido rey de Jobos.

—Mi gran alteza —dice un noble con la voz trémula—, envío cordiales saludos desde la ciudad de Yera.

La'Mourg se levanta de golpe de su trono, como si se sintiera insultado. Los treinta hombres que lo cargan hacen un esfuerzo por no doblar las rodillas por su peso.

—No vengo por parte de los gongoleses, mi señor —se excusa el hombre con los nervios hechos nudo—. Ve-ve-vengo por parte de mi casa noble. Mi honorable familia clama por vuestra ayuda. Nuestra casa ha sido tomada por los gongoleses y nos han estado matando lentamente. Mis excusas, vuestra majestad: el conde Tristán no pudo hacer entrega de esta ofrenda. El pobre fue asesinado mientras laboraba en vuestro obsequio.

Arias y Nira sueltan una carcajada interna. Recuerdan que fue el conde que Laurel burló, al que las mujeres de Marajade asesinaron.

—Pe-pe-pero eso no nos privó de traerles una hermosa ofrenda —continúa el noble. La'Mourg calma sus ánimos y vuelve a tomar asiento—. Es una bella pieza formada por los más preciados textiles, producidos por la oruga ermitaña. Ochenta costureros estuvieron involucrados en su creación, por dos revoluciones ininterrumpidas. Está embellecida por tres mil dientes, de los más infieles hombres de Jobos.

Un grupo de esclavos se acerca con un enorme cofre dorado y lo coloca en el suelo. Al abrir la tapa, unas pequeñas criaturas llamadas

nínifas se acercan dando pequeños saltos, echan a volar y entran al cofre. Exhiben el ostentoso traje rojo en el aire. La'Mourg se vuelve a levantar del trono y baja tres escalones hasta que los esclavos lo descienden al piso; los gemelos pueden ver al fin al imponente gigante con más claridad. Las nínifas vuelan con el traje hacia el níveo, que se despoja de su vestido y lo deja caer al suelo, quedando desnudo ante la ciudad de Orotava. Nira no puede evitar la sensación de disgusto al presenciar semejante criatura: tiene la piel lechosa y arrugada, es lampiño y delgado, al punto de asemejar desnutrición. Su cara es casi cadavérica, las órbitas de sus ojos, moradas, sirven de viñeta a unos ojos que parecen dos ópalos. El cabello es negro, lo lleva peinado en dos partituras que forman dos alas alrededor del cráneo para terminar en una punta. La sonrisa es lo que deja a los gemelos fríos de espanto: esta muestra una dentadura compuesta por enormes encías y pequeños colmillos, todos del mismo tamaño. Tras ellos se retuerce una lengua grisácea y grotesca.

Las ninfas rodean al gigante y lo visten con su nuevo atuendo. La'Mourg deja claro que le encanta, ya que empieza a gesticular a las gradas para modelarlo de forma presumida. Su hermana Nie'Nefer aplaude, golpeando la superficie superior de su mano con la palma de la otra. Ella también sonríe; su boca muestra unos colmillos curvos y desgastados. Sus celebraciones son momentáneamente interrumpidas por varios tics nerviosos.

—Vuestra alteza, mi nombre es Malaquías. Provengo de las tierras de Mitera. Venimos a ofrecerle esta hermosa espada, confeccionada por los honorables herreros de las montañas de Derewen, para que en caso de volver un día a una gloriosa batalla, pueda derrotar a sus enemigos y honrarnos a nosotros, que con mucha humildad se la hemos forjado.

Son necesarias tres personas para cargar dicha espada, que está bañada en oro, esculpida con opulentos detalles que la hacen poco funcional. La'Mourg extiende su brazo y la levanta, blandiéndola sin cuidado y asustando al público, ya que está demasiado cerca de aquellos que se la han obsequiado. Un simple golpe podría despegar a un cuerpo por la mitad. Complacido, La'Mourg regresa a su trono.

El turno de Iestyn ha llegado. El marino camina acompañado de los dos fausnos hacia el trono.

—Adorado amo de Jobos, gracias por honrarnos con su presencia —aclama Iestyn al hincarse de una rodilla—. Soy Iestyn, señor de los mares de la islas Crestas. Vengo ante usted para ofrecerle mis servicios en el mar y en las tierras. Tengo un pequeño pero efectivo ejército y una marina que provoca envidia a todo aquel que navega el océano Ala'ti.

Iestyn calla y nota que La'Mourg no parece impresionado. Inspira profundo y continúa:

—Permítame también ofrecerle, mi señor, a una cantidad generosa de trescientos esclavos para que disponga de ellos, su alteza, como le plazca.

—¿Y para qué querría yo trescientos esclavos? —ríe La'Mourg con un cacareo mientras extiende sus manos a ambos lados de la plaza, hablándole a la multitud.

Iestyn mira alrededor, nervioso, buscando qué decir.

—Pa-para que les sirvan a sus hombres, oh, gran altísimo. Lucharán arduas batallas y podrían agradecer unos brazos y piernas fuertes que los acudan. —Iestyn cierra los ojos, esperando una sentencia en vez de un agradecimiento. Las gotas de sudor se empozan en sus poros.

La'Mourg esboza una sonrisa filosa.

—Bien. Gracias... —dice con desdén.

Iestyn abre los ojos y deja escapar un suspiro de alivio de sus pulmones.

—... pero ellos ya tienen lo que necesitan —continúa el rey de Jobos—. Todo hombre, toda mujer y todo ser vivo, vive para servirle a La'Mourg. Nadie sirve a otro hombre. Nadie escoge quién me dará servicios, pues todos ya lo hacen, incluyendo a un gran marino de las islas Crestas. Vuestras flotas son mías, vuestras tierras y mares también; antes de que existiérais ya lo eran.

Iestyn se pone frío. Arias y Nira no pueden creer que después de tanto preparativo, este sea su plan. Iestyn mira hacia donde están sus hijos y les hace un gesto desesperado con el brazo.

—¿Qué me ofreceréis ahora, pequeño marinero? ¿A esos gatitos? —se mofa La'Mourg, refiriéndose a los dos fausnos. La ciudad de Orotava se ríe de Iestyn, que se hunde en la humillación.

—No, mi señor —replica titubeante—. Es una última ofrenda que sé que será de su agrado. El gran Iestyn guarda lo mejor para el final.

—Qué desgracia sería que me falléis de nuevo, pequeño marinero, ante toda esta gente.

Seis hombres de Iestyn se acercan con una litera cubierta por drapeados a cuestas. La'Mourg aplaude con regocijo, frunciendo los negruzcos labios de forma burlona.

—¡Una camita! ¡Al parecer, el mar me ha obsequiado un nuevo bufón! Decidme, bufón, ¿qué otro truco tenéis? Porque odiaría llevaros a morir antes de que me hicierais reír más.

Iestyn se dirige a la litera junto con una de sus sirvientas.

—¿Qué demonios está haciendo? —le susurra Arias a Nira.

—El ridículo. Creo que ni Páteras se molestaría en ayudarnos ahora —contesta su hermana, resignada.

Iestyn sonríe, nervioso, y abre los drapeados de la litera como si fueran las dos cortinas de un teatro.

La'Mourg jadea con asombro.

Arias se queda entumecido.

Nira se pone a temblar sin control.

—Le ofrezco, mi señor, la gran estrella de mis ojos. ¡Mi hermoso hijo, Ciro!

Nuria yace en la litera frente al gigante. Entre sus muslos corona la cabeza ensangrentada de un bebé.

—¡No! ¡Todavía no! —chilla la madre entre llantos mientras dos sirvientas la sostienen con fuerza.

La'Mourg y su hermana se ponen de pie, impacientes y jubilosos. La'Mourg aplaude de manera incontrolable mientras jadea como un niño. Su hermana no puede controlar la saliva que se columpia de las comisuras de sus labios.

—¡No! —vuelve a gritar Nuria, desgarrada.

—Espero que este ofrecimiento sea de su agrado, alteza, pues no hay mayor regalo en el universo de un padre que entregar de su propia carne.

Iestyn se para frente a Nuria a esperar el nacimiento de la inocente criatura. Nuria hace lo posible por no pujar, pero la droga que le suministró Iestyn la noche anterior hace el trabajo por ella. Arias y Nira quieren gritar, pero Iestyn se encargó de mantenerlos callados. Sienten algo punzante y frío en sus espaldas: dos guardias los tienen amenazados con espadas.

El bebé se desliza fuera de Nuria y cae en las manos de su padre. Iestyn levanta a Ciro al aire para que Orotava lo conozca. Es un fuerte varón, con el mismo hermoso tono de piel oscuro de la madre. Una de las sirvientas obliga a Nuria a beber una pócima que le roba el conocimiento de inmediato.

—¡Que la sal del mar selle tu fe! —grita Iestyn exhibiendo al bebé en el aire—. ¡Gran Ciro, ¡sella la nuestra con tu sacrificio! —Iestyn introduce al niño dentro de un barril de agua salada que uno de sus hombres puso a su lado, para levantarlo luego una vez más.

—¡Jo-jo-jo! ¡Que la sal del mar selle vuestra fe, Ciro! —ríe La'Mourg entre escalofriantes gemidos. ¡Acercadme el niño, marino!

—¡Que viva Ciro el pez! ¡Ciro el pez! —grita la hermana de La'Mourg en tono infantil.

—No podría entregarle a mi propio hijo así, sin prepararlo, mi señor. Solo deme unos días para criarlo un poco mejor.

—Procurad alimentarlo bien. Está demasiado delgado —exige La'Mourg.

—Ponedle algo de carne a esos huesos —añade Nie'Nefer.

Una sirvienta se le acerca a Iestyn y le hace entrega de una vasija. En el interior yace la placenta que Nuria acaba de expulsar de su cuerpo.

Iestyn camina con la vasija hasta La'Mourg y Nie'Nefer. El viejo marino mira con temor los espantosos ojos negros de los níveos; en ellos vislumbra su distorsionado reflejo, haciendo entrega de la vasija ensangrentada.

—Esto calmará la impaciencia de su excelencia mientras espera. Para que marine al paladar —dice el marino.

La'Mourg y Nic'Nefer meten sus dedos largos en la vasija y se llevan la placenta a la boca, lamiéndola y mordisqueándola, pareciendo una sola bestia de dos cabezas. La sangre baja rojiza por sus barbillas y cuellos blancos. Arias y Nira cierran los ojos, pero todavía pueden escuchar los dientes chasqueando, los largos sorbos, el desgarro de tejidos blandos.

«Sí, cómansela toda, cabrones. Compártanla, como buenos hermanos», se dice Iestyn entre dientes con malicia.

Nira siente que podría desmayarse en cualquier comento. Al menos, Ciro está a salvo en los brazos de una de las sirvientas de Iestyn.

—¿Los dejamos entrar, querida? —le pregunta La'Mourg a su hermana. Nie'Nefer intenta limpiar la sangre de sus labios, ensuciándose más el rostro con torpeza. Su sonrisa temblorosa muestra cada uno de sus colmillos.

—Seáis bienvenidos a mi palacio de Orotava —declara ella con las manos grandes bien abiertas, que tiemblan como las de un anciano.

—¡Hereos! ¡En marcha! —ordena Iestyn a sus hombres.

—Llama a sus hombres «hereos» —le susurra Nie'Nefer a La'Mourg—. Si supiera qué tipo de hereos vive en Orotava, los llamaría de otra forma, ji-ji-ji-ji.

Iestyn parte con su procesión a los interiores del gran palacio de Orotava junto con Arias, Nira, Ciro y los dos fausnos.

19

UN MAL QUE ELIMINA EL OTRO

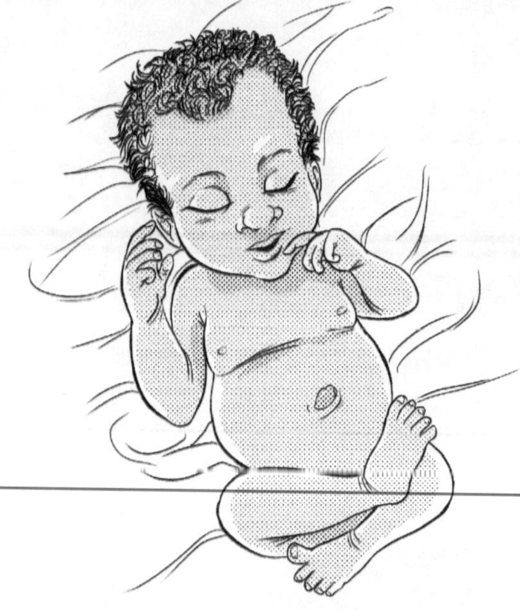

—¡Eres un maldito diablo! —le vocifera Arias a Iestyn mientras tira la puerta de la recámara a sus espaldas—. ¡Eres peor que La'Mourg! ¿Cómo pudiste hacerle eso a Ciro y a Nuria?

—¡Cállate, muchacho! —le responde Iestyn, agresivo. Aguja se le acerca al marino con un gruñido amenazante—. ¡Harás que nos escuchen y ya no importará quién sea la peor persona aquí, porque terminaremos todos muertos!

—¿Qué has hecho con Nuria, traidor? —llora Nira, rabiosa.

—Ella está a salvo, de regreso a bordo de la Mayéstica —responde el marino—. ¡¿Puedes decirle a este animal que se calme para poder explicarme?!

—No. Creo que no —replica el joven con recelo, mientras le

ordena a Aguja que se acerque más al viejo.

—Es todo parte del plan, háganme caso. Salomeno ha aprobado cada directriz que se ha tomado.

—Él nunca alimentaría un pálido con un bebé —argumenta Nira.

La puerta se abre. Una de las súbditas de Iestyn entra con Ciro, a quien consuela en sus brazos. Luego se lo pega a uno de sus pechos, rebosantes de leche.

—¿Ven? Estamos a salvo aquí, incluyendo el pequeño Ciro —señala Iestyn para tratar de calmar los ánimos—. No hay nada que temer, discípulos de Salomeno—. De pronto alguien toca la puerta con tres fuertes golpes—. ¿Y quién podría ser ahora?

Mientras el marino atiende la puerta, Arias fija su mirada en el sable de virilio, que está aún envainado en el costado de su fausno.

—¿Usted es Iestyn de las islas Crestas? —pregunta un hombre que Nira alcanza a ver por la puerta entreabierta.

—Eso depende de con qué noticia me saludes, muchacho —le contesta Iestyn con una risita que irrita a Nira.

—Me han hecho saber que el señor Iestyn había ofrecido a algunos de sus hombres para el servicio de nuestros honorables guerreros. Quería saber si podíamos ya disponer de algunos de ellos.

—Llegas en el momento apropiado —responde Iestyn malicioso—. Porque aquí mismo tengo a mis dos mejores súbditos y me honraría hacérselos llegar.

Arias y Nira se miran resignados y echan un último vistazo al pequeño Ciro antes de marchar, para asegurarse de que se encuentra bien.

—Seguidme, por favor —les dice el hombre a los gemelos al dirigirlos a lo largo de un pasillo que los lleva a una terraza abierta decorada con fuentes, jardines colgantes y muchas aves que revolotean alrededor.

—Hoy servirán a nuestros honorables tenientes, así que os exijo que hagáis un buen trabajo —dice el joven dairio—. Decidme vuestros nombres para saber cómo presentarlos.

Arias y Nira prefieren permanecer callados.

—¿Y bien?… Creo que es mejor si no dicen nada. Solo síganme.

Los gemelos continúan caminando por los pasillos. Cada paso que dan les refuerza sus preocupaciones sobre la seguridad de Ciro. Con el pasar del tiempo, Nira se vueve más pesimista. Arias solo espera que Raisa y Aguja puedan proteger al bebé en caso de peligro.

Los gemelos llegan a una puerta de madera que dos soldados tienen bien protegida. Luego de un largo crujir, la puerta se abre y se revela un enorme comedor repleto de soldados dairios y los Loch á Mourt, los hombres de Mourt, según el dialecto de los kalu. Estos guerreros suelen pasar varias horas del día comiendo y bebiendo. Hablan de lo que sucede día a día en sus vidas dedicadas a las guerras y las batallas. Las mesas están llenas de comida y frutas frescas; el vino dulce desborda de las jarras. En la sala se escuchan instrumentos de cuerda y una voz masculina que canta con potencia y pasión, mientras unas bailadoras los acompañan dando golpes con sus pies y manos.

—Hemos llegado —les deja saber el guía de los gemelos—. Solo procurad complacer todas sus necesidades. Jovencita, os encargaréis de trabajar en la cocina. Y tú… jovencito, atenderéis a todo lo que quieran los hombres en sus mesas.

***

Los gemelos pasan los siguientes dos días reacios a asumir sus nuevas funciones, pensando siempre en el bienestar de Ciro. A cada oportunidad de escapar, aprovechan para dar un paseo frente a la puerta de la recámara de Iestyn y así cerciorarse de que está bien, lo cual confirman al escuchar su llanto, al menos durante la primera noche. Después, todo se vuelve silencioso y los gemelos temen que sea demasiado tarde para el crío.

Arias logra sacar ventaja a su situación: husmea en todas las conversaciones de los dairios y los Loch á Mourts. Escucha muchos cuentos que no le son de utilidad, pero a veces logra escuchar conversaciones sobre sus estrategias y las características secretas de sus ejércitos. A los soldados el vino les suelta la lengua, más aún cuando quieren competir entre ellos por la grandeza de su hombría. A Arias le toma por sorpresa que los hombres de La'Mourg sean demasiado críticos con los dairios, sobre todo respecto a lo desorganizados que resultan con sus tropas en el área de combate. Les señalan que son demasiado dependientes de sus números y que al hacer esto descuidan otras normas básicas. Arias concuerda con los soldados de La'Mourg: los dairios son demasiado vanidosos. Sus riquezas y números son tan alucinantes, que piensan que eso les garantizará la victoria en cualquier batalla.

«Salomeno me enseñó a lidiar con tontos así», se dice el chico mientras los escucha. Sin embargo, él solo entrenó con pequeños tacos de madera que están muy lejos de la crueldad y confusión que se vive en un campo de batalla real.

Dos de los más grandes líderes de ambos ejércitos están reunidos. No le toma mucho tiempo reconocer al general del ejército dairio; su nombre es Siarses y siempre viste ostentosas armaduras de un raro garnito tornasol. Sus cabellos y barbas suelen estar bien peinados en trenzas y sus modales son refinados; no obstante, Arias no puede pensar lo mismo sobre las ideas que salen de sus labios. Su desprecio por las tribus de las tierras de Jobos es repugnante.

—Yo pienso que deberíamos dar a Yera por perdida —lo escucha decir entre sorbos de vino—. Esa ciudad está infestada de rufianes. Yo optaría por no retomarla. Preferiría quemarla con todos los gongoleses dentro, hasta que no quede más que polvo.

—Todavía quedan muchas familias nobles en Yera. Eso podría crear fricciones con las casas reales —responde uno de los Loch á Mourts.

—Todo noble que viva bajo el techo gongolés, es un traidor a la casa dairia —truena Siarses—. Los aires de rebelión corren profundos por la ciudad de Yera y a esta hay que tratarla como un pozo infestado de ratas. Con fuego y acero.

—Por lo visto solo quieres conquistar montañas de ceniza —ríe el Loch á Mourt—. No negaría que a Nuestra Magnificencia le gustaría la idea. Yo opino que no es sabio.

—Las cenizas no se levantan a retomar lo que se les ha arrebatado de las manos, galicio —replica Siarses.

—Esa es una forma de hacerlo —le contesta el hombre de La'Mourg, encogiéndose de hombros.

—Los gongoleses están fraccionados por el momento. Nos aprovecharemos de esto para atacar las fuerzas de Remo. Tomaremos la ruta de Sangría entre las cordilleras de Gatulia con la mayoría de nuestros hombres, mientras un escuadrón más pequeño los ataca en la planicie de Avenilla. Mientras ese escuadrón derrama la sangre de los gongoleses, yo mismo me ocuparé de destruir Yera.

«Laurel», se dice Arias con el alma fría, al no saber qué hacer para avisar a ella y a su madre. De no saberlo a tiempo, terminarían bajo las llamas dairias, pues Yera no sobreviviría ese ataque. Lo más prudente para Marajade y su gente es huir. Arias odia admitir que la única ruta posible de comunicación es Iestyn, y que debe informarle cuanto antes. Tal vez él se lo pueda comunicar a tiempo a Salomeno con el águila mensajera para que haga algo al respecto. Para su desgracia, Siarses no menciona en qué momento piensa realizar la campaña militar. Arias vio sus números, armamento y formaciones entrando a Orotava; le resulta escalofriante la fuerza de su ejército.

Arias decide que debe informarle a su hermana cuanto antes.

Nira no ha disfrutado sus quehaceres. En una cocina no hay chismes que valga la pena escuchar, excepto quién de la nobleza se acuesta con quién. Tiene las manos cortadas y maltrechas de tanto lavar y picar, pero Arias ha llegado a salvarla.

—Nira, necesito que vengas conmigo. No tenemos mucho tiempo.

—¿Pasó algo con Ciro? —pregunta Nira—. ¿Has escuchado de Nuria?

—Laurel corre peligro.

—¿Cómo puedes haberte enterado de algo así en este lugar?

—Nira, no quiero perder más tiempo, te explico en el camino. Tenemos que avisarle a Iestyn.

—No sé de qué se trata todo esto, pero, ¿cómo crees que pueda Iestyn ayudar a Laurel?

—Para serte franco, no creo que quiera ayudarnos, solo que él es la única alternativa en estos momentos.

Avanzan por los pasillos. El joven hace lo posible por resumir la historia antes de llegar a la recámara del marino hereo y pronto su hermana comparte sus temores.

—¿Cómo puede esta gente ser tan vil y cruel? —pregunta Nira, alarmada—. Quemar toda una ciudad... No podría imaginar hacerle eso ni a un rebaño de reses.

—Los dairios son tan salvajes como La'Mourg —escupe Arias al detenerse frente a la puerta de Iestyn—. ¿Lista?

—No, pero qué más da.

—¡Los he traído con el pensamiento! —exclama Iestyn cuando los gemelos cruzan el umbral.

—Veo que tienes el águila de Salomeno en el hombro —dice Nira—, ¿qué te ha dicho? Habla.

—¿Así me saludan después de tanto tiempo sin verme?

—Han sido solo dos días —responde Nira malhumorada.

—Lo suficiente como para llenarnos de buenas noticias y oportunidades —exclama el marino—. ¿Y a ustedes qué les pasa? Tienen un rostro que parece como si los hubiese visitado la muerte.

—Buenas oportunidades para ti, supongo —contesta Arias, seco—, porque acabo de escuchar de un general dairio que atacarán Yera. No para tomarla, sino para desaparecerla.

—Eso nos solucionaría el problema de Remo y sus gongoleses. Me parece una buena ganancia.

—¡Tenemos amigos en Yera! —replica Nira.

—Mi primo murió en Yera.

—Hace unos días no te importaba mucho lo que pasó con Barrabás. ¿Ahora de repente te apena? ¿O solo lo dices para llevarnos la contraria? —rebate Nira.

—De pronto me atacó la melancolía familiar —ríe Iestyn—, una que no comparto por Marajade. Deberían hablar con su maestro, él le tiene un gran afecto.

—Lo que nos trae de regreso al tema del águila —intercede Arias—, ¿puedes enviarle un mensaje para avisarle?

—Salomeno tiene las manos llenas, muchacho. Tenemos un dilema delicado aquí, por si no te habías dado cuenta.

De pronto todos escuchan los llantos de Ciro al fondo de la recámara. Esto hace que Arias y Nira se sientan un poco más aliviados.

—¡Ciro! ¡Está bien! —exclama Nira jubilosa mientras avanza hacia el niño, que está en los brazos de la súbdita de Iestyn.

—¿Se podría saber qué demonios hacen con Ciro? —inquiere Arias al ver que la mujer baña al bebé en aceite de ovilio, con especias y ajo de agalán.

—Tan pronto llegamos a Orotava, se hizo evidente cuál iba a ser el mayor percance de nuestra misión: esperábamos lidiar con un pálido. Ahora tenemos que disponer de dos.

—¿Disponer? ¿De qué hablas? —pregunta Nira confundida.

—Estamos aquí para matar a La'Mourg, por supuesto —revela Iestyn como si hubiese sido obvio desde un principio—. Y ustedes nos ayudarán a hacerlo.

—¿Y se puede saber cómo vamos a hacer eso? Estamos hablando de matar a dos gigantes. Sin mencionar que este palacio está lleno de dairios y fuerzas de La'Mourg.

Iestyn ríe, su panza tiembla como un flan.

—¿Qué creen ustedes que Salomeno ha estado haciendo todo este tiempo? Él no pierde el tiempo. No piensen que él lanzó a dos críos al desierto para que se encargaran de todo el trabajo pesado ellos solitos. Salomeno lleva años amasando un gran ejército. Mucho antes de que ustedes tuvieran uso de razón. Ha llegado el momento de usarlo.

—Él nunca habló de ejércitos —refuta Arias, incrédulo.

—Alianzas, mocoso. Salomeno es un forjador de lazos. Tiene amigos, tanto como tiene enemigos. Solo es cuestión de eliminar al pálido. Cuando hagamos llegar este mensaje a su maestro, él llegará con todo su ejército y tomará Yera. Y ustedes dos, los asesinos de La'Mourg, liberarán a todo Jobos y tomarán su trono.

—¿Así porque sí? —cuestiona Nira con cinismo.

—No, porque todavía no hablamos del papel que los hijos de Celes y Sulus jugarán en toda esta hazaña —replica Iestyn, mientras se acerca al ventanal de su recámara, en un piso alto del palacio de Orotava. Junto al marco de la ventana, la bandera azul ondea con el viento costero—. Cuando vimos a la hermana de La'Mourg, pensé por un momento que todo se había echado a perder. De nada vale que muera La'Mourg si alguien con la mente más desquiciada toma su lugar. Así como vino mi temor, llegó mi gran alivio: La'Mourg y Nie'Nefer compartieron como buenos hermanitos su banquete, los residuos del parto de Nuria… —Iestyn amarra una nota a la pata del águila y esta echa a volar. Luego toma la bandera azul y la guarda—. Ya no tenemos necesidad de ella —dice sonriente.

—¡No! —grita Arias: ese mensaje era la última oportunidad de avisar a Salomeno sobre lo que estaba por ocurrir en Yera.

—Déjate de preámbulos y dinos, ¿qué piensas hacer? —exclama Nira, ya corta de paciencia.

Iestyn llega hasta Ciro y lo toma en brazos. Lo contempla con gran orgullo de padre.

—Envenenaremos a los níveos. Será como pescar a dos serpientes marinas con un mismo arpón —revela Iestyn al mostrar su hijo a los gemelos.

—¡No puedes ser tan abominable! ¡Vas a envenenar a Ciro para dárselos de comer! —chilla Nira con un odio que le enrojece los ojos.

Arias se lanza hacia Iestyn, furioso, sintiendo con sus dedos la daga de virilio que todavía tiene dentro del cinturón.

—¡Piensas sacrificar a tu hijo a la peor de las muertes para… para…!

—Para liberar a todas las tierras de Jobos. Sí —responde Iestyn con tranquilidad—. Mi hijo Ezquiel murió desgarrado por tiburones en altamar. Mi otro hijo, Abdul, se incineró salvando a toda la tripulación en una batalla marina. ¿Qué diferencia tiene el sacrificio de ellos con el de Ciro? Pienso que el suyo sería el más noble de todos.

—¡Que tus hijos tuvieron la elección! —recrimina Nira.

—¡Baja la voz! No me voy a repetir, que de ahora en adelante tenemos que ser muy, pero que muy cuidadosos —susurra Iestyn. Abre un tubo de cristal y saca una de las espinas de la sirena; contiene tinta negra, llena de veneno.

—Eres atroz —escupe Nira—. ¡No hay forma de que Salomeno haya aprobado algo así! ¡Arias, tenemos que hacerle saber que este hombre está saboteando su plan!

Iestyn camina hacia el escritorio de la recámara.

—Me parece que no conocen del todo a su maestro.

A Arias le viene el recuerdo como un relámpago a la cabeza: las palabras de Valdimir, él una vez le insinúo lo mismo, que Salomeno era un hombre de muchos secretos oscuros, que no era quien aparentaba ser.

—Véanlo ustedes mismos. Del puño y letra de su maestro.

Me place escuchar que ya habéis hecho entrada en Orotava. Por mi parte, he logrado unir varias facciones de gongoleses para unirse a nuestro batallón. Como era de esperar, Remo y su clan rehusaron la oferta. Ahora contamos con caratigineses, farsos y jóricos. Sobre todo, los hijos de Celes y Sulus, que nos protegerán con el Arco de Páteras. Procurad seguir al pie de la letra nuestro trato, si queréis tener el control de las islas Crestas.

Arias y Nira deben hacer su encomienda, tal y como lo acordamos. Sacrificarán a vuestro hijo para que los de otros sean finalmente libres. Cuando el mundo entero tenga el nombre de Savana, se escucharán leyendas en todo lugar donde se pise tierra firme sobre «CIRO EL GRANDE», el niño que con su dulce néctar dispuso de la serpiente más deplorable que haya cruzado la línea del tiempo.

Un abrazo fraternal, hermano mío.

A la victoria.

—Salomeno.

Arias y Nira sienten sus cuerpos entumecidos. La letra es de su maestro, sin duda. El sello es la marca oficial de Savana, un diseño que Arias mismo concibió. Sienten como si Salomeno fuese un extraño. Las lágrimas se le empiezan a escapar a Nira de los ojos. Sus labios tiemblan. Se culpa porque siempre quiso escapar de Savana, cuando debió dedicar toda su energía a confrontar a Salomeno. No puede imaginar acto más deplorable que ese al que Salomeno pretende se suscriban. Eso es lo más extraño: ¿cómo podría Salomeno pensar que ellos serían capaces de entregarle un bebé a un monstruo para que sea devorado vivo?

Iestyn se acerca a Ciro, espina envenenada en mano.

—Que la sal del mar selle tu fe. —Una lágrima baja por su mejilla; la remueve con su pulgar y moja con ella la frente del niño. Nira no puede mirarlo, le provoca náusea. Iestyn besa el pie del pequeño y entierra la punta de la espina en su tierna piel. Para sorpresa de todos, Ciro no llora.

—Ese es mi gran Ciro —musita Iestyn. Luego vuelve la mirada a los gemelos—. Ten, muchachita, te lo encargo todo —dice al poner a Ciro en los brazos de Nira.

—¡Yo no voy a entregar al niño!

—Si nos dejas ir, ten por seguro que correremos lejos de aquí —asegura Arias.

—Buena suerte con eso. He instruido a mis hombres para que los vigilen. Ustedes no van a ir a ninguna parte. Si intentan escapar, Ciro morirá de cualquier modo. Si hacen lo que les pido, se salvarán no solo a ustedes, sino también a su amiga de Yera.

—Tan pronto vean a los pálidos caer, nos van a asesinar a todos —responde Arias.

—El veneno tardará en hacer efecto. Cuando envenenen a esos demonios, encuéntrense conmigo. Mis hijos y yo hemos preparado una ruta de escape. Nos costó mucho dinero conocerla, y créanme, es segura.

Arias se acerca a su hermana, que protege a Ciro con su cuerpo.

—Hagamos lo que él dice —sugiere Arias, apesadumbrado.

—¿Qué?

—No veo otra alternativa —dice Arias mientras empuja a su hermana fuera de la recámara, Iestyn sospecha que para escapar.

—Esperen —los detiene entonces—. Como sé que no me puedo fiar de ustedes, me veo obligado a hacer algo que los comprometa a cumplir con su deber.

Iestyn lo hace tan rápido, que a los gemelos apenas le da tiempo a reaccionar.

—¡¿Qué has hecho?! —chilla Nira aterrada, con la espina de sirena hundida en la mano.

—Guarda tus energías. Ciro es pequeño y le quedan varios minutos. A ti te queda al menos un día. Cumple con tu tarea y te daré la cura; está en esta recámara.

Arias quiere espetarle su daga de virilio, la puede sentir con sus dedos dentro del cinturón. Pero sabe que si mata al viejo, no tendrá forma de salvar a su hermana.

—Anda, muchachito, que no tienes mucho tiempo.

Sin demorarse más, Arias y Nira echan a andar con el bebé.

20

LA PÁLIDA OSCURIDAD

Nira está abrumada, al borde de un ataque de pánico.

—Voy a morir. Voy a morir —repite una y otra vez con Ciro en los brazos, mientras se deja llevar por Arias.

—Nira, tenemos que entregar al bebé —insiste Arias.

—¿Te has vuelto loco? —increpa Nira, desconcertada.

—Nuestro pecado salvaría a muchas personas. Piénsalo bien. De un solo golpe acabaremos con cientos de años de tiranía. Solo nos cuesta un pecado.

—¡Ese no eres tú hablando! ¡Suenas a Salomeno!

—¡Es la única forma de salvarte, Nira! —llora Arias—. Si matamos a los pálidos, Salomeno tomará Yera y te salvaremos a ti, a Yera y a Laurel.

—¡No, no voy a hacerlo! No quiero formar parte de esto.

—Nira, nunca te he pedido nada en mi vida. Entrégame a Ciro.

—¡No!

—Yo me encargaré. Puedes quedarte aquí si quieres. No hay alternativa.

Nira quiere volver a decirle que no, pero la realidad es que dejar a Arias enfrentar solo a La'Mourg es tan cruel como entregarle al bebé.

—Bien, Arias. Haz lo que quieras. Pero ten esto muy claro: una vez me asegure de que estás bien y estemos fuera de aquí, llegará el fin para nosotros dos. Me voy a desaparecer de tu vida.

—Gracias, solo quiero que vivas —dice Arias mientras la abraza.

Nira no lo acoge de regreso. Este no es su hermano. Se pregunta si podría idear algo para escapar con Ciro, robar el antídoto de la recámara de Iestyn y así salvarse los dos. Solo podría idear un plan de esa magnitud si permanecce con Arias y el bebé. Las opciones no le vienen a la mente; solo puede pensar en que Salomeno los puso en esa posición y ella no solo ha vivido una vida que no quería: ahora piensa que su vida entera ha sido una mentira. Que su maestro ha sido un farsante desde el principio, tan malvado como todos los demás. Sin embargo, ya no quiere volver a ser lo que era antes, una muchacha temerosa que solo deseaba escapar. Ya es demasiado tarde para la niña que solía ser; a ella la abandonó en Yera, junto a la utópica idea de ser un alma libre como su amiga Laurel. Hoy debe actuar con valentía.

—No te preocupes, Nira. Todo va a estar bien.

Ella apenas escucha a su hermano, siente su voz lejana y en murmullos.

—Pienso que es posible que Páteras proteja a Ciro si permanecemos con él, Páteras no le permitirá morir —continúa su hermano.

Nira lo encuentra delirante. Esto es lo que le faltaba escuchar para perder la confianza. Después de lo transcurrido, Arias todavía se aferra la idea de que el destino de los tres está en las manos de un ente divino.

Sin pensarlo más, Nira le arrebata al pequeño Ciro y se echa a correr. Arias se traga el llamado a su hermana y avanza en silencio tras ella, que no sabe qué hacer con el bebé, solo que debe salir de ahí cuanto antes para salvarlo.

«¡El veneno! ¡El veneno!», recuerda Nira, «que mataría al bebé en pocos minutos, y a mí en al menos un día». Se esconde bajo una escalinata; el bebé llora incontrolablemente. La joven examina su piececillo: el área de la punzada se ha tornado púrpura. Sin esperar más, lleva sus labios a la herida para succionar el veneno, como Salomeno le enseñó alguna vez.

—¡Nira, detente! ¡¿Estás loca?! —suplica Arias mientras le saca el pie de Ciro de la boca y aprovecha para arrancar al bebé de sus brazos.

—¡Podría salvarlo! —responde Nira, dándole poca importancia a lo que podría pasar con su propia vida—. Yo ya estoy envenenada, ¡al fin y al cabo es mi decisión! ¡Devuélveme a Ciro, no tenemos mucho tiempo!

—¡Nira, no me estabas escuchando! La mejor alternativa para él es que lo acompañemos. Esta es una gran prueba para nuestra fe. ¡Páteras lo protegerá si creemos lo suficiente!

—¡Estás loco! ¿Cómo podrás salvarlo de La'Mourg? ¿Piensas jugar a la suerte con la vida de Ciro? ¡Piensa en Nuria!

—¡Piensa en Laurel, Nira! En ti. En todas las personas que salvaríamos. Ciro está en las manos de los dioses.

—¡Tú mismo te contradices! ¡Hablas de que Páteras lo salvará, pero también dices que sacrificándolo liberarías a Jobos! Mientes para manipularme. ¡Quieres entregar a Ciro!

Arias se pone de pie y camina con el bebé, ignorando las quejas de su hermana.

—¡No hagas esto! —suplica Nira ahogada en llanto—. No tú también. Eres mi hermanito, ¡Arias, por favor!

—Puedes abandonarme si quieres —replica Arias—, como muchas veces lo pensaste hacer. Anda, ve. Esta es tu oportunidad.

El joven deja de responderle a su hermana y sigue adelante. Nira no sabe por qué lo hace, pero sigue el paso de su hermano. Ciro continúa llorando; así, al menos, Nira sabe que sigue con vida. Los gemelos caminan hasta una gran sala donde hay decenas de nobles y soldados dairios.

—¡Los súbditos de Iestyn! —exclama uno de los sirvientes, el mismo que los llevó al comedor dos días atrás—. Veo que lleváis con vosotros la ofrenda a vuestra alteza. Él estará bien complacido. Seguidme.

La lentitud del guía tiene a Nira desesperada. En cambio, su hermano se esfuerza por convencerse a sí mismo de que Ciro está bajo el amparo provisto por Páteras. Admitir una derrota sería demasiado para él.

Nira trata de estudiar los alrededores para buscar una ruta de escape, pero su mente está hecha una neblina. Su capacidad mental solo le permite seguir a su hermano; siente que su cuerpo se mueve de forma involuntaria. Los gemelos suben unas escaleras en espiral que parecen eternas, hasta que llegan a una sala abierta que sirve de galería. Está repleta de pinturas tan enormes, que algunas podrían cubrir una pared entera.

—Sirviente, lo han estado buscando en la sala de los espejos, requieren de vuestra presencia con urgencia —le anuncia un conde al guía de los gemelos, interrumpiendo la caminata.

—Desde luego, su señoría. Antes tengo que hacer entrega de un pedido especial para su majestad. Al terminar el asunto, procuraré pasar a la sala de los espejos.

Nira no puede batallar más con la ansiedad y echa una mirada al bebé para cerciorarse de que está bien, ya que llora desconsolado. Se le dificulta verlo entre las sábanas. De pronto, Arias reajusta la posición del recién nacido y Nira comprueba, para su horror, que el cuerpecillo se ha puesto lánguido. La joven siente que el alma se le desprende del pecho. A Ciro no le queda mucho tiempo.

—Gracias. Nos vemos luego, señoría —se despide el joven sirviente —, mis disculpas, ha sido un día muy ajetreado. Continuemos.

Nira comprende que no tiene caso esperar que el sirviente vaya más aprisa, y en busca de una solución, comienza a estudiar los ventanales, que son tan altos como las paredes. Se pregunta cuánto tiempo le tomaría correr con el bebé hasta ellos. ¿Y qué haría al llegar ahí? ¿Cómo podría bajar al primer nivel? ¿Valdría la pena? Ciro moriría de cualquier manera, seguido de ella. La situación se pone peor cuando la chica mira a sus espaldas a Iestyn, protegido por Raisa y Aguja. El viejo marino tiene razón al desconfiar de ella. Al otro lado está la puerta de la sala donde se encuentra La'Mourg. Han llegado. Ya es demasiado tarde.

—Síganme —dice un soldado que vigila la puerta—, su excelencia está aquí. Dejen al niño dentro y retírense.

Nira se pregunta si el veneno le está haciendo efecto ya que no siente nada, salvo a su cuerpo, que camina solo. En realidad son sus nervios, y la certidumbre de que anda hacia su propia muerte. Tan pronto abren la puerta, el bebé cesa su llanto y los gemelos entran a la recámara real.

La'Mourg está sentado a lo lejos, vestido con una toga color púrpura. Sobre sus rodillas bailan dos menudas doncellas desnudas. A su lado esta Nie'Nefer, con otras mujeres que le masajean y estiran los pellejos de la cara.

—Mirad, hermana. Nos han traído a Ciro «el pez» —sisea La'Mourg.

—¡Ciro el pez! ¡Ciro el pez! —grita contenta la vieja pálida, mientras despacha a las sirvientas.

—Hagan lo que les dije. Entreguen al niño y retírense —repite el soldado a los gemelos.

Arias y Nira caminan hacia La'Mourg, que está a una gran distancia.

—Acercaos, no temáis, mis pequeñines, que con este bebecillo nos alcanza para calmar nuestro apetito. No hay necesidad de comeros también —ríe La'Mourg.

Nira comienza a sollozar como si la fueran a devorar a ella.

—Nira, cálmate —suplica Arias entre dientes.

—¿Le molesta algo a la niñita? —pregunta La'Mourg.

—¡Se ha encariñado con Ciro el pez! —ríe Nie'Nefer, maliciosa.

—No os preocupéis —continúa La'Mourg—. No lo escucharán llorar. Está durmiendo como un oso.

Nira se siente incapacitada para actuar, pero sabe que no es cobardía lo que siente, sino que está siendo humana. Entiende que es su hermano el que está mal. No se puede explicar cómo está tan tranquilo.

La'Mourg baja del trono y empieza a caminar a cuatro patas hacia los gemelos.

—Centinela, retiraos. Deseo que los pequeños nos hagan compañía

—dice La'Mourg, sin desperdiciar una oportunidad para ser cruel. El soldado se marcha, dejando a Arias, Nira y Ciro a solas con los níveos.

—Dejad al crío en el suelo —dice La'Mourg ahora con voz dulce—. Venid, hermana.

Nie'Nefer baja de su trono, imitando el gesto de su hermano de caminar a cuatro patas.

—El pequeño pez de las islas Crestas —susurra Nie'Nefer mientras cruje sus dientes de forma involuntaria—. ¿Lo compartimos, hermano?

—Por supuesto, mi hermana hermosa, ¿cómo no compartirlo con vos?

Arias pone a Ciro en medio de la sala y retrocede varios pasos hasta Nira, que está tirada en el suelo, resignada.

La'Mourg se abalanza hacia Arias, pegando su pálido rostro al suyo. Su cabeza podría ser dos veces del tamaño de la del joven.

—Callad a vuestra hermana. No aguanto los lloriqueos —le susurra La'Mourg.

—Por favor, cálmate —le suplica Arias a Nira, evadiendo hacer uso de su nombre ante La'Mourg.

Nie'Nefer descubre las sábanas de Ciro y acerca sus fauces para dar un primer mordisco. Su dientes filosos y maltrechos se alzan y su lengua gris se retrae hacia la garganta. La'Mourg, de súbito, da cuatro largos y bruscos pasos hacia ella.

—¡Retiraos! —grita el pálido alarmado—. ¡Algo anda mal aquí!

Nie'Nefer se espabila del susto y se mueve de forma frenética y desquiciada, susurrándose a sí misma mientras agita sus manos largas:

—¡Algo anda mal, algo anda mal!

La'Mourg acerca su rostro al pequeño Ciro para examinarlo. Al tomar el pie del recién nacido, nota que sus venas están brotadas por el veneno. Tira del pie de Ciro y lo lanza contra la pared. El sonido del impacto cae sordo dentro del corazón de los gemelos.

—Este niño estaba muerto —indica La'Mourg, frío—. Estaba muerto y envenenado.

Nira estalla en llanto. Con mucho coraje le asesta varios puñetazos a su hermano, que permanece inmóvil de la impresión.

La'Mourg encrespa su cabellera y se alza en dos piernas.

—¡¿Pretendíais envenenar a La'Mourg?! —La voz del níveo

retumba entre las paredes—. ¿Quién osa sacrificar a La'Mourg? ¿Quién os ha enviado? —ruge el pálido mientras se acerca a los gemelos.

Nira se pone de pie. Ella temía por Ciro; ahora que el infante ha muerto, poco le importa sacrificar lo que queda de su vida.

—¡Salomeno! —grita sin reparo—, ¡la Serpiente Traga Hombres!

Arias está aterrado.

—Salomeno me visita a mi puerta, ¿y me entrega a un niño muerto, con la esperanza de envenenarme? ¿Cree que soy tan estúpido como para caer en semejante tontería? El Traga Hombres me ofende.

Nira no pierde su bravura, sino que se arma más de ella y contesta con firmeza:

—No serás estúpido, pero sí una calamidad. Una que se debe liquidar.

—Jo-jo-jo, ¡me amenazáis! —cacarea La'Mourg con una carcajada demente—, ¿y quién sois vos que creéis que tenéis el derecho de ejecutar a vuestra alteza?

La'Mourg se para frente a Nira y la examina.

—Ooh, pero, ¿qué es esto? —se pregunta La'Mourg mofando su propio asombro—. Venid, Nie'Nefer. Decidme, ¿dónde hemos visto estos ojos antes?

La hermana de La'Mourg se acerca a Nira y observa sus ojos con detenimiento.

—Esos ojos grisesssss… —sisea.

—… parecen conocidos —dice La'Mourg, completando la oración.

—Jo-jo-jo-jo… —Ambos pálidos comienzan a cacarear y gemir, excitados.

—La ironía… —dice La'Mourg.

—…es extraordinaria —finaliza Nie'Nefer, contemplando a los gemelos con sus ojos negros y vacíos. La pálida desnuda una sonrisa que muestra sus encías húmedas y violáceas, de dientes curvos y deformes.

Arias y Nira se sienten confundidos, no tienen idea de a qué se refieren.

—¡Jo-jo-jo, el pequeño tiene sus mismos ojos! —ríe el pálido.

—Son los ojos…

—Sí, querida mía. Los ojos de Osorio.

—¡Osorio! ¡Osorio! —grita la vieja gigante, mientras da saltos como una niña.

—No… no entiendo —dice Arias, aturdido.

—A ver, pequeñito, acercaos bien. —La'Mourg arrastra a Arias apretándole el brazo con fuerza—. ¡Jo-jo-jo-jo! ¡Tiene el brazo deforme!

—¡Es el niño quebrado! ¡Es el niño quebrado de Osorio, sin duda! —gime Nie'Nefer.

—Salgamos de dudas, querida, porque esto es demasiado bueno para ser verdad.

—¡Como encontrarse un tesoro, querido! —replica ella.

—¡Como encontrarse dos! —responde él.

La'Mourg pone la uña de su dedo índice entre las clavículas de Arias, luego hace lo mismo con Nira. El pálido desliza su dedo, rasgando la piel de los gemelos a lo largo de sus pechos, cortando sus camisas que se abren y caen al suelo. La'Mourg levanta los brazos de los gemelos y su hermana encarama su cabeza para observar. En los costados de los hermanos ven las cicatrices donde antes sus cuerpos estaban fusionados, para ser separados por orden del rey Osorio.

La'Mourg expulsa un chillido estridente de gracia que contagia a su hermana.

—¡Es increíble! ¡Qué gran obsequio me habéis hecho, Celes y Sulus! ¡Traer a vuestros «hijos» ante mi puerta para ser sacrificados en mi honra! —La'Mourg lleva su mano al oído, gesticulando como si escuchara un mensaje secreto de las estrellas—. Oh, ¿qué decís? ¿Que no es así?… ¿No son ciertos aquellos rumores que han llegado a mis oídos? ¿Ese que dice que los pequeños de Salomeno son los hijos de las estrellas?

Arias y Nira intercambian miradas de confusión.

—¿Y esas carotas tan tristes? —pregunta La'Mourg con sarcasmo —. ¡Oh! ¿Le habéis creído al Traga Hombres? ¿Quién podría confiar en la palabra de «Baltazar el Terrible»? Después de lo que ha hecho con vuestro pobre padre... Su gran viejo amigo, el antes amado rey Osorio.

—¿Baltazar… el Terrible? —se pregunta Arias, al recordar aquella vez que Valdimir le habló de un viejo guerrero que tenía el mismo nombre, quien arrasó con las tierras de Gálica, incluyendo su hogar.

—¡Pillo! ¡Ladrón! —grita Nie'Nefer.

—Sí, un vil ladrón. Porque ha tomado lo que no es suyo. El Traga Hombres se devoró a vuestro padre —ríe La'Mourg burlón—, y escupió sus huesos en su trono, haciendo desaparecer su reinado para siempre.

—¡Pobre Osorio! —grita Nie'Nefer haciendo teatro.

—¡Pobre de vuestra madre! —gime La'Mourg en forma de burla.

—¡La hermosa Savana! —añade Nie'Nefer.

—¿Así que los hijos de las estrellas no tienen amo? —chilla Nie'Nefer—, ¿podemos hacer lo que queramos con ellos? —La pálida se pone sobre los gemelos en sus cuatro patas, como una tarántula que protege sus huevos.

—Estos chiquillos tienen sin cuidado a las estrellas, ya que no les pertenecen. No tienen un trono que reclamar. Daos un banquete, hermana.

Nira nota que Arias se ve perdido, como si su alma se le hubiera desprendido del cuerpo. No es para menos: toda percepción que tenía de su persona, su identidad, su motivo de vida, se desmorona en un instante como lodo sumergido en agua. En un abrir y cerrar de ojos, ya no es dios, ni inmortal; ni siquiera importante.

—Se me retuerrrrcen los intestinos del hambre, querido —grazna la gigantesca pálida, mientras inclina el cráneo ante los gemelos, con la cabeza bocabajo. Sus cabellos transparentes y húmedos por el sudor rozan a los hermanos, acariciándoles la piel.

Nira envuelve a Arias con sus brazos para protegerlo. De pronto, siente algo sólido detrás del cinturón de su hermano. El recuerdo de lo que es, le viene al instante.

—¿Preferiréis a uno entero, o compartimos ambos? —pregunta La'Mourg, con la boca ensopada de saliva.

—Compartirrrr —gime Nie'Nefer.

La pálida tuerce sus dedos huesudos alrededor del cabello de Nira y la levanta en el aire. Arias cae al piso, indefenso. Los pies de su hermana rozan la loza pulida hasta que Nira se encuentra cara a cara con Nie'Nefer.

La joven aprieta fuerte el puñal de la daga de virilio que su hermano guardaba en su cinturón, y más rápido de lo que le toma a Nie'Nefer pestañear, Nira le rebana la carne del cuello con la hoja de virilio. La sangre se vierte a cántaros por la boca de la incisión, que baña a Nira de color escarlata.

La'Mourg deja escapar un lloroso chillido al ver a su hermana herida, que se tambalea sin control, tumbando candelabros y podios a lo largo de la sala mientras litros de sangre se disparan en todas direcciones. El rey pálido la acoge con fuerza, trata de acudirla, pero la herida abierta escupe sangre a los techos blancos del salón.

Las puertas de la recámara se abren de golpe y varios soldados entran con rifles y espadas en las manos. Antes de que pudieran ver dónde se originaba el ataque, Arias y Nira se escurren con rapidez a lo largo del pasillo, dejando atrás los gritos y alaridos de La'Mourg y su hermana.

La sangre de Nie'Nefer deja de drenar y ella cesa de moverse. La'Mourg yergue su ensangrentado cuerpo y empuña la colosal espada que le habían obsequiado en la plaza de Orotava. Se asoma bajo el marco de la puerta para tratar de salir, pero el umbral no está hecho a la medida de un gigante. El pálido deja salir un grito estruendoso al ver que los gemelos se le escapan. Varios de sus hombres se acercan; el gigante levanta su espada y comienza a dar cortes furiosos a todo el que logra alcanzar. Su sable no discrimina: corta nobles, soldados dairios, y a uno que otro sirviente. Piernas, torsos y cabezas vuelan por los aires mientras la enorme bestia se echa hacia delante en dirección de los gemelos.

Arias y Nira corren entre la multitud. Tras ellos se precipitan varios soldados. Iestyn y los fausnos se acercan.

Nira lleva a Arias del brazo y lo ayuda montar a Aguja. Iestyn, algo confundido, no pierde tiempo en cuestionar y monta a Raisa. Salen disparados lejos de ahí.

—¡Chiop! ¡Chiop! —le grita Nira a los fausnos para que avancen.

La'Mourg chilla a lo lejos mientras en el palacio se hacen sonar las campanas de emergencia.

—¡El pálido ha caído! —gritan los hombres de Iestyn a lo largo de la planta alta del castillo. Este mensaje confuso llega a oídos de los marinos de Iestyn, que se encuentran en la planta baja y lo repiten a uno de sus jinetes, que galopa fuera de Orotava a toda velocidad para darle a Salomeno la errónea noticia de que La'Mourg ha muerto.

21
RUPTURA

Nira escucha las campanas de alarma que suenan por todo Orotava como si fueran una marcha fúnebre para su hermano y para ella.

Nadie en el palacio sabe de quién se trata la emergencia, hasta que el paso apresurado de los fausnos lo hacen demasiado obvio. Antes de que los dairios puedan tomar acción, las bestias se han perdido de sus vistas.

Los hombres armados tardan en llegar, lo cual no sirve de mucho ya que Iestyn dirige a los fausnos a las salas más concurridas, derribando a los nobles y sirvientes que se encuentra a su paso. El marino sopla su cuerno de ballena para alertar a sus hijos de que ha iniciado la huida del palacio, evento que esperaban una vez La'Mourg fuera asesinado.

Al salir de una de las salas, se exponen a unos soldados dairios que les apuntan con sus rifles, pero antes de que estos puedan acertar un solo tiro, los hijos del marino les hacen sentir el frío del acero en el interior de sus cuerpos.

Iestyn se había dado a la tarea de distribuir a sus hombres en áreas estratégicas para garantizar su escape, pero no sin pagar un amargo precio. Al quedar sus hijos expuestos al enemigo, sus vidas son interrumpidas por la muerte. Iestyn ve con dolor cómo caen en la lejanía como sacrificados. No puede más que correr y salvarse a sí mismo.

Dirige a los fausnos en medio de una formación de falange que hacen sus hijos para protegerlo. Uno de ellos los dirige a un pasadizo oculto tras una pared falsa que ellos mismos cubren una vez su padre y los gemelos han cruzado junto con una docena de sus hombres. Arias y Nira escuchan con horror los disparos que toman la vida de sus defensores.

Iestyn no emite palabra alguna, solo galopa con premura a lo largo de un pasillo estrecho. Uno de sus hijos guía con una antorcha; a sus espaldas dejan un telón de completa oscuridad.

—Que la sal del mar selle su fe —lamenta Iestyn refiriéndose a sus hijos caídos. Repite esas palabras una y otra vez como si recitara una plegaria a algún dios marino que los gemelos desconocen, hasta que llegan a un cuarto abandonado.

—Eso le pone fin al desgraciado de La'Mourg. ¡Cuernos!, esperaba que un gigante como él durara al menos tres días antes de morir envenenado. No esperaba escapar de tal forma. Lo hecho, hecho está, ya el mensaje de su caída llegará a oídos de Salomeno. Y será cuestión de tiempo para que invada la ciudad —dice Iestyn al apearse de Aguja para dirigirse a Arias y Nira, que están montados sobre Raisa y paralizados, como si hubieran dejado sus espíritus en la sala real—¿. Y se podría saber por qué cuernos estás cubierta de sangre? Vieron a los dos pálidos caer, ¿cierto?

Los gemelos no emiten respuesta.

—¡¿Cierto?!

—No sé cómo esperabas que hiciéramos tal cosa —responde Nira al fin.

—O sea, ¡¿estás insinuando que La'Mourg sigue con vida?! ¿De quién es esa sangre? ¡Habla!

—De la hermana —responde Nira con la daga de virilio que mató a Nie'Nefer en sus manos.

Solo se escuchan suspiros y jadeos nerviosos en la habitación.

—¿Y se podría saber qué coño pasó con el más importante? ¿Qué pasó con La'Mourg?

—Él descubrió tu estúpido plan —escupe Nira—. Por supuesto que sigue con vida. Sacrificaste a tus hijos para nada.

A Iestyn le vienen los insultos y las groserías a la mente, pero su boca no puede articularlas. La histeria es tal que solo logra moler sus dientes con ira.

Nira se vuelve a su hermano para asegurarse de que está bien. Arias está inmóvil y cabizbajo, mirando la punta de sus zapatos, también ensangrentados.

—¿Qué carajo han hecho? —increpa Iestyn con la voz nerviosa—. ¿Saben lo que me han costado? Mis hijos, han matado a mis hijos —solloza—. Todo porque no pudieron sacrificar una sola vida. ¡Carajo! ¡Una que les di permiso de tomar!

—Nos enviaste a matar a un pálido y eso hicimos —dice Nira al tiempo que tira la daga de virilio al suelo. En la hoja todavía están enredados varios de los cabellos blancuzcos de Nie'Nefer.

—¡Mataron al pálido equivocado! Ahora La'Mourg está con vida, y furioso. ¡No descansará hasta que nuestras cabezas rueden!

—¡Pediste lo imposible! —recrimina Nira con lágrimas en los ojos.

—Con su estupidez no solo mataron a Ciro, sino al resto de mis hijos. Y no solo a ellos, sino a los trescientos esclavos que entregamos a La'Mourg. Seguro serán crucificados y expuestos por todo Orotava.

A Nira no le queda nada por decir. La culpa cae como una piedra dentro de su estómago.

—Sin mencionar a Salomeno. Que vendrá a morir con su ejército a las puertas de esta ciudad. Contaba con encontrarse con una ciudad sin rey. Se va a encontrar con uno poseído por el odio.

A Nira le importa poco el paradero de Salomeno, que no solo les mintió, sino que era capaz de utilizar la vida de un niño para nutrir sus obsesiones. Puede que Salomeno los ame como a dos hijos, pero ella no quiere ese amor enfermizo, envenenado por ambición.

Iestyn arroja su tiara al suelo, con rabia.

—No pienso quedarme aquí atrapado para morir. Esperaremos a la noche para escapar. Y ustedes dos vendrán conmigo. Espero que Salomeno, si es que sobrevive, me pague una fortuna para tenerlos de vuelta. Veremos si los quiere lo suficiente como para abandonarlo todo para recuperarlos.

—No cuentes con ello —refuta Nira en voz baja.

—¡Pues prepárense para una vida de servicio! —ruge Iestyn—. Pero, ¿qué carajo estoy diciendo? ¡Qué desperdicio! ¡Debería matarlos aquí mismo, de una vez!

El viejo marino se da la vuelta y comienza a gritarle groserías a sus hijos, dando inicio a la planificación de un escape.

Nira no responde. Si poco le importa Salomeno, mucho menos le importa lo que pueda pasar con ella. Ya siente el efecto del veneno secándole la garganta. Si lograra sobrevivir hasta el día siguiente, sería gracias a un milagro. Y estos, por lo visto, no existen.

Arias se inclina en silencio para tomar la daga de virilio del suelo. Podría convencerse a sí mismo de que todo lo ocurrido solo fue una de sus pesadillas; sin embargo, la daga de virilio está en sus manos, aún con la sangre de Nie'Nefer; todo es real, contrario a la gran mentira de que era un dios. Ya no son los hijos de los soles, sino del rey Osorio, a quien su maestro de alguna forma traicionó. Arias ha recibido demasiadas heridas para una vida tan corta, pero nunca una como esta. Podría sucumbir ante la dolorosa realidad, o aferrarse a la mentira con todo su corazón. La mentira le resulta más reconfortante.

Ve a su hermana acercarse. Ella le dice unas palabras que llegan confusas hasta sus oídos.

—Arias, no me estoy sintiendo bien. Creo que el veneno me está haciendo efecto.

—No creíste lo suficiente… —murmulla Arias con la mirada puesta en la daga.

—¿Qué?

—Te dije que teníamos que creer. Que Ciro estaría bien.

—¿De veras me vas a venir con eso ahora? ¿Después de lo que ha pasado? No eres hijo de ninguna estrella, Arias. ¡Despierta!

—Yo tenía a Ciro. Sabía lo que estaba haciendo. Tú me lo arrebataste y perdimos el poco tiempo que teníamos.

—¡Traté de salvarlo, de sacarle el veneno! ¡Y tú me detuviste!

—¡Te salvé la vida!

—¿Salvarme la vida? Mírame, ¡estoy envenenada! ¿Ahora de pronto Páteras no puede salvarme? ¡Qué conveniente!

—¡No! ¡Porque no crees lo suficiente!

Nira, ya harta, le da a Arias un empujón.

—¿Y qué hay de Valdimir? Tú siempre creíste en Páteras, ¿no? ¿Por qué no lo protegió de tu espada?

—¿Qué dices?

—Hice bien en no confiar en ti en ese instante.

—¿De qué hablas, Nira?

—Esa noche que Marcelo nos descubrió con Valdimir, te delaté. Le dije lo que me habías contado sobre el mercenario. De tus lazos amistosos con él. Te protegí en ese entonces, ¡debí haber sabido que no me protegerías tú a mí!

—¡Júrame que mientes! —demanda Arias con los ojos rojos.

—¡Por eso fue que él se lo dijo a Salomeno! ¡Porqué ninguno de nosotros te tenía confianza! ¿Cómo pude ser tan tonta como para confiar hoy? ¡Te creías dios! ¡Qué estupidez!

—¿Sacrifiqué a Valdimir por tu culpa? —increpa Arias lleno de coraje. Se acera a Nira y le da un empujón que la tira al suelo.

—¿No ves que estoy enferma? Lo menos que puedes hacer es no robarme las pocas energías que me quedan —brama Nira.

—¡Tú no puedes morir, Nira! ¡Eres un dios!

—¿Dios? ¡O eres un inútil, o te haces el tonto! ¿Qué no me estabas escuchando? Solo sirves para estorbar, ¡para hacer de mi vida una mierda!

—¡Cállense los dos! —vocifera Iestyn furioso—. ¡Se supone que estamos escondidos, harán que nos escuchen!

Las súplicas caen en oídos sordos y Arias se lanza sobre Nira con una cólera que le duele desde lo más profundo. Los hermanos se arrastran, golpeándose y tirándose de los cabellos. Iestyn y sus hijos hacen un círculo a su alrededor para tratar de detenerlos.

Nira tira fuerte del pelo de Arias con una mano, mientras tuerce su brazo maltrecho con la otra. El joven la empuja contra la pared y logra escapar. Nira recoge una piedra, que es lo primero que encuentra, y se la avienta al entrecejo, dejándolo aturdido y con la cara ensangrentada. Al instante, se siente sobrecogida, y Arias se aprovecha de la empatía de su hermana para lanzarse de nuevo sobre ella. Se pegan tan fuerte como su fuerza se los permite. Puños, patadas, tirones y codazos se hacen sentir en sus cuerpos.

Arias pone fin a la pelea al enterrar su rodilla en el estómago de su hermana. Nira cae con la cabeza entre las piernas, corta de aliento. Su hermano, fatigado, se queda parado ante ella, sin inmutarse por su dolor.

Nira se pone de pie y lo observa con resentimiento. Lo estudia como si fuera un extraño. Al Arias con quien ella creció no lo veía capaz de lastimarla de tal forma, y mucho menos de sacrificar a un bebé inocente.

—Arias… lo único que yo quería… era protegerte —dice ella corta de aliento—. De Valdimir… de Salomeno… para que no te rompieran. Fracasé… esta persona que tengo en frente no la reconozco. Cómo quisiera que dejara de existir.

—Somos dos…

—Ya no…

Iestyn se interpone y los separa.

—Espero que se hayan sacudido el coraje, porque no quiero nada de esto en mi barco —reclama el marino.

Arias guarda la daga en su cinturón y se retira enojado al lado opuesto de la recámara, que se pone a dar vueltas dentro de la cabeza de Nira. Sin darse cuenta, se encuentra apoyada en Iestyn.

—¿Y a ti qué te pasa? —le pregunta el marino.

—No… me siento bien.

—Parece que el veneno ya está haciendo efecto. Va a ser cuesta abajo de ahora en adelante para ti —admite Iestyn—. Dejé el antídoto en mi recámara. No hay nada que pueda hacer para ayudarte.

—Entonces mi vida termina aquí —lamenta Nira.

—Sin la cura. Pero a Salomeno no le interesaría pagar una recompensa por una jovencita muerta. Así que nos queda poco tiempo para regresar a la Mayéstica. Tan pronto anochezca, partimos. Espero que no estés muerta para entonces.

—Me tiene sin cuidado morirme aquí —replica ella con desdén.

—A mí también me tiene sin cuidado, créeme. No intentaré salvarte por buena voluntad. Los llevaré lejos. Ya no podemos ir a las islas Crestas. La'Mourg va a enviar a sus bestias allá para buscarme y matar a mi familia. Zarparemos a Gálica, y allí me reorganizaré. Serán mis prisioneros hasta que Salomeno me dé una recompensa por cada hijo que perdí hoy.

—¿Cuánto puede valer un hijo? —le pregunta Nira, juzgándolo.

—Lo suficiente como para apaciguar mi coraje. No te incumbe.

Nira decide no contestar y se retira al lado opuesto de la habitación de donde se encuentra Arias, a quien quiere evitar a toda costa.

***

—Padre, Sulus se ha puesto —indica uno de los hijos del marino—. Es hora de partir.

—Bien. Saldremos en grupos pequeños, con un buen espacio de tiempo entre cada uno, para no exponernos todos a la vez. El marino hace un conteo de los presentes: trece individuos en total—. Lo haremos en grupos de tres —indica—. Yo partiré primero con los muchachos de Salomeno. Los fausnos se quedan aquí. Sacrifíquenlos. No podemos salir con ellos a campo abierto.

—¡No! —protesta Arias—. No los vamos a abandonar.

—No tengo tiempo para estas pendejadas —le espeta el viejo—. Mira el estado de tu hermana. ¿De veras quieres quedarte aquí a tener esta discusión mientras se está muriendo?

—¿Nira? —pregunta Arias con aire pesaroso. Se había apartado de ella por mucho tiempo y no se había fijado en el estado que se encontraba. Está lívida y temblorosa, con la mirada perdida; no emite palabra alguna.

—¿Qué esperabas, muchacho? ¿Que fuera una diosa y se salvara ella sola? Anda, que no podemos perder más tiempo. —Iestyn aferra el brazo de Arias con fuerza, mientras carga a su hermana con el otro—. Sígueme. Este camino nos sacará de la ciudad. Estas recámaras fueron un fortín de alojamiento para la realeza dairia en caso de una emergencia, por si tenían que evacuar a causa de una invasión.

Iestyn y el resto se precipitan por un pasillo angosto. Pasan decenas de minutos andando sin ver otra cosa que paredes de piedra, hasta que de pronto suben por unas escaleras que los dejan en una pequeña recámara. Al fondo están dos de los hijos de Iestyn haciendo guardia frente a una puerta de madera hecha añicos.

Arias puede ver las estrellas tras el agujero en la pared.

—Necesito que corras tras de mí. No voy a regresar para ayudarte, ¿entendido? —le hace saber Iestyn con autoridad.

Arias asiente, con la mirada llorosa puesta en su hermana. Los tres avanzan al exterior con sigilo, aprovechando la oscuridad. A lo lejos ven soldados dairios con antorchas, explorando los alrededores. Un pequeño descuido los expondría.

—¿Sobrevivirá mi hermana? —llora Arias.

—No si sigues distraído. Sabremos cuando lleguemos a la caverna y le podamos dar las atenciones que requiere. Ahora necesito que te calles y te concentres en lo que estás haciendo.

El camino no es largo, pero sí lento. Si hay una destreza que define a Iestyn, es la de escabullirse de los apuros. Él no se resigna a morir un día como hoy, uno en que debió ser premiado con un gran triunfo.

Al no ver más dairios, Iestyn y Arias corren a lo largo del campo hasta que llegan a la boca de la caverna.

—Mierda. Tu hermana no se ve nada de bien, chico. No sé si podamos hacer algo por ella —admite el hombre, agitado, mientras corre por la garganta de la caverna.

—Haz lo que quieras conmigo, pero por favor, sálvala, Iestyn —llora Arias con la pena en carne viva.

—Lo menos que necesito es a la Serpiente Traga Hombres corriendo tras mi cabeza por haberle matado a su niña. Hago lo que puedo. —Al decir esto, los tres llegan a la gran recámara donde están la Mayéstica y el resto de sus hijos. Iestyn hace sonar su cuerno para que vengan a acudirle.

—¡Ayuda! —grita Arias sin perder tiempo—. ¡Mi hermana ha sido envenenada, necesita cuidado urgente!

Iestyn entrega a Nira a una de las sirvientas de Nuria, dejándole saber que fue infectada con una aguja de sirena. A Arias no le da tiempo de despedirse; solo ve a Nira irse con los ojos perdidos. No parece que va a sobrevivir. Arias odia que la última ocasión que su hermana lo miró, fue con desprecio.

—¡Es mi culpa! —llora, desgarrado, al lanzarse al suelo. Admite al fin la mortalidad de su hermana.

—Ya habrá tiempo para que te culpes —demanda Iestyn con urgencia—. Lo importante ahora es largarnos de aquí. —El viejo marino se vuelve a sus hijos y les ordena—: ¡Preparen a la Mayéstica para zarpar, dirección Gálica!

De pronto, la expresión de Iestyn se transforma en una de profunda confusión y desconcierto. Frente a él, está uno de los fausnos. En sus fauces lleva una mano desmembrada.

—¡Aguja! —exclama Arias con asombro.

—¡Había ordenado que fueran sacrificados! —se queja Iestyn cuando ve llegar a Raisa también.

Aguja se acerca a Arias y deja caer la mano entre sus pies, como si fuera un obsequio.

—¡Estas bestias se han escapado! ¿Dónde está el resto de mis hijos? —brama el padre.

Antes de que pueda decir otra cosa, se escucha en toda la caverna la detonación de un disparo, seguido por otro, y otro más.

—¡Corran a bordo, nos han encontrado!

Arias no lo piensa dos veces y monta a su fausno; se precipita a galopar lejos de Iestyn.

—¡Regresa aquí! —le grita el marino, pero sus insultos se pierden en la distancia.

El joven de pronto está acorralado. Ve soldados dairios por todas partes. Retrocede de regreso al frente de la Mayéstica, con tres jinetes dairios avanzando en su dirección.

Varios de los hombres de Iestyn salen con rifles, mientras que Arias atrae a sus perseguidores dando círculos con su fausno, haciendo de los dairios un blanco fácil para los hereos. Dos de los jinetes dairios caen, pero el tercero logra mantenerse en la retaguardia de Arias, quien ahora lo dirige a un túnel deshabitado.

El dairio dispara. El proyectil solo alcanza a una estalagmita.

Arias maniobra al fausno entre las rocas resbalosas de la caverna con destreza, contrario a su perseguidor, que galopa tras él con pasos torpes. De pronto, el chico siente la calidez del amanecer de Celes en el rostro. La luz proviene de una salida y se lanza hacia ella, solo para encontrarse con un precipicio que lo obliga a frenar. Las patas de Aguja se deslizan por la tierra hasta que tocan el filo del acantilado, donde el mar se estrella salvaje contra las piedras. El joven no ve otra salida que caminar por un hilillo de piedra que se extiende en la pared del acantilado. Arias avanza sobre el borde escabroso, con gran miedo de caer al vacío. Las algas incrustadas en las rocas entorpecen los pasos del fausno, lo hacen resbalar una y otra vez.

El soldado dairio se apoya en la montaña y apunta. El joven siente el zumbido de la bala cerca de su oído. Aguja se asusta, pierde el agarre de una de las piedras y se vuelca al precipicio, pero evita la caída mortal al aferrarse a una raíz.

—¡Vamos, Aguja! ¡No me falles, por favor!

El dairio carga su rifle y vuelve a disparar. Arias deja salir un grito al sentir que el proyectil le rasga un brazo. Aguja continúa avanzando con lentitud mientras el dairio vuelve a preparar su arma. Arias reanuda su camino a lo largo del filo pedregoso, abrazando la pared con su espalda hasta que encuentra una gruta entre las piedras y se refugia dentro. No ve al exterior, ya que una potente cascada cae frente a él.

—Tranquilo, Aguja, tranquilo —susurra Arias. Comprende que Aguja se sienta azorado, aún puede escuchar el tiroteo en el interior de la caverna donde están Raisa y Nira. Arias siente cada detonación vibrando en su corazón, recordándole a su hermana.

—Nira, ¿qué he hecho? —llora Arias con un gran remordimiento—. Páteras nos abandonó.

Ahora comprende que no puede contar con Páteras, Iestyn y mucho menos Salomeno. Si quiere salvarse, debe lograrlo solo.

Asoma la cabeza y ve a la silueta del dairio, que se acerca. Saca la espada de virilio de la vaina que carga Aguja, y espera la llegada del soldado. La figura aparece tras la pared corrediza de agua, lenta y sigilosa. Arias arremete contra él, se precipita al suelo y suelta la espada. Aguja ruge, listo para atacar. El dairio aprieta el gatillo e impacta al fausno cerca del pecho. Arias deja escapar un grito de guerra y se lanza sobre el soldado, que aferra a Arias por el cuello y lo lanza al suelo. Los dos se arrastran bajo el agua de la cascada, que cae con ímpetu sobre ellos, agotándoles las fuerzas. Aguja está aturdido y herido. Ayudaría a Arias de no ser porque podría morderlo por error.

Arias alcanza el pomo de su espada, pero la rodilla del dairio se entierra en su pecho y lo obliga a soltarla. El joven ruge con odio y trata de hundirle un ojo con su pulgar. El dairio responde con un empujón aún más fuerte hasta que Arias pierde el aliento y lo suelta.

En un momento fugaz, Aguja entierra sus colmillos en el hombro del soldado. De un jalón lo avienta a la pared. El fausno se yergue en dos patas y se lanza sobre el hombre, que siente las fauces demasiado cerca de su rostro. Aguja le pudo haber arrancado la cara de un mordisco de no ser porque el dairio alcanzó a reprimir el empuje de la testa con sus manos. El soldado maniobra al fausno hasta que poco a poco lo acerca al precipicio. Sin embargo, es la espada de virilio la que entrega la muerte primero. Arias pone su peso sobre el hombre moribundo y lo empuja contra la cortina de agua. El cuerpo se desprende de la espada y se pierde, cayendo al vacío. Arias lo ve chocar contra las piedras, manchándolas de rojo, antes de desaparecer para siempre entre la espuma del mar.

El joven no espera a recuperar el aliento y regresa por donde vino para buscar a su hermana. Sin embargo, no tarda mucho en ver que es demasiado tarde. Tras la montaña, ve a la Mayéstica zarpar.

—¡Nira! —chilla Arias al enfrentarse a la realidad de que no la volverá a ver. Su hermana se marcha al mar, tal y como un cadaver es enterrado en la tierra.

«De no haber sido por mí, estaría con vida…».

Por un momento considera saltar a las piedras que le dieron muerte al dairio, pero el recuerdo de que todavía existe alguien a quien puede salvar, lo detiene.

—Laurel.

***

Arias y el fausno reanudan su camino alrededor de la montaña; no alcanzan el otro extremo hasta el tercer ciclo del día. La tierra firme está debajo y la única forma de llegar es deslizándose entre guijarros y rocas. Al tocar fondo, jinete y montura saltan, agazapándose de roca en roca como pueden. A una distancia no tan lejana ven a los soldados dairios saliendo frustrados de la caverna con las manos vacías.

Arias los escucha discutir. Saben que enfrentarse a La'Mourg sin llevar a los asesinos de su hermana les costaría la vida, así que deciden desertar.

Arias aprovecha para hacer lo mismo. Monta a Aguja y apresura su marcha de regreso a Yera.

22
LA PROMESA NO CUMPLIDA

Aguja galopa por las tierras del Éspides, huyéndole a la muerte. Sobre su lomo lleva a Arias, que unas horas atrás aún se hacía llamar «el Hijo del Sol Rojo». Ahora no se siente tal; es solo un joven derrotado, quebrado y abandonado.

Hace mucho tiempo que Arias no se veía solo, así que decide que es un momento oportuno para llorar. Lo hace con fuerza, hasta que le duele. Muerde sus puños para no gritar. Sus dientes penetran la carne. No le importa lastimarse. Quiere el castigo. La culpa por haber abandonado a su hermana se revuelve dentro de su estómago y le sube caliente por la garganta hasta que se le escapa por la boca.

Sobre él está el Arco de Páteras, torturándolo. Siempre lo contemplaba como un ente divino que se alzaba en el aire; ahora es una mera línea que cruza el cielo, tan hermosa e inútil como cualquier diosa pagana esculpida en mármol.

El fuego de Celes le trae el recuerdo de su hermana. Sabe que por más que trate de borrar la tragedia de Nira, el ardiente sol azul siempre estará ahí para evocarla. Continúa su paso, tratando de borrarla de sus pensamientos, porque para sobrevivir una travesía de veintiún días hacia Yera, debe hacerlo.

Cansado de tanto llorar, se recuesta sobre el lomo de su fausno y busca refugio en el latido del corazón del animal, que al menos le hace pensar que alguien con vida lo acompaña. El bombeo del corazón y el ronroneo constante lo dejan dormido, mientras que el fausno continúa.

***

A un día de camino, Arias distingue desde un punto alto que un ejército masivo marcha en dirección al norte, entre unas colinas. Los estudia con asombro. Son miles de hombres bien armados, algunos a pie y otros a cabao. Reconoce de inmediato el estandarte azul que llevaba la cabecilla de la caballería. La bandera de Savana.

—Salomeno —musita, sobrecogido. Siente un primer impulso de ir hacia su maestro, pero su corazón lo frena en seco. Sabe que Salomeno tiene una fijación con llegar al norte y tomar Orotava; no estaría interesado en bajar al sur, hacia Yera. Considera advertirle de Nira, pero ya es demasiado tarde: debe estar muerta. ¿Y cómo podría explicarle a Salomeno que ha dejado morir a su hermana cuando él siempre exigió que permanecieran unidos? Todo esto deja de tener relevancia cuando recuerda lo que La'Mourg le reveló acerca de su maestro: que les mintió a él y a su hermana todo este tiempo, y mucho peor: que traicionó y mató al padre que nunca conocieron. ¿Qué barbaridad le habría hecho a su madre, de la que no saben nada?

—A la muerte contigo, Salomeno. Que Orotava te trague a ti y a tu ejército —dice, con palabras que nunca pensó que saldrían de su boca. «Preferiría morir en manos de los gongoleses tratando de salvar a Laurel, que regresar a ti para vivir con tus mentiras. Después de lo que querías hacer con Ciro, ¿de qué otra cosa serías capaz? ¿En qué clase de animal me convertirías?», piensa, al admitir que actuó como un monstruo en Orotava, al grado que su hermana no lo reconocía. Pensó que actuar como lo hubiese hecho su maestro era lo más sensato;

resultó ser el acto más monstruoso de su vida. «Nunca más», se dice.

—No podrás con los dairios. Sufrirás una derrota espantosa y humillante. Ve y reduce los números de los hombres de La'Mourg. Yo luego iré tras ellos, hasta que no quede hombre alguno de pie.

Con esto, Arias le da la espalda a su viejo maestro y galopa de regreso a Yera.

***

Es de noche, y han llegado al río Arenales. Arias desmonta para descansar y tomar agua.

—Sé que tienes hambre. Mañana veremos si podemos pescar algo en el río.

Arias nota que su fausno bebe con fatiga y se le acerca. Está débil y agitado. Al tocarlo, se queja con un gemido que deja a Arias alarmado: nunca lo había escuchado hacer ese ruido, así que decide dejarlo reposar. Piensa que lo más sensato es esperar a que regrese la luz del día para revisarlo con más detenimiento. No duerme, ansioso. Al examinar al fausno, no nota nada alarmante en la herida y, de hecho, ve al animal de mejor ánimo, de modo que continúan hacia el sur, pero esta vez el chico va andando junto a Aguja.

Al llegar el segundo ciclo del día, ambos soles están presentes. Arias y Aguja se adentran en el desierto. El joven se cubre con los drapeados que llevaba Aguja a la espalda. Los moja en el río continuamente para refrescarse, pero la intensidad de Celes y Sulus es tal, que el agua se evapora en poco tiempo.

Arias piensa que aquellos dioses que supuestamente le habían dado la vida y protegido, ahora lo están castigando con una amarga venganza por haber pecado.

***

Tras una jornada más de camino, el terreno deja de ser arenoso y se torna en piedra sólida, sobre una planicie que se extiende tan lejos como los ojos de Arias alcanzan a ver.

Aguja ha vuelto a decaer; sus pasos son torpes y pesados, su respiración agitada y seca. De la comisura de sus labios escapa una espuma blancuzca. Arias se acerca para inspeccionarlo y nota que tiene la herida infectada. Medita un momento y concluye que no vale la pena detenerse a descansar: lo más sensato es seguir adelante, porque de no hacerlo morirán los dos.

El viento ahora está en su contra, desplaza la arenilla del suelo con rabia, produciendo un siseo constante que lo irrita. La única comodidad que tienen es el río, que Arias procura tener siempre cerca, siempre caminando a su vera. El acceso al agua podría no ser un problema para ellos, pero sí lo es la comida: no han tenido nada en tres días.

Los pies de Arias sangran y la lengua de Aguja cuelga de sus labios como si fuera un animal muerto.

El abandonado hijo del sol rojo escucha las voces del desierto dentro de su cabeza, las percibe como piedrecillas lanzadas contra el interior de su cráneo. Escucha el mismo estridente ruido hora tras hora, hasta que sus oídos se llenan de tierra y ya no escucha más. Se puede librar del estruendo del exterior, pero no del de su imaginación, que le susurra ideas venenosas. Le nombra a su hermana con cada una de sus respiraciones: «Nira, Nira, Nira». El nombre lo llena de agobio, hasta que llega el punto en que Arias pierde el balance y cae inconsciente al suelo.

Ahora Aguja cuida de su amigo. El fausno abraza a Arias con sus patas delanteras. Lo protege con su cuerpo dolido mientras el viento les escupe arena con desprecio.

***

Unas gotas de lluvia despiertan a Arias. El joven trata de ponerse en pie, pero algo pesado lo mantiene anclado al suelo. Al volverse, nota que Aguja sigue a su lado, abrazándolo con sus colosales patas.

Un sentido de alarma se apodera del corazón de Arias al notar que el jadeo enfermizo del fausno ha vuelto. El chico se incorpora y la cabeza de Aguja se desliza con pereza de su regazo hasta caer al suelo.

Arias corre al río y le trae agua fresca, pero el fausno la rechaza con un gemido. La lluvia se acrecienta con el pasar del día. Arias intenta poner a Aguja de pie varias veces pero nada lo motiva y permanece resignado en el suelo.

Arias está entregado a la derrota, desmadejado, así que se sienta junto a Aguja a esperar que el tiempo pase. Con el llegar de la noche, la lluvia se torna helada. Arias siente las gotas en su cuerpo como punzadas de hielo que le muerden la piel. El temblorcillo dentro de sus huesos se vuelve insoportable. El joven se refugia en el pelaje de su fausno, que expulsa de sus fauces sus dolidos jadeos como fantasmas que se disipan, fríos, en el aire.

—Perdóname —llora Arias mientras abraza al fausno con fuerza.

—Perdóname, Nira —musita al contemplar la constelación que fue una vez de ella.

Las horas pasan y los dos siguen en el mismo lugar, en agonía, acompañados por lluvia, frío, truenos y vientos crueles que aúllan con odio. La naturaleza está decidida a matarlos hoy.

Arias piensa que quizá ha llegado su momento. Salomeno solía decir que a algunos les llegaba tarde y a otros temprano, como fue el caso de Aguín.

Arias imagina cómo sería el mundo sin él, con su cuerpo exánime abandonado en el desierto hasta que se pudriera la carne, hasta que solo quedaran huesos lisos y blancuzcos, pulidos a lo largo del tiempo por la arenilla del desierto.

—¿Acaso les importaría mi muerte? —lamenta, pensando en Nira, Laurel, su tío Marcelo, y aunque no quisiera admitirlo, Salomeno.

Su razonamiento interno es interrumpido por un relámpago que impregna al desierto de luz. Tras varios segundos, Arias piensa que escucha el estruendo tardío del relámpago, pero comprende que fue Aguja, que había dejado salir un alarido de dolor. El joven se aferra al fausno, que tiene la mirada perdida en el cielo estrellado. Las ráfagas de viento bañan de lluvia su hocico y le acarician con delicadeza la melena.

—¡Aguja, mírame! —ordena Arias con un sollozo, pero la tormenta grita más fuerte y el fausno ignora a su amo. Otra ráfaga impulsa la testa del animal hacia atrás, haciéndole volar la melena como si fuera una capucha.

Aguja aprieta los párpados y se impulsa de un salto como si algo lo poseyera. Luego cae de espaldas, detonando una cortina de agua de lluvia que se eleva en el aire.

Arias se paraliza. Aguja está convulsionando frente a él. Las patas se estiran en el aire, rígidas y trémulas. El cuerpo se agita con fuerza, marcando sus venas y músculos. Su tosco cuello se menea con furor y zarandea la cabeza de lado a lado. El chico mira, espantado y destrozado por su propia inutilidad. De pronto, Aguja parece relajarse, languidecer.

Arias grita el nombre de su amigo mientras se arrastra en el agua hasta llegar a él. Al abrazarlo, el viento disminuye su intensidad y la lluvia se torna un poco más benevolente. Pero ninguna de ellas se dispone a marcharse. El temblor en el cuerpo de Aguja cesa también y solo se detecta el movimiento de su abdomen al respirar y el resto de vida en sus ojos verdosos, que persiguen a su amo con resignación.

—No me dejes, no me dejes, no me dejes —repite el joven, desesperado.

Aguja le responde con jadeos. Cada vez más cortos y cada vez más vagos. Arias besa la nariz de su amigo; está fría y húmeda, pero siente su respiración caliente en la barbilla.

Arias hunde las manos entre las almohadillas de las patas del fausno, donde se encuentran sus cabellos más finos. El joven acaricia las almohadillas como cuando Aguja era solo un gatito y estas eran blandas y suaves. Ahora están entripadas, quebradas y laceradas.

Aguja expulsa tres suspiros profundos. Tiene los ojos perdidos, los párpados vagos.

Arias recuerda la buena vida que le dio a su poderoso fausno, quien defendió a Savana, a Nira y a él mismo. Que luchó junto a su hermana Raisa en contra de los crueles gongoleses que querían tomar el pueblo de Tar. Salomeno pudo haberle encargado la custodia de Aguja, pero ha sido el fausno quien lo ha cuidado. Y entonces, con su último aliento, Aguja le hace entrega de la custodia de Arias al Tiempo para que lo cuide, porque él ya no está ahí.

Arias pasa el resto de la noche llorando, acurrucado junto al cuerpo de Aguja. El frío ya no le importa. Hace unos días perdió a su hermana y hoy ha perdido a su amigo más fiel. La pena lo acompaña en la noche, hasta que el sueño lo duerme y le apaga el dolor.

***

Arias abre los ojos al sentir un golpe en las posaderas. La arena y el viento ya no nublan su vista. Alguien está parado ante él, pero la aurora de Celes hace a la figura difusa. La persona le extiende la mano.

—¿Nira? —musita Arias perplejo. Apenas puede escuchar su propia voz.

Su hermana está viva. Sus labios sonrientes le dicen unas palabras inaudibles y el hecho de no oírla le tiene sin cuidado: puede ver que está contenta de verlo. Tras ella están Raisa y Aguja, que se saludan con empujones y brincoteos. Marcelo recibe al fausno con una caricia en el hocico y varios trozos de carne de gazibo.

—¿Ganamos? —pregunta Arias, asumiendo que Salomeno salió victorioso en Orotava.

Su hermana asiente. La alegría no le cabe a Arias en el pecho. Finalmente escucha buenas noticias.

—¡Jamás pensé que fuera posible! —se maravilla, y al mirar hacia arriba, ve que Celes y Sulus están juntos, suspendidos en el cielo con sus llamas tenues y centelleantes.

«No nos abandonaron», se dice Arias mientras sella sus ojos. De pronto, escucha los cascos de un cabao que se avecina. Alza la mirada y ve a un corpulento cabao negro que se pasea, majestuoso. En la montura está Salomeno, vestido con una armadura. De sus manos mana sangre, pues acaba de llegar de una ardua batalla en Orotava. El maestro continúa a trote, como si el niño no estuviese ahí.

Nira, Marcelo y los fausnos se retiran con Salomeno sin despedirse, seguidos por su ejército, que hace marcha en una larga fila. Arias vuelve la mirada: apenas puede ver el fin. Uno a uno los ve pasar, sin darse cuenta de que sigue tirado en el piso, sin hacer esfuerzo en reincorporarse para andar junto a ellos. Nadie se lo impide y su cuerpo tiene las fuerzas suficientes para poder acompañarlos, pero decide dejarlos ir. La caballería pasa frente a él por varios minutos, hasta que no queda ni uno más. Arias ve a Salomeno, Nira, Marcelo, los fausnos y el resto de Savana perderse en el horizonte, convirtiéndose en un punto borroso.

De pronto, Arias divisa a la mancha agrandarse; parece la sombra de sus pesadillas. Aquella que había devorado a Salomeno. Pero al acercarse más, la sombra cobra definición.

Es un niño.

Arias lo reconoce. Pero no lo conoce. El niño está desnudo, hecho de cobre; no pertenece a este mundo. El rostro de Arias está esculpido en su cabeza; también tiene su cuerpo, sus piernas y su brazo normal. El brazo malformado es perfecto, y con este le extiende la mano.

Los dedos de Arias hacen contacto con el metal. Está frío al tacto. Toma la mano del niño con firmeza y este lo pone en pie. Los soles ya no están en el cielo. Solo ellos habitan el desierto, y son la única luz que hace el día. Arias contempla sus ojos. Se ve a sí mismo, etéreo. Sus labios sonríen y se abraza.

***

Arias despierta con un ánimo poderoso. No puede permitir que la muerte de Aguja sea en vano. Se sacrificó para salvarle la vida, y está en sus manos cumplir su último deseo. Después de despedirse por última vez, Arias curte la piel de Aguja con su espada de virilio, evitando usar la daga, que todavía está cubierta con la sangre maldita de Nie'Nefer. Arias abandona sus trapos mojados y se cubre con el cuero del fausno, luciendo la cabeza de Aguja como una corona. Al terminar, sepulta el resto del cuerpo en la tierra.

Arias piensa que ha perdido la protección de Páteras y que ha defraudado a Celes y Sulus, pero se convence a sí mismo de que solo existe una forma de revertir su pecado: salvar Yera. Se dirige entonces de vuelta al sur, siguiendo siempre el camino serpentino del río. Ha sido asesinado varias veces a lo largo de su vida: en Savana, cuando tomó la vida de Valdimir; al enterarse de que Salomeno le mentía; con el abandono de Nira y con la muerte de Aguja. Ya murió lo que tenía que morir; hoy nace de nuevo, hecho un dios. No inspirado en Sulus, sino en su propia imagen, en una idea que ha decidido creer. No sólo ha muerto el niño. También pereció la verdad, y triunfó la mentira.

***

Pasan varios días y Arias camina sin apenas tomar descanso. Anda junto al Arenales hasta que se topa con una pareja de soldados gongoleses que toma un descanso en la ribera del río. Junto a ellos hay una canoa atada a una roca. Arias se acerca sigiloso, con el cuerpo desnudo cubierto de la sangre seca del fausno, que está encostrada en su piel como pintura de guerra.

No presta atención a lo que los hombres vacilan mientras beben y comen; solo se ocupa de enterrarles el virilio profundo dentro de la carne. Apenas se enteran de que el joven está ahí; es como si un demonio se los llevara de improviso.

Arias toma posesión de la canoa y los alimentos de los gongoleses. Cruza el río por varios días a favor de la corriente, ahorrándose muchos otros, hasta que al fin reconoce las cordilleras de Malbellas, que dan paso a la ciudad de Yera. Solo le queda por recorrer un último tramo de terreno escabroso. Le toca ir cuesta arriba. Parece estar cerca, pero son tres días de un cruel camino.

Las cortaduras profundas en sus pies no detienen su paso. Arias cierra los ojos y piensa en su hermana, recuerda esos días que galopaban con Raisa y Aguja en las praderas, llenándose las barrigas de payagas para luego acostarse como dos holgazanes en el lomo de sus fausnos. Su tío Marcelo llega a sus pensamientos. Recuerda sus mejores historias y chistes, que por más dolor y desdicha que sienta en estos momentos, le causan un cosquilleo interno. Piensa en su amigo Aguín, quien tanto lo adoraba y admiraba. También recuerda al temible guerrero Arbitán, y a los pechos redondos de Yázbet.

«Laurel, cómo quisiera volverla a ver…», se dice, sabiendo que ella sí está accesible para él. Eso, si llega a tiempo para salvarla.

El momento de recordar a Salomeno lo deja para el final. No rememora los buenos momentos y solo desea humillarlo, vencerlo en su propio juego y darse la satisfacción de tenerlo algún día de frente sintiéndose inferior.

El conglomerado de estas ideas y recuerdos se manifiestan en su imaginación. Se ve junto al niño dios tallado en cobre; este lo pasea sobre un carruaje que hace el resto de su recorrido hasta la entrada de Yera.

Al verse ante la ciudad negra, desmonta de su carruaje fantástico. La ciudad no está abierta como lo estuvo cuando la abandonó, con una puerta rota que le permitió el paso a él y a su hermana. Ahora hay dos colosales puertas de hierro con el emblema gongolés, un cráneo de serpiente, grabado en ellas.

Su visibilidad se nubla. Apenas puede dar un paso. Celes y Sulus están sobre él, haciéndole arder la piel como si quisieran quemarlo vivo para impedirle llegar, pero su coraje es más poderoso que el cansancio y las penas. Está aquí para salvar la única vida que le queda. Laurel.

Lo hará, aunque tenga que tomar a Yera para lograrlo.

EPÍLOGO

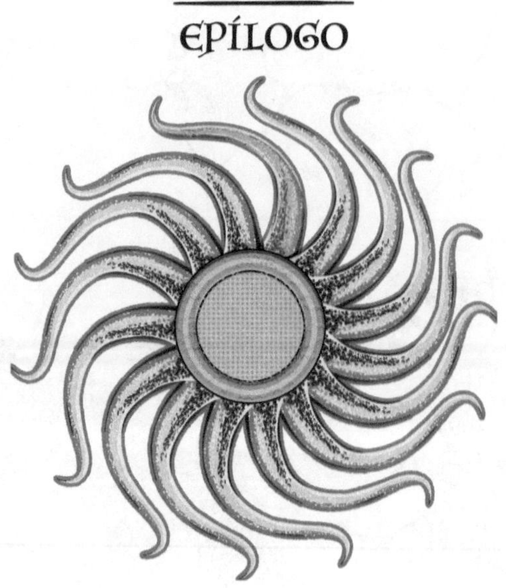

Tinieblas. Un estruendoso golpe de agua que siente demasiado cerca, hace caer algo que escucha como flechas zumbando a los alrededores, no con puntas de acero o de algún otro metal, sino húmedas. Oye el crujir de madera, que se queja como si estuviera a punto de quebrarse. Sobre su cabeza escucha el ala de algún ave gigante que vuela con fuerza.

«¿Será que la muerte me lleva volando lejos?», se dice, antes de que el piso se alce y la tire al suelo, que siente sólido y mojado. En sus labios puede probar sal, que le hace arder los labios partidos.

A lo lejos escucha gritos ininteligibles que vienen de arriba, abajo y ambos lados. No puede ponerse en pie, algo metálico le aprieta el cuello, lacerándola. A lo largo de su espalda siente unas pesadas cadenas que se adhieren a otro artefacto que le ata las muñecas.

Con el hombro, logra remover un trapo que lleva amarrado en la cabeza. Con el ojo desnudo, Nira se ve a bordo de la Mayéstica, que batalla con el mar salvaje. Al levantar la mirada, logra ver más allá de las barandillas del barco al mar gris, vasto y rudo, que levanta olas tan grandes y feroces que solo se pueden producir en un solo lugar.

En altamar.

***

EL AMO DE LOS TIEMPOS

las barandillas del barco al mar gris, vasto y rudo, que levanta olas tan grandes y feroces que solo se pueden producir en un solo lugar.

En altamar.

***

Autor

Yarim Machado Galván es un animador e ilustrador puertorriqueño que reside en Nueva York. A lo largo de su carrera se he dedicado a las artes visuales, en especial a la animación y los efectos visuales. Ha trabajado en producciones de gran envergadura para proyectos de Marvel, DC, HBO, Netflix, Disney, Amazon, entre otros. En el año 2018 ganó un premio BAFTA en la categoría de efectos visuales por la serie *Black Mirror*.

Al tener una gran pasión por contar historias, siempre ha buscado expresar sus ideas en todas las disciplinas posibles, como el cine, los cómics y la fotografía.